LE BONHEUR DES BELGES

Né en 1947 à Bruxelles, Patrick Roegiers vit en France depuis 1983. Il a publié une vingtaine d'ouvrages sur la photographie et une dizaine de livres de fiction qui ont souvent pour objet la création. Depuis quelques années la Belgique est aussi devenue un sujet en soi. *Le Bonheur des Belges* est son dernier roman.

PATRICK ROEGIERS

Le Bonheur des Belges

ROMAN

GRASSET

ISBN : 978-2-253-17797-5 – 1re publication LGF

À ceux qui partent.

OUVERTURE

« Partir est une fête
Rester serait la mort. »

Jacques BREL,
Allons, il faut partir.

Je vois une maisonnette de briques rouges, à la façade jonquille, à six fenêtres, avec des volets bleus et des bacs de géraniums, qui ressemble à un dessin d'enfant. Est-ce moi qui l'ai fait ? Je m'approche à pas comptés. Il n'y a pas de sonnette ni de nom et la porte d'entrée n'a pas de *clinche* ni de serrure. Je frappe. Toc-toc-toc. Personne ne répond. J'entre. Quelle charmante maison, me dis-je. Il fait bon ici. Tout est très beau. Que de jolies choses ! Quel cadeau pour les yeux ! Au centre du salon, à côté de bocaux remplis de friandises (dragées, nougats, pralines, sucettes), trône sur un guéridon un gâteau d'amandes, de crème pâtissière, de sucre et de liqueur, avec un petit carton où je lis : « C'est pour toi. »

Et soudain retentit une voix terrible.

— Qui est dans la maison ?

— C'est moi, dis-je.

— C'est un lieu sans adresse. Entre.

— Je suis déjà dedans.

— Tu es ici chez toi. D'où viens-tu ?
— D'une autre planète.
— Très drôle.
— Je fais ce que je peux.
— C'est toi qui fais tourner le monde ?
— Il tourne bien sans moi.
— Et c'est à cette heure-ci que tu rentres ?
— Il n'est jamais trop tard.
— Approche donc.

J'avance sans dire un mot, semblable à l'oiseau qui répond à l'appel de l'appeau. Tout à coup elle apparaît. Elle ne porte pas une robe à fleurs, une robe de rêve ou tachée de sang, une robe de mariée ou un sac qui gonfle avec le vent, ni une ample robe mauve et un gilet vert anis aux manches larges, une robe cloche ou une robe à lignes qu'elle a elle-même confectionnée, une robe de Cendrillon du Nord, avec un tablier de femme de ménage, ni une robe extravagante comme Séraphine qui porte aussi une tenue d'internée et peint le rouge avec du sang de porc mêlé à de la cire de cierge, et s'exclame d'une voix forte.

— Ah, te voilà !
— Oui, me voilà.

Et je ne lâche plus un mot. Je la reconnais sous son faux crâne, avec ses pommettes rosies comme des rainettes, ses yeux bleus malicieux, son sourire enfantin, son nez de carotte et sa tignasse acajou, sa robe à rayures et sa sacoche, son accent belge à couper au couteau qu'elle accentue à souhait. Quelle actrice ! Lourde, un peu voûtée, chaude comme une baraque à frites, mégère pistachue, harpie fessue, carabosse hideuse, gorgone glapissante, qui pourrait être Médée, elle est le personnage de son film *Quand la mer monte*.

— Tu me reconnais maintenant ?
— Je vous ai vue au cinéma.
— Je m'appelle Yolande Moreau.
— Comme Jeanne Moreau ?
— En plus laide !
— Ce n'est pas moi qui l'ai dit.
— D'où viens-tu, mon bonhomme ?
— Humpff…
— Tu ne dis rien ?
— Non, je ris.
— Combien tu mesures maintenant ?
— Autant qu'avant.
— Allez, viens.

Elle me fait visiter la maison où il n'y a pas de miroir. Un escalier sans rampe, dépourvu de marches, mène à sa chambre tapissée d'un papier à fleurs, avec du balatum, et un lit confortable. Tout est miniature. Elle demande pourquoi. Je n'ai pas la réponse. C'est que l'amour y tient peu de place. Une mère doit aimer son enfant. Un enfant aimé ne se plaint pas. Il n'a pas besoin d'amis. Ni de parents. Ne s'en va pas.

— Tu m'as désobéi, dit-elle en postillonnant.
— Je ne recommencerai plus.
— Les enfants désobéissants sont punis.
— Je n'ai rien fait de mal.
— Tu es un bon à rien.
— Je suis ce que je suis.
— Je vais te tuer.
— Je ne veux pas mourir.
— Personne ne te regrettera.
— J'ai tant de choses à faire.
— Tu ne sais même pas faire du vélo !
— On ne m'a pas appris.
— Tu ne retiens rien.
— Un jour, je gagnerai le Tour des Flandres.
— C'est ce qu'on dit.
— Tu ne me crois pas ?
— J'aimerais que tu sois mort.
— Ne me tue pas.
— Approche !

Elle sait tout. Je me demande pourquoi elle me hait tant. Je m'avance tout près, les mains derrière le dos. Elle va m'écraser comme une fleur.

— Je t'ai trop choyé, maintenant tu vas payer.
— J'ai besoin que tu m'aimes.
— Il est plus facile de tuer que d'aimer.
— Tu pourrais quand même essayer.
— J'ai sacrifié ma vie pour toi.
— Je n'ai rien demandé.
— C'est pour ton bien.

Elle me tord le bras jusqu'à le casser. Je ne supporte pas qu'on me touche. Il y a des enfants qu'on suspend au-dessus du feu pour les réchauffer. À la fin, ils ont le derrière tout grillé. Elle brandit un couteau à pain bien tranchant. Je ne suis pas commode à tuer. Qu'attend-elle pour me frapper ? C'est un moment parfait. Suis-je dans un spectacle pour enfants ? Elle arrache son masque de carton verni, luisant et rougi comme par un coup de soleil. Orage ! Tonnerre ! Éclairs ! En proie aux furies, elle éclate d'une colère de feu. La rage l'habite. Ses lèvres tremblent. La bouche tordue hurle. Je te tue ! Je te tue ! Elle jette le couteau et pose les mains autour de ma gorge.

— Maman, tu m'étrangles.
— Tu es mon rayon de soleil.
— Je ne peux plus respirer.
— Je n'aime que toi.
— De l'air, par pitié !
— La pitié n'est qu'une plaisanterie.
— Serre-moi fort, si tu veux.
— J'en meurs d'envie.
— Aaaah !…
— Tu as mal ?
— Non.
— Alors pourquoi cries-tu ?
— Pour m'assurer que je suis encore en vie.

Les parois de mon crâne tambourinent. Je ne pourrai plus jamais l'appeler maman. J'ai les yeux pleins de larmes. Ma vie défile. C'est vite fini. Je n'ai pas beaucoup vécu. J'ai onze ans. La vie est belle quand on est proche de la mort. Je suis plus solide qu'on ne croit. On peut faire des clous avec moi. Je m'évanouis. Yolande Moreau m'assène une tape dans le dos. Hum ! Je tousse. Quelle blague ! C'est juste pour voir ce que ça fait. Elle me pousse dehors. Va-t'en. Assez joué. Ouste ! Ne reviens pas. Je prends mes jambes à mon cou et claque la porte de mon enfance. Pourquoi t'enfuis-tu, mon mignon ? Le silence envahit la maison. Je m'envole comme un papillon. Ah, la vilaine mère. Je ne veux plus la voir. Nos relations sont trop compliquées. La vraie vie est ailleurs. Le monde s'ouvre à moi. Ça va être une belle journée. Où aller maintenant ? Tout m'attire. Je décide de vaquer à l'aventure. Que la fête commence !

Un index à la fin du roman renseigne le lecteur sur les principaux personnages du livre.

PREMIÈRE PARTIE

« Ah, si je pouvais vivre en télésiège,
toujours avançant, toujours en de
nouveaux pays, progressant
sur des espaces de grand silence… »

Henri MICHAUX,
Vents et Poussières, 1962.

Chapitre 1

Je décide de me rendre à Waterloo. Empruntant la route du Lion qui mène vers Plancenoit, les Quatre-Bras, les Quatre Chemins et la ferme du Caillou, je me dirige vers le célèbre champ de bataille. J'espère que la ville où je vais est la bonne car il y a cent vingt-quatre Waterloo dans le monde. Le nom de cette bourgade, proche de Bruxelles, conjugue le flamand et le français car le mot néerlandais « *water* » veut dire « eau » en français. Je suis impatient de fouler ce lieu d'affrontements qui décida de l'avenir du pays et de vérifier sur place l'état du terrain que Victor Hugo qualifie de « morne plaine ».

Et, tout à coup, il se tient là, devant moi, au terminus du tramway W, assis dans une *aubette* comme sur ses œuvres complètes. Je vois ce monument de papier non pas tel qu'il apparaît dans sa jeunesse avec ses yeux fauves et ses sourcils foncés, ses cheveux châtain clair, son front monumental, ses lèvres sinueuses, aux commissures voraces, ses dents étincelantes de blancheur, son menton volontaire.

Mais comme il est à présent avec son gros nez droit, sa bouche gourmande, son front bombé fortement creusé, sa peau parcheminée, ses rides historiques aux coins des yeux, son regard lyrique et jubilant, sa chevelure de neige de noble sexagénaire et sa barbe blanche carrée de grand-père ou d'ogre qu'il laisse pousser sur les conseils des médecins, à la suite de maux de gorge et d'angines répétées.

L'illustre exilé au visage bouffi par les insomnies et les nuits de travail porte une robe de chambre de velours grenat d'où dépasse le col évasé de la chemise qu'étreint le nœud mou de la cravate rangée dans le gilet boutonné, ainsi que de confortables pantoufles à pompons. Arguant qu'il est ici chez lui, c'est ainsi qu'il se rend en peignoir et savates dans l'intimité du désastre, auscultant à l'œil nu l'étendue de la catastrophe. Mais est-ce vraiment lui ? N'est-ce pas un sosie ? Une copie ? Un imposteur ? N'arbore-t-il pas un faux nez et une barbe postiche avec un élastique en comptant ainsi ne pas être reconnu ?

— Quoi, mon jeune ami, vous doutez de ma présence, de mon apparence, pis, de ma raison d'être ?

— Euh… balbutié-je, surpris d'entendre sa voix.

Elle est aussi profonde que les grottes de Han. Le cœur battant, je m'approche du géant que je dévisage. C'est bien le poète de l'immense, l'aède du siècle, en repérage au théâtre de Waterloo qui tient à la main son manuscrit infini, tel que la postérité le décrit.

— Comment t'appelles-tu, mon garçon ?
— Je n'ai pas de prénom.
— Tout le monde sur terre a un nom.
— Pas moi, dis-je.
— D'où viens-tu ?
— De la maison.
— Mais encore ?
— Je suis né entre deux mondes.

Après m'avoir adressé un regard d'une amène suspicion, la légende des lettres françaises observe un court instant de silence.

— Tu es mûr pour ton âge.
— Je ne suis pas né d'hier.
— Que veux-tu faire plus tard ?
— Apprendre à désobéir.
— Et ta mère ?
— Je l'ai envoyée promener.
— Tu as bien fait.

Il se dit que je suis sans famille comme maints héros de ses livres qu'il couvre d'affection. Nous voici complices. À mon tour de poser des questions.

— Combien de fois êtes-vous venu dans ce pays ?
— J'ai fait quatorze voyages en Belgique.
— Combien de jours ?
— Presque autant que Descartes en Hollande.
— Ce n'est pas précis.
— Mais ce n'est pas peu dire.
— Combien en tout ?

— Mille deux cent quarante-sept jours.
— De quelle façon ?
— En touriste, en exilé et même en résident.
— Laquelle préférez-vous ?
— Les trois me vont.
— La première fois ?
— C'était début août 1837.
— Quel âge aviez-vous ?
— Trente-cinq ans.
— Et vous comptez rester jusqu'à quand ?
— Jusqu'à ce qu'on me renvoie.
— Cela viendra assez tôt.
— La Belgique est une terre d'asile.
— Pas pour tout le monde.
— J'ai l'éternité devant moi.
— C'est plus qu'il n'en faut.
— Les Belges m'aiment.
— Vous avez de la chance.
— On m'hugolâtre.
— Et vous connaissez qui à Bruxelles ?
— Tout le monde !

« L'homme-siècle » précise. Oui, j'aime ce pays qui n'est pas tout à fait le mien. Mais il le devient à force d'y résider, ce qui se sait peu en France. Des dunes aux Ardennes, j'ai vu toutes les villes, la cascade de Coo, la grosse cloche de Saint-Bavon, le Manneken Pis, la grand-place de Bruxelles qui n'est pas un lieu, mais un décor où j'habite, seul digne d'un titan logeant au-dessus du temps. Le moindre trou perdu, je m'y suis rendu, muni d'un sac *waterproof* contenant le manuscrit des *Misérables*. Entre le premier et le dernier séjour, trente-cinq ans se sont écoulés. Ma femme Adèle y décède d'une congestion cérébrale. Mon fils s'y marie. Mon petit-fils Georges y succombe à une méningite. Mes petits-enfants y naissent.

C'est peu dire que ce poids lourd national m'impressionne. Un ministre lui offre sa chemise car il en change autant que d'opinions, un autre lui donne un canapé pour asseoir sa renommée. Son nom lui tient lieu d'adresse. Sa vie dans la capitale est des plus simple. Il fait lui-même son lit, ne s'y prélasse point, n'apprécie pas la bière, tient le tabac pour un « sombre endormeur », mais prise le cigare, lampe le matin un verre d'eau-de-vie chez Trinette. Chaque jour, il s'impose une promenade d'au moins mille pas et vaque dans les ruelles bruyantes. Ajustant sa mise et mirant son image dans le reflet des vitrines, il signe à foison des autographes aux rustres locaux qui croient reconnaître le barbu le plus célèbre de Belgique.

— Ah, mais c'est lui. Comment s'appelle-t-il ?
— Hector Hugo !
— Mais non, tu confonds…
— Nestor Tudor ?!!!
— Ou Victor Rugo.
— Plutôt Rugaux ?
— Ou alors Rugaud ?
— Attends, on va lui demander.

S'approche le nigaud. N'êtes-vous pas le célèbre écrivain Victor Tugot ? Ou alors on le confond avec l'acteur qui tient le rôle-titre dans l'adaptation de ses livres au cinéma. Il ressemble à Jean Gabin. Je l'ai vu sur TF1, avec Gérard Depardieu et Virginie Ledoyen. C'est un auteur classique. Il est en avance sur son époque. Tout le monde le connaît. On le photographie. Il rit dans sa barbe. Et dédicace des livres de poche. Un jouvenceau s'approche et le dévisage tel un revenant.

— Que désirez-vous, jeune homme ?
— Vous contempler.
— Faites. Je suis mieux en vrai qu'en image.
— Que répondre ?
— Ne dites rien. Lisez.

Feignant d'ignorer que ses ennemis le traitent de « marchand de paroles bariolées », il distribue des pourboires aux *ketjes* (gamins) de Bruxelles qui le surnomment le « rat » à cause de sa pingrerie aussi notoire que la prodigalité d'Alexandre Dumas qui s'installe en 1852, au 73 boulevard de Waterloo, où se tient une sorte de siège de la proscription, où lui-même évite de passer. Il croise Baudelaire qui achète du pain d'épice chez Dandoy, qui en 1858 s'installe 31 rue au Beurre. Il dîne avec le poète aux cheveux verts auquel son épouse prête une de ses chemises. Encore ! Prenant le frais après des mois d'isolement dans sa chambre de l'hôtel du Grand Miroir, l'auteur des *Fleurs du mal* part s'aérer à la campagne, vers Waterloo, à proximité du champ de bataille. Patience ! Nous n'y sommes pas encore. Et il reçoit le 11 août 1867 Paul Verlaine, âgé de vingt-trois ans, qui lui adresse ses premiers vers à l'âge de… quatorze ans. Descendu au Grand Hôtel Liégeois, 1 rue du Progrès, il s'habille au mieux et se précipite chez le poète visionnaire, qui lui récite, bouleversé d'émotion, lors du déjeuner, des vers de sa composition.

— Vous les connaissiez de mémoire ?
— Allons, gamin, je les avais appris la veille.

Ses yeux sont brillants d'ironie. La scène se passe 4, place des Barricades, ancienne place d'Orange, où a lieu chaque semaine la foire aux chevaux et où il se fixe après avoir quitté le 3 *bis*, rue de l'Astronomie.

— Je ne puis occuper un *bis*, s'excuse-t-il en riant.

De sa fenêtre, il voit de dos la statue de Vésale, le père des sciences anatomiques. Fondateur de la chirurgie moderne. La place plantée d'arbres et de buissons est ceinte d'une grille qui a depuis disparu. Son cabinet de travail est au premier étage où il écrit debout, accoudé à son pupitre de bois, trempe sa plume d'oie qu'il tient à l'envers et dont il mouille le tronçon quand elle est usée – ce qu'il préfère – dans son petit encrier et rédige à l'encre rousse sur papier ivoire, en lignes régulières, coulée inarrêtable, d'une fluidité inaltérable, *Les Misérables*, qui s'appelle encore *Les Misères*, achevé le 20 juin 1861, composé à mesure qu'il rédige par les imprimeurs qui empruntent des caractères de plomb à leurs pairs et qui doit paraître en mars 1862, à Bruxelles, et le même jour dans six capitales d'Europe en neuf langues.

L'absence de chronologie nous rapproche. Je suis heureux de bavarder avec lui dans un temps autre que celui de la réalité et je l'écoute comme un enfant joyeux, étonné par la prestance de ce géant des lettres descendu de son piédestal qui frappe la prose à son effigie comme tout véritable écrivain. Il est de lui-même l'imitation la plus fidèle. Mais avec moi, il est d'une confondante simplicité et il m'entretient avec fougue de celle qu'il appelle J.J. ou Juju.

— S'agit-il de Justine Henin ?
— Là, tu n'y es pas, gamin.
— De qui parlez-vous, alors ?
— Allons, devine.
— Minou Drouet, la poétesse ?
— Il s'agit de Juliette, de son vrai nom Gauvain.
— Qui est-ce ?

Une mauvaise comédienne, hélas ! Elle débute au Théâtre du Parc de Bruxelles. Et joue les ingénues. Sa carrière dure cinq ans. Mais elle est sa maîtresse depuis cinquante ans. Elle est aussi sa secrétaire, copie ses manuscrits et lui adresse dix-huit mille lettres. Cela ne l'empêche pas de payer vingt-cinq centimes une morue ni de draguer une servante et de noter dans un carnet planqué dans un tiroir secret de son bureau ou classé dans son portefeuille avec les actions de la Banque nationale de Belgique acquises par centaines le nom de toutes celles qu'il séduit. Ce sont pour lui de « belles flamandes ». Il ne fait aucune distinction de races. Quelle que soit leur région, les habitants de ce pays sont tous selon lui de « braves Belges ». Il se sent chez lui dans cette contrée où tout le monde l'aime, où l'agrée le culte de la propreté, et qu'il tient pour sa « seconde patrie ».

Et le climat ? Il ne le gêne pas plus que la célébrité. Il mène une vie discrète, mais il est libre. Il avale tous les matins deux oranges avec la peau. Avoir l'esprit large compte plus qu'un corps à l'étroit. Il se tait soudain. Et, du coin de la paupière, avec affection.

— Appelle-moi Victor.
— Vous ne préférez pas « Monsieur Victor » ?
— Comme tu veux, mon petit bonhomme.
— Hugo est déjà un prénom, dis-je.
— Sais-tu que Victor veut dire Victoire ?
— Je l'ignorais.
— Tu le sais maintenant.
— Chaque prénom est un nom.
— Quel paradoxe pour une aussi cuisante défaite !
— Et pourquoi pas Totor ?
— Si tu veux, gamin.
— Comme Tintin à ses débuts, complété-je.
— Ah, non !
— Et pourquoi donc ?

« Juju » l'appelle déjà « Toto », comme il appelle « Dédé » Adèle, morte en août 1868, et « Didine », Léopoldine, sa fille disparue par noyade, ses deux petits-enfants l'appellent « papapa », et « Toto » est le petit nom de son fils François-Victor. Dommage ! Victor aime les diminutifs, les calembours, le billard et le jeu de l'oie. Il s'intéresse à tout. Il prend des photographies. Épris de spiritisme, il fait tourner les tables. Nous voilà bons copains. Il dit, en se levant :

— Viens avec moi. Marchons, mon brave ami !

Et nous voilà partis vers le champ de bataille. Foulant la plaine piquée de coquelicots et de bleuets, Victor en fait des bouquets tricolores à l'intention de « Juju » en les mêlant à des pâquerettes. Qu'importe la saison, il les cueille quand même. Il se penche et les récolte à pleines brassées. Comme il parcourt de ses jambes courtes les routes d'Italie, d'Espagne et de France sur les pas de son père, je le suis d'une foulée empressée tandis qu'il s'avance dans la campagne qui sert de théâtre à l'affreuse bataille des nations. Il enjambe en sifflotant les haies d'aubépines qui ceignent l'étendue calme muée en champ de fleurs. Qui le croit ? Rien n'est plus à craindre que la nature. Victor est familier de chaque ferme en briques ou chaumière en torchis, de chaque pouce de terre, de chaque motte qu'il effleure de la pointe du pied, veillant à ne pas semer ses pantoufles en route. Parfois, il s'incline et happe avec affection une poignée qu'il hume, puis repose à sa place avec indulgence.

— Il ne faut pas souiller le terreau de l'Histoire, dit-il en frottant ses paumes avant de recroiser les mains derrière son dos.

Le temps est magnifique et sans nuage. On embrasse les tragiques arpents du site maudit, synonyme pour lui de tristesse et de malheur, où se produit le choc armé de la plus importante bataille du XIXe siècle qui lui inspire douze mille pages et treize mille vers, où la médiocrité triomphe du génie, où l'Europe se forme sur le dos de la France, où se joue le sort du monde autant que celui de la Belgique.

— Marchons vers l'inconnu, déclare-t-il.

Et comme je lui demande dans quel but il vient ici, il explique qu'il se documente sur place pour le chapitre qui fera la gloire de son livre. Cela s'opère autant par les mots que par les images. Il consigne tout ce qu'il voit. Dessiner étant pour lui une expérience studieuse, il crayonne ce qui le frappe dans son carnet rangé dans son sac étanche spécialement acheté à cette intention où il remise avec son manuscrit tout son attirail à dessin. Le calepin posé sur les genoux, il jette l'encre au hasard en écrasant délicatement sa plume d'oie. D'une tache difforme modelée avec ce qui reste d'encre dans la pointe naît un paysage. Il embue du bout du doigt humecté de salive, bave pétrie, crachin brumeux, vapeur nébuleuse, la figure ainsi obtenue et achève le croquis en rayant avec une pointe d'allumette. J'applaudis cette prouesse esthétique. Faussement modeste, Victor appelle « barbouillages » ses dessins qui n'évoquent rien de connu.

— Quelle est la marque de tes pinceaux ?
— Aucune importance.
— Et celle du support ?
— C'est le cadet de mes soucis. Le papier souffre tout. Tu devrais essayer, peut-être, toi aussi ?, dit-il en se tournant vers moi, avec une douceur infinie.

Il avise un *fritkot* (baraque à frites) et commande deux sachets de frites croustillantes, dorées à point, qu'on picore avec les doigts, selon la recette de Brillat-Savarin, bienfaiteur des gourmets.

— Il est idiot de les piquer avec une fourchette. Le sais-tu, mon jeune ami, les pommes de terre en fritures ne sont pas typiquement belges, mais sont une invention parisienne. Tiens… qui voilà !

S'avance l'échevin de la culture de la commune qui gère le terrain et l'exploitation du site. Il s'appelle Vanden Peereboom et s'est mis sur son trente et un pour saluer l'illustre écrivain. Il porte un complet d'été beige clair, un nœud papillon grenat à pois, une chemise de nylon, ainsi qu'une ceinture et des bretelles comme un vrai Belgicain. Il a le teint brique et une moustache si fine qu'elle paraît tracée au pinceau.

— Oh, je ne fais qu'une apparition, prévient-il.

Victor lui demande des nouvelles de la colonne haute de dix-huit mètres qui lui est dédiée et commémore sa visite sur le terrain. Érigé sur un ridicule monticule, l'affreux monument, débuté en 1951, est achevé en 1956, deux ans avant l'Expo universelle.

— Comment le trouvez-vous, Victor ?
— Il est à ma hauteur.

L'échevin détaille par le menu ses multiples activités. Il organise de partout des excursions en autocar pour les touristes, les retraités, les visiteurs étrangers, ainsi que les enfants des écoles qui font de ce haut lieu une place de pèlerinage rentable. Victor annonce qu'il est incollable sur le comportement de mes compatriotes au cours de la célèbre bataille, aussi dite de Mont-Saint-Jean ou de la Belle-Alliance.

— Qui es-tu ?, demande-t-il, main tendue.
— Je ne suis rien, dis-je sous l'œil amusé de Victor.
— C'est tout ?
— Oh, c'est déjà ça.
— Mieux vaut cela qu'être n'importe qui.
— Ou tout le monde.
— Avoir l'air de rien n'est pas rien.
— Cela permet tout.
— Alors, les Belges t'intéressent ?
— Oui, qu'ont-ils à voir dans cette affaire ?

Il m'entraîne à l'écart, laissant le poète de l'immense prendre un peu de repos à l'abri du soleil qui cogne. Ah, les Belges, c'est toute une histoire ! Comme d'habitude, on en trouve dans les deux camps. Ce sont les seuls qui n'ont rien à gagner dans la bagarre. Nombre de jeunes gens sont enrôlés de force dans les campagnes militaires qui réclament toujours plus d'hommes. Ceux qui ont vingt et un ans le 22 septembre 1798 sont enrôlés d'office dans la première classe. Ceux qui en ont vingt-deux dans la deuxième, et ainsi de suite. Trente-six mille conscrits belges sont ainsi recrutés. Les uns suivent l'Empereur, les autres lui sont opposés. Ils combattent des deux côtés, dans l'armée française ou anglaise, et portent souvent le même uniforme que seule différencie la cocarde tricolore ou orange. Il en vient de tous les coins du pays. Des lents Namurois, des rogues Gantois, des brusques Brugeois, des ardents Ardennais, des fiers Liégeois, des braves Brabançons, des Borains bourrus, des Carolos rigolos. Sans compter les gradés. Deux cent cinquante aux côtés de Napoléon et la moitié auprès des Alliés. Il y a aussi des Flamands avec les Français et des Wallons avec les Allemands. Des Wallons s'appellent De Flandre et des Flamands De Waele. Les Wallons combattent au cri de : « Wallons, toujours ! » Et les autres clament : « Napoléon n'est pas notre Empereur » ou « La France n'est pas notre pays ». Ainsi, les Belges s'écharpent-ils en famille. Sur le champ de bataille, ils se reconnaissent avant de s'étriper. « Ah, c'est toi, que fais-tu donc ici ? » Et, en se traitant de canailles, ils se jettent l'un sur l'autre : « Chien de l'enfer ! » « Et toi, pendard, voilà pour toi ! » Et ils s'embaïonnettent fraternellement.

— Monsieur Van Peereboom, je ne vous crois pas.

— Appelle-moi Séraphin.

Et il poursuit de plus belle. Les recrues belges s'entretuent avec une ferveur sans pareille pour une cause qui leur est étrangère car elles ne se battent pas avec autant d'ardeur pour une cause qui leur est propre. Les Belges ont peu de fierté naturelle. Ce sont de fieffés saccageurs. Il faut lire le chroniqueur Lambert de Waterloos qui raconte que dix frères de son père se sont trucidés le même jour près de Tournai. Mais il y a plus horrible encore. Voici le cas de deux frères devenus adversaires par caprice de l'Empereur. Ils ont tous deux l'âge d'aller à la guerre. L'un s'appelle Frans et l'autre Franz. Ils ont le même âge, un air de famille et un accent semblable, mais parlent des langues différentes, ce qui les a fait s'enrôler dans des camps opposés, mais ils auraient pu échanger leurs places et revêtir l'uniforme de l'ennemi. Chacun se dédouble en l'autre – bel exemple d'ubiquité fraternelle. L'un est plus proche de son père, l'autre de sa mère. L'un a un cœur de diamant, l'autre de pierre. Aucun des deux n'est à même d'assurer seul son rôle. Chacun occupe une position contraire à l'autre. Frans, l'aîné, est le double inversé de son cadet et Franz, le puîné, est le reflet exact de ce portrait croisé. L'un ne va pas sans l'autre. Chacun n'a de personnalité propre que par rapport à celle de l'autre. L'un ne s'adresse à personne, l'autre fait appel à tout le monde. Chacun baragouine sa propre langue, mais ils ne s'entendent que si les deux se parlent ensemble. L'un est de partout, l'autre de nulle part. L'un est jaloux, l'autre envieux. L'un est élancé, l'autre trapu. L'un est maigre et fuyant. L'autre bavard et rebondi. L'un prise la mélancolie, l'autre le désenchantement. L'un est fier, l'autre résigné. L'un, aux scrupules mesquins, aime les dames, l'autre, aux concepts hardis, les échecs. L'un ne faisant aucun effort pour plaire sait des mots savants, l'autre fournissant de vains efforts pour se taire les ignore. L'un myope, l'autre presbyte. L'un sûr de lui, l'autre influençable. L'un ayant de l'âme, l'autre de l'esprit. Tous deux cultivés. L'un versant prose, l'autre verso poésie. L'un tourné vers le nord, l'autre vers le sud. L'un patriote, l'autre apatride. L'un veut tout remporter, l'autre ne veut rien céder. Quand l'un perd, l'autre gagne. Tous deux numismates, ils savent l'un comme l'autre que chaque médaille a son revers. Ayant rompu toute relation, ils poursuivent leur dialogue à distance et se retrouvent face à face sur le terrain. L'un aux côtés de l'Empereur est sergent, l'autre aux côtés des Alliés est simple caporal.

— Toi ici ?, dit Frans.
— Toi aussi ?, dit Franz.
— Tu es plus qu'un frère pour moi.
— Tu es mon alter ego.
— Et toi, tu es moi-même.

Ils n'en reviennent pas d'être là et se dévisagent sans aménité. Lequel est lequel ? L'un est couvert de poussière, l'autre de sueur. Ainsi armés, ils se jettent l'un sur l'autre, s'embrochent d'un même élan furieux, périssent dans un seul geste meurtrier. L'un chancelle, l'autre s'affaisse. Plaf ! On retrouve les deux frères dans les bras l'un de l'autre, enlacés dans une commune agonie, unis dans un baiser de haine à quoi les achemine leur distincte trajectoire.

Waterlooser !

— Viens garçon, dit Victor.

Nous partons vers le gros cône de terre, tumulus mémorable, mausolée de la défaite, qu'on appelle « la montagne des morts ». Il a fallu trois cent mille mètres cubes de boue, autant que d'hommes lors de l'affrontement des sept nations, pour ériger comme les Romains cette butte artificielle de glèbe ou de pierres raclées sur le champ de bataille, inspirée des tertres funéraires recouvrant le caveau du défunt, entouré d'objets vénérés ou servant dans sa nouvelle vie. Portée dans des hottes d'osier par des botteresses, la masse terreuse formant la butte chauve qui n'est pas alors enrobée de gazon s'élève sur une hauteur de quarante-cinq mètres. On met quatre ans pour décider l'emplacement où a été blessé le prince d'Orange, fils du roi de Hollande, six pour dresser les plans et onze pour édifier la colline qui commémore la déroute de la France. Le remblai dispendieux, posé sur un socle de maçonnerie, échine centrale étayant le mamelon « bête comme l'Himalaya », s'élève avec lenteur comme Victor bâtit son œuvre phrase après phrase, vers à vers, livre sur livre, au mot près. Il le déteste et le traite de *fausse* montagne pour un *faux* pays où un *vrai* héros encourt une *fausse* raclée. Incarnant les gravats de l'Histoire et la volige du présent, la sottise du monticule s'avère dans cet écriteau planté à son pied :

L'ACCÈS À L'ESCALIER
EST INTERDIT
AVEC DES FRITES

— Je te réserve une surprise, dit Victor, amusé.
Et, levant les sourcils en point d'exclamation :
— As-tu vu l'animal juché là-haut ?

Dardant l'altière silhouette cabrée sur la plaine muette, il sort de la poche de sa robe de chambre écarlate un autre carnet lové dans le creux de sa main. L'œil rivé sur le faîte de la côte, il croque d'abord au crayon, puis à la plume, le lion en contre-plongée, et pour amplifier l'atmosphère, il le campe dans l'orage, sous la pluie, le tonnerre et les éclairs qui confèrent une grandeur tragique à celui qu'il nomme « le faux lion » ou « ce lion quelconque » – comme Flaubert le taxe, lui, de « vieux lion » – et que Baudelaire, qui a le sens de la dérision, appelle le « caniche de bronze ». Jaloux de la formule, Victor recule de quelques pas et, la main en visière, visant la butte chauve comme une bille, talus dégarni, taupinière glabre, s'exclame :

— De loin, c'est quelque chose.
— Et de près ?
— Ce n'est rien.

Est-ce le lion brabançon, d'or sur fond de sable, qui a souvent combattu ses voisins et qui devient le « *leo belgicus* » du XVIe siècle, et au XIXe siècle le lion royal de Belgique ? Ou est-ce le féroce lion flamand, aux crocs acérés, et rugissant ? Ou celui plus avenant du fameux *Delhaize le Lion* qu'on retrouve à tous les coins de rue ? Veux-tu que l'on y monte, mon garçon ? La proposition ne souffre pas le déclin. Quoi de mieux que de prendre un peu de hauteur ? Comme on gravit les échelons de la consécration, nous grimpons une à une les deux cent vingt-six marches de l'escalier menant au sommet (un mort de crise cardiaque par an) de la montée où trône le vaillant lion hollandais de quatre mètres quarante-cinq de haut, quatre mètre cinquante de long, coulé en neuf éléments soudés les uns aux autres, pesant vingt-huit tonnes de fonte, qui n'est pas fabriqué avec le bronze des canons comme l'affirme une stupide légende, mais fondu à partir des ateliers de Cockerill, à Seraing.

Achevé fin 1826 par le sculpteur Jan Lodewijk Van Geel, hissé au-dessus de la bosse d'où il adresse un regard soi-disant menaçant à la France, ce qui est mal vu à Paris, haussant l'épopée aux cimes du ridicule, le lion, aussi monumental que son front, le tourmente, trop gros, l'énerve, trop faux, l'obsède, trop conquérant. Tandis que nous montons, tout en devisant, Victor se lance dans d'érudites digressions dont il a le secret, vérifiant du même coup les arcanes et coulisses de l'Histoire qu'il connaît dans le moindre détail. Le lion est fait de moutons digérés. Et l'animal, aussi banal dans ces régions que le cochon, se voit assigner divers rôles. Les Anglais, pour flatter les Belges, affirment qu'il est là pour leur gloire. Les Belges, couards à l'égard des puissants, prétendent qu'il célèbre les armées anglo-néerlandaises. Pour d'autres, il incarne l'ignoble lion néerlandais qui veut dévorer la Belgique. Peu après, on propose de lui substituer une stèle expiatoire ou de l'orienter vers la Hollande. Et même de le camper place Royale, au lieu de la statue de Godefroi de Bouillon. Enfin, un sénateur francophile suggère de le fondre en décorations exhalant l'aide militaire française à la Belgique.

— Tu en sais des choses, Victor, dis-je, admiratif.

— Je connais mes classiques, répond-il, hors d'haleine.

Gravir fatigue. Victor souffre d'accès de sciatique et, parvenu au faîte, avisant la bête à la crinière hérissée, il conclut dans un souffle : Il faudrait lui arracher les ongles. Nous voici si haut que je crois surplomber la mer. De ce point de vue imprenable de 360°, on pose un regard historique sur l'infini. Lui que l'ascension terrifie autant que la chute embrasse la plaine rase comme s'il avait l'éternité devant lui. Toute cime est une exagération, lâche-t-il, lucide. Mais Victor n'en a pas fini avec le « lion flamand » qu'il abreuve de sarcasmes, rêve de voir remplacé par un oiseau français, aigle ou coq (« Le coq se montre, l'aigle se cache »), peu importe, pourvu que triomphe le cocorico ! Il le trouve encore plus hideux de près, « quintessence de la laideur belge », et constate en grattant avec l'ongle du pouce qu'il n'est pas d'airain, mais de fonte peinte, ce qui correspond à cette aire d'illusion, contrée du trompe-l'œil d'où s'éploie sans entraves le creuset aérien de son imagination. Et s'exclame :

— Par temps clair, on voit les Alpes !

Sautant à petits pas dans ses pantoufles empoussiérées comme un oiseau joyeux, sûr d'avoir élevé l'altitude de son esprit sur ce tas difforme dont il a maté l'ascension comme il règne sur le monde des lettres, il me prend dans les bras et m'assied à califourchon sur la croupe du lion où il grave ses initiales (VH) au canif et où je trône fier comme un paon. Grandi de mille coudées, je contemple avec joie la plaine étalée à mes pieds où je vois à vingt lieues. Ce qui est loin car une lieue vaut quatre kilomètres. Plus lyrique que jamais, sur un ton grandiloquent, pour ainsi dire hugolesque, il déclame d'une voix retentissante des vers de *La Légende des siècles*. Le champ de bataille est désormais littérature.

— C'est ici même que cela a eu lieu.

— Quoi, Victor ?

— Eh bien, le grand poème de l'Histoire.

— Je ne l'ai pas lu, dis-je, confus.

— Qu'à cela ne tienne, le voilà, rien que pour toi.

Nous voici le dimanche 18 juin 1815, à onze heures. La pluie, ce jour-là, tombe à torrents sur le vaste plateau où tonne le fracas de la canonnade. Le son des fifres et des bugles prussiens se mêle au timbre des fanfares et aux roulements des tambours qui battent la charge de cavalerie dans un grondement sourd. Retentissent les « Vive l'Empereur ! », « *Hurra* ! », « En avant ! En avant ! » et les « *Voorwaerts* ! » des troupiers qui s'avancent. Recharger un fusil se fait en deux temps et les gardes le repèrent la nuit au toucher ou au soupir qu'il émet en tombant. Claquent les balles tuant l'ennemi à cinquante mètres, avec une chance sur trente de faire mouche. Crache de fortes flammes la bouche des canons, pesants trois cents kilos, tirés par six chevaux reculant de deux mètres à chaque tir. « En avant, marche ! », « Feu ! », « Garde à vous ! », « Tous au drapeau ! » Qu'importe l'ordre ! Les carrés d'infanterie aux tenues chamarrées se déploient. Les fantassins anglais, imberbes ou glabres par règlement plus que par mode, s'opposent aux poilus et moustachus français. Les dragons au casque de laiton ceint d'une peau de panthère ; les carabiniers cuirassés d'or, au casque chenillé de rouge ; les brigadiers au bonnet en poils d'ourson ; les cuirassiers à l'armure ventrale et dorsale à l'épreuve des balles ; et les hussards, à cadenettes, mèches de cheveux nattés, aux favoris ou « nageoires », teints en noir, vêtus de brun, bleu, gris, vert, écarlate, s'élancent comme un seul homme.

Les régiments de cavalerie tentent de percer les lignes alliées. Le sol est si boueux que l'artillerie ne peut bouger. Les escadrons français abordent l'infanterie rivale qui fusille à bout portant les assaillants. Les boulets ronds rebondissent sur le sol et fauchent tout sur leur passage. Les tirailleurs bravent le feu. « En arrière ! En retrait ! » Au milieu d'un nuage de poudre et de fumée, quelques recrues tentent de s'échapper. Le feu meurtrier les accable, coupant l'herbe sous leurs pieds. Gare à celui qui se retourne ! D'autres périssent sous l'assaut des baïonnettes que les Français appellent la fourchette. Valsent en l'air fusils, bonnets et les plumes d'hirondelle que les Wallons surnomment *chiroux*. Tous courent à la boucherie. La tuerie, tant attendue, vient de débuter.

Enfin !

La vieille garde, à queues et cheveux poudrés, chargée de flanc par la cavalerie prussienne, tente de reculer. Les canonniers en habit rouge, les chevau-légers lanciers en vert, les sapeurs pontonniers du génie, les grognards s'affrontent en corps à corps, à coups de crosse, dans la boue qui englue tout. « Tiens, prends ça ! », « Voilà pour toi, putois puant ! », « Que le diable t'étripe ! » Certains, à court d'armes, en viennent aux dents ! On n'a jamais vu pareil broiement (*a pounding*). Quel carnage pour un gamin de mon âge. Les troupiers sur la pointe des pieds tendent le bras pour atteindre les cavaliers dressés sur leurs chevaux. L'arme leur choit des poings et ils sont livrés sans défense à l'ennemi qui sabre aussi les enfants tenant des tambours et des flûtes qui demandent grâce. Dans la gadoue pétrie par les pieds de chevaux, les cavaliers anglaisés (dont les Français ne taillent pas la queue) ne peuvent mettre leur monture au galop. Chute l'un d'eux au cou troué d'une balle. Un autre a la tête arrachée d'un jet de boulet. Un officier dont une main s'achève par un moignon sanglant tire de celle valide ses pistolets et tue sa monture à bout portant, puis se fait sauter la cervelle. Pan ! Un fantassin au flingot luisant, à la giberne vide, brandit un poignet sans main. La garde de l'Empereur, en capote bleue à un rang de boutons, pantalon de même teinte, guêtres noires, bonnet sans le plumet, emballé avec soin dans un étui ficelé autour du fourreau du sabre briquet, et poire pour la soif dans la ceinture, dont les membres ont cinq pieds neuf pouces (près d'un mètre quatre-vingt), trente-cinq ans d'âge en moyenne, maigres et secs, arborant moustache, boucle d'oreille et queue des cheveux tressée, piaffe d'entrer dans la danse.

La pluie diluvienne détrempe le terrain. L'Empereur, qui surveille les opérations de son perchoir baptisé colline Napoléon, l'espère temporaire. Tout est enivrant. Le raffut du combat, l'odeur de la poudre, le tumulte des ordres criés en dix-huit langues, le crachin, la musique fracassante, les clairons et les cornemuses, les étendards bigarrés, le chahut des chevaux hennissant dans la campagne, le grondement du canon, le chargement des fusils à silex, défectueux par ce temps, le piétinement des troupes aux bottes du pied gauche identiques à celles du pied droit, le feu nourri des armes, le tourbillon des charges, sabres au clair, les hurlements de douleur, les salves pétaradantes et feux de file de deux mille carabines qui tirent de concert, les Hussards, aux uniformes rouges, les Prussiens, dénommés la « vermine verte » à cause de leur tenue, les Nassauviens en habit verdâtre, les trompettes vêtus de bleu clair, et les hauts faits comme celui du général français, à la cheville foulée, qui empoigne les étriers de deux cuirassiers et rallie acrobatiquement les lignes de son camp. Hop ! Ou celui du Dragon tranché d'un coup à la taille avec une force telle que le tronc roule par terre dans le fossé, tandis que le coursier emporte le siège et la guibolle arrachée dont un lambeau déborde du pantalon déchiré.

Quelle horreur ! Quelle furie ! Quelle folie de guerroyer ainsi !

Je suis dans la bataille que je ne vis pas comme dans les livres d'Histoire et plonge au cœur du carnage. Touché d'un obus en pleine tête, un soldat se laisse choir, fait le mort et se relève d'un bond. Tué au combat, un autre renaît, se redresse, devient plus vivant qu'avant et continue à tirer de plus belle. En se vidant des intestins, un troisième, crispé de douleurs, s'effondre dans la boue convertie en bouillie rougeâtre, puis se met debout, en gueulant :

— Quoi, alors ? On ne peut plus mourir comme on veut !

Je n'en crois pas mes yeux. C'est un simulacre. Ce sont des figurants, semblables aux modèles du Musée de cire, qui imitent à la perfection, avec une désarmante bravoure, les moindres faits du combat, restituant à l'identique l'explosion des canonnades et la clameur des charges, les attaques de cavalerie et celle des troupiers s'étripant à l'arme blanche. Ils ont revêtu leur tenue de parade, pas celle usée de tous les jours, pour combattre. Ils sont venus pour cela et mourir est une fête. En ces lieux mémorables, ils rejouent la bataille dont l'issue dessine le destin de l'Europe. Comme dans un jeu de rôles, j'assiste à la plus ample reconstitution historique jamais réalisée dans le monde. Quel spectacle extraordinaire ! Il y a des explosions partout. Ça sent la poudre et la sueur. Les canassons, bien entraînés, ne souffrent pas du bruit. Juché sur le fauve symbolique, observatoire sans égal, je vois s'ébrouer comme des soldats de plomb les recrues des deux camps qui s'affrontent.

Il y a là des Allemands, des Anglais qui effectuent chaque 18 juin le pèlerinage victorieux à Waterloo sur les traces de Lord Byron et de Charles Dickens, des Prussiens qui copient les trente mille ploucs de l'armée belgo-hollandaise qui se bat au Moulin en arrière de Mont-Saint-Jean ou du hameau de Risquons-Tout, près de Mouscron. Il y a là des figurants de dix-sept pays européens différents, d'Ukraine et de Tchéquie, de Roumanie, d'Irlande ou du Luxembourg, rejouant l'assaut qui sonne le glas de l'empire français. Les cartouches sont de bois. Et la poudre est remplacée par du son ou de la cendre. « Les gens victorieux sont ceux qui se battent », lance le maréchal tricolore face aux lignes de Wellington, en habit bleu, dont les troupes, jointes à celles de Blücher, comptent plus de deux cent mille troupiers alors que Napoléon en a trente mille de moins. « Pour gagner une bataille, il faut la livrer », grommelle celui qui prend la posture du héros éternel. « Un général digne de ce nom ne fuit pas. Fuir, c'est bon pour un robinet », lance cet autre, dressé sur ses ergots. Les morts sont des braves types. Et ce tirailleur au bras déchiqueté qui le détache avec l'autre main, le jette en l'air comme on sème à tout vent en braillant :

— Vive l'Empereur jusqu'à la mort !

Quel comédien !

À quoi jouent avec un souci insensé de l'uniformologie les reconstitueurs ou reconstituteurs qui ne tiennent pas un rôle, mais entrent dans la peau des belligérants ? Portant un uniforme loué à des costumiers de théâtre (une tenue de soldat : 1500 euros), mais qui souvent leur appartient, et montant deux cent trente chevaux, également répartis dans les deux camps, ils revivent la bataille dans un trompe-l'œil grandeur nature comme dans un film après des répétitions sans fin, recommencées, millimétrées et calibrées jusqu'à l'anéantissement final. Aussi bien qu'avec une longue-vue, je les vois, fauchés par la mitraille, bien visé !, le cadavre des montures servant de remparts, s'affrontant en de terribles duels, dans cette féerie lumineuse et sonore dont la mise en scène s'inspire fidèlement de l'Histoire.

Tous ont un lien patronymique à la bataille. Le patron d'un café de la porte de Namur, alors appelée place de Waterloo, le tenancier de l'hôtel Waterloo et le directeur du Fort Napoléon, à Ostende, l'apprenti de la boucherie chevaline de Wattrelos, à côté de Roubaix, le barman du club de tennis Wellington ainsi que d'innombrables Waterlootois, et les sapeurs-pompiers de ladite commune (service inondation), le garçon de l'auberge Napoléon, natif de Woterloo, et le représentant en cognac Napoléon, l'amateur de mandarine Napoléon, l'émigré transalpin qui mitonne des napoléons, succulente pâtisserie à la crème qu'on vend à Rome, l'Anglais John Waterloo Wilson, qui fournit les postiches et perruques à l'enseigne Au Napoléon de la coiffure, le chef de la célèbre gare londonienne de Waterloo et les fans du tube *Waterloo* chanté par le groupe Abba, le couturier du boulevard de Waterloo qui a dessiné l'uniforme des hôtesses de l'Expo 58, le portier du dancing le Circus sur la route de Waterloo, Napoléon Smets (signe du Lion), établi à Westerloo, près d'Anvers, époux de Pauline Waterloos, scrabbleuse de Watterzo, Lucien Napoléon, installé à Watersloo, avec sa sœur Joséphine, et Anthonie Waterloo, homonyme du peintre, gérant du magasin À la ville de Paris où s'habillent les frères Dardenne. Chacun dans son état fait celui qui lui convient.

Autant que les cavaliers et les conscrits, les officiers et la piétaille, les sosies des personnalités s'opposent dans la sanglante mêlée. Voici Wellington, appelé « le Beau », quarante-six ans, en redingote cobalt, sans parements ni décorations, avec un col cravate blanc, culotte de daim gris, bottes montantes à glands en or, sous son court tricorne sans plumet. Imberbe avec des favoris bien fournis, pâle comme un salsifis, le Duc de fer, montre au gousset, muni de sa longue-vue, rédige lui-même de sa main gantée les ordres aux forces alliées, contrairement à Napoléon qu'il n'a jamais affronté. Il n'aime pas la guerre, mais reste à cheval sept heures de suite sur sa jument Copenhague bai brun de huit ans, à la selle drapée d'une houppelande bleue, qui s'en tire sans bobo. Il attend l'arrivée de Blücher, septante-sept ans, surnommé le maréchal Vorwärts (en avant !), détesté par les Belges, aux joues fripées comme une crête de coq, perché sur son superbe étalon blanc. Où est Grouchy ? Ah, le voici. Il est toujours en retard et déguste des fraises de Wépion. C'est le moment ! Aura-t-il une indigestion ? Malgré son nez rouge comme une cerise, il n'est pas aussi distinguable que le goujat prussien aux bacchantes touffues qui réussit en fin de journée une des manœuvres stratégiques les plus géniales de l'histoire militaire. Voici Michel Ney, le maréchal aux cheveux roux, surnommé le « lion rouge », poli comme l'ongle, qui a déjà eu cinq chevaux tués sous lui. Appelé en dernière minute, il arrive seul, sans état-major, dans une carriole aux Quatre-Bras comme déboule en chapeau haut de forme et redingote écarlate le lieutenant-général britannique dont les bagages ont disparu. Il n'a pas eu le temps de se changer et galope gai comme un pinson par une belle matinée de printemps, emmenant la charge armé de son parapluie.

Et voici Lord Uxbridge, quarante-sept ans, aussi noble esprit que vaillant coureur de jupons. Commandant en chef de la cavalerie alliée, il est blessé, lors de l'ultime attaque, par un boulet fatal au-dessus du genou droit et s'exclame en narguant sa blessure :

— My Lord, je crois que j'ai perdu une jambe.
— Vous êtes sûr ?, s'inquiète son aide de camp.
— Et comment, je le sens.
— Regardez bien. On ne sait jamais.
— Ah, non. Elle n'est plus là.
— On la trouvera plus loin.
— Ma jambe ! Où est ma jambe ?
— Cherchons dans les parages.
— Bonne idée !

Lord Uxbridge met pied à terre et, se traînant à quatre pattes, cherche après sa béquille. Il en trouve une dans un fossé glaiseux et s'écrie, dédaigneux :
— Ce n'est pas la mienne !
Il la jette au loin et repart au galop.
Puis, au combat.

Quel sens de la mise en scène !

Et le voici enfin celui qui a remporté tant de batailles et s'incline face à la coalition des nations réunies. On dirait un acteur. Il ressemble à Pierre Mondy, à Rod Steiger, à Raymond Pellegrin, qui est le Napoléon de Sacha Guitry dans le film de 1954, à Charles Vanel et à Marlon Brando, ou à Christian Clavier qui l'interprète pour la télévision. Est-ce bien lui ou le comédien Gobert qui le représente dans les pièces napoléoniennes qui font fureur en 1830 au Théâtre de la Porte Saint-Martin ? Ou alors est-ce Raymond Kopa, le « Napoléon » du football (de son vrai nom Kopaszewski), mineur avant d'être footballeur ? Est-ce le Napoléon de Stanley Kubrick qui promet de faire « le meilleur film de tous les temps » avec David Hemmings dans le rôle-titre ? Ou celui que doit être Al Pacino dans le projet de Patrice Chéreau qui n'aboutit pas ? Ou celui du *Waterloo* de Sergueï Bondartchouk ? Ou le comparse qui tourne le film de Marcel Broodthaers *The Battle of Waterloo* ? Comment s'appelle-t-il au juste ? Baudelaire l'admire, mais le père de Verlaine qui est notaire l'abhorre. D'aucuns l'appellent « Napolion », ainsi que « Lipoléon » ou bien « Naboléon ».

— Voilà un très bon jeu de mots, dis-je.
— Tant qu'il reste entre nous, ironise Victor.

Il enrage qu'on nomme Honoré de Balzac « le Napoléon des lettres » et qu'on consacre plus d'études au « grand homme » qu'à lui-même.

Le voilà devant moi, l'œil sévère, la main dans le gilet, sous la veste verte à revers rouge, tassé sur son célèbre cheval blanc, un petit arabe d'un mètre trente-cinq. Il en possède plus de mille réservés à sa monte personnelle, sans compter le mulet sur le dos duquel il franchit le Grand-Saint-Bernard. N'étant pas un cavalier émérite, il tombe souvent car il se tient mal en selle, le dos voûté, les genoux écartés, les jambes pendantes sur les étriers trop longs où il se dresse pour sembler plus élancé, les rênes flottantes pour ses bras trop courts. Mais il va toujours un train d'enfer, fonce à vive allure (il n'aime que celle-là) et, quelles que soient la taille ou la race, il lui faut des montures bien dressées. Il reste à cheval trente-six heures sans manger, dort aussi bien la veille que durant le combat, profitant du moindre répit, et gagne les batailles avec les mollets de ses soldats qui le couvrent de hourras, mais n'a pas l'air en forme.

Il souffre depuis ce matin d'hémorroïdes. Elles l'empêchent de rester longtemps en selle. Cela accentue sa piètre position assis. Il ne cesse de se trémousser comme s'il avait des aiguilles piquées dans le derrière. Victor le regarde, d'un air incrédule. Je suis pris d'un fou rire irrépressible. On le soigne avec des sangsues. Napoléon se demande ce qu'il y a de si comique. Il se plaint qu'il a vomi toute la nuit.

Jamais je n'ai vu de si près un héros. Et je m'attends à ce qu'il me tire les oreilles, et même les deux comme il le fait parfois, les pinçant à ses familiers jusqu'au sang ou tirant si fort la joue qu'on en voit la trace pendant quelques jours. Il presse aussi le nez ou le bras de ceux qu'il affectionne quand il est de bonne humeur, assène avec deux doigts un soufflet et, en plus de ces cuisantes caresses, flanque, ce qui n'est pas rare, quelques tapes bien senties. Je vois le nez aquilin, les yeux d'un beau bleu, le menton en avant, la peau blême, la silhouette un brin voûtée, pansue et trapue, enrobée dans la capote grise confectionnée par l'atelier Lejeune, le ceinturon de cuir blanchi par Saint-Étienne jeune. Il ne sait pas s'habiller tout seul et l'est comme un enfant par le fidèle Constant qui fait aussi sa toilette. Il empeste l'eau de Cologne et, affligé d'un tic, relève par à-coups l'épaule droite, ce qui se lit comme un signe d'impatience ou de réprobation. Est-ce parce qu'il ronge ses ongles qu'il croise les mains derrière le dos, poings serrés jusqu'au sang, et range le bras droit sous sa redingote ? Il ne supporte pas l'ail, suce du réglisse qui salit les dents, prise les lentilles et les haricots secs dont il déteste les fils qui rappellent les cheveux coupés court qui lui valent le nom de « petit tondu » et porte des bottes doublées de peluche de soie pour aller à cheval, mais chausse aussi des mules ou des pantoufles de velours rouge ou vert fourrées d'agneau.

Le géant des batailles, qui de son nom a envahi le monde, suspendu à ses rêves, porte son célèbre chapeau de vingt-deux pouces de circonférence, doublé d'ouate car sa tête est plus longue que large et un peu aplatie sur les tempes. Constant porte quelques jours pour le briser le bicorne de castor, orné d'une cocarde tricolore, oint de soie ou de satin, façonné par le chapelier Poupard, fournisseur impérial. Il n'aime pas les neufs, met le même le plus longtemps possible et en a un de rechange, dans ses bagages, très usé, si déformé par les intempéries qu'il semble avoir rétréci sur son crâne. Et, sans qu'on ne lui demande rien, il entame ce monologue.

— Croyez-vous qu'il suffit de se déguiser pour être Napoléon ? Napoléon, c'est un rôle. Mais je ne me prends pas pour lui. Je SUIS Napoléon. Vous voyez la mèche pliée sur mon front ? C'est la preuve que je suis Napoléon. J'ai comme lui une mémoire phénoménale des physionomies. Mais je ne me rappelle pas vous avoir déjà vu. Comme lui je souffre d'insomnies, je pue l'eau de toilette et chante comme une casserole. Je joue comme lui la comédie, mais je déteste les bals costumés. Je suis daltonien comme lui et ne distingue pas le vert et le rouge. Plus le sang coule, plus je vois l'herbe verte. Mais je n'ai pas de problèmes de couleurs dans l'obscurité. Vous me prenez pour un fou ? C'est le rôle qui veut ça. Songez à l'acteur Albert Dieudonné qui fut le Napoléon d'Abel Gance. Qui ne rêve de devenir Empereur dans ses rêves les plus fous ? Folie sur folie ! La vérité de l'Histoire n'est pas ce qui a lieu, mais ce qu'on en dit. Le fou se croit autre qu'il n'est. Pour être Napoléon, il faut être fou. Le fou dit sa vérité en rigolant. Mais vous, êtes-vous bien Victor

Hugo ? Qui être d'autre que soi-même ? Nous sommes tous des figures historiques. Connaissez-vous l'histoire de l'homme au chapeau de plus en plus petit ? Ses collègues pendent au cintre un chapeau chaque jour plus grand. Il croit que sa tête rétrécit et devient fou. Un chapeau n'est pas un chapeau. Mais un chapeau n'est parfois qu'un chapeau. Sur le champ de bataille, tout change d'une minute à l'autre. Et il s'enfuit au triple galop, en citant Chateaubriand :

— *Après Napoléon, néant !*

Le combat entamé à onze heures du matin s'achève à huit heures du soir, alors qu'il dure des fois trois jours, et on dénombre des dizaines de milliers de victimes sur le champ labouré par les boulets, imbibé du sang versé, où retentit la voix rauque des mourants, le râle des agonisants. Des chariots tapissés de paille, chargés de corps ensanglantés, les uns encore vivants, les autres gisants, courent la campagne désolée. Des rats filent dans les mollets des cantinières bardées de tonnelets de gnôle se portant au chevet des blessés que veillent quand ils peuvent les chirurgiens qui coupent des doigts, des mains, des bras, des orteils, des pieds, des jambes. Hors l'amputation, point de salut, sinon la gangrène gagne. Partout, des membres jetés, des gigots sectionnés, des poitrines crevées, des troncs troués qui ne sont pas pansés. Hurle un canonnier aux dents serrées qui ne survit pas à la section de sa cuisse pilée par un boulet. Larrey, quarante-neuf ans, réputé pour avoir « la scie facile », créateur de la médecine d'urgence et des « ambulances volantes », soigne les Français vaincus autant que les Alliés gagnants. Il pose l'ongle du pouce sur l'os et fend à pleines mains. Une jambe a septante centimètres de long, un bras n'en a que soixante. Si on compte une moyenne de soixante-cinq centimètres par membre, à raison de cinq mille amputations à vue de nez, on aboutit à plus de trois mille mètres de membres débités par lui seul.

— Pas mal, non ?, dit Victor qui prend des notes.
— Connais-tu le Nivellois Louis Seutin ?
— Jamais entendu parler.
— Il fait ses premières armes au milieu des combats.
— Et alors ?
— Il invente ici le bandage amidonné.
— Je l'ignorais, admet-il, modeste pour une fois.
— Ce soin des fractures est modifié plus tard.
— Et par qui ?
— Par le chirurgien Adolphe Burggraeve.
— Qui c'est celui-là ?
— Il publie ses travaux sur les appareils ouatés.
— Quand ça ?
— En 1858.
— Juste avant *La Légende des siècles*. Tout se tient.

Nous devisons en contemplant le spectacle des ventres tumescents, aux entrailles échappées, des visages livides ou violets, souillés de cruor, hoquetant et spumeux. On foule des phalanges, des vertèbres, des dos fracassés, des pieds dépariés, des langues, des nez, des yeux. Une face bleutée à la cervelle giclant du crâne supplie qu'on l'achève. Un cheval aux pattes postérieures mutilées, assis sur la queue, tronc sans tête, écrase un corps sans buste là, sans bas ici. Perdre un bras, gagner un grade, cela fait une belle jambe ! Un général qui réclame qu'on fasse après sa mort un tambour de sa peau et qu'on sonne la charge avec ses os voit son poing flanqué dans la boue où il se tend vers le ciel fuligineux en un ultime réflexe. Ah, le salut militaire !

Qu'on jette ça au fumier !

On précipite dans les fosses les cadavres, nappés de chaux vive, mis à brûler en un bûcher qu'attise la graisse humaine. Un chien, des corbeaux, des mulots qui dévorent gloutonnement des estomacs et des viscères à l'air rôdent par centaines et s'enfuient à l'approche des escarpes et des tire-laine, des braconniers, des maraudeurs, des indigents et des malandrins traînant sur ce champ de viande morte, qui raflent décorations ou épaulettes, bottes, chemises, vestes, fouillent les poches, taillent les phalanges de ceux qui parfois ne sont pas morts pour faucher les bagues, cisaillent les oreilles des grenadiers, piquent l'anneau rivé dans le lobe et lancent au loin ce qui ne les intéresse pas. Pouah ! Ça pue le sang humain, hurlent-ils en se bouchant les narines. Pillards, détrousseurs, coupe-jarrets et voleurs à la petite semaine disputent leur butin aux béquillards en maraude, aux rapaces et aux paysans belges.

N'est-ce pas un Français qui conçoit la maxime « la propriété, c'est le vol » ? Quelle est la nationalité d'un cadavre ? Le butin va aux vainqueurs. Ah, le don qu'il faut pour alléger les morts ! Galvaudeux et charognards, pilleurs et rapineurs améliorent leur ordinaire par de mauvais coups. Ils se barbouillent la face de poudre à canon pour ne pas être reconnus et tels des maraîchers, dépouillant les blessés, achèvent avec leurs propres armes les geignants grognards aux bacchantes rousses. Des crochets en forme de hameçon arrimés à deux bourriques tirant une carriole raclent le sol et traînent à la fosse les dépouilles en quantité telle que le lipide suinte sur la route.

— Brûlez-moi ces saloperies !, hurle-t-on.

La mort s'exhale de la mort. Je vois les cadavres des deux camps. Il y en a tant partout, dans les bois ou la campagne alentour, et la forêt de Soignes où on en compte dix mille, expirant dans une mare de sang, que les contadins mobilisés mettent douze jours pour enterrer et l'inhumation est si sommaire qu'en été le blé pousse plus fort que jamais, et du sol craquelé saillent, brandis vers le ciel, des index courbés, des paumes percées d'un trou, des talons séparés au trépan de l'assise, des cheveux saisis par poignées que happent les détrousseurs, les curieux et les vide-gousset qui sillonnent l'aire du carnage en quête de souvenirs, aguichés par les relents de la boucherie, glanant dans la glèbe engraissée de la sanie des trépassés les reliques et les vestiges de l'hécatombe. Un anatomiste amateur, as du scalpel, plante sa patte de bois dans un amas de tripes violacées, guettant des dépouilles tièdes qu'il emporte pour les disséquer. Et on sait le cas d'un canonnier qui s'est marié quelques jours avant son départ (pas de chance !), amputé non pas d'un testicule (ultime sacrifice !), mais de la verge après la tuerie, si bien qu'à son retour on lui bricole un moignon de pénis de dix-sept centimètres, perforé au centre et moulé dans une gomme aussi élastique qu'un chewing-gum, recoupant ainsi le mot argotique *waterworks* qui désigne depuis le milieu du XVIIIe siècle les organes urinaires, comme quoi la guerre est la meilleure alliée du progrès.

Victor tend la main et m'aide à descendre de mon piédestal. Jetant un œil au fauve, d'un air entendu, en haussant les sourcils en point d'affirmation, il déclare : « As-tu senti, mon jeune ami, la griffe du lion ? Ce n'est rien au regard du rugissement qu'il lancera plus tard. » Je ne perçois pas tout de suite la portée de son allusion, l'animal en cette région se dotant de maints symboles. « Bien rugi, lion ! » s'écrie-t-il en tournant le dos à la bête statufiée avant de conclure par un calembour dont il est friand : « Qui sait s'il ne doit son renom à Napoléon qui a dit du général Mouton : Mon Mouton est un lion ? » Glissant sur ses patins de feutre, il m'entraîne à sa suite et parcourt à lentes arpentées la plaine adoucie qu'il étudie méthodiquement. Seuls sur cette aire infinie nous conversons en pèlerinant pédestrement, traversant le champ funèbre qu'il inspecte avec un soin d'enquêteur sourcilleux de la grande Histoire.

— Ils sont couchés là par milliers !, s'émeut-il.

Tels des galets épars rejetés par la marée lors du ressac, pointent sous la semelle de ses savates poils de bonnet, boutons de manchettes, trousses de drap, dés à coudre, plaques de baudrier, tronçons de lame, gibernes, pierres à fusil, pontets de pistolet en laiton, boucles de ceinturon, attaches de sabretache, rosaces de jugulaire, mordaches de plomb. Reconstituant la bataille à partir des éclats d'une arme, d'un morceau de fer, d'un uniforme ou d'une parure, il récolte les indices du drame dont il connaît les péripéties dans le moindre détail. Je le suis comme son ombre, grisé de ses paroles, tandis qu'il relève les restes teintés de glaise, débris enfouis sous la terre, pointes de baïonnettes, mors de bride, poires à poudre, boîtes à mitraille, mèches de bougie de lanterne, brins de moustache, bris d'éperon, plumets de casque, lamelles, courroies, cartouchières, sacs, selles, crochets de fonte, segments de boucle, boulets creux, ceux en fer n'explosent pas, s'enlisent sans rebondir par ricochets.

Jusqu'en 1890, on vend des ossements bidons et de faux crânes comme celui du duc de Wellington dont s'exhibent en vitrine celui de la naissance et celui après son trépas (don d'un compatriote), mais sous nos pas gisent de vrais bouts de squelettes. Le sol régurgite des gants, des guêtres, des sabots, des rênes, des souliers (avec le pied dedans), des lambeaux de culottes, des glands dorés, des barrettes, des cordonnets, des épaulettes, des bretelles, des filaments de brandebourgs, des gorgerins d'officier, des dragonnes, des passements de shako, des nids d'hirondelle ou pattes d'épaule, ainsi que des colliers, des bracelets, des alliances, des boucles d'oreilles, des chaînettes avec breloque, des montres, des médailles, des lunettes, des passeports, des agendas, des cahiers de notes, des chapelets, des sacoches, des étuis à cigares, des verres de montre, des jabots, des toupets, des dentiers, des peignes et des clés. Bref, tout ce qui fait la vie des hommes et demeure comme une trace après qu'ils ne sont plus.

L'éternité pour champ de bataille. Ici s'est déroulé un combat où s'inscrit la mémoire des siècles. Une date gravée dans l'Histoire qui donne lieu à l'expression idiomatique « connaître son Waterloo ». Quelle étonnante représentation ! Quelle transcription ! Victor Hugo, fidèle à sa légende, se livre à l'autopsie de la catastrophe. Sait-il que nous avons assisté à un simulacre ? A-t-il vu les choses comme je les ai regardées ?

Assez courbé sur le cadavre, changeons de sujet, décrète-t-il. J'ai peut-être abusé de l'hospitalité des Belges. J'aime l'exil, anagramme d'Ixelles, commune de Bruxelles. La vie est un exil. C'est mon pays. Et comme il est chez lui partout.

— Où irais-tu sinon ?
— J'irai bouder à Guernesey.

Le sourcil en accent circonflexe, il s'interroge. À quoi tient le destin ? Si Napoléon gagne à Waterloo, la Belgique fait partie de la France. On ne refait pas l'Histoire. Le sort des Belges tient aux picotis de son arrière-train. Il hume une touffe de serpolet. À quoi bon les mots ronflants ? Cambronne convole en justes noces avec une infirmière écossaise et Wellington décède à quatre-vingt-trois ans d'une indigestion de crème au chocolat. Tout cela vaut bien la peine.

L'après-midi s'achève. Victor crayonne dans son carnet le paysage qui sombre dans la pénombre. Il salue encore ses admirateurs, avoue qu'il est content de rester quelque temps dans ce pays qu'il porte dans son cœur, qu'il tient pour sa seconde patrie, qu'il compte habiter avenue Victor Hugo quand il sera rentré en France. Ponctuant d'un large sourire cette conversation qui donne la sensation de durer mille ans et conciliant l'art qu'il a d'accorder les dates et les lieux de la grande Histoire aux menus faits de sa propre existence, il raconte comment il devient immortel en rendant l'âme à quatre-vingt-trois ans, le vendredi 22 mai 1885, à treize heures vingt-sept pile. Ayant traversé le tumulte, la rumeur et le silence, rendu à lui-même, revenu de tout (ou presque), triste, sourd et très vénérable, englouti par le néant, approchant l'univers de l'au-delà, il conclut par l'hugolienne formule que lui seul ose dire :

— *Il est temps que je désemplisse le monde.*

Le temps s'abrège. Vient le moment de se quitter.

— J'ai trop de vies pour n'en vivre qu'une, confie-t-il. Inspire-toi de moi. Tu verras, ton existence sera d'autant plus passionnante. Puis, me couvant d'un regard affectueux : À toi de chercher la grandeur. Il me fait don du canif avec lequel il émince sa plume. Les jours se ressemblent. Garde-toi de les confondre. Et, pérorant dans le vide, il annonce : Je lègue un enregistrement de ma voix à la postérité ! Puis, soudain grave : Quel est ton héros préféré ? Et moi, sans crainte du ridicule : Mon pays. Il existera dans quinze ans. C'est-à-dire au chapitre suivant. Puis, closant celui-ci. Il ne me reste plus qu'à terminer *Les Misérables*. Ce sera bien ?, dis-je. J'attends ton avis pour le savoir. Il me serre la main incroyablement fort.

— N'oublie pas de vivre ta vie.
— Je m'en souviendrai.
— La vie l'emporte toujours.
— J'en suis certain.
— On se reverra plus tard.
— Tu es pour moi comme un père.
— Pourquoi dis-tu cela ?
— Parce que je n'en ai pas.
— Qu'est-ce que l'enfance ?
— C'est le présent qui fuit.
— J'ai le temps pour devenir grand.
— Ne tarde pas trop.
— Adieu, Victor.
— Adieu, mon jeune ami.

Il essuie une larme qui coule. Comme s'incline la postérité, il pose un baiser sur mon front. Et maintenant, je m'expulse !, lance-t-il. Victor s'en va d'un pas léger, sautant d'une case à l'autre, comme au jeu de l'oie. Que serait ce livre sans ce jeu ? Je parcours dans l'autre sens le riant paysage du mois de juin, cadre du combat sans merci qui n'a lieu qu'une fois, mué en site historique où les autocars déversent des classes d'écoliers. Et des gerbes de touristes qui achètent des souvenirs et des cartes postales. Victor disparaît à ma vue. Il n'est plus qu'un infime détail du panorama circulaire que je contemple à l'œil nu derrière la balustrade sur la plate-forme de bois, de neuf mètres de diamètre qui s'élève à cinq mètres du sol, où on accède par un escalier plongé dans la pénombre et qui restitue par la fougue du pinceau, avec un luxe de précisions dérisoires, le choc du combat, la furie de l'affrontement, l'ardeur de la bataille.

Émanant de l'art pictural militaire, figeant au cœur de la mêlée la charge de la cavalerie française menée vers dix-huit heures par le maréchal Ney, nu-tête, chevauchant un coursier noir, alors qu'au loin Napoléon, en redingote grise, qui passe la plupart du temps assis sur une chaise à la Belle-Alliance, observe la suite des opérations, le panorama de Waterloo est l'œuvre du peintre panoramiste français Louis Dumoulin. Brossée en touches larges et vives, la toile réalisée en moins de dix mois, qui a cent dix mètres de long et douze mètres de haut et s'admire comme d'un pont de navire ou d'une nacelle de ballon, sous un vélum conique de vingt mètres de diamètre cachant la verrière et de teinte brunâtre, est tendue dans la rotonde édifiée au pied de la butte pour une durée initiale de dix-huit ans, et inaugurée le jeudi 2 mai 1912.

Quel cirque !, me dis-je en scrutant le faux terrain où des chevaux conçus d'après des moules en plâtre et des panneaux peints s'amalgament à des mannequins de paille ou de papier mâché coulé sur un treillis métallique, maintenu par des supports de bois, couverts de vrai sable, de cailloux et de plantes séchées. La Belgique est alors « la nation des panoramas », divertissement inédit, prisé des citadins qui aiment que la vie ne soit qu'une représentation et que la réalité ressemble au décor que dévoile un rideau de théâtre.

Détail du *Panorama de la bataille de Waterloo* de Louis Dumoulin, 1912.

Chapitre 2

Quel lieu magnifique !, dis-je en découvrant la salle du théâtre de la Monnaie, ou de la *Monnoie*, situé en face de l'ancien hôtel des Monnaies. Cette scène de prestige international, haut lieu du spectacle lyrique, est l'une des meilleures d'Europe pour la qualité des chanteurs et des cantatrices. Elle contient mille deux cents places, mais n'est pas chauffée, hormis quelques loges munies d'un poêle discret, si bien qu'on se presse au foyer à l'entracte, et s'éclaire par des quinquets ainsi que par un énorme lustre qui monte ou descend à volonté, et risque de s'effondrer sur le public. Tout comme la herse menace d'enflammer le décor, la rampe d'embraser la robe d'une actrice, la poudre de lycopode qui sert à simuler des éclairs et des feux de Bengale de mettre le feu aux coulisses. Ce qui arrive un peu plus tard.

Détruit de fond en comble par les flammes, le bâtiment de cinq étages ne laisse debout que quatre murs à partir desquels on rebâtit en un an un Opéra flambant neuf sur les ruines de l'ancien qui se prépare à devenir le cadre d'un événement historique.

M'aventurant dans les coulisses de ce navire intrépide où s'agitent régisseurs et techniciens, j'admire la machinerie nécessaire à la fabrication des ombres et des fontaines. Châssis ou cabestans, palans ou poulies lardées de cordages, tambours et treuils, forment les entrailles d'un vaisseau impassible avec ses trappes secrètes, ses plates-formes amovibles et ses décors peints. Je découvre, émerveillé, l'art de distiller les lumières, de créer un paradis, de faire naître l'arc-en-ciel ou l'aurore. Le théâtre est un mirage, le miroir enchanté de la réalité, mais, ce soir, il est l'écrin de circonstance vraiment mémorable.

Les placeurs, gantés de blanc, vêtus d'habit de maître d'hôtel ou queue-de-pie de majordome barrée d'une chaîne d'or, huissiers de cet antre magique, accueillent l'élite, la crème, la fine fleur, le gratin du pays.

Sont là tous les grands personnages du passé et du présent, maquillés et perruqués, assis les uns à côté des autres, les notables et autres pontes vénérables occupant les loges, les baignoires et le premier balcon. D'un coup d'œil circulaire, j'identifie une à une toutes les célébrités de l'heure, les Belges connus d'hier et d'aujourd'hui, installés dans le public habillé comme dans un tableau, les femmes en longues robes du soir d'apparat, fourreau de satin, fourrures, colliers de perles ou rivières de diamants, les hommes en smoking avec des gants blancs et des souliers vernis, nœud papillon, jabot ou chemise à col à coins cassés.

Il y a là Tintin, héros débrouillard qui est le plus neutre des Belges, Hercule Poirot, Belge depuis 1920, fin limier natif d'Ellezelles, Eddy Merckx, meilleur sportif belge de tous les temps, Jules César, pour qui les Belges sont les plus braves, et César Franck, célèbre compositeur belge du XIXe siècle expatrié en France, André Modeste Grétry, compositeur français d'origine wallonne, Adolphe Sax, inventeur belge du saxophone, Pierre-Paul Rubens, le plus flamand des peintres belges, Adolphe Quetelet, météorologue et statisticien belge, grâce à qui la même heure règne partout dans le pays, Zénobe Gramme, inventeur belge de la dynamo, Salvatore Adamo, chanteur sicilien, Belge de cœur, Sœur Sourire, religieuse belge la plus connue avec Sœur Emmanuelle, née à Bruxelles, d'un père français et d'une mère belge, Mercator, fils de cordonnier, génie belge de la Renaissance qui met toute la planète en cartes, Dirk Frimout, astronaute, Maurice Grevisse, grammairien, Henri Pirenne, historien, Victor Horta, père belge de l'Art nouveau, Maurice Maeterlinck, seul Prix Nobel belge de littérature, en 1911, le géant Atlas, antipode du « petit Belge », Raymond Goethals, dit « le Belge », Thyl Ulenspiegel, Belge frondeur, Plastic Bertrand, Belge planant, Manneken Pis, le plus Belge des Belges, Toots Thielemans, inépuisable harmoniciste belge.

— Quel effet ça fait d'être baron, Toots ?
— Je ne joue pas mieux pour cela.

Sont aussi présents Annie Cordy, de son vrai nom Léonie Cooreman, Belge de bonne humeur qui croit dur comme fer en la devise nationale « L'union fait la force », Maurice Béjart, qui est chez lui dans cette salle où il a souvent triomphé, Christian Dotremont, Belge de Laponie, le Père Damien, Belge des îles Sandwich, Hergé, « papa » de Tintin, qui déteste l'opéra, Albert Frère, fils d'un marchand de clous, le plus riche des Belges, qui inspire ce quintil :

« Monsieur parvenu
A l'air dans la lune
Mais sa fortune
Comptant pour des prunes
Il s'en ira tout nu. »

Et encore Kim Clijsters, Belge de service, René Magritte, peintre surréaliste en chapeau boule, Luc Tuymans, qui se proclame « le dernier Belgicain », Albert II, le dernier roi des Belges, Gabrielle Petit, Belge martyre qui périt en criant « Vive la Belgique ! », Marguerite Yourcenar, première femme de lettres à l'Académie française, qui n'est pas vraiment belge, et, enfin, les deux Dupondt venus incognito :

— Seuls les Belges savent qu'ils sont Belges.
— On nous reconnaît à nos moustaches.
— Les miennes remontent, affirme Dupont.

— Les miennes tombent, confirme Dupond.

— Elles sont aussi droites qu'un T, dit le premier.

— Et rondes comme un D, complète le second.

— Tout le monde se déguise pour être reconnu.

— Mais nous ne le sommes pas.

— Je dirais même plus, nous ne le sommes pas.

Le fauteuil coûte un franc-or. La salle est archicomble. L'accès du théâtre, où il est interdit de pétuner, n'est pas permis aux polissons, chemineaux et mendigots. Du premier balcon aux mezzanines, lieu d'observation idéal des sommités encartonnées, et aux corbeilles, où piaffe la claque qui a patienté cinq jours pour obtenir un billet, le spectacle est partout. La tension monte. L'atmosphère est électrique. Le chef des coulisses va faire signe au chef de pupitre lorsque se produit un incident aussi comique qu'inattendu. Étique et racorni, le sourcil sévère et le menton en pantoufle, fripé comme un coq, juché sur un trône en son pourpoint brodé dans une gamme de gris raffiné, Charles Quint, tenu pour un papa gâteau, est attaqué par un guérillero burlesque, croisé pâtissier surnommé le « gloupier », au cri de « Entartons, entartons, les pompeux cornichons ! ».

Ah, les belles traditions !

Les hommes de pouvoir ne se doutent de rien. Tant de gros bonnets ont été traités de la sorte. Charles Quint ne réagit pas lorsque retentit le

« gloup, gloup, gloup » du gredin, sorti de nulle part, qui lance une énorme tarte à la crème en pleine figure de l'austère bobine, à la barbe dégoulinante de chantilly qui dégoutte sur ses brodequins à boucles cirés. Voilà le possesseur de l'Empire sur lequel le jour ne se couche jamais tout taché du forfait chantillesque. Satanée dégelée ! Chacun se gausse, se pousse du coude, se trémousse d'un rire qui grandit et finit par agiter comme dans une « ola » la salle pleine à craquer. En voyant l'habit de velours maculé de miettes de pâte et de mousse fraîche, qui mue « *onze Charel* » en acteur de film burlesque du cinéma muet, un péquenot au poulailler, en se tenant les côtes, criaille à son voisin :

— Eh bien, le voici devenu Charlot Quint !

Le spectacle peut commencer. Le chef au visage tendu entre dans la cage aux lions, à quoi s'apparente la direction d'orchestre. Il n'a pas le dos triste. On l'applaudit. Les lampes éclairent à leur pupitre les musiciens (clarinette, basson, hautbois, violon, cuivres, triangle et cymbales) qui se sont accordés. C'est Grétry qui a l'idée de placer l'orchestre dans une fosse devant le public. Le pied battant la mesure et la musique au bout des doigts, échauffant les muscles du cou, des épaules, de l'avant-bras et du poignet qui manie la baguette, il adresse un clin d'œil à chaque instrumentiste avant d'attaquer l'ouverture.

Ramassé sur moi-même, perché sur un haut tabouret, face à la scène nue comme le dos de la main, j'occupe la meilleure place du théâtre, dans la boîte du souffleur, sorte de soupirail à deux pas du plateau. Dans ce trou aussi étroit qu'une tête d'épingle, je me sens chez moi. Seul, à l'abri des regards, la caboche rabotée par l'auvent du toit, les coudes sur les genoux, j'admire comme d'un coup de baguette magique s'éteignent les rangées de portants, les herses ainsi que l'éclairage de la rampe.

Le spectacle n'est pas la célèbre *Muette de Portici*, petit port de pêche près de Naples, qui relate le soulèvement en 1647 des Napolitains contre les oppresseurs espagnols et distille des allusions patriotiques dans le duo entraînant « Amour sacré de la patrie », mais l'opéra-comique *Le Cri de la Muette*, sous-titré « folie nationale ». Il l'est, en effet, et on le donne pour la première fois ce soir au grand dam des amateurs d'opéra à l'italienne épris de baroquisme et à la joie effrénée des mordus du « style belge », férus de musicaillerie, séduits par la partition d'une gaieté exubérante, l'intrigue bondissante, émaillée de gags à foison et de morceaux de bravoure, assortis de roulades, de refrains hilarants et d'envolées gratuites.

Quel programme !

On frappe les trois coups. L'assemblée chuchote. Le premier rang se trémousse. Cela va commencer. Le silence se fait dans la salle plongée dans la semi-pénombre, puis dans une obscurité sans fond quand s'éteint doucement la lumière. L'extinction de la clarté est une innovation. Plongé d'un coup dans le noir, assombri comme au sein d'une caverne, n'apercevant plus rien de clair, le public pousse des « oh » et des « ah » d'extase. À 20 h 30, le rideau s'ouvre. Le prologue laisse les spectateurs pantois. Les mélomanes suivent la mélodie sur les partitions et les livrets, tout en agitant faces-à-main et éventails. L'action se joue dans un décor de carton-pâte, partant du point de vue qu'une décoration trop vraie fait paraître l'acteur plus faux. On s'interdit d'abord de réagir, mais, après un moment, la salle se met à vibrer, certaines scènes sont frénétiquement applaudies, les gens pleurent tant c'est beau, on entend des cris d'extase, des soupirs étouffés, des roucoulements de bonheur si bien que certains airs sont bissés et, gagnés par cet enthousiasme contagieux, le parterre, puis les fauteuils d'orchestre, le premier balcon, les baignoires et les corbeilles entrent en transe, les uns lançant des ovations bruyantes, d'autres des salves d'applaudissements sans fin et des acclamations délirantes.

Nombre de cantatrices comme Georgette Leblanc, sœur de Maurice Leblanc, père d'Arsène Lupin, compagne de Maurice Maeterlinck, auteur de *Pelléas et Mélisande* dont le manuscrit ne compte pas moins de quatre cent quatre-vingt-neuf points de suspension et deux cent trente-deux points d'exclamation, ont postulé pour le rôle féminin principal. Il y a aussi Nellie Melba, qui inspire au maître-coq Escoffier la pêche du même nom, la plantureuse Jenny Colon, dont Gérard de Nerval est amoureux, Clara Clairbert, soprano bruxelloise qui hisse ses vocalises jusqu'à la cime des cintres et que le public local appelle affectueusement Clairette, Mademoiselle George qui est si replète que les méchantes langues l'appellent « la Montgolfière », Évelyne Brélia, première acheteuse d'une toile de Magritte, assassinée et violée lors d'une promenade en forêt, sort que n'envie pas la danseuse Emma Livry dont la robe prend feu à une répétition générale de *La Muette de Portici* dont on prépare la reprise, qui s'éteint après une agonie de huit mois. Ou la pianiste Clara Haskil qui, six jours après avoir interprété la sonate en *mi* mineur de Mozart au Théâtre des Champs-Élysées, dévale la tête la première dans l'escalier de la gare Centrale conçue par Horta.

Patatras !

Elle expire comme Violetta dans une ultime quinte de toux ou Didon qui se suicide, autre manière de partir en beauté pour les divas. Restent Dyna Beumer, aux vocalises enveloutées, qui solfie la langue entre les doigts. Lili Macaroni qui trouve la mort à São Paulo où le chœur et l'orchestre au complet s'effondrent d'une pièce. Plaf ! Ou alors Bianca Castafiore, cantatrice hystérique et castratrice – même mot à deux lettres près –, qui a une cervelle d'oiseau et est toujours prête à bondir en scène dans sa robe cramoisie, avec ses nattes blondes et son collier Tristan Bior. D'une grandiloquence allègre, la prima donna baleine emperlousée, au nez en forme de bec de perruche ou de perroquet, taxée de « cyclone ambulant », a chanté à l'Opéra de Klow, au Kursaal d'Ostende et à la Scala de Milan, d'où son surnom de rossignol milanais. Son organe est si percutant qu'on craint pour la résistance des vitres et chacun l'imagine en train de déclamer :

« Tout change dans l'Univers
Ici tout va de travers
Faisons tout à l'envers
On y verra plus clair. »

Mais *Le Cri de la Muette* n'est pas un *opera seria* (opéra sérieux), c'est autre chose, et le rôle féminin principal ne peut être confié à une bourdonnante dondon au roucoulement pigeonnant… Alors, qui ?

Eh bien, la voici, follement acclamée, qui entre dans sa longue robe blanche qui met en valeur son visage pâle comme un marbre de Canova, son nez droit et ses yeux brûlants comme des diamants, son cou gracile, sa chevelure noire et son corps frêle. Elle est la première diva des temps modernes, la plus célèbre chanteuse d'Europe, la plus admirée de la planète et la meilleure de son époque. Elle brûle les planches. Elle met les foules à genoux. Le monde devient aphone quand elle chante. Elle est la voix que toutes les capitales réclament et que tous les Opéras se disputent. Elle gagne des fortunes, mais confectionne elle-même ses costumes et s'avère bienfaisante envers les miséreux. Peu de liens la rattachent à la Belgique, mais elle se repose de ses tournées triomphales dans sa jolie villa d'Ixelles, place Fernand Cocq. Elle s'est déjà produite le 11 août 1829 à la Monnaie et son interprétation de *Médée* à Londres est si formidable que les applaudissements durent une heure vingt. À vingt-deux ans, elle est au sommet de sa gloire et partout où elle se produit le public se pâme. On imite sa démarche et se coiffe comme elle. On étend des myriades de roses sur le pas de sa loge. On saccage des jardins entiers pour orner de bouquets la scène qu'elle enchante de ses envolées cristallines.

C'est la Malibran !…

Elle est la fille d'un ténor célèbre qui lui interdit la grasse matinée, de batifoler avec des filles de son âge et l'astreint à n'avaler que ce qui est bon pour sa voix veloutée, riche en harmonies, d'une agilité sans égale et sans fioritures, limpide et étendue, qui ne s'égare pas dans les roulades et les trilles. Sautant du grave à l'aigu avec vélocité, sa voix surnaturelle part du *sol* grave au contralto pour s'élever jusqu'au *mi* suraigu, son registre s'étend sur trois octaves, éclate comme la foudre bien qu'elle entrouvre à peine les lèvres. Quand elle entre en scène, l'émotion est à son comble. Une chape de silence s'abat sur la salle *malibranisée*. Plus une mouche ne vole. Le lustre de cristal manque de se décrocher.

Chacun a la larme à l'œil en la voyant, belle à couper le souffle, saisi par sa présence irradiante et sa réputation étincelante. Émerveillé au bord de la fosse, tapi dans ma boîte à surprise, comme un souffleur de verre liquide, je la détaille de la tête aux pieds, humant les pétales de roses lancés sous mon nez. Je fixe son visage ovale, son teint bistré, ses yeux d'émeraude qui ont le feu d'une âme forte et qui sont le miroir de l'âme, ses paupières arquées et ses cils peints en bleu qui sont les plus soyeux du monde. Je vois sa taille fine et cambrée qu'étaye son port de reine et sa longue et abondante chevelure qui oscille du châtain clair au brun roux, de l'auburn au noir d'ébène constellé de reflets bleutés, pendant qu'elle chante. Quel mystère se dissimule dans ses pupilles ? Quel abîme recèle son charme troublant ? Quel délice scelle sa voix qui m'ensorcelle ? Ému aux larmes, je murmure, attendri par l'admiration :

— Je n'ai jamais vu une femme aussi belle.

Mes pensées se brouillent. « Je n'ai jamais eu de mère ! », dis-je tout bas, comme Balzac. Il n'est pas vaniteux de se comparer à lui en ce domaine. Les orphelins sont tous les fils d'une même famille.

Ovation. Pendant qu'elle s'incline pour cueillir les fleurs par brassées, dressé sur la pointe des pieds, éperdu d'émotion, d'une voix blanche, je lui souffle à l'oreille.

— Vous êtes belle comme le soleil.
— Quel est ton nom ?
— Je n'en ai pas.
— Quel âge as-tu ?

— Onze ans.
— Félicitations !

Elle sort de scène et s'éloigne vers sa loge.

— Où vas-tu ?, demande-t-elle.
— Je m'attache à vos pas.
— Il n'y a pas de place.
— On ne m'attend nulle part.
— Suis-moi comme tu voudras.
— Prenez-moi dans vos bras.
— Pourquoi pas ?

La Malibran le fait avec simplicité. Son parfum m'ensorcelle. Ma tête tourne. J'ai envie de crier : « Adoptez-moi ! Je vous en prie ! » Elle me pose à terre.

— Je dois me changer.
— Vous m'abandonnez déjà ?
— Chaque chose en son temps.
— Quand reviendrez-vous ?
— Laissons faire les événements.

Sa loge se referme sans bruit. Quel émoi ! Je regagne ma place en silence. Et je me dis tout bas : Les parents, c'est comme les yeux. Mieux vaut en avoir de bons. Quand on les perd, ils sont irremplaçables.

Et voilà que surgit comme une charge de cavalerie Jacques Brel, qui est au faîte de sa gloire comme la Malibran l'est de ses moyens. Emporté par la démesure, il est l'homme de tous les défis et court après ses rêves. Excessif comme un Flamand, il est Belge du cœur, de la tête et du corps, et plus patriote encore que la plupart des Belges présents dans la salle. Subjugué par sa fièvre, j'observe le chanteur aux dents chevalines, aux tifs châtains, aux narines aérées qui flambe dans la lumière comme on s'enfonce dans la nuit. Je vois les souliers qu'il a lui-même cirés avant d'entrer en scène, après avoir vomi. Mes yeux brillent. Tiré à quatre épingles, dans son costume de représentant de commerce de la cartonnerie familiale Vanneste Brel, avec sa pochette blanche droite et sa cravate infroissable, il est déguisé en lui-même et joue son propre personnage. Dans quel magasin s'est-il donc fourni pour servir aussi bien son rôle ?

Il me voit à ses pieds et colle littéralement son nez au mien.

— Que fais-tu là, toi ?
— C'est ma place.
— Je n'ai que des filles.
— Comment s'appellent-elles ?
— L'une s'appelle France.
— Quel joli nom !
— J'aurais tellement aimé avoir un garçon.
— Et moi, un père.
— Veux-tu chanter avec moi ?
— Comment dois-je vous appeler ?
— Comme tu veux.

— Vous êtes si grand d'ici.
— Alors, appelle-moi le grand Jacques.
— Que dois-je faire ?
— Souffle-moi les morceaux.
— Vous ne les connaissez pas ?
— Je ne sais pas lire une partition.
— Mais c'est vous qui l'avez écrite.
— Je ne suis pas un marchand de chansons.
— Je n'ai pas assez de souffle.
— Je te prête celui de mon accordéon.
— Souffler n'est pas jouer.
— Alors, tu es prêt ?
— Quand tu veux, grand Jacques.
— Chauffe, Marcel ! Allons vers le triomphe !

Les notes ne font pas la musique. C'est entre les lignes que sourd l'émotion. Il sort de sa poche une feuille qu'il me tend. On peut jouer un rôle sans le savoir. Un mot juste est plus sûr qu'un mât sur un navire en haute mer. Encombré de ses longs bras, Jacques Brel se déchaîne. Sa gueule de cheval hennit. Son front se plisse, ses yeux lancent des éclairs, ses épaules hoquettent. Poussant vers l'avant ses dents, évents de son talent, il cliquette, grimace, aboie, piaule, bêle, minaude. Exaltant l'accent de sincérité qui fait danser la langue, il tempête, susurre, cajole les phrases, roule les r. Il est tout à la fois. Ses gestes parlent autant que sa voix. Il sautille sur place, gesticule et, dépliant sa dégaine d'échalas, sa gestuelle exubérante, ses girations de sémaphore, essuie des vagues déferlantes et des rafales de vent terrifiant. Funambule aux ailes d'albatros, amateur de gueuze et de Kriek Lambic, faisant le pitre, ce nomade du cœur, qui est né la même année que Tintin, braille et « brelle » à pleins poumons. Et bat l'air de ses doigts tournoyant comme des moulins dans un ouragan.

— C'est gai, hein ?, lance-t-il avec un clin d'œil.

Tassé dans mon cagibi, je lui suggère les notes qu'il répète à mesure que je les lance. Quelle présence ! Quelle sincérité ! Quel sentiment ! J'en ai le souffle coupé. Ayant du cœur au ventre, mettant ses tripes sur la scène, il grimpe sur ses grands chevaux, cavale, s'emballe, s'envole dans les cintres, s'éponge avec les rideaux, m'arrose de postillons si gros que je me crois à la mer du Nord, rafraîchi par les embruns, la marée qui se fracasse sur les brise-lames et coule sur le sable dur. Il sue, s'essuie, défait son col de chemise, patauge dans une flaque de lumière où il plonge jusqu'au cou, déverse son trop-plein de liquide intérieur. Et le voici qui tangue, volcanise, fulmine, écluse, violent et tendre. Je cesse de souffler pour écouter. Quel repos ! Le grand Jacques fait le Jacques.

— Ma patrie, c'est la chanson, confie-t-il avec émotion, des éclairs dans les yeux. Cela ne suffit pas ? J'aime les Belges !, clame-t-il avec une foi inébranlable.

La Belgique est le nombril de la terre. Et Brel qui ne fourre pas son drapeau dans sa poche, et enfile les refrains comme il enchaîne les tournées à un rythme infernal, entame *Le Plat Pays*, écrit en dix jours, qui est le véritable hymne national belge. La salle applaudit à tout rompre. Les premiers rangs escaladent les fauteuils en poussant des clameurs. Les baignoires lui lancent une pluie de bouquets. Soulevée comme une oriflamme, l'assistance explose, tape dans les mains, bat des pieds, crie « Vive Brel ! Vive la Belgique ! ». Il chante encore à gorge déployée. L'assemblée grisée se lève comme un seul homme et, ivre de liberté, exulte lorsqu'il attaque *Amsterdam*, chanson à laquelle au départ il ne croit pas beaucoup, mais qui trouve – ô paradoxe – un écho dans l'âme sentimentale de ses compatriotes.

— Pisser ! Devant les dames !, s'élève une voix.
— Oui, mais l'Edam d'Amsterdam !...
— Eh bien, bissez maintenant !

Tout le monde applaudit. Le parterre vibre au « rot » des marins. Les loges éclatent en vivats. Et voici que revient la Malibran vêtue d'une robe de soie qui entonne avec Brel un duo inoubliable.

« Je suis un porte-drapeau
Je le porte bien haut
Je suis un Belge qui brille
On est une seule famille
Le Belge est un tout
Son nombril n'a qu'un trou ! »

Ils s'accordent en un même embrasement. C'est le choc de deux mondes. S'électrisant l'un l'autre, fusionnant leurs voix en une, ils chantent comme les oiseaux, ensemble ou à tour de rôle. Brel s'égosille, jabote, piaille, jacasse, pépie malgré quatre paquets de cigarettes par jour. La Malibran babille, chuchote, gazouille, ulule. Ses trois tessitures et son timbre ensoleillé déchaînent l'enthousiasme. Quelle joie ! Ils dansent bras dessus, bras dessous. Quel bonheur ! Un frémissement de triomphe parcourt l'assemblée. Des acclamations sans fin embrasent leur duo. La salle reprend les paroles en chœur et s'enflamme. Les spectateurs deviennent acteurs. C'est du délire.

Un drôle se lève au parterre et se met à crier :
— À bas le fromage !
Et un autre :
— Dehors les Hollandais !
Puis, un troisième :
— Vengeons les Diables rouges !
Et un quatrième :
— La Belgique aux Belges !
Suivi d'un cinquième :
— Le Belge en Belgique !
Et un sixième :
— Le Belge chez soi !

La représentation s'achève en apothéose. Bravo ! Bravo ! Le rideau tombe aussi vivement qu'il s'est levé. On porte la Malibran en triomphe. Étincelant de sueur, Brel sort de scène et me demande : Tu as aimé le spectacle ? J'ai adoré. Il est en nage. On s'empresse autour de lui. Il me prend par l'épaule. Il a perdu huit cents grammes en une heure et demie. Sur scène, il se surpasse. Merci d'avoir soufflé. Il allume une clope et tire une bouffée. Adieu la gloire inutile ! Il ne faut pas tricher. Mieux vaut partir que se taire. Que vais-je devenir sans lui ? Il plonge ses yeux vert-gris dans les miens. Sois toi. Pas un autre. Tâche de vivre droit. La vie est là. Méfie-toi de ce pays. On y coupe les têtes. Les gens sont très petits.

Les spectateurs debout hurlent, tapent des pieds, réclament un dernier salut. Le grand Jacques revient jambes nues, en chaussettes et peignoir éponge à rayures. Des gouttes comme des grêlons perlant sur son visage, des étoiles dans les yeux, il salue les grands noms et le public qui crie « En-core ! En-core ! En-core ! ». Les bras chargés de lilas, il sort de scène à reculons, avalé par le rideau. Des rêves plein les poches, des éclairs plein la tête, il me récite les derniers vers du *Voyage sur la lune* qu'il a failli jouer :

« Je veux quitter le port
J'ai l'âge des conquêtes
Partir est une fête
Rester serait la mort. »

— Adieu, le grand Jacques !

*
* *

Disparaître, quelle belle idée ! Conquis par son panache, le public électrisé se rue dehors. La ferveur franchit les portes de l'Opéra et gagne le peuple massé sur l'esplanade devant les augustes colonnes. Ainsi débute la rébellion. On danse de joie. La Malibran passe à côté de moi, portée par la houle de ses admirateurs.

— Maman !
Elle ne m'entend pas et s'éloigne.
— Ne pars pas sans moi !
— Tu l'oublieras, crie-t-on dans le brouhaha.

Elle s'évanouit. Quand la reverrai-je ? Ma mère est la plus belle du monde. Je pars à sa recherche, mais je suis emporté par la foule. C'est toute la population qui se soulève. On joue des coudes et dévale l'escalier en agitant le poing. Dans la cohue, j'aperçois le peintre David qui a son atelier derrière la Monnaie, à l'angle de la rue du Fossé-aux-Loups, et a pour élèves des petits maîtres. Exilé à Bruxelles en 1815, il a soixante-sept ans. C'est un fossile. Il a son fauteuil réservé à l'Opéra où on acclame celui qui fut jacobin et régicide et refuse à Wellington d'exécuter son portrait, arguant qu'il réfute la peinture d'Histoire. Il se contente de cette gloire de seconde main. Mais tout a une fin. On le bouscule.

— Holà, attention !
— Scuze-moi, *fieu* !
— Où courez-vous comme ça ?

Celui qui héroïse Napoléon que les Bruxellois, français de cœur, sont prêts à accueillir quinze ans plus tôt, dégringole le tremplin de la gloire. L'Histoire lui rend la monnaie de sa pièce sur les marches du théâtre. Une calèche déjà le renverse en 1824, à cet endroit où il prend froid en sortant de la salle – ah, le souffle de la révolution ! – et s'affale si profondément au-dedans de lui-même qu'il ne s'en remet pas. Quelle chute ! On transporte chez lui le vieux lion qui succombe à l'âge de septante-sept ans, comme les plus fidèles lecteurs de Tintin.

L'insurrection éclate. L'émeute commence. Un vent de folie souffle sur la capitale. Jamais on n'a connu pareille ruée. La Belgique compte alors trois millions huit cent mille habitants. La mécanique du temps se détraque. Sans tactique et sans chef, le peuple des tramways comme dit Marcel Thiry se répand dans les rues. Le pays prend son envol. Quelle aventure ! La vie est toujours inattendue. « Vive les Belges ! », « Vive la Belgique ! », « Vive la Belgique indépendante ! » Le cortège se déverse dans la ville. C'est une révolution pour rire. Une farce, une blague, une kermesse aussi héroïque que celle de Jacques Feyder, le cinéaste. Haut les cœurs ! À bas les murs ! On quitte le théâtre flanqué d'arcades et de pissotières. Un pays né d'un opéra-comique n'est pas sérieux. C'est ce qui me plaît. La Belgique naît le lendemain de mon anniversaire. Cela porte malheur de le souhaiter la veille. On le fête donc le jeudi 23 septembre 1830. Quelle chance d'être jeune. Advienne que pourra ! C'est le début de la vie. Mon histoire est celle du pays.

La canaille se pare de cocardes tricolores. Elles sont bleu-blanc-rouge. Nul ne s'en soucie. L'horizon s'ouvre. Pourquoi penser plus loin ? Les peuples sont naïfs et bêtes. C'est la fête ! On scande : « Liberté ! Liberté ! » On hurle : « Vive la patrie ! » Et un autre, peu concerné : « À bas quelqu'un ! » À quoi tient une révolution ? Marchands de cotillons et va-nu-pieds se mêlent aux acteurs et figurants sortis de scène. Entre les planches et le trottoir, où est la différence ? Mangeurs de cramique et champions de *vogelpik*, frituriers, limonadiers, chocolatiers, massepainiers, clabaudeurs, mareyeurs du Marché au Poisson, crieurs de journaux, raconteurs de bobards, façadistes endimanchés, perruquiers verruqueux, rueurs dans les rangs, postillonneurs vibrionnant, énergumènes bégayant, poissards en liesse et zouaves assoiffés, ivres de gueuze et de gaieté, de fricadelles et de fatrasies forment une ribambelle insoucieuse qui sinue dans le dédale des ruelles étroites bordées de façades à logette et à encorbellement.

Ça va barder.

Butant sur les pavés, saoulée par les cris et le fracas des pétards, les hourras et les huées, les boules puantes et les coups de sifflets, la meute en liesse s'engage dans la rue des Harengs, puis celle des Boiteux, bifurque dans la rue aux Choux, ralentit dans l'impasse de l'Escargot, s'avance rue aux Laines, dévale la rue du Persil, celle des Pierres et de la Blanchisserie, défile devant le cinéma Victory, rue Neuve, qui compte mille places, et devant le Roxy, dans la même rue interminable, longe le boulevard Adolphe Max, emprunte le passage où embaume la célèbre *Parfumerie hygiénique* tenue par Victor Vandenput, remonte la rue d'Arenberg et la galerie du Roi, où sévit une appliqueuse de sangsues, évite la rue aux Rats, prend la rue de la Loi, à l'origine rue du Brabant, coupe le boulevard de l'Abattoir et la rue Philomène devant l'Institut des Arts et Métiers, salue le bistrot Chez Jef Clairon et le Café de l'Amitié, place Royale, passe rue de l'Inquisition, file rue des Trois Têtes, gagne le musée de la Serrure (sans clé), celui du Livre belge (sans vie), celui du Crime (sans passion) et celui du Slip (sans gêne). Pourquoi bouder son plaisir ? Puis, déboule au Marché aux Tripes, rue Cuiller-à-Pot, rue des Hirondelles et rue des Fripiers où un bourgeois, avisant une boutique de vêtements, en profite pour acheter une paire de bretelles.

— Et avec ça, monsieur ?
— Avec ça, j'attacherai mon pantalon !

À quoi sert-il de se déguiser ? La belle affaire ! Les Belges, qui sont si peu attachés au sol patrial, se travestissent en eux-mêmes. On ne les reconnaît plus. Mais je vois parmi eux Quick et Flupke, Bob et Bobette, Johan et Pirlouit, Chick Bill et Ric Hochet, Lambic et Tante Sidonie, et même Amélie

Van Beneden, surnommée Madame Chapeau par les crapuleux de sa *strotje* (ruelle) dans *Bossemans et Coppenolle*, d'ordinaire jouée par un homme. Les uns belgicistes, les autres bellicistes, tous titillés par la fièvre patriotique, les Belges ne craignent pas le ridicule et ne se prennent pas au sérieux. Pas si bêtes ! « Vive nous ! », crient-ils. Ainsi que « Vive le Roi ! », « À bas quelqu'un ! », « Vive moi ! », « Vive la patrie ! », « Vive la Belgique unie ! », « Vive le pire ! », « Vive l'Europe ! », « Victor Hugo au poteau ! », « Jean Valjean, rends l'argent ! », et même « Vive Napoléon ! », « Vive la France ! », « Vive de Gaulle ! », « Allez, Eddy ! », « Allez l'Union ! » Ou encore « Mort aux Bataves ! », ce qui appelle un mot d'Histoire afin de situer les événements dans leur contexte.

§§§§§§§§

Après la défaite de Napoléon à Waterloo, les Belges ne savent pas ce qu'ils vont devenir. On distribue les territoires. Au congrès de Vienne, le 9 juin 1815, on décide de réunir la Hollande et la Belgique en un seul royaume des Pays-Bas. La Hollande compte alors moins de deux millions d'habitants qui sont surtout protestants, les Belges plus nombreux étant en majorité catholiques. Mais il y a aussi la question de la langue. Les Hollandais parlent un néerlandais aussi peu compréhensible aux Flamands que le wallon l'est aux Bruxellois. En Hollande, il y a aussi les fermières avec des sabots, les moulins qui traient l'eau à tire-d'aile, quatre mille variétés de tulipes, les vaches qui font du beurre salé, les *hopjes* (caramels), le Bols (genièvre), les *maatjes* (goûteux harengs jeunes) et les huîtres de Zélande, l'édam et le gouda, la faïence de Delft, Rembrandt et les vélos noirs à guidon droit de grand-mère appelés « hollandais », aussi nombreux que les habitants, réputés pour être un peu radins comme l'atteste l'adage :

« Op de fiets
geniet je voor niets. »

(« Pédaler, c'est rouler
sans bourse délier. »)

Deftig (très sérieux) et *stijf* (collet monté), les Hollandais, laboureurs des mers, sont fiers de leur pays qui « ressemble à un bain de pieds » et a pour devise : « Je maintiendrai ». Les digues, les polders, l'île de Walcheren, Amsterdam et Madurodam, cité miniature qui figure la Hollande en réduction, illustrent l'idée selon laquelle Dieu a créé le monde, mais la Hollande s'est créée par elle-même. Elle se croit le plus grand des petits pays ou le plus petit des grands pays. Mais la Belgique est un État qui va naître et il faut d'abord venger les vaillants Diables rouges. Le 29 mars 1936, l'équipe de football hollandaise écrase celle de Belgique 8 à 0. Et, le 4 octobre 1959, à Rotterdam, lors du fameux « derby », ils sont étrillés 9 à 1 par la formation orangiste. Sans Johan Cruyff, né la même année que moi, orthographié avec un y en dehors des Pays-Bas, surnommé le « Hollandais volant » ou le « Prince d'Amsterdam » lorsqu'il évolue à l'Ajax. Comme dit le proverbe hollandais : « Le trou souffre autant que le clou. » Il faut venger cet affront !

La belle affaire ! Partout, on crie vengeance, l'heure est enfin venue d'obtenir sa revanche. On va appliquer aux bataves le vieux dicton néerlandais :

« *Wie zijn verleden ontkent heeft geen toekomst.* »
(Qui renie son passé, ne mérite pas son avenir.)

Le cortège dévale en fanfare la rue de la Victoire. Quel boucan ! Quel vacarme ! Quelle fête ! Écervelé comme une toupie, porté par la folie du branlebas, je suis les *sukkeleirs* (rouspéteurs) qui entrent galerie Bortier et sortent de l'autre côté, supportés par les résidents qui les acclament à tout rompre et les arrosent d'une pluie d'objets insolites : confettis, coquilles d'œufs, bouchons de liège et coussins de couleurs vives.

La Belgique naît en même temps que moi,
je ne grandis ni ne vieillis,
j'ai tous les âges en même temps,
mais je reste moi-même.

Quelle journée ! Quelle cohue ! Quelle frénésie ! La foule m'emporte. « Nous sommes ce que nous sommes », braille-t-on. On me soulève. Comme tu y vas ! « Ce qui nous rassemble est ce qui nous sépare. » Les coups de grosse caisse cognent dans mes oreilles comme les noms des patriotes : Roger Vieuxtemps, Victor Ordinaire, Edgard Snotneus, Jef Ogenblik, Poncif Zievereer, Pitch Van Petteghem, Poupeye Vanderawette, Hubert Pottepeï, Hippolyte Viesmet, Toon Zavelputte, Églantine Poepelback, Josse de Kwaekebakker, Jan De Widebelloke, Jef Vandergrommelpot, Jules Van Proetendael, Chrysostome Van Pipperzeele, Flupke Van Parijs, Hyppoliet Delbrassine, Fritz Vanderputte, Eutrope Bierbuyck et Alphonse Vadeboncoeur…

N'étant pas porté par une famille, n'étant le fils de personne, m'égayent ces noms belges typiques. Mais il en est d'autres tout aussi amusants tels que l'écrivain Jean Tousseul, le peintre Malfait ou le poète Germain Nouveau, qui verse dans le mysticisme, mais aussi le pasteur Boudin, l'avocat Constant, le compositeur Fernand Ruelle, l'écrivain Émile Poumon, l'historien Jean Puissant, le poète Maurice Carême, le politicien Yves Leterme, le joueur de billard Laurent Boulanger, l'artisan illustrateur Joseph Bonheur et le peintureur Désiré Haine, le bibliophile Serrure, ainsi que Victor Considerant, Jean Cassonade et Jean Second, Léopold Cravatte ou Gaston Niaiseux, ce qui vaut bien le littérateur français Alfred Nettement, le poète Hello qu'admire tant Michaux, l'artiste Pierre Joseph Redouté ou le géographe Élisée Reclus, mort près de Bruges en 1905, qui déclare : « La Belgique est, par excellence, le champ d'expérience de l'Europe. »

Ah, qu'il est bon de savoir rire !

Au coin de la rue de la Colline et de la rue du Marché-aux-Herbes, numéro 38, se tient le magasin d'aunages, de rubans et de tissus, de Marie Abst.

— Quel curieux nom pour une mercière, dis-je.

Est-elle née à As, en Campine, près de la rivière Aa, entre Flandres et Artois, prisée des cruciverbistes ou verbicrucistes, originaire d'Assche, d'Asse ou d'Aalst (Alost en flamand), Hal ou Ath, où naît Henri Vernes, le père de Bob Morane ? Est-elle parente de l'imprimeur Abst ou de l'ancien coureur cycliste Jean Aerts ? Son père s'appelle-t-il Alf ? Goûte-t-il le *half en half* ? Vit-il chaussée de Haecht ?

Drôle de nom aux lettres augurant les mots abstinence ou abstention. Mais l'Histoire n'est pas une abstraction. Son nom balbutiant comme le début d'un alphabet m'attendrit autant que sa personne. Elle est extrêmement jolie, ses cheveux blonds frisent, son teint clair est de biscuit. Ses yeux bleus de faïence comme ceux d'une poupée de porcelaine sont baissés tandis que la tête, au délicat front pensif et au sourire rêveur, guide dans un froufrou de soie froissée l'alerte mouvement des mains nacrées aux bouts des doigts satinés qui se livrent aux subtils travaux de couture.

— Seule une femme sait faire cela, dis-je.
— Tu es sentimental, dit-elle, sans lever un cil.

Elle est de taille moyenne et sent si bon. J'admire ses lèvres roses, ses joues mouchetées de taches de rousseur, ses boucles dites « anglaises » qui cascadent autour de son profil luminescent. À quoi pense-t-elle dans ce magasin d'étoffes multicolores, de soies, de satins, de galons, de tissus de mousseline, de taffetas, de chiffons d'or ou d'argent, de bijoux de pacotille, de dentelles au « point de fée », de fleurs artificielles, d'épingles, de cordons et de boutons tandis que son bras frémissant, telle une dentellière agitant ses bobines de bois ciré, sans souci des tumultes du présent, garnit un tabouret de tapisserie et accomplit des ouvrages à aiguilles et des trousseaux de lingerie ?

— Pour sûr, c'est une fée !, dis-je, à haute voix.
— Non, mon garçon.
— Alors, qui êtes-vous ?
— Une femme en chair et en os.
— Vous parlez donc ?
— Assieds-toi.
— Quel est votre nom ?
— Marie-Lucie.
— Oh, vous êtes belle.
— Pourtant, je suis vieille.
— On ne dirait pas.
— Si, je le suis.
— Quel âge avez-vous ?
— Soixante-trois ans.

— Ce n'est rien.
— Je suis morte à quatre-vingt-six ans.
— Quand ça ?
— Le 11 septembre 1853.
— C'est dans longtemps.
— Le temps va plus vite qu'on ne croit.

Elle me raconte sa vie. Née à Cortenberg, le 10 avril 1767, de son vrai nom Ermens. Ne met le nez dehors que pour aller à la messe. Ne lis guère. Sors peu, pas de visite. À quoi bon les amis ? Les jours s'écoulent. Ne danse pas la mazurka ou la polka ni ne joue des charades. *Pistolets* au beurre, dimanches paisibles. Cœur en écharpe et boucles de cocker.

— Est-ce la fin du monde ?, demande-t-elle.
— Vous êtes la plus jolie maman qui soit.
— Où est la tienne ?
— On s'est perdus de vue.
— Comment ça ?
— En sortant de la Monnaie.

C'est l'ennui du théâtre. Il offre la vision irréelle d'un rêve qui n'existe pas en réalité. Tout le monde s'y voit. Chacun s'y perd. Ainsi tourne l'univers.

Quelle sagesse !

Mademoiselle Abst se marie le 28 mars 1777 à François Abts et son époux comme tout bon Belge n'aime pas « n'avoir personne dans son magasin », mais je continue à l'appeler Abst comme le veut l'Histoire qu'éternise le tableau d'Émile Vermeersch où elle est assise de profil devant les futurs responsables de la nation en habits cérémonieux qui se tiennent dans l'arrière-salle et la regardent manier avec des gestes souples d'éplucheuse de crevettes le fil solide que seules sont aptes à produire avec leur salive les belles paysannes flamandes.

Émile Vermeersch, *Madame Abts cousant le drapeau belge*, 1926.

Muets comme des carpes, ils admirent la couturière, pleine de calme et d'abnégation, dans sa robe bleu pâle, qui coud sans hâte les trois bandes de mérinos qui sont les pans du nouveau drapeau.

— Ça n'a pas l'air mal.
— Cela te plaît ?
— C'est beau ces couleurs à l'endroit.
— À l'horizontale, ce sont celles du Brabant.
— Pourquoi changer le sens ?

— Pour ne pas les confondre.
— Les confondre avec quoi ?
— Celles du drapeau hollandais.
— Ce serait gênant, en effet.
— Surtout par temps de brouillard.
— Le vôtre est le plus beau.
— Je suis bien aise que tu l'aimes.

Les futurs dirigeants la félicitent et discutent pour savoir quelle couleur disposer au bord. Le jaune étant au centre, le rouge tient un moment la corde, puis on accorde au bout du compte cette faveur au noir.

Et comme hampe ?, s'inquiète l'un en habit mirabelle. Une queue de billard, propose l'autre en redingote sombre. Ou une échasse, suggère le troisième en tenue amarante. Une perche suffira, tranche le plus diplomate. Tous se complimentent du symbole propre comme un sou neuf.

C'est un drapeau solide, à l'épreuve des intempéries, qui ne s'effiloche pas au moindre coup de vent, ne rétrécit pas à la première averse, et qu'on lève dès potron-minet car un drapeau ne reste pas hissé la nuit. Les mordus de vexillologie savent que ses trois teintes fêtent les noces du deuil, de la moisson et du sang. Une méchante légende dit que le nouvel emblème est fait avec un bout de rideau usagé, un haillon en charpie et un lambeau de drap où le chien a pissé, et même que mademoiselle Abst jure de ne plus changer de linge tant que les troupes hollandaises occupent la Belgique, donnant ainsi son nom à un jaune poisseux alors que celui du drapeau belge est éblouissant. Ce sont là des racontars. Les trois couleurs deviennent officielles à la fin septembre. Mademoiselle Abst entre dans l'Histoire.

Sitôt partis les trois dirigeants, fiers comme Artaban, portés aux nues par les laizes verticales de leur fanion tout neuf, je me tourne vers l'aimable et douce mercière, aux yeux pervenche, déchargée de sa tâche.

— J'ai un appétit d'écolier.
— La révolution, ça creuse.
— N'as-tu rien à m'offrir ?
— Attends une seconde.

Elle revient de la cuisine avec une *couque* à la crème, des tartines à la confiture, des *bolus* et du craquelin sucré que je croque à belles dents. Je me jette à ses pieds.

— Qu'est-ce qui te prend ?
— Sauve-moi d'un terrible danger.
— De quoi parles-tu ?
— Du risque de te perdre.
— Il n'y a pas de raison.
— Si, j'en ai déjà perdu une dans la journée.
— De qui parles-tu ?

— De ma deuxième mère.
— Qui était la première ?
— Je ne veux pas le dire.
— Alors comment puis-je t'aider ?
— Promets-moi de ne jamais m'abandonner.
— C'est promis, juré !

Alors, elle vieillit d'un coup. Son visage se flétrit. Sa peau se couvre de grains, de taches verdâtres et de poils. Ses dents tombent et se brisent comme du verre. Ses mains tremblent et ses jambes flageolent. Ses seins deviennent flasques. Sa bouche se ratatine. Son nez crache une traînée de bave. Ses cheveux grisonnent. Son cou se fripe. Sa voix chevrote. Elle se fane chaque seconde de dix ans et se mue en une minute en vieillarde de cent ans plantée sur le seuil de sa boutique qui pue l'urine rance de souris.

— Nous naissons vieux, béguète-t-elle.
— Ce n'est pas juste.
— C'est vrai de tout le monde.
— La Belgique est un pays nouveau-né.
— Il ne fera pas de vieux os.
— Il a de beaux jours devant lui.
— Ma vie s'achève bientôt.
— La mienne ne fait que commencer.
— Reste encore.

Je me sauve en hurlant :
— Tu n'es pas ma maman !
Elle, affolée :
— Où est mon fils ?

Je m'encours à toutes jambes.
— Ma mère, ce n'est pas elle !
Et je m'enfuis plus loin encore.

Cette rencontre me laisse un souvenir partagé. Et je regagne le flot de la révolution. Les événements reprennent le pas sur les sentiments. En avant ! On s'agite. On casse les carreaux. La Belgique est le plus gros importateur de vitres du monde. On déplante les pavés. Nous sommes belges ! Nous voulons être belges ! À toutes les fenêtres flotte le nouveau drapeau. Tous les marchands de la ville lui offrent leur vitrine et l'affichent bien en vue. Il n'est personne qui ne veuille en posséder. Dépêchons-nous d'en profiter. Le vent tourne vite en cette contrée de brise. Bruxelles se pavoise d'étendards tricolores. Tout citoyen en arbore une réduction à sa boutonnière.

On arrache la bandière orange de la façade de l'hôtel de ville à la place duquel on suspend au balcon le drapeau noir, jaune et rouge, aux couleurs inversées dont on est si fier et on veille à ce que la bande noire se place à la hampe. Pavoisant aux tonalités nationales, les porteurs d'étendards défilent dans les rues forts de leur emblème inédit dont tous ignorent ce qu'il signifie, mais dont chacun sent qu'il est le sien, et celui d'aucun autre pays. En un clin d'œil, la capitale s'orne de bannières dont les plis claquent. On n'a jamais vu autant de couleurs aux croisées des maisons. Un brasseur de la rue Haute peint la porte cochère de sa demeure aux coloris de la nation naissante. Les citadins gagnent en bandes la place du Marché, s'attroupent devant cette audacieuse trouvaille et s'exclament, en se poussant du coude :

— Voilà un vrai patriote !

Monsieur Belgetype, aux pouces passés dans les bretelles, et Monsieur Belgemoyen, qui dit *tout droit dehors ce qu'il pense*, tombent nez à nez et sont ravis de se rencontrer dans d'aussi gaies circonstances.

— Tout le monde est belge aujourd'hui.
— Les Belges sont tous belges.
— Y a pas mieux.
— Et « Jojo » ?
— Jojo ?
— Oui, Johnny Hallyday.
— Il n'est pas Américain ?
— Euh, c'est… un Belge de cœur.
— Et de tempérament.
— Ça s'entend quand il chante.
— Moi, j'aime sa musique.
— Et Cécile de France ?
— C'est une vraie Belge.
— Alors, pourquoi s'appelle-t-elle de France ?
— Elle s'est fait un nom à Paris.

Le Belge est un Français qui a réussi. Et Jean-Claude Van Damme ? Le chanteur d'opéra ? Non, l'acteur d'Hollywood. C'est le plus belge des Américains. On l'appelle « Monsieur Belgium ». Il a des opinions sur tout. Dieu, les cuberdons, le clonage, le Big Bang, le poids du corps humain, la dilution des atomes, les vaches et la chute des pommes dans les vergers de Malonne. On l'écoute sans chercher à comprendre. Le Belge est au-delà du langage.

La liberté n'a pas de prix. Finie la tyrannie. La victoire est à nous. Avoir un beau drapeau ne suffit pas. Le pays se sent pousser des ailes. Il lui faut un hymne éloquent. On prie Arno de s'y atteler. Le titi ostendais, à la voix éraillée, n'a pas de message à délivrer et répond aux messieurs venus le consulter : Je suis le plus mauvais musicien du monde ! On insiste. Arno trempe sa plume dans la poudre à canon et propose *La Bruxelloise*. Mais il y a déjà un texte à ce nom. Et pourquoi pas *La Bruxellose* ? Cela désigne la manie de démolir les bâtiments à Bruxelles. Il faut un titre plus patriotard. Il songe à celui d'un film de 1931 qui n'a eu aucun succès, mais qui traite des événements qu'on vit actuellement.

— Que dites-vous de *La Brabançonne* ?
— Bonne idée !
— Ça vient du Brabant.
— Ça sonne bien.
— Et en plus, ça résonne.

Aussitôt dit, aussitôt fait. On imprime la partition dans l'atelier Jorez, rue au Beurre. Le rocker interprète à l'harmonica la version bilingue, le 25 septembre au soir. On l'écoute debout. On l'acclame. Las ! L'auteur de l'hymne national s'effondre sur le pas de la Bourse, touché au ventre par un boulet hollandais. Quel coup terrible ! Tout le monde accourt à son chevet. Il sait sa blessure mortelle et pousse un râle qui traverse la rue des Flandres.

On l'enterre place des Martyrs, qui s'appelle d'abord place de la Blanchisserie, puis place Saint-Michel, sous une croix de bois, cernée par une grille en fer forgé et une double rangée de tilleuls, en compagnie des quatre cent soixante-six victimes du combat pour la révolution. L'autre héros du jour est le Liégeois Jacques-Charlier-Jambe-de-bois, vétéran de l'armée de Napoléon, mutilé sur le champ de bataille de Waterloo où on l'ampute de la jambe droite. Mais il porte à gauche sur les chromos et gravures populaires son pilon de bois de frêne amorti d'un coussinet de cuir rembourré de paille d'avoine. Haranguant la foule, juché sur un caisson, il pointe comme à la pétanque, bien qu'il n'ait jamais été artilleur, son canon dérobé à la caserne des Écoliers et propulse les boulets à cinquante mètres comme s'ils étaient mus par un ressort ou un jet d'air comprimé.

Feu !

Quel bond ! Quel tir ! Quel exploit ! On allume des feux de joie. Las de courber l'échine sous le joug des nations voisines, les Belges, pleins d'ardeur, s'encanaillent. Tous les hommes sont nés libres. Pourquoi les Belges ne le seraient-ils pas ? Aux cris de Patrie et Liberté, on perce les tonneaux de bière qu'on monte en barricades composées de buffets malinois, de matelas cabossés, de vaisselles brisées et de parapluies cassés. La sensibilité nationale est plus forte dans les petites nations que dans les grandes. À quoi sert la liberté si on ne peut s'en servir ? La population partout se soulève. Du fond des Flandres aux confins des Ardennes se lève tel un torrent la lave de l'exaltation patriotique. Des Borains, surgis de l'enfer, des paysans turnhoutois, conscients de vivre un moment capital, des volontaires en sarrau bleu venus de tout le territoire rejoignent le gros de la troupe où s'agglomèrent en un même élan compatriotique des verriers gantois, des fabricants d'ouate, des pêcheurs ostendais, et des carillonneurs brugeois.

Mais aussi des dégustateurs de tarte au riz verviétois et des Liégeois auxquels on veut interdire l'absorption du péket et imposer l'usage du Bols. Tous se proclament les chérubins de la Belgique.

La révolution triomphe. Quel délire ! Les provinces belges s'assemblent, mais cet État provincial n'est pas encore un pays. « Les Flamands en Wallonie, les Wallons en Flandre, et les Belges à Bruxelles », lit-on sur une banderole. Mais cela n'a aucun sens. Parler des Flamands et des Wallons en 1830 est absurde car personne ne pense alors en ces termes. À celui qui défile à contre-courant, on assène en force :

« *Wy zyn Belgen, Myn heer.* »
« Nous sommes Belges, Monsieur. »

Ah, les braves patriotes ! Accordant leur rouspétance, ils parlent d'une seule et même voix. Tous au parc ! Hors d'ici, les Oranges ! Du balai ! Dégagez ! Au diable ! On veut en découdre avec les Hollandais qu'on traite aussi de mangeurs de fromage. On réclame la tête de Guillaume Ier.

« À bas ce voyou
Il faut lui mettre
La corde au cou ! »

De l'impasse de la Trompe à la rue d'une Personne, Bruxelles se couvre d'un feu nourri de projectiles (patates chaudes, œufs pourris, briques, casseroles, capsules de bières, pelures d'oranges, vieux vinyles, boulons, cailloux, noyaux, feuilles d'impôt). Quelle margaille ! La foule, enflammée, dévalise les armuriers. Bardés de piques et de catapultes, de pistolets à eau ou de manches à balai, les insurgés, qui comptent dans leurs rangs nombre d'anciens conscrits, poussent dans leurs retranchements leurs adversaires qui les traitent de zozos inoffensifs, ce qui n'apaise pas le goût de la fête et de la ripaille. Vers midi, tous suspendent d'un commun accord les hostilités pour déjeuner, puis reprennent le combat qu'ils interrompent à la tombée du soir pour gagner les auberges, les estaminets et les cafés, dont celui de L'Empereur qui fait face au parc, où, levant le coude de concert, lampant force stouts et faros, ils évoquent fièrement leurs exploits. Ô folie ! N'est-il pas légitime de s'amuser un peu ? Puis, le combat recommence le lendemain matin à huit heures. Ça chauffe !

Las ! Il faut en finir. On se bat sur la place Royale et dans les bas-fonds du Parc où se sont retranchées avec leur artillerie les troupes bataves qui ont élu comme position de repli la Warande, jardin où jadis cavalaient des daims, des cerfs et des lapins. Dans cette aire giboyeuse se livre derrière les massifs et les bosquets, et dans les allées piquées de trèfles de Hollande – quelle ironie ! – une lutte sans merci. Acculés dans cette souricière, les néerlandistes se terrent durant trois jours, raillés par les rebelles postés sur les toits des hôtels voisins d'une austère élégance, survivance de l'ère autrichienne. Délaissant leur morgue d'hier, les orangistes décident de quitter discrètement Bruxelles et de rentrer chez eux. Allez, ouste ! Sous couvert d'un épais brouillard qui passe pour une expansion de fumée, ils plient bagage au point du jour, la mine penaude, la tête basse et l'oreille fendue. Convoyant des chariots de blessés, la nuit du dimanche du 26 au 27 septembre, les hommes du prince d'Orange reprennent le chemin de la Batavie. L'insurrection touche à sa fin. Les Belges, penchés aux fenêtres, agitent des drapeaux, des mouchoirs et des chapeaux. Adieu les fiers Hollandais !

Bon débarras !

Dans le Parc subsiste l'échafaudage dressé pour le feu d'artifice tiré en l'honneur du despote. On trouve une balle de fusil dans un peuplier du Canada et les gants de l'épouse du prince d'Orange sur une table chargée d'art dans le futur palais des Académies. On balance les carabines bataves dans les étangs d'Ixelles qu'on fait curer plus tard. La révolution triomphe. La jeune nation est bien vivante. Dans la courte histoire de Belgique, l'épisode hollandais dure le temps d'un entracte. Et, comble d'ironie, Guillaume abdique dix ans plus tard pour épouser une Belge, la comtesse Pauline d'Oultremont. La belle plaisanterie ! La liberté engendre non seulement un État neuf, mais un nouveau légume : le chicon. Ou *witloof* (blanche feuille) qu'on appelle endive en France. En s'inspirant de la culture des champignons, le jardinier schaerbeekois Frans Bresiers met à l'abri la racine de chicorée dans sa cave sous une mince couche de terre. Il la cultive et en fait une plante comestible qu'on met à toutes les sauces. L'aventure de la Belgique commence.

Enfin !

« Être le plus fort pour ne pas être battu », telle devient la devise de ce pays enfanté dans la joie qu'exalte le peintre Gustave Wappers dans sa toile géante *Épisode des Journées de septembre 1830, sur la place de l'Hôtel de ville à Bruxelles*. Panorama instantané des événements, cette peinture théâtrale est une commande de l'État passée en 1832 par le gouvernement belge à l'artiste formé à l'Académie d'Anvers et impressionné par Rubens pour célébrer une page glorieuse de l'histoire nationale. Rompant avec l'académisme de David, ce tableau grandiloquent est accueilli dans la liesse par le public dans les plus grands musées. Après avoir voyagé dans les villes belges et les capitales européennes, il regagne en janvier 1877 le Musée de Bruxelles, où on l'expose longtemps au fond d'une pièce sans lumière, avant qu'il n'occupe définitivement une place de choix dans le majestueux hall d'entrée. Wappers connaît alors une gloire sans égale. Personne ne lui arrive à la cheville. Comblé d'honneurs, intronisé peintre du roi, il accède à trente-sept ans au poste de directeur de l'Académie royale des beaux-arts d'Anvers où il naît en 1803 et on le baronnise. Installé à Paris en 1853, il s'éteint le 6 décembre 1874 dans la capitale française où on l'inhume au cimetière de Montmartre à moins que ce ne soit au Père-Lachaise.

Je lui rends visite non dans son atelier de la rue de la Vieille Boucherie, à Anvers, mais à Bruxelles, rue Wappers. Le peintre m'ouvre lui-même la porte.

— Entre, mon jeune ami.
— J'ai d'abord cru que vous vous appeliez Wafel.
— Comme les gaufres ?, dit-il, en rigolant.
— Oui, les délicieuses « *belgian waffles* ».
— La Belgique est le pays des gaufres.
— Les gaufres à la bière, c'est deux fois belge !

Il y a aussi de succulentes gaufres liégeoises. Elles sont fourrées aux fruits. Ce n'est pas le cas des gaufres de Bruxelles. Il faut les déguster petit carré par petit carré, saupoudrées de sucre glace ou nappées de chantilly. Je suis surpris d'être reçu avec autant de gentillesse. Wappers est moustachu et a un large front dégagé alors qu'il n'a que trente-deux ans. Il est de taille moyenne et d'abord sympathique. Vêtu comme un bourgeois en redingote sombre et chemise blanche, il me précède dans l'atelier et prévient :

— Regarde de tous tes yeux.

Une table de bois moisit dans un coin, le sol est jonché d'esquisses, une échelle mobile permet d'atteindre le faîte de la toile qui est si grandiose que j'en perds la voix. La pièce n'en contient pas d'autre. Le tableau d'Histoire qui éternise un présent glorieux est encore plus imposant que je ne l'imagine. Serti dans un cadre monumental, il mesure quatre mètres quarante sur six mètres soixante. Mon cœur bat en voyant cette composition héroïque, conçue dans une sorte d'ébriété dans l'atelier où je suis. C'est en 1835 que l'artiste se met à l'œuvre. Je suis à ses côtés et je le vois qui esquisse la barricade, à l'aube des événements, et brosse avec un art minutieux de la mise en scène une pyramide de formes. Ayant planté les demeures de la Grand-Place qui occupent le fond du décor, libérant la fièvre patriotique qui échauffe sa cervelle, il ébauche au fusain l'ensemble de la composition, détoure d'un trait linéaire les figures campées une à une dans un même mouvement de foule et répand d'éclatantes couleurs dans la pénombre qui cerne le motif central. S'inspirant d'études de costumes et de défroques, il restitue en détail le coloris et le chatoiement des étoffes pour chaque personnage choisi avec soin, les uns exaltés, les autres agonisants.

Approchant de près la fresque dont la couleur n'est pas encore sèche, je vois devant mes pupilles dilatées les acteurs de la révolution, issus de l'opéra. À gauche, Chazal en redingote, toupet et rouflaquettes, qui salue à cheval le triomphe de l'Histoire. Les patriotes, aux luisantes prunelles, aux cœurs ardents, hardis artisans d'un patriotisme ronflant, se pâment, mains levées, doigts tendus vers l'avenir ou la gloire. Un amoureux, fauché dans la fleur de l'âge, expire à demi nu dans les bras de sa mère qui étanche sa blessure. Son père, à crinière blanche, lève au firmament des yeux implorants, mais résignés. À côté d'un mouflet charnu, un blessé exsangue jette un regard énamouré vers le drapeau tricolore dans les plis duquel un vieillard essuie une larme ou se mouche. Parmi les bourgeois courroucés, les émeutiers dépenaillés, la mère éplorée, Wappers s'est représenté lui-même en habit brun, la pique sur l'épaule. Il est le quatrième à partir de la gauche et pointe un doigt vers une caisse de munitions, au couvercle renversé par un chien, posée au premier plan, qui porte ses initiales identifiées pour la postérité.

Je me tourne vers l'artiste qui a conçu cette fresque épique. Quel tableau formidable ! Quelle vision ! Quel souffle ! Il répond simplement qu'il aime la réalité. Et quelle psychologie ! La scène a lieu le dimanche 26 septembre. L'Histoire est un théâtre. Nous ne sommes pas dans la vie, mais sur les planches. La Belgique naît de l'imagination. C'est ce qu'il a voulu montrer. Rien de moins et rien de plus. C'est un rêve d'épopée. Face aux maîtres du passé, il faut une cimaise entière. Certes, cette pièce est officielle. Mais elle recèle une portée universelle. Wappers s'assied sur une caisse. Est-ce celle qui traîne sur la toile que traitent de mélodrame romantique et sentimental ceux qui le tiennent pour un minable tâcheron sans invention ni inspiration ? Moi, je l'admire et je l'aime, lui dis-je, sincère. Le peintre me regarde d'un œil amical. Son art dépasse l'émotion du mouchoir. Il n'y a pas de génie sans folie. Un vrai poète déclame ! Vive l'emphase, le lyrisme et la profusion ! La peinture monumentale relance la peinture de chevalet. Il y a ce qui se précède et ce qui vient après. Wappers n'est pas bohème et n'aime pas David. Il est de son temps. On l'applaudira demain. Ce n'est pas un tenant de la méritocratie d'État. La nation belge est chimérique. L'avenir du pays réside dans la peinture. C'est sa grandeur. Il suffit d'être à la hauteur.

— Tu t'es vu dans le tableau ?

— Où ça ?

— Là, tout en haut, perché comme un héros.

— Ah, oui, c'est moi.

— Tu es le Gavroche belge.

— C'est beaucoup dire.

— À tes côtés le drapeau se déploie.

— C'est trop d'honneur !

— Et, à ta gauche, le petit blond…

Gustave Wappers, *Épisode des Journées de septembre 1830, sur la place de l'Hôtel de ville à Bruxelles*, 1835.

— Qui regarde vers moi ?
— Oui… tu sais… qui c'est ?
— Je ne le reconnais pas.
— C'est Hendrik, ton ami d'enfance.
— Quelle surprise ! J'aimerais tant le revoir.

Saluant le grand peintre, je le remercie de m'avoir mis dans le tableau. Quelle journée ! Quel bonheur ! J'ai trouvé mon pays comme lui-même s'est trouvé. Wappers me ramène à la porte et m'embrasse sur les deux joues. Au moment de le quitter, je me dis :
— C'est le plus beau jour de ma vie !

Chapitre 3

La fête continue car ce jeudi 17 avril 1958, à onze heures, s'ouvre la grande Exposition internationale et universelle qui va faire pendant six mois de la Belgique le centre du monde. C'est le début d'une formidable aventure. La planète entière va enfin découvrir ce pays de cocagne, au minuscule territoire, insituable sur la carte de l'univers, réputé pour ses blagues (personne n'en raconte pour la première fois), son bien-être et son hospitalité, la bonne humeur et la gentillesse de ses habitants qui ne sont que neuf millions, autant que d'exemplaires du disque de Paul Anka *You are my destiny*.

On n'a jamais vu contrée si heureuse. « Du bonheur pour toujours », telle est sa devise. Et chacun chante avec Annie Cordy « Hello ! Le soleil brille-brille-brille ». Le baromètre est au beau fixe. Le moral est au zénith. L'insouciance, l'optimisme et la joie de vivre sont de mise. L'économie est florissante. Le progrès est sans fin. La Belgique connaît une prospérité sans précédent. Au cinéma, en même temps que *Les Travaux d'Hercule*, on projette *Bruxelles que tu es jolie !*, *J'ai vu construire l'Atomium* ou *Expo, en avant !*. Pourquoi s'en tenir aux petites choses si on peut en accomplir de grandes ?

La Belgique voit loin. Elle s'étend et le monde rétrécit. Le petit se trouve dans le grand et le grand réside dans le petit comme le lointain est proche et ce qui est près semble éloigné. Sa réputation enfle. Il ne se passe rien ailleurs. La Terre est ronde et tourne dans le même sens, et ce sens a pour destination Bruxelles qui devient du jour au lendemain la capitale de l'Europe. Poussent comme des champignons des buildings aux arêtes légères, des bureaux de verre translucide qui dansent dans l'espace, des immeubles aux formes hardies, des édifices transparents, pleins de fraîcheur et de fantaisie, aux matériaux lisses et colorés, des riantes galeries commerçantes, des hôtels de luxe de trente étages et des gratte-ciel si hauts qu'ils semblent caresser les nuages.

Ah, les poèmes de l'angle droit !

— Je suis né sous une bonne étoile, me dis-je. Il ne faut pas que j'arrive en retard. Et le voilà qui surgit, plus véloce que le vent, bondissant dans les airs et s'amplifiant à mesure qu'il approche.

Je le reconnais aussitôt. Il s'agit de Bayard, le coursier rapide qu'on entend d'une lieue. Je suis surpris de le voir car il ne sort que tous les dix ans de la cité de Termonde, en flamand Dendermonde, ceinturée de remparts, sise sur l'embouchure de la Dendre. Perchés sur une énorme machine d'osier que plus de dix porteurs, engoncés sous la houssière, font mouvoir, les fiers cavaliers qui le chevauchent sont traditionnellement quatre fils, issus d'une même famille.

Ils le sont, en effet, comme les points cardinaux ou les saisons, les Dalton, les quatre garçons dans le vent et la semaine des quatre jeudis. Ils se ressemblent, mais ont chacun une taille distincte, l'aîné assis devant, le cadet à l'arrière. Comment les dissocier l'un de l'autre ? Quel âge ont-ils ? Sont-ils plus âgés que moi ? Ce sont les quatre fils Aymon. Quelle joie de voir les héros des chansons de geste de la Bibliothèque bleue qui ne tiennent pas en place, s'adonnent à moult cavalcades ainsi qu'à mille galopades. Ils parlent d'une même voix et se présentent à tour de rôle.

— Je suis Alard, Adelare, ou Aalard, avec deux a, dit l'aîné, qui est le plus savant.

— Je suis Guichard ou Guiscard, déclare le second, qui n'est pas le moins courageux.

— Et moi, Richard ou Richardet, l'impulsif ou le cadet, épelle le troisième, qui n'est pas le moins fier.

— Et toi ?, dis-je à celui qui ne s'est pas nommé.

— Moi, je suis Renaud, le vaillant, décline le dernier, à l'œil brillant, bardé d'un catogan et d'une casquette où il est inscrit « *I LOVE BRUSSEL* ».

Tous quatre portent un blue-jean, des baskets en toile et un tee-shirt blanc. Ils sont également beaux et ont toutes les qualités. Unis comme les Frères Jacques et d'égale jovialité. Nous n'avons qu'un cœur, s'excuse Alard. À quoi sert d'avoir de nobles sentiments si on n'a pas de cœur ?, surenchérit Richard.

— Et toi, comment t'appelles-tu ?
— Je n'ai pas de nom, dis-je.
— Comment être soi sans nom ?
— Je crée mon propre temps.
— Le caractère n'a pas d'âge.
— Il n'est pas le même pour tous.
— Je m'éduque moi-même.
— On apprend peu à peu.
— Il me reste beaucoup à apprendre.
— Les enfants ne grandissent pas toujours.
— À quoi bon décliner la jeunesse ?
— Veux-tu venir avec nous à l'Exposition ?
— Quelle bonne idée !
— Bayard va nous conduire.
— Il saute tous les obstacles.
— Il est plus leste qu'une alouette.
— Il adapte sa taille à sa charge.
— Visitons d'abord quelques sites en Belgique.
— Et après, nous irons à l'Exposition.
— O.K. !, dis-je, guignant l'endurant coursier.
— Renaud, cède-lui ta place.
— Avec joie, dit Renaud qui met pied à terre.
— On se retrouve sur l'Esplanade.

— Sauras-tu le chemin ?
— Il n'y a qu'à suivre l'Étoile.

Il désigne ainsi celle à cinq branches, d'inégales longueurs, qui sert de logo à l'Expo. Aussi flamboyante que l'épée de saint Michel qui domine l'hôtel de ville de Bruxelles, brillante comme une comète, elle scintille à chaque carrefour, sur les poteaux indicateurs, les boutons de manchettes, les cravates et les mouchoirs, les étiquettes de bouteille, les bocks de bière – une des meilleures n'est-elle pas la Stella ? –, les cigarettes et les savonnettes, les timbres-poste et les calendriers, les boîtes d'allumettes, les paquets de biscuits et de chocolat, les cartables et les cahiers, les capuchons de stylo et les têtes-de-clou.

— À plus tard, frérot.
— *Good luck* !
— Au revoir, Renaud.

En route !

Et nous voilà partis dans une folle chevauchée. Cédant à l'invite de mes compagnons de haut lignage, à l'air doux et paisible, aux bras et au cœur fidèles, j'occupe la première place sur le dos du palefroi qui pèse au moins six cents kilos. Aussi robuste qu'un percheron, dix bêtes de labour ou un vaillant brabançon, dit le « trait belge », Bayard n'est pas un cheval de retour, une bête de somme ou de laitier, un bourrin massif, une vieille bique, un tarbais poussif, butant à chaque pas, un bidasse flemmard, une rosse à la manque, une bourrique fourbue, un bidet bancal, un sommier harassé qui fait tort à l'image du cheval, animal roi, mais une monture enchantée. Dépassant en taille tous les autres, ce n'est pas une haquenée, cheval des dames fortunées, mais un « doux géant » au pelage rugueux, à l'encolure démesurée, aux lèvres goulues, aux oreilles dressées. Piaffant et hennissant, écrasant le sol de ses larges sabots, le fougueux destrier à la crinière souple, aux membres nerveux et prompts, à l'échine aussi vaste que le dôme d'une basilique, s'élance.

Ô merveille !

Alard chausse des lunettes d'aviateur, Guichard noue un foulard autour du cou, Richard boucle un blouson de cuir sur son tee-shirt. Et nous démarrons au triple galop. Je m'accroche au museau du coursier, mû par une force incomparable, chevauchant à cru dans le soleil du matin, qui nous projette au plus haut de sa course, filant telle une flèche dans le ciel. Je sens l'air qui me siffle aux oreilles. Cavaliers experts, cheveux au vent, conduisant à la bride, portés par le zéphyr, confiants comme les doigts de la main, nous valsons dans l'azur. Quelle sensation ! Aucun oiseau n'ose nous dépasser. Pégase fringant, fils d'un dragon et d'une serpente, aussi rebelle que Bucéphale, aussi alerte que Jolly Jumper « le cheval le plus rapide de l'Ouest », Bayard nous projette dans une autre dimension. C'est un animal-fée qui, d'un saut, franchit trente pieds. Sans se faire prier, il accomplit d'abord des bonds de vingt mètres, puis des sauts de deux kilomètres qui nous propulsent si loin qu'on ne peut plus nous voir.

Quel bol d'air !

Les yeux remplis de visions inconnues, voyant du pays et de vertes campagnes qui tiennent au creux de la main, écoutant les histoires que content les trois frères collés à mon dos, visant aussi loin que porte la vue, je vois comme sur la haute tour d'un donjon la « Vallée des Légendes » ou « Vallée des Merveilles ». Et un peu plus loin du vallon mosan, à proximité de Dinant, la jolie localité de Houx, qui doit son nom aux feuilles de houx qui tapissent son enceinte décrépite, ce qui déclenche incontinent cette poilante boutade : « C'est où, Houx ? » L'échine du géant équidé me transporte de joie. Jamais je ne me suis senti si léger. Quelle félicité ! Suspendu au cou du vigoureux coursier aux naseaux écumants, on surmonte la barrière de Champlon où convergent les chemins tortus courant à travers la mystérieuse forêt des Ardennes d'où s'originent mes compagnons qui connaissent sur le bout des doigts ses moindres recoins.

— Quel superbe panorama !, dis-je.
— Voici la Meuse, gonflée de truites rosées.
— La domine un château fortifié, cerné de halliers.
— On le verra plus tard.
— Comme tu veux, notre ami.
— Cela te plaît-il ?

— Allons le plus haut qu'on puisse monter.
— Quelle est ta chanson préférée ?
— *Volare*, dis-je, citant le tube de l'Eurovision.
— Oh, la cascade de Coo !
— Et là le piton au profil effilé.
— Il est aussi cassant que disgracieux.
— A-t-il toujours été au bord de la route ?
— On l'a agrandi pour laisser passer les autos.
— Le peintre Courbet l'a peint vers 1857.

Victor Hugo en parle comme d'un « rocher pyramidal, aiguisé et hardi comme une flèche de cathédrale ». Tous trois m'enchantent par leurs connaissances érudites. Guichard, un brin lyrique, explique. Borne colossale, haute de quarante mètres, éperon de roc grisâtre, débité en un double fourchon par le saut de Bayard qu'on veut noyer dans la Meuse à Liège et qui revit après qu'on lui a attaché une lourde pierre au cou. Précipité dans les flots du haut d'un pont, il coule à pic, brise la meule avec ses sabots, remonte sur la berge d'un coup de collier désespéré et, ayant rompu le lien qui l'attache au galet, se met à galoper. Doté d'un flair surnaturel, il sème ses poursuivants et fend en deux, d'un coup de patte, l'illustre caillou, puis enjambe d'un bond prodigieux l'autre rive, laissant l'empreinte de son passage en maints endroits, si bien que le site glorieux s'appelle dorénavant la Roche à Bayard. Fonçant dans la nuit, il traverse toute la Belgique comme s'il avait plusieurs têtes, franchit les eaux et les fourrés, file vers l'enfer, jailli des entrailles de la terre, et cavale dans le ciel, tirant le soleil de ses cheveux dénoués et arrachant de la mer les énormes baleines qui échouent sur le rivage. Est-ce possible ? Qu'importe ! On n'aime jamais autant la vie que dans les contes.

— Tu y crois ?, demande Guichard.
— Aujourd'hui, oui.
Chacun rit de bon cœur, les trois frères n'en ayant qu'un. Haut les cœurs ! Accrochez-vous.

— Et si on cassait la croûte ?
— Bonne idée !

On atterrit à côté d'une épicerie où se vend le pain Expo, fourni tranché dans un sac en papier crissant où le mot « EXPO » rutile en toutes lettres sur fond bleu et blanc avec la fameuse étoile. Mes compagnons l'examinent d'un air suspicieux. Blanc, carré et goûteux, censé se conserver longtemps grâce à l'ajout de produits naturels, il est le même pour tous. Aussi succulent que fortifiant, il se déguste sans faim et s'avale sans saliver. Il est passe-partout. Pas de goût, pas de croûte. Que dirions-nous d'un pain carton qui colle au palais ?, dis-je pour défendre sa mie moite qu'on mâchonne souplement. *Pain exécrable, humide, mou, brûlé*, dit Alard, en citant Baudelaire qui ne porte pas mes compatriotes dans son cœur. C'est un mets de roi. Entre tous les Belges, il est un délicieux trait d'union. Le mot figure dans la devise du pays. C'est ce qui fait sa force. Comme le lion rugissant qui en est l'emblème. On le trouve à l'enseigne des magasins Delhaize. Ils sont toujours si bien placés qu'on raconte l'histoire du Belge qui se pointe au paradis et demande « un bon petit coin » à saint Pierre. Celui-ci répond, en riant dans sa barbe :

— Impossible. Ils sont tous occupés par Delhaize.

Heureux temps !

Le Belge mange son pain blanc. Il est le même à Bruxelles, en Wallonie et en Flandre où s'affiche quelquefois l'écriteau : « *Geen frans brood in Vlaanderen !* » (Aucun pain français en Flandre !) Quelle idée ! Cela vise sans doute la baguette qu'on appelle ici « pain français ». Pourquoi se faire du souci ? Les deux langues s'accordent et, dans chaque région, le Belge, qui aime la bonne chère, a le même appétit.

— Qui paye ? dit Alard, en levant l'étendard.
— Moi !, clame Guichard aux yeux clairs.
— En route !, lance Richard à Bayard.

Et nous repartons comme nous sommes venus. Sautant en selle, sans frôler les étriers, comme s'il était sellé et bridé, nous bondissons sur le dos à rallonge de l'impatient équidé qui décolle au quadruple galop comme du nouvel aéroport et qui, d'un sursaut impossible à une puce, nous ramène à notre destinée de départ. Les enfants sont des géants en ces temps légendaires comme sont des hippogriffes les coursiers filant dans les nuées qui emportent l'imagination dans les champs de l'espace. Bayard a du jarret. Un étalon qui va bon train parcourt nonante kilomètres en six heures, mais lui décuple sa force de traction et, grisé par notre quatuor, aussi libre que poissons dans l'eau, nous transporte en quelques foulées vers la porte du Progrès. Je vois le château de Beersel et la forêt de Soignes, tanière des chasseurs, la Mare aux grenouilles et l'Étang des enfants noyés, l'île Robinson, la Cage aux ours, le Trou aux porcs, le Globe et l'Observatoire, puis le plateau du Heysel et l'Esplanade où « *Rosse Bayard* » ou « *Ros Beiaard* », qui désigne sa robe bai brun, arrivé au terme de sa course, se pose sur l'Héliport.

— Cela tient du prodige, dis-je.

Ai-je accompli un saut de puce ou un bond de carpe ? L'imagination fait du chemin quand elle est portée par une telle joie. Renaud, s'étant rafraîchi d'une bière blonde, nous attend depuis trois secondes. Le vertige est une mauvaise habitude. Je redescends sur terre, tout ébaubi de reprendre pied dans la réalité.

« Bienvenue à l'Exposition universelle 58 ! » *(« Welkom aan de Wereldtentoonstelling 58 ! »)* annoncent les pimpantes hôtesses au sourire rayonnant. En uniforme amarante, sacoche au bras, sous leur petit bibi, elles nous saluent de la main. Elles ont un visage de poupée au teint de porcelaine, des yeux malicieux aux fins cils recourbés, des cheveux d'ange comme on en dispose sur les arbres de Noël.

Qui sont-elles ?, s'interrogent-ils. Je leur explique qu'elles ont été choisies parmi trois mille candidates, après avoir passé un examen de recrutement de deux jours et qu'elles ont reçu quatre mois de formation.

— Combien sont-elles ?
— Deux cent quatre-vingts.
— Combien gagnent-elles ?
— Six mille cinq cents francs par mois.
— Ce n'est pas énorme.
— Plus si elles parlent le belge aux touristes.
— Combien de langues savent-elles ?
— En tout, plus de trente.
— Elles ont la langue dorée.
— Leur chef s'appelle Mademoiselle... Mot !
— Boivent-elles ou fument-elles ?
— Non. Mais elles sont toujours de bonne humeur.
— Portent-elles des bijoux ?
— Pas davantage.
— Elles ont de longues jambes.
— On n'a jamais vu d'aussi jolies femmes.
— Il y a de quoi perdre la tête.

Elles forment un « bataillon de charme » et vont par deux comme les gendarmes. Elles ont l'air d'actrices de cinéma ou de pin-up en maillot de bain illustrant les calendriers ou les cartes postales. Leur silhouette est parfaite. Elles sont un cadeau du ciel. Elles sont le rayon de soleil de la Belgique. La première a les yeux bleus, un petit nez retroussé, des cheveux blonds coupés court. La seconde sourit comme une friandise. Ce sont des fées qui exaucent tous les souhaits. On peut (presque) tout leur demander.

— On aimerait vous voir déshabillées, dit Renaud.

— D'accord, répond la première.

Elle ôte ses gants blancs, puis son tricorne, ébouriffe ses mèches ensoleillées, retire la veste garance au haut épinglé d'une barrette à son nom, dénoue sa cravate noire, glisse à mi-mollet sa jupe bleu marine, fuselée selon la ligne « crayon », et apparaît en jarretelles et gaine qui ceint sa taille de guêpe. Puis, elle enlève les bas galbant ses longues jambes, serties dans les escarpins vernis. Ses ongles peints ouvrent d'une pichenette son lumineux chemisier. Et, hop !, elle détache son soutien-gorge qu'enserre son corsage ultraserré et libère ses seins pigeonnants.

— Quel bonheur d'être belge !, s'écrie Renaud.

Comme les Belges savent vivre ! Imaginez-vous la vie sans la Belgique ? Le succès ainsi que la renommée viennent à sa rencontre dans tous les domaines. Le prix Nobel de la paix est attribué le 10 novembre à un dominicain dinantais, le Père Pire. Françoise Mallet-Joris obtient le prix Fémina pour *L'Empire céleste*. Le prix Goncourt est décerné à un Belge pour un livre dont nul ne se souvient. Un Belge gagne les Vingt-Quatre Heures du Mans à la moyenne de cent septante kilomètres à l'heure. Un Belge arbitre la finale de la coupe d'Europe de football qui a lieu le 29 mai au stade du Heysel. La quarante-cinquième édition du Tour de France (cent vingt participants par équipes nationales pour septante-huit arrivants), disputée en vingt-trois étapes sur plus de quatre mille kilomètres, part le 26 juin de Bruxelles. En tennis, un Belge atteint pour la première fois les demi-finales à Roland-Garros.

Nous savons tout faire, du diabolo et du yo-yo, lancent les hôtesses au nez en trompette et aux lèvres rouge cerise. Et du hula hoop ? Essayez pour voir. Un, deux, trois, c'est parti ! Elles s'emparent du cerceau de plastique qu'elles font tourner autour de la taille par un déhanchement accompagné d'un mouvement ondulant de plus en plus accéléré du bassin. C'est dur de tenir. Le poids des idées ne coûte rien. Leur sourire se mue en éclat de rire. Nous le partageons. L'ambiance est à la bonne humeur.

— Et du scoubidou ?
— Le scoubidou, c'est la Belgique.
— Pourquoi cela ?
— Au moins pour quatre raisons.
— Ah bon, lesquelles ?
— 1/ Il est indémodable.
— 2/ On en fait ce qu'on veut.
— 3/ Il en voit de toutes les couleurs.
— 4/ Il faut être patient pour en venir à bout.

Ayant tressé lestement les fins fils en plastique, de quatre millimètres de diamètre, elles les entrelacent en un nœud multicolore et indémêlable.

— À bientôt, souffle la première.
— À la prochaine, susurre la seconde.

Quelles créatures de rêve !

Et la fête continue : on fonce vers les guichets pris d'assaut par les visiteurs pressés d'acquérir le précieux ticket d'entrée. Il coûte trente francs pour les vingt-sept kilomètres que dure la visite complète, prévient Richard qui tient les comptes. À partir d'où ?, questionne Alard, coupeur de fil en quatre. En entrant par la Porte de l'Esplanade ou la Porte Mondiale qui mène à tous les continents, répond Guichard. Cela revient au même si on descend l'Avenue de la Belgique, voie royale, ou l'Avenue du Benelux, voie triomphale, plaide Richard. Ou bien l'Avenue de l'Europe, voie d'avenir, concède Alard. Outre le billet, il y a aussi le plan vendu cinquante centimes. C'est quatre fois plus cher pour faire pipi. Combien est-ce ?, s'inquiète Richard. Deux francs pour les garçons, trois francs pour les filles. Bon, allons-y.

Et nous voilà partis. Sans guide, quelle joie ! Nous empruntons l'Avenue de la Fête, puis celle de la Construction, d'où on découvre au loin le clou de l'Exposition. Chef-d'œuvre de hardiesse et d'invention, l'Atomium tend vers le ciel ses boules métalliques qui resplendissent comme des astres et donnent l'impression de danser. Sorte de *Nautilus* spatial, aussi savant qu'extravagant, il séduit mes amis, frappés de stupeur par sa prodigieuse silhouette.

— Est-ce une tour de guet ?
— Ou un bilboquet ?
— Serait-ce un jouet ?
— Un hochet gigantesque ?
— Un bibelot distrayant ?
— Quelle sculpture délirante !
— Quel est cet objet ?

C'est une œuvre d'art. Elle est visible de tous côtés et fascine d'où qu'on se trouve, mais elle est encore plus renversante de près. C'est un point d'équilibre dans le monde. Elle n'a pas son pareil sur terre.

— Voilà une chose admirable !, s'écrie Renaud.

C'est un projet exceptionnel pour un si petit pays. Les uns disent : « Pour réussir de grandes choses, il faut en faire de petites. » Et les autres : « Ceux qui font des petites choses sont incapables d'en réussir de grandes. » On ne parle partout que de lui. Et chacun se demande avec anxiété : l'Atomium sera-t-il prêt à temps ? Eh bien, oui. Les quatre frères s'interrogent sur la structure du totem euphorique et se posent des questions sur les globes étincelants.

— Sont-ce des billes de billard ?
— Des boules de neige ?
— Des bulles de savon ?
— Elles sont aussi rondes que la Terre.
— On dirait de grosses gouttes.
— Ou des ballons de plage.

Apaisant l'émoi qu'éveille ce colifichet cyclopéen, je fournis les explications suivantes. C'est un défi aux lois de la pesanteur et de l'imagination. Les sphères d'acier ont un diamètre de plus de dix mètres. Chacune représente l'agrandissement cent soixante milliards de fois d'un cristal élémentaire de fer. Elles symbolisent les planètes qui tournent autour du globe. Et sont reliées par des tubes de trois mètres de large et de vingt-trois mètres de longueur.

— Faut-il grimper à pied ?
— Non. Il y a des ascenseurs.
— Comment font-ils ?
— Cinq mètres à la seconde.
— En combien de temps ?
— On est au sommet en une minute.
— Comment est-ce possible ?
— Ce sont des sortes d'échelles.
— Des escaliers qui s'élèvent seuls.
— Comme à la courte échelle ?
— Oui, sans avoir besoin l'un de l'autre.
— On peut aussi gravir les marches.
— Combien y en a-t-il ?
— Cinq cent quatre-vingt-six.

— On les escalade à la volée.
— Quatre à quatre.
— Et en cinq sec.
— Vivement qu'on aille dans les billes argentées !

Sur ces entrefaites, surgit un bonhomme sympathique avec un feutre vert, un imperméable mastic, un nœud papillon et un pantalon trop court, qui mâchonne sa pipe en lâchant des ronds de fumée. C'est Monsieur Waterklein, l'architecte qui a conçu ce chef-d'œuvre. Les quatre frères le félicitent et, mordus de chiffres, le pressent de questions auxquelles l'éminent ingénieur, aussi poli que son ouvrage, s'efforce de répondre le plus précisément possible.

— Quelle est la taille de ce gadget monumental ?
— Cent deux mètres.
— C'est la longueur d'un terrain de football.
— Mais il devait en avoir cent quarante.
— Combien pèse-t-il ?
— Deux mille quatre cents tonnes.
— Combien de temps a pris sa construction ?
— Environ trois années.
— Et quelle période doit-il durer ?
— Six mois. Autant dire une éternité.
— Résiste-t-il au vent ?
— Autant qu'au temps.
— Comment tient-il ?
— Sur une semelle de béton.
— À quoi le compare-t-on ?

— À la tour Eiffel.
— De quand date-t-elle ?
— De l'Exposition universelle de 1889.
— Cela fait un bail.
— Elle devait être démolie, elle est toujours là.
— À quoi sert l'Atomium ?
— À être là.

Mais ce n'est pas venu du premier coup. Il n'est point d'architecte sans idée ni plan. Les calculs ont pris dix-huit mois. Rétif au rectiligne, l'ingénieux créateur a conçu une première maquette avec des pommes de terre enchâssées sur des aiguilles à tricoter. Puis, il a répété l'expérience avec des balles de tennis. Les idées justes ne tombent pas du ciel. En Belgique, tout tourne rond. L'Atomium symbolise la force par l'union. Il incarne le rêve d'une nation plus estimable qu'elle ne croit. Ces boules coïncident avec le nombre des provinces belges. La preuve par neuf comme les chats qui ont neuf vies. Et le nombre de chapitres de ce livre. Le voilà fini. Il est enfin lui-même. L'Exposition peut maintenant commencer.

Et nous voilà partis en visite dans le monde. Le cœur léger, plein d'envie de tout voir et d'apprendre, on se dirige vers l'Avenue de la Passerelle qui offre une vue plongeante sur l'ensemble du site qui a la forme d'une vache. Formidable !, s'exclame Alard qui chante *Oh, la, la, la, c'est magnifique !*, avec l'accent de Luis Mariano.

— Quel décor pour nos équipées !, s'écrie Richard.

— Par où commencer ?, piaffe Guichard.

— Par là-haut !, décide Arnaud.

Il désigne les nacelles en forme de coquille d'œuf, rouges, jaunes, vertes et bleues, suspendues à cinq mètres du sol, qui convient à sauter d'une planète à l'autre sans bouger. Les distances dans l'espace se calculent en années de lumière. On atteint les contrées les plus reculées comme les étoiles les plus lointaines. Ravis d'user d'engins de transport inédits, les quatre frères se précipitent et brûlent la politesse aux Belges qui les regardent en regimbant.

— On ne fait pas la queue.

— On vaque au fil de l'aventure.

— C'est notre ligne de conduite.

Le télésiège permet de tout survoler en quatrième vitesse alors que pour tout voir il faut deux mois pleins. Ne laissons pas filer l'occasion. Chacun prend place. La cabine mobile est bientôt pleine comme un œuf. Serrez-vous les gars. Quand il y en a pour un, il y en a pour quatre. Alard s'installe à mes côtés. Richard, tu es bien assis ? Souhaitez-nous bonne chance !, lance Guichard, guilleret, aux visiteurs postés dans la file qui nous guignent avec envie.

En route vers la voie lactée ! Effectuant une balade en apesanteur dans les couloirs du temps et approchant l'univers sans fin des nébuleuses, bercés par les bennes qui se balancent sur quatre mille deux cents mètres de fil, nous détaillons les allées bordées de pelouses vert pistache, si pimpantes qu'on les dirait peintes, et plantées de fleurs multicolores. En circulant dans l'espace, on voyage dans le temps. Valsant dans le ciel, les yeux dessillés, élargis d'étonnement comme lorsqu'on débarque en terre inconnue, nous survolons ce domaine des merveilles, succession de mirages ou chimères d'une cité éphémère, surmontée d'escaliers et d'arches qui relient entre eux les palais délirants et les pavillons extravagants de toutes sortes et de tous styles, en forme d'oreiller ou d'escargot, de navire à voiles, de biscotte, de chapeau à pointe ou de coquille de tortue, de baleine ou de tartine, de moule, de chausse-pied ou de portemanteau, de coquillage, de selle de cheval et d'ouvre-bouteille, de boîte à chaussures, de mitre ou de pyramide.

Une fausse ville n'est pas plus difficile à concevoir qu'une vraie. Tout nous éblouit. Il y a tant de choses extraordinaires à voir. On ne sait où donner de la tête. Richard hésite entre le Palais de la Bonne Mine et celui de l'Administration Bienveillante, Guichard propose de faire un saut au Pavillon du Poème Électronique ou à celui de l'Euphorie Électrique qui se trouve à côté du Palais du Bonheur Éternel et de celui du Perfectionnement Universel, mais Alard est plus attiré par le Pavillon de la Bonne Providence et par celui de l'Aubaine Sidérale qui est proche de celui de l'Opinion Synthétique et celui de la

Suprématie Œcuménique tandis que Renaud admet qu'il irait bien au Pavillon du Futur Intemporel ou à celui des Temps Durables. N'est-ce pas merveilleux ? La vie est courte. Le présent déborde de promesses. Demain, c'est tout de suite. Il n'y a plus belle existence que celle qu'on invente.

Mais celui qui attire le plus nos regards est le Pavillon du Génie Belge. De teinte gris souris, il a l'air d'un éléphant que surmonte une immense trompe qui s'élève en oblique à trente-six mètres au-dessus du sol et fascine par la légèreté de sa forme d'une étonnante pureté. On se sent incroyablement petit quand on la contemple et on a le souffle coupé. Elle cingle dans le vide et fend le ciel comme une épée de masse pleine, parfaitement opaque. Elle semble si fragile qu'on ose à peine passer dessous de peur qu'elle ne nous dégringole sur la tête.

— À quoi sert cette pique ?
— Elle a l'air de s'envoler.
— On dirait du caramel.
— Ou plutôt de la guimauve.
— N'est-ce pas de la meringue ?
— Elle paraît farcie de confiture.

Renaud découvre en grattant de la pointe de l'ongle que la flèche élancée sur un porte-à-faux de quatre-vingts mètres de long n'est pas en réglisse ni en pain d'épice, mais couverte d'un voile ou d'une mince coque de béton de quelques centimètres d'épaisseur, tendue sur une délicate armature de tulle. Quel trompe-l'œil !, s'extasie Guichard. Il faut se méfier des apparences, assure Richard qui s'avoue séduit par la beauté du gris. La pointe soutient par un fil invisible une passerelle en métal de quatre cents mètres de long, bâtie sur un seul pied, accrochée parallèlement au sol, qui surplombe une carte en relief de la Belgique réalisée sur un quart d'hectare.

Bienvenue dans le monde minuscule. Chacun se promène à sa guise dans ce décor agrandi par la magie de l'échelle, peuplé de figurines de dix millimètres. Allant du plus petit au plus grand, l'œil embrasse d'un point de vue élevé la campagne aux tonalités subtiles distillées à traits légers par la pointe du crayon Caran d'Ache ou le pinceau leste d'un peintre trempé dans la gouache en touches fraîches. C'est si beau quand c'est peint. Tout est en mousse dans ce décor agreste d'ondoyantes collinettes, de prés fauchés, de vallons fertiles et de forêts boisées, qui campe un univers en réduction aux cours d'eau figés avec du gel ou nappés de couches de vernis. Un moulin domine une ferme avec des poules qui picorent, des cochons dans la soue, des lapins, des vaches au teint de lait, un agneau dans la clôture de pâturage et un cheval en résine avec son poulain couché. Une robuste fermière, aux sabots de frêne, épluche les légumes. Un paysan aux généreux biceps engrange du foin dans le grenier. Belle saison, durs travaux. Occuper les mains enrichit le cœur.

« Quel beau petit pays ! », s'extasie Richard en toisant le réseau ferroviaire belge qui est l'un des plus fourmillants du monde. À la pointe de l'audace et de la nouveauté, la Belgique est un des premiers États à se doter d'un réseau de chemins de fer dont profite l'Europe entière. Machine à rêver, le train, c'est le mouvement. Il incarne l'agrément de la vie qui défile. Le temps raccourcit quand l'espace rapetisse. Chaque ville a sa gare, noyau d'étoiles qui s'étiolent en tous sens. « Gare à vous ! » Le feu s'allume au passage à niveau. Le garde-barrière manœuvre les aiguillages. « Deux minutes d'arrêt ! » Tant pis pour le léger retard. Les aiguilles remontent le cadran. Vive les stations de campagne. « Truiiiit !... », siffle le chef de gare qui ressemble à Paul Delvaux, le peintre des wagons, qui dépeint des locomotives empanachées (les trains électriques n'ont pas de fumée) et des michelines vagabondes qui ne vont nulle part.

Comme dans un rêve où tout est plus précis qu'en réalité, le rêve ayant la sienne propre, tout ce qui est impossible étant plus vrai que vrai, chacun s'évade dans sa rêverie. Ah, le paradis de l'enfance !

Dressé sur la pointe des pieds, tel Gulliver dans un site de nains, surmontant comme on la voit de la plus haute altitude cette aire si restreinte qu'elle tient au creux de la main, Alard contemple ce pays échantillon, aux frêles frontières modelées par le temps. Il réalise de ce point de vue surélevé combien cette contrée aussi large qu'un mouchoir de poche est le « pays des villes », toutes marquées par un clocher, et s'amuse en les montrant du doigt à relever l'une ou l'autre de leur spécificité, souvent liée à l'exercice de métiers hors du temps (gnomonistes, verriers, liciers ou tapissiers) et s'exclame : « Ce royaume est microscopique. Il est si petit qu'il ne peut rétrécir. »

Je le connais comme ma poche. Basculant au bas de l'échelle, on lit à quelques mètres l'écriteau aux lettres majuscules : « CARTE DE BELGIQUE, *MAP OF BELGIUM, KAART VAN BELGIË* ». Porté par son goût pour leur contemplation, loisir stimulant, Renaud inspecte, tel un titan au front penché sur un atlas ou une mappemonde, ce sol microscopique qui a une surface de quelque trente mille cinq cents kilomètres carrés. La carte miniature reproduit à échelle 1/1000e le réseau routier belge en action, de trois cent vingt kilomètres environ, qui traverse le pays d'un bout à l'autre sur son axe le plus long, ainsi que les principales voies navigables que sont la Meuse qui irrigue le versant sud, et l'Escaut qui serpente dans la partie nord. Chacun profite ainsi des charmes de sa région. Les uns passent leurs vacances au bord de la mer. Les autres se délassent au bord de la Meuse. Y a-t-il une différence ? Le soleil brille avec autant d'intensité pour tout le monde.

Les Belges voient grand. La Belgique s'étend et le monde rétrécit. Et là, qu'est-ce que c'est ?, demande Renaud qui se penche. C'est l'autoroute de la côte où la distance et la vitesse ne comptent plus. Chacun peut l'emprunter. Le moteur ronronne sur le châssis. Les gendarmes en uniforme noir, avec des bottes hautes, pantalon bouffant et képi, souhaitent bonne route. Ce sont les hôtesses de la vitesse. Mieux vaut ne pas avoir affaire à eux. Vroom, vroom ! Combien y a-t-il de chevaux sous le capot ? Tout va bien. La voie est libre. Le monde nous appartient. Vive la vraie vie ! On file à vive allure comme l'indique le compteur sur le tableau de bord. L'autoroute est toute neuve. On l'a inaugurée il y a deux ans en vue de l'Exposition. Elle mesure cent kilomètres et relie la capitale à Ostende en une heure et demie, à une moyenne de nonante kilomètres heures, sur deux bandes de circulation dans chaque sens. Cela permet de rester à la côte plus longtemps. Les Belges ne sont pas pressés de rentrer chez eux quand ils séjournent à la mer. Tapis roulant de confort, le ruban d'asphalte se compose de plaques de béton juxtaposées qui tapent la suspension et expédient tous les vingt mètres le conducteur et les passagers contre le plafond, hormis les pilotes en décapotable, installés entre les quatre roues, le coude posé sur la portière de leur belle auto rouge.

La voiture rend le monde plus petit et le pays grandit quand on le visite. Les patrouilleurs de Touring-Secours, avec leur caisse à outils, le sillonnent dans leur 4 CV jaune et bleu, à la recherche de conducteurs à dépanner. Leur devise tient en trois S : « **S**aluer, **S**ervir, **S**ourire ». En ville, on roule sans dépasser la vitesse maximale qui est de soixante kilomètres à l'heure et de quatre-vingts en dehors des agglomérations. La priorité de droite n'existe pas et les essuie-glaces sont aussi récents que les clignoteurs qui surgissent par surprise des deux côtés de la carrosserie. Longeant les avenues bordées d'arbres, on franchit les cent dix-neuf carrefours aménagés en dix-huit mois ainsi que les six tunnels qui transpercent la ville comme un toboggan. Quelle émotion ! Tout est permis, tout est promis. L'autostrade fait tant la fierté des citoyens qu'on l'éclaire toute la nuit. Y compris le dimanche. Les astronautes la distinguent à l'œil nu aussi bien que le serpentin de la Grande Muraille de Chine.

— C'est mon pays, dis-je, gonflé de fierté.

Et je me précipite au Pavillon de la Belgique où mènent directement les trams 8, 16, 18, 39 et 81, à une ou deux voitures jaunes, moyen de transport belge par excellence, qui, en ce jour d'affluence exceptionnelle, arrivent toutes les dix secondes.

« Le Belge est fier de ses idées
De sa gorge sans vanité
Quand il admire ses tramways
Il soupire à l'aise : ouais, ouais. »

Ah, les Belges, on les adore. Ils sont si gentils, si chaleureux, si pittoresques, si attachants et, surtout, si accueillants. Les Belges sont sympathiques, serviables, aimables avec les étrangers. Les Belges se mettent en quatre pour rendre service. Les Belges sont de bons vivants. Les Belges sont insouciants. Les Belges sont spontanés. Les Belges ont bon cœur. Les Belges aiment le confort. Les Belges adorent l'abstrait (« Une abstraction ? Rien de plus concret qu'une abstraction ! »). Les Belges ont un accent. Les Belges parlent d'abord et réfléchissent après. Les Belges savent rire. Les Belges sont des blagueurs. Les Belges rigolent des blagues belges que ne racontent pas les Belges. Les Belges ont le sens des affaires. Et le goût du compromis. À la belge. Les Belges ne resquillent pas (« frauder, c'est voler »). Les Belges sont fiers d'être belges. Les Belges aiment la Belgique.

Les Belges fument des Belga. L'agence Belga porte aux Belges les dernières nouvelles du monde. Les actualités Belgavox montrent aux Belges « le monde vu par les Belges ». La Belgique est un monde. Le Belge est un homme du monde. Et le monde est dans la Belgique. La Belgique est dans le monde comme le monde est en Belgique. Lequel des deux contient l'autre ?

Le Belge est fier de son Expo. Il se félicite d'assister à cet événement tant attendu, préparé de longue date, qui ne se produit qu'une fois dans une vie. Il se promène ébloui par l'ébouriffant décor de ce spectacle magique, sorte de Luna Park grandeur nature, de juke-box ruisselant de clarté, de parc d'attractions inouï, aussi fascinant que la célèbre foire du Midi qui se tient chaque été sur les grands boulevards. Tant qu'à être là, autant en profiter.

L'humour et la Belgique, c'est connu comme un vieux sou. Monsieur Belgemoyen, qui ne voit pas plus loin que le bout de son nez, mais roule des yeux comme des billes, retrouve Monsieur Belgetype, beau parleur et gai luron, qui a une bonne fourchette.

— Savez-vous qui a inventé les frites ?
— Comment le savoir ?
— C'est Philippe Édouard Cauderlier.
— Et quoi encore ?
— Elles doivent avoir six millimètres d'épaisseur.
— Elle est bien bonne !
— Et qui a inventé le « passe-vite » ?
— On ne sait pas tout connaître.
— Monsieur Simon, en 1928.
— Et le café en poudre ?
— C'est un Belge qui l'invente.
— Si ça marche, pourquoi ne pas continuer…
— Et la pipette ?
— Encore une Belge !
— Et les pralines ?
— Comme le ballotin.
— Et le patin à roulettes ?
— Joseph Merlin en jouant du violon, vers 1760.
— C'est du grand art !

Il y a encore mille inventeurs dans ce pays. Les frères Tantôt introduisent l'industrie des bâches mobiles, François Personne celle des lits mécaniques, Guillaume Poteau importe la chromolithographie. Le

Liégeois Georges Nagelmackers crée les wagons-lits et le Gantois Léo Baekeland, qui s'exile aux États-Unis, en 1906, conçoit la bakélite.

Nul n'est prophète en son pays. Les Belges ont tous du génie. Ils ont l'art d'être eux-mêmes. Revenons sur terre. Richard propose d'emprunter un des trois cents pousse-pousse, sorte de taxis à pédales et à trois roues conduits par de sympathiques étudiants.

— On est assis comme dans une poussette.
— Et secoué comme dans une machine à laver.
— Le progrès n'a pas que des avantages.
— Cent francs l'heure, c'est trop cher !

Richard propose alors de prendre un des petits trains, échappés d'une boîte à jouets, aux wagons orange et bleu, qui tortillent sur des rails parmi les visiteurs en shorts et tenues bigarrées, chaussés de *lunettes solaires*, qui babillent sans savoir où aller. On fait tout le tour en trois quarts d'heure pour quinze francs. C'est comme le tram de la côte (*Kusttram*), ouvert en 1885, qui suit la plus longue ligne de tramway du monde et va de Knokke à La Panne. Entre la Hollande et la France, il parcourt soixante-neuf kilomètres, s'arrête septante fois, longe la mer et saute de plage en plage à travers les dunes. Qui se sépare se perd. Restons ensemble. Pourquoi ne pas finir la visite à pied ? Cela dégourdit les jambes.

On descend d'un bon pas l'allée principale, puis on emprunte l'Avenue du Folklore et celle des Attractions. Guichard boit du Coca-Cola, avale des ice-creams, des hamburgers et des hot-dogs au Pavillon américain, aussi rond qu'une soucoupe volante. Quelles délices ! Autant que la télévision en couleurs, il admire une Studebaker rose bonbon dont les ailerons frôlent le ciel et une Cadillac turquoise avec des jantes chromées et des pneus blancs, des phares doubles, des pare-chocs métallisés et des feux arrière en forme de « bombe » ou de « fusée ». Alard s'extasie devant le plus gros roulement à billes du monde et le premier Spoutnik qui survole la Terre en lâchant son bipbip au Pavillon russe qui fait froid dans le dos. Quel effroi ! Au Pavillon français qui ouvre avec dix jours de retard et que signale une flèche longiligne de quatre-vingts mètres, Renaud s'engoue de la DS 19, pourvue de suspension hydraulique, de freins à disque et autres innovations techniques, qui a dix ans d'avance. Quelle découverte !

Est-elle en Zamak ? C'est moins cher que le plomb. Ils l'ont sortie chez Solido avec des roues en caoutchouc. Elle a plus d'allure que la 2 CV, « quatre roues sous un parapluie », la Peugeot 403 ou la Simca Aronde. Je préfère la MG rouge, Dinky Toys (jouets précieux), échelle 1/43, à deux places et capote pliante.

Nous ne sommes pas modernes, mais nous avons deux mille ans d'avance sur notre époque. On se retrouve au point de départ. La tête nous tourne. Renaud demande à saluer les charmantes hôtesses. Dépêche-toi, lance Guichard en mâchant du chewing-gum. Je vais vite. Hello ! Les voilà. L'une, tout sourire, est radieuse comme le soleil. L'autre a dans les pupilles des étoiles qui brillent de mille feux.

— La Belgique est un pays formidable !
— Nous pouvons le chanter.
— Ou le danser, si vous voulez.

Elles dansent sur la pointe des pieds, claquant des doigts, épaule contre épaule, jambes tendues, buste droit comme dans les comédies musicales. Elles jettent pour finir leur chapeau en l'air en criant : Youpeeeeeeeee ! Dernier moment joyeux.

— À plus tard, disent-elles en lançant des baisers.

Renaud, tout émerillonné, rougissant jusqu'aux yeux, ramène Bayard qu'il tient par la bride, le pied à l'étrier. Voici venu l'instant de nous quitter.

— Déjà ?, dis-je, les larmes aux yeux.
— Nous ne faisons que passer.
— L'Expo ferme à huit heures.
— On s'est bien amusés.
— Adieu Alard.
— À la prochaine.
— Adieu Guichard.
— À bientôt, ami.
— Adieu Richard.

— C'était un beau jeudi.
— Adieu Renaud.
— Adieu sans nom.
— Bon voyage !
— Bonne journée.
— Où est le paradis ?
— Trop loin pour nous.

J'embrasse Bayard aux pieds prompts, après avoir salué un à un mes compagnons de chevauchée, et tandis qu'ils s'envolent, bardés de badges, de gadgets et de cadeaux publicitaires, en agitant un mouchoir, poursuivant leurs aventures autour de l'univers, je crie :

— Où allez-vous ?
— En France, répond une voix derrière les nuages.

Ah, la France !

Patrie du beau langage, mère des arts, pays d'Épinal, du béret basque et de la baguette, du litron de rouge et des bals populaires, de l'huile d'olive et des espadrilles, des volcans d'Auvergne et du savon de Marseille, du calisson d'Aix et du nougat de Montélimar, de la dune du Pyla, du gouffre de Padirac et de la ligne bleue des Vosges, de Cadet Roussel, du Petit Larousse, du petit-beurre et du Petit Poucet, des Pieds Nickelés et de Benjamin Rabier, ainsi que de Bibi Fricotin, Félix Potin et les frères Ripolin, le bonhomme Michelin (ah, Bibendum !), la Vache qui rit, Dubo-Dubon-Dubonnet, le sapeur Camember, Aspro (ouf, merci Aspro !), le bébé Cadum et le chocolat Menier, Babar, La Fontaine et Bécassine, et le roi Dagobert qui a mis sa culotte à l'envers.

J'ai la gorge serrée. Mes amis sont partis. J'ai mal au cœur. L'absence a la même durée que la présence. Je ne les reverrai plus. Les paroles de Wappers dansent dans ma tête, il est temps de rendre visite à Hendrik Conscience, mon vieil ami d'enfance.

DEUXIÈME PARTIE

« Je ne me sens pas flamand du tout,
mais il se peut que j'arrive à traduire
quelque chose de la Flandre en décrivant
le genou gauche d'un cycliste. »

Hugo CLAUS,
Entretien avec l'auteur,
15 octobre 1985, *Le Matin de Paris*.

Chapitre 4

Je rends visite à mon vieil ami, Hendrik Conscience, qui habite à côté d'Anvers, dans un endroit retiré, appelé le Coin Vert. Bordant un sentier sinueux, la maison au toit de chaume, à la façade peinte en bleu, tapissée de lierre, se clapit dans un écrin de verdure. Je m'attends à le voir en bourgeron et sabots, barbotant dans le terreau humide, mais il est assis sur le pas de la porte, suçant sa pipe sur un banc ombragé, livré à la douceur de ses pensées intimes.

— Ça, alors ! Mais c'est toi !

— Comme je suis content de te revoir.

— Et moi donc !, dit-il en me serrant dans les bras.

— Je ne t'ai pas reconnu, dis-je, tout ému.

— À vrai dire, moi non plus.

— J'ai cru voir un retraité mâchonnant ses pensées.

— Comment vas-tu depuis tout ce temps ?

Il éclate d'un rire joyeux. Je le dévisage avec amitié. Il n'est pas l'homme mûr, à barbe grise, aux cheveux encore blonds, en habit noir, que portraiture H. De Pondt. Ah, ces peintres sans renom ni prénom ! Mais plutôt le jeune homme au visage ovale, aux cheveux lisses, au nez pointu, aux sourcils arqués, à l'œil bleu pétillant d'intelligence, à la bouche gourmande, que peint Xavier De Cock. On entre à l'intérieur. La pièce est pleine de livres et de tableaux, avec une cheminée. Des jambons pendent au plafond. Des manuscrits traînaillent sur la table. Il s'assied dans un fauteuil garni d'un coussin à fleurs et croise les jambes.

— Tu as les compliments de Wappers.
— Comment va-t-il ?
— On ne parle plus beaucoup de lui.
— Il y a des années que je l'ai vu.
— La gloire ne dure point.
— Tu n'as pas changé.
— C'est le lot de chacun.
— Tu es toujours aussi jeune.
— Je suis resté moi-même.
— Tu es le même que dans le tableau de Gustave.
— Te voir me rajeunit, mon cher Hendrik.
— Appelle-moi Henri.
— Ton prénom flamand te va mieux.
— Tu n'en as toujours pas ?
— D'où viendrait-il ?

Mystère ! On ne choisit pas l'endroit où on naît. Toute vie est inventée. Hendrik est un enfant du pays comme moi. Sa vie se résume ainsi. Sa mère tient une épicerie. Elle meurt quand il a huit ans. Il vit seul avec son père, un excentrique, ancien conscrit de Napoléon, devenu marchand d'épaves, qui bricole une bicoque avec des débris de bateaux. Un pigeonnier la surmonte. C'est là qu'on joue. On la surnomme *Twee gebroeders* (les deux frères) à cause de notre amitié. Et on écrit, au-dessus de l'entrée de guingois : « Nos bateaux sont nos maisons ». Nous voguons sur la vase par marée basse. On lève l'ancre sur un radeau stagnant. Qui pose sa pierre bâtit sa maison. Quoi de plus fécond que l'imagination ? Hendrik mène une vie sauvage au milieu des bêtes. Il ne parle qu'aux bestioles de la terre. On l'appelle « queue de morue » ou « le maigre du coin ». Il passe des heures au grenier à regarder dehors. Sa tête fourmille d'histoires. Le dimanche après-midi, il se rend au Poesjenellenkelder où on crée des pochades en patois. Il devient instituteur, mais déteste donner cours. Il pond des vers et des chansons. Ses collègues raillent ses premiers essais rédigés en français. Sa voie se trace. Au Zwart Paerdedekken (Cheval noir), il lit ses poèmes en flamand, langue expressive et populaire, pleine de couleurs et d'odeurs. Son père, qui n'aime ni ne comprend cet idiome, le blâme d'écrire dans ce jargon que nul n'écrit ni ne parle. Le dialecte « *vlaemsch* », employé dès le XIIIe siècle, est celui de ses ancêtres. La langue est la langue comme les étoiles sont les étoiles. On ne les atteint pas. Mais elles ne cessent point de briller.

Tu veux qu'on prenne l'air ?, propose-t-il en tétant sa pipe. On s'installe au jardin que parcourt un ruisseau. Outre des rosiers taillés à l'ancienne, il est semé de plantes, de légumes et de fleurs, sorte d'Éden luxuriant, paradis florissant, comme on en voit aux floralies de Gand. Contant la suite de sa carrière, il m'explique comment après avoir écrit son premier roman *L'Année des merveilles* dont il vend deux cent quarante exemplaires, il publie à vingt-six ans *Le Lion des Flandres* ou *De Leeuw van Vlaanderen* qui paraît à Anvers le 31 décembre 1838 et devient un best-seller immédiat. On le lit. On l'acclame. Son nom devient le symbole de la conscience flamande. Quelle méprise ! Le *Lion* paraît huit ans après la naissance du pays. L'Histoire est la mémoire des peuples. En parlant de la Flandre, il traite de la Belgique tout entière. Son but en l'écrivant est de la garantir de l'annexion française. Son texte est une parabole. On en a fait un mythe. Mais c'est d'abord un roman d'aventure. Ce n'est pas de la haute littérature. Il est si mal écrit qu'un éditeur étranger qui veut le republier plus tard doit partir de la version française ! Hendrik vaporise ses rosiers pleureurs avec un petit arrosoir.

— L'été, tout jardin est beau.
— Je me sens bien chez toi.
— Il faut le voir en hiver.
— Tu as été reçu chez le roi ?

— Oui, il me convie en son palais.
— Cela fait quelle impression ?
— Wappers m'a prêté un habit.
— Il faut être présentable.
— On ne va pas à la Cour avec des sabots.
— Et ça a donné quoi ?
— Il m'a commandé une *Histoire de la Belgique*…
— La première du royaume.
— … avec cent francs de rente par an !
— Quelle misère !
— Ce pays a une piètre idée de lui-même.
— Mais il a de grands artistes.
— Pas un radis pour vanter son crédit.
— Au moins vis-tu de ta plume.
— Peuh, je n'ai pas fait fortune.
— Ton nom brille au panthéon des lettres.
— On me loue, mais on ne m'achète pas.
— Ton roman, j'aimerais bien le lire.
— On ne gagne pas sa vie ici quand on écrit.

Cela ne me dit pas comment il en est arrivé là, vivant avec ses poules et ses chapelets d'oignons, mâchouillant sa pipe, signe d'autonomie de la pensée, cherchant à percer le secret des choses. Que devient-il après ? Sans se faire prier, il raconte d'un trait. Il retourne en Campine dont il aime les bruyères et les labours, les marais dormants, les églises bordées de cimetières, les vieux tilleuls sous lesquels on joue aux boules en sirotant une bière. Il est comblé dans cette nature aux rousseurs dorées, aux pacages enclos de haies, aux prés d'un vert rouilleux qui apaise les tourments de son âme enivrée. Enfin, il se marie. Hendrik a trois enfants. Sa fille de deux ans décède et son fils meurt du typhus. Il perd pied, côtoie les ténèbres, puis recouvre la santé. La barbe lui pousse. On élève une statue sur une jolie place d'Anvers qu'on rebaptise place Hendrik Conscience et il termine sa vie comme conservateur du musée Wiertz, en 1868.

— Quelle apothéose !
— Me voici soixantenaire.
— Quel parcours !
— Tu te rends compte ?
— Et ensuite, Hendrik ?

Il décline, fuit le monde, se réfugie ici, à Borgerhout. Il croule sous les fleurs et les louanges et s'éteint à Ixelles, au déclin du soleil, le 10 septembre 1883. Quand on casse sa pipe, on passe dans l'autre monde. La vie est plus forte que tout. Il a droit à des funérailles nationales comme Victor Hugo. Surnommé « le Poète de la Patrie », on l'enterre à Anvers, sa ville natale, où sa tombe porte ces mots :

« *Hij leerde zijn volk lezen.* »
« Il a appris à lire à son peuple. »

— Tu crois que c'est vrai ?
— Bien sûr que non.
— Le peuple flamand t'a lu.
— Oui, mais je crois qu'il ne m'a pas compris.

Hendrik a publié près de cent livres. On ne le lit plus aujourd'hui. Son œuvre sombre dans l'oubli. Il sourit tristement. Qui veut durer doit endurer. Je pose un bras autour de son épaule. Nous sommes heureux de nos retrouvailles. Je connais à présent l'histoire de sa vie. Il éclate d'un rire bon enfant et propose qu'on aille rendre visite à un de ses plus chers amis.

— Qui est-ce ?
— C'est une surprise.
— C'est loin ?
— Non, c'est à deux pas d'ici.

Et nous filons à Anvers connue pour son jardin zoologique et sa gare néo-baroque, son musée croulant de chefs-d'œuvre, sa maison de Rubens, ses hôtels particuliers de style Art nouveau et sa tour de Babel ou *Torengebouw* qui a longtemps été l'immeuble le plus haut du pays. Hendrik, qui est né *Pomperstraat* (rue de la Pompe), la connaît comme sa poche. On se retrouve au 21 *Kipdorp* (village des poules). Il sonne à la porte. Hugo Claus nous ouvre. Il arbore un costume gris, une chemise rose, des souliers de daim beige et des lunettes aux verres fumés qui protègent ses yeux accidentés jadis dans une raffinerie de sucre. Il a le teint rougeaud et une frange de cheveux peignés sur le devant comme un empereur romain.

— Ah, mes bons amis ! Je vous attendais pour déjeuner, lance-t-il avec une pointe d'accent. Sans tarder, nous empruntons le Meir, large avenue commerçante et arrivons sur la *Grote Markt* (Grand-Place) où se dresse l'imposante sculpture de Jef Lambeaux qui célèbre la légende du jeune pêcheur Silvius Brabo qui coupe la main du géant qui terrorise les habitants et tient un pied sur chaque rive de l'Escaut, et la jette dans le fleuve, ce qui se dit « *hand werpen* » (jeter la main) qui devient « Antwerpen », proche aussi de « *aanwerpen* » (alluvions) ou de « *aan de werpen* » (près des digues), d'où le nom de la ville que domine la cathédrale enclavée par les maisons des corporations, aux façades hérissées de pignons à redents ou de pinacles, et par les terrasses des cafés où on sert une *bolleke*, bière ambrée appréciée des Anversois qui ont le culte de l'agrément que résume le calembour « bon envers soi ».

On entre Au chagrin des Belges. Claus est chez lui dans ce restaurant où on l'appelle « le géant des Flandres », qui est pour lui une race de lapins. On s'assied. Le garçon à veste blanche, avec des épaulettes noires liserées d'or, apporte la carte. Le choix est vite fait. Pour tout le monde en entrée, des croquettes aux crevettes grises, caviar de la mer du Nord, qui doivent être rondes et dodues, tièdes au centre et goûtues en bouche, parsemées, au dernier moment, d'un filet de citron et de persil grillé, une croquette aux crevettes sans persil étant comme une digue sans mouettes, puis Hendrik choisit des carbonnades à la flamande, Hugo une sole meunière et moi un steak Blanc Bleu belge, avec des frites.

Et un côtes-du-ventoux. Tandis qu'il noue sa serviette, Hugo confie :

— J'ai copié tout un menu dans un roman.
— Est-ce que quelqu'un l'a vu ?
— Personne, rigole-t-il.
— Cela en dit long sur le sort de l'auteur.
— Et l'attention du lecteur.
— Celui-ci doit avoir du talent.
— Combien de livres avez-vous écrits ?
— Bougrement trop.
— Son père était imprimeur.
— Les bons livres n'excusent pas les mauvais.
— C'est aussi valable pour les films.
— Hugo en a tiré un de mon roman *Lion*.
— Ce n'était pas une réussite.
— Le film n'a pas été mieux compris que le livre.
— On n'écrit pas pour être lu.
— Mais pour écrire.
— Écrire n'est pas un passe-temps.
— Bon appétit !
— À la vôtre !

On trinque. Clap ! Hugo fait claquer sa langue. Il a le palais connaisseur. Et, tout en fendant du couteau la croquette qui se répand langoureusement dans l'assiette, il griffonne sur la nappe avec un Bic bleu un de ces poèmes sulfureux dont il a le secret.

« Le Flamand est un benêt.
Il n'aime pas le Herve,
Il mange du hareng.

Le Flamand a une tête d'œuf,
Du jaune mais pas de blanc.

Comme Guido Gezelle
Hydrocéphale jusqu'à la moelle
Il ne peut enfiler son béret
Trop petit de taille
Tant est grosse sa cervelle.

De nature conquérant
Stupide par tempérament
La tête vide
Et le cœur creux
Voilà le fier Flamand ! »

Il fait de son poème une boulette qu'il expédie d'une pichenette à l'autre bout du restaurant et range son Bic, en s'excusant d'avoir testé sur nous cet extrait d'un recueil qu'il est en train d'écrire.

— Comment s'appelle-t-il ?
— *Le Péché de la Flandre*.
— Quel bon titre !, s'exclame Hendrik.
— Le pur flamand n'existe pas.
— Chacun son dialecte.
— Autant de patois que de clochers.
— C'est une race manquée.
— Les Belges sont des bâtards.
— Les Flamands n'ont pas de patrie.
— La langue est un pays.
— Celui de l'écrivain est son livre.

Le repas se termine. Voulez-vous un dessert ? Je choisis une dame blanche, Hendrik un baba flambé au rhum et, tandis qu'il commande un café liégeois, Hugo fait signe au garçon d'apporter l'addition qu'Hendrik propose de partager. Il n'en est pas question. Vous êtes ici chez moi. Et si on allait à Bruges ? Ce n'est pas loin. On y est en moins de deux. En trois lignes, nous voici vingt kilomètres plus loin.

— Si on louait des vélos ?
— Combien ça coûte ?
— Vingt francs à partir de deux heures.

Et nous voilà sur nos bicycles, en suivant le trajet du soleil grâce à son tracé de clous en cuivre. Être avec eux est un bonheur. On déambule le long des canaux courbes, immobiles et pensifs, aux berges empierrées, ponctués de ponts voûtés qui n'imposent aucun effort pour être franchis. J'admire les bijoux de pierre que sont les maisons à pas de moineaux ou à pignons, aux fenêtres surmontées d'un tympan ou aux meneaux façonnés coupés de croisillons, aux baies accolées ou aux lucarnes ajourées, aux corniches moulurées, ornées de pinacles ou piquetées d'enseignes, percées de portes aux serrures ouvrées, aux toits crénelés et aux tourelles à clochetons.

Cité jadis florissante, qui connaît la décadence au XVe siècle à cause de l'ensablement de l'estuaire du Zwin, qui rend l'accès à la mer impossible, et du déclin de l'industrie drapière qui concourt à son dépérissement et lui vaut d'être délaissée au profit d'Anvers, la capitale du vaste « pays de par-deçà », fut un des ports les plus actifs d'Europe. Elle survit à sa ruine en créant le port de Damme, qui n'est éloigné que de sept kilomètres et n'est qu'une bourgade, dominée par la tour carrée de son église du XIIIe siècle qui comporte un escalier de deux cents marches, qui se développe à l'abri de la digue érigée pour la protéger des raz-de-marée. Thyl l'Espiègle y naît. Mais celle qu'on surnomme « la perle des Flandres » n'est plus dorénavant qu'un décor pour touristes en shorts et tenues bigarrées, une carte postale grandeur nature où on se promène en calèche.

On l'appelle « la Venise du Nord » comme Amsterdam et Saint-Pétersbourg, ricane Hugo qui y naît en 1929 comme… Tony Parker, le basketteur, qui est plus populaire que lui. Il a longtemps détesté cette ville où il voit le jour à l'hôpital Saint-Jean où sévit une de ses parentes, sœur Alphonse, et dans la cour duquel son père, peu désireux d'assister à son accouchement, klaxonne en démarrant au volant de son cabriolet tandis qu'on recourt au forceps pour l'arracher aux entrailles de sa mère.

Servant de guide, il nous dévoile les trésors de cette ville-écrin qui, ayant perdu sa voie d'accès à la mer, s'endort pour des siècles et devient la cité des ombres. Humant le silence de cette nécropole hallucinée, d'une sépulcrale beauté, confite dans le souvenir, évaporée dans la buée, muée en refuge des ombres, plombée par la torpeur d'un rêve éternisé, où tout semble bercé d'un sommeil éternel, on parcourt à vélo, au son des carillons, les quartiers à l'atmosphère moirée, à la mélancolie feutrée, teintée de tristesse onirique et d'hyaline pâleur, et les ruelles sinueuses comme les fils de dentelles qui sont des bouquets de givre.

Bruges est une ville morte. C'est un musée. Mais un musée vivant. Il suffit d'ouvrir les yeux pour voir au Musée communal des beaux-arts Van Eyck, peintre de génie, qu'encouragent les ducs de Bourgogne. Est-il né à Maaseik ou Eyck-sur-Meuse, sur la grand-place de laquelle trône la statue des deux frères, Jan et Hubert ? A-t-il vraiment existé ? A-t-il inventé la peinture à l'huile ?, questionne Claus, cofondateur du mouvement Cobra, qui reste peintre dans l'âme, et que j'appelle Hugo comme j'appelle Victor par son prénom. Maaseik est alors le hameau Aldeneyck (Vieux Eik), appelé aujourd'hui « Nouveau Eik » pour le distinguer du premier. Le nom de l'illustre peintre vient-il d'Eche ou de *Eick*, qui veut dire chêne, ou encore de *Elck*, qui veut dire chacun et qui n'est pas éloigné de la devise « *Elck syn tijt* », en vieux flamand « Chacun son temps ». Excusez mes fautes de flamand. Elles sont causées par un garçon qui parle français. Nous voici devant *La Vierge au chanoine Van der Paele* de Jan Van Eyck, rompu au renversement d'images.

— Quel bon peintre !, dit Heindrik.
— Quel fin psychologue !, dit Hugo.

— Ce qu'on vit est ce qu'on sent.
— Ce qu'on voit est ce qu'on dit.

On détaille tous les trois le chef-d'œuvre du plus grand maître de son temps. Il aime figurer les moindres détails avec précision et dans cette œuvre aux tonalités chaudes, qui est à la fois un poème religieux et un quintuple portrait éblouissant par la préciosité de l'exécution, l'artiste combine ses recherches esthétiques avec celles des mathématiques. Les personnages sont vêtus des plus somptueux costumes et de broderies chatoyantes, aux tons intensifiés par la superposition des couleurs préparées à l'œuf. La figure du chanoine agenouillé, communiant dans un idéal de beauté et dont l'expression reflète la piété, est traitée avec un réalisme si précis qu'un médecin diagnostique la myopie et l'artériosclérose, et qu'un dermatologue établit après une étude approfondie qu'ont été effacées une tumeur sur la lèvre inférieure et une minuscule verrue sous l'œil gauche. D'après la fermeture de la bouche, on entend sa voix. Et voilà soudain qu'il l'ouvre et, s'adressant à nous, déclare :

— Vous avez vu ma tronche ?
— Elle est superbe !
— De quoi vous plaignez-vous ?
— Déjà les traits pâteux.
— Et quoi encore ?
— Bah, le nez.
— Le nez ?!!!
— Il est trop fin.
— Très harmonieux, dis-je.

— Je voulais un « *dikke neus* ».
— Un gros nez ?
— Oui, un pif !

Un nez flamand. Un blair en forme de pomme de terre ou de *pataate neus*. Épaté, grumeleux et purulent comme un bourgeon de rose. Un bulbe boursouflé. Un oignon, un tubercule, une truffe. Large et sanguin, avec des verrues violettes, causé par des granulomes ou la couperose, comme celui inoubliable dans l'histoire de la peinture du vieil homme et de l'enfant du Florentin Domenico Ghirlandaio.

Domenico Ghirlandaio,
Portrait d'un vieillard et d'un jeune garçon,
1490 (détail).

Jan Van Eyck,
La Vierge au chanoine Van der Paele,
1436 (détail).

On le regarde stupéfaits. Ça au moins, c'est un nez ! Le maître italien l'a d'abord peint les yeux fermés par la mort. C'est un grand-père, au cœur plein d'affection pour l'enfant, la main posée sur la poitrine du vieil homme auquel l'unissent des liens forts, au regard attentif et captivé par ce qu'il lui raconte.

— Comme j'aurais aimé être cet enfant, dis-je.
— Il a été modifié par l'artiste.
— Que lui trouvez-vous ?
— C'est une pièce de mobilier.
— Le peintre est un miniaturiste.
— Il cisèle ses modèles.
— Ce n'est pas un nez.
— Mais une colline de chair.
— Ou une poire blette.
— C'est un cédrat juteux !

Il regagne le tableau et ferme les yeux. Quel type ! Où finit le réel ? Où commence le songe ? Les Belges vivent de reflets. Hendrik démarre sur les chapeaux de roues. Tous en piste. Hugo, debout sur les pédales, se lance à sa poursuite dans la rue Queue de Vache et raille dans la ruelle du Cul Bénit le temps où les bouseux savonnaient les moutons et où les négociants décousaient la peau des chiens pour y fourrer la précieuse dentelle. Il s'arrête devant le beffroi, symbole des libertés de la ville, achevé en 1487, qui s'élève à cent sept mètres, compte trois cent soixante-six marches, abrite un carillon de quarante-sept cloches qui joue tous les quarts d'heure. On y jette des chats, des harengs ou des homards que Victor Hugo dévore avec la carapace.

Voici le musée des instruments de torture et le logis délabré aux abords d'un canal engourdi où un prêtre repoussé par une nonne la zigouille, puis se suicide. Leur âme maudite hante depuis les lieux. Les cygnes, aux ailes blanchâtres, glissant d'une allure indolente sur les canaux, sont un des symboles de cette cité tombale, restaurée par les antiquailleurs, comme les saules pleureurs qui pendent dans l'onde funeste et les nénuphars, surtout le nymphéa victoria regia qui ne s'ouvre que la nuit. Messagers du paradis, aussi immaculés que la cornette des séraphiques nonettes, les cygnes majestueux, au parfum vénéneux, s'envolent difficilement, courent longtemps sur les flots glauques pour prendre leur essor. Ils sont querelleurs et méchants avec les enfants, mais ils ne sont pas comestibles. Comme le tremblement des arbres et le silence des rossignols, ils signalent pour Maeterlinck l'approche du trépas. Quand ils sentent venue la dernière heure, ils chantent à plein gosier, mieux que les autres fois. Mourir en chantant, quel prodige !

Et voici le *begijnhof* (béguinage) qui est la proie des flammes en 1584. On y accède par un pont menant à une large porte dans un paradis cerné de murets, aux berges gazonnées, baignant dans un fossé. Plus beau que ceux de Malines, Gand, Courtrai, ou Louvain qu'on dit être le premier, cet enclos fleuri de jonquilles et planté d'arbres penchés par le vent abrite de mignonnes maisonnettes en briques, aux façades blanchies à la chaux, qui toutes portent un nom de sainte ou de saint. Derrière la porte garnie d'un guichet grillagé, vigie du mutisme et des pensées dévotes, résident sans avoir fait de vœu perpétuel, mais celui de chasteté et d'obéissance momentanée, des femmes muettes sous leur cornette d'une blancheur d'hostie ou de coulée de cierge, qui ont pour nom Godelieve, Gudule, Ursule ou Pulchérie. Le fronteau empesé sur les yeux, elles processionnent autant qu'elles trottinent à pas frôlant le bas de leur robe amidonnée de teinte beige, aux longs plis raides et droits sur les sentes herbues.

Épanchant leur soif de retraite et de pardon, de mussitations qui scandent leur existence limpide, les sœurs tourières, oiseaux du silence, coiffées d'un béguin empesé, mènent une vie conventuelle de parlotes et de prières que chacune fait sur son prie-Dieu d'une voix monotone, sous les yeux de la « *kloesterine* » (sacristine) qui garde les clés de l'église. Les doigts des matineuses béguines ou *beghinae* égrenant pieusement le rosaire sur leur chapelet de buis, mains croisées sous les manches, allant et venant autour de l'agreste pelouse ornée d'un puits de briques, qui se drapent certains jours d'un voile blanc posé pardessus leur coiffe habituelle, se livrent aussi à de menus travaux d'aiguilles. Et autant qu'elles méditent à l'office, ratissent et sarclent, maigre loisir d'une vie recueillie qu'éternisa Xavier Mellery, blanchissent le lin, filent le coton et tissent le drap. Me tirant de ce songe éveillé, Hugo me frappe sur l'épaule.

— La supérieure s'appelle la « Grande Demoiselle ».

— Comme mademoiselle Abst ?, dis-je, abasourdi.

Et si on buvait une « *brugse zot* », breuvage fermenté, à base de malt, de houblon et de levure, dite « Le fou de Bruges », au bistrot *'t Gezellek,* 15 *Carmersstraat*, connu des seuls Brugeois ?

— *Gezondheid* !
— Santé !
— Tiens, voilà Michel !, s'écrie Hendrik.

À quelques pas de là, dans un coin ombreux où nul ne le regarde, cravaté sous l'ample chapeau qui auréole sa moue de camoufleur lippu, bavant et dégouttant, la lippe en avant, le nez coulant sur le menton fourchu, aux gencives enflammées, qu'il appelle sa « tête belge », dardant alentour ses yeux mauves, dans un pantalon trop large et taché, et sa veste en velours patinée comme un rideau de théâtre, en appui sur sa canne aussi affilée qu'un fleuret qu'il tient d'une dextre crochue, se carre Michel de Ghelderode qui sirote une « *deuvelsbier* » (bière du diable).

Quelle trogne ! Quelle caboche ! Une gargouille !

Il appelle Bruges « Breugellande » ou « Brugelmonde », préfère la Flandre qu'il invente aux Flamands et la Belgique aux Belges qu'il traite de « salisseurs par tempérament », et conseille de jeter les peintres du dimanche dans le canal. Plouf ! G., ainsi qu'on l'appelle car on ne cite son nom nulle part, a le goût des mannequins, mascarons grimaçants, proches de sa propre face, si caricaturale qu'il décline le masque de carton qu'on lui refile au carnaval d'Ostende, et des marionnettes, pantins inertes aux trombines grotesques, et subsiste reclus dans son antre schaerbeekois avec ses figures de guignol et son cheval de bois. M'émeut de voir ce phoque emphysémateux, flagorneur, fourbe et susceptible, souffrant du cœur et soignant son asthme par injections de Mephenon. Les araignées l'effrayent. Il hait le soleil et vomit la gloire. Persécuté prêtrophobe, tératologue du verbe, scatologue étroniphile, fulmineux ecclésiaste, flamingantiste germanophile, guichetier communal, il brûle pour se chauffer ses propres livres que ses collègues transforment en rouleaux de papier W.C. Martyrologue de lui-même, incompris, mal-aimé, il se dit plus âgé en naissant que son père qui l'éduque dans la mauvaise langue. Quel drame !

Comment est-ce possible ? Ghelderode se lève, fonce vers les flots sombres et s'empare d'un cygne, au bec orangé et aux ailes liliales, réputé intouchable. Il tord d'un geste sec le long cou onduleux de la bête héraldique, à la beauté éblouissante, symbole de la cité ophélisée, qui provoque en lui un irrésistible désir d'étranglement. Puis, il regagne sa place et vide sa chope en éructant un « slurp ». Glissons.

*

* *

On se retrouve au *Markt* (place du Marché), où se dresse la statue de Jan Breydel et de Pieter de Coninck, les héros de la révolte de 1302 que traite le roman d'Hendrik et que précède le 18 mai, deux mois avant la bataille des Éperons d'or qui oppose les communiers flamands aux chevaliers français, l'épisode des « Matines brugeoises », premier office religieux avant le lever du jour, dont mes compagnons me font à tour de rôle le récit romancé.

À commencer par Hugo qui se divertit de ses trouvailles. Imagine l'horreur de cette nuit séculaire où s'apaisent les consciences après un « *goedenavond* » (bonsoir) dispensé à la ronde par le crieur nocturne dont l'écho décroît à mesure qu'il s'éloigne. Certains sursautent sur leur couche tandis qu'il crie « *Alles is stil, slaap gerust !* » (Tout est calme, dormez en paix !). La brume monte des canaux et noie la ville ensommeillée où s'élancent les Flamands, résolus à tuer ceux qui parlent français comme les poètes Artaud, Cocteau, Mirbeau ou Rimbaud et toux ceux dont le nom se termine par un o. Ainsi que tous les lecteurs du *Figaro*. Pourquoi *Le Figaro* ? Les Français ne lisent pas *La Gazette de Groeningen*, *Le Phare de Furnes* ou *Les Nouvelles de Bruges*. Ils lisent *Le Figaro* ! C'est dans *Le Figaro* que paraît en feuilleton *Bruges-la-morte*, du 4 au 14 février 1892. Le livre qui sort plus tard étant dédicacé au rédacteur en chef du journal qui est… belge. C'en est trop ! On tire du lit les Français pour en faire des copeaux. Mais comment les distinguer dans le noir ? En leur imposant un mot de passe imprononçable aux étrangers.

— Lequel ?
— *Schild en vriend.*
— Qu'est-ce que ça veut dire ?
— Bouclier et ami.
— Où est la difficulté ?

Le « i » de *Schild* est court, le « ie » de *vriend* long, le « sch » racle la trachée. On le dit autrement à Damme, Lier ou Oudenaarde. Ici, on prononce : « *Scilt und vriendt* » (mon bouclier et mon ami). Et là, plutôt : « *Des gilden vriend ?* » (ami des guildes). Ou alors, d'une voix graillonnante : « *'s Gilden vriend* » (ami des corporations). Mais aussi : « *Sclit ende Vrient* ». Ou, plus classique : « *Schilden Vriend* ». Et encore : « *'s Gilden vriendt ?* » (blason et ami). Ainsi que : « *'s Gilden vrient* » (écu et ami). Tout comme aussi : « *Schil ende vriendt* ». Et enfin, pis que tout : « *Skild ou skilt en frint* ».

Qui dit que les Flamands manquent d'humour ? Et les voilà partis pour accomplir leur cruelle besogne. Ceux qui ne sont pas égorgés avant l'aube quittent leur logis sur la pointe des pieds. Filant le long des ruelles aux murs bas, qui résonnent des râles de ceux qu'on occit sans merci, ils courent comme des dératés sur le quai du Rosaire, celui du Miroir ou du Mirage. Bruges est un labyrinthe. Comme au jeu de la punition où on file entre deux haies pour se faire battre, les Français, pleins de prétention, qui le prennent de haut, fuient à toutes jambes rue des Boiteux, rue des Aveugles ou rue des Manchots. Mais aussi rue du Vieux-Sac et rue des Bouchers. Et encore rue des Pierres, rue des Femmes, rue du Marché aux Bœufs ou du Vendredi, et sur la place des Quatre Jeudis. Ignorant où ils se trouvent, le nom des rues n'étant pas bilingue, ils se trompent de chaussée, font demi-tour et rebroussent chemin, repassent où ils sont déjà passés, comme les deux Dupondt remettant sans fin les pas sur leurs propres traces.

Et les grands écrivains français, que leur arrive-t-il ? Pris au piège d'un cul-de-sac, talonné par un molosse agrippé à ses basques, plaqué contre les moellons qui lui percent les reins comme une dague, Octave Mirbeau est le premier qu'on arrête.

— J'ai révélé Maeterlinck dans *Le Figaro* !
— C'est un traître.
— Il n'est pas des nôtres.
— Mais je ne l'ai jamais rencontré !
— C'est le paillasson de la Flandre.
— Donne ta main droite.
— Pouce !
— Ce n'est pas assez.

Tel l'écolier posant les phalanges sur un pupitre maculé d'encre, il tend les mains que César coupe aux insoumis qui portent les armes contre lui ou comme on scie le petit doigt du baron Empain.

Clac !

Mais on lui tranche aussi les quatre autres doigts. Pauvre Mirbeau ! Pas une seconde à perdre. Au suivant !, comme dit Brel. Ah, si le grand Jacques savait où vont ses paroles ! Voici Jean Cocteau, pieds nus, en pyjama de satin rose, qui s'est installé en décembre 1915, à Coxyde, secteur postal 131, où il assiste à l'opérette de la mort dans un décor de toiles peintes qui exalte son goût pour le théâtre. Le poète au minois de fouine, au flair pointu de musaraigne et aux cheveux de cendre, preste comme un courant d'air, décampe comme un hippocampe. On le rattrape. Dites donc ! Les genoux lui manquent. Pris à la gorge, mondain qui se veut immortel, lui, pour qui Brussel est un critique, voit sa dernière heure arrivée.

La mode est au danger. On meurt de calme. Tuez-moi, implore-t-il de sa voix de femme métallique et roucoulante. On rit de ses longs poignets minces et de ses mines maniérées. Peu s'en faut. Se croit-il à Monaco, à Monte-Carlo, au Lido, au festival de Cannes, ou à Medrano ? Est-ce vrai ?, s'inquiète-t-il, désolé de dire adieu à ses phalanges manucurées.

— Tends les doigts.
— C'est un quiproquo ?
— Ce n'est pas un vaudeville.
— J'aurais pu naître Flamand !
— Fallait y penser avant.
— L'art n'a pas de patrie, plaide-t-il.

On lui tranche les mains. Invisible à force d'être vu, habitué à traverser les miroirs, il se demande où elles sont passées. Tout est normal. N'est-ce pas Verhaeren qui écrit : « *Comme des mains coupées les feuilles choient sur les chemins* » ? On lui réglera son compte demain. Et voici Artaud, cheveux fous, œil terrible, perdant ses dents, tel un fantôme surgi dans sa camisole. Il effectue un séjour à Bruxelles, où il donne le 18 mai 1937 une conférence qui scandalise le public et les parents de sa fiancée Cécile Schramme en parlant des effets de la masturbation chez les jésuites. Pour lui, la langue est une masse de chair. Mû par une excitation démente, il se voit poignardé par Marat qu'il joue dans le *Napoléon* d'Abel Gance.

— Dieu, quelle cruauté !, vocifère sa voix de tête.
— Tu nous prends pour des scatologues ?
— Je ne suis qu'un vieil étron piteux.
— Vous délirez, *mijnheer* Artaud.
— Tu es ce que tu mérites.
— Tu n'es qu'un type affreux !

Il tient entre les doigts crochus de ses mains « des ciels, des paysages phosphorescents ». Peine perdue. On les lui coupe sans coup férir. Pas de bobo ! Voici Rimbaud, raffiné poète, prolétaire vigoureux, voyant fulgurant, nomade cosmopolite, enraciné nulle part, météore égaré, astre solaire et solitaire, perdu dans une vision de rêve. Que fait-il là, lui, la belette aux semelles de vent, qui va partout les mains vides ?

— C'est Rambo.
— Yolande Moreau l'adore.
— Ce n'est pas une raison.

Rien ne lui lie les mains. Face aux gros poings et fiers-à-bras, qui ne sont pas commodes, l'aède à poigne les montre quand vient son tour. Prévoyant la bataille, il articule pour lui-même : « *Je reviendrai avec des membres de fer.* » Et, lumineux, il ajoute : « *J'aurai de l'or.* » Nul ne le comprend alors. Wat ? « *Quel siècle à mains* », gémit-il en les tendant. On les coupe en cinq sec comme à Octave, Jean et Antonin.

— Quelle horreur !, dis-je avec un haut-le-cœur.
— Les champs d'horreur sont tous pareils.
— Que deviennent les mains inutiles ?
— On les jette dans les canaux.
— Plouf ! font-elles en clapotant.
— « *Vlaams geld in Vlaamse handen.* »
— Qu'est-ce que ça veut dire ?
— « L'argent flamand dans les mains flamandes. »

Mauvaise idée ! Toucher aux mains, c'est ôter la chair qui colle aux ongles. Les Matines s'achèvent. En moins d'une heure, il n'y a plus un Français vivant. Ceux qui fuient sont rattrapés et liquidés sans quartier. Les uns sont pendus, lynchés, noyés dans les canaux, le cœur arraché sans pitié, tiré comme une corde, les gamins brandissant fièrement l'aorte. Quel massacre ! En est-il de beaux ? C'est du joli.

On repart à vélo. Rien de plus agréable que pédaler posément. On se sent vivant. Et nous quittons la ville par une piste cyclable bordée de panneaux comme sur un circuit recommandé. Prenant la tête, je me laisse rejoindre par mes compagnons de trio. Hugo, arc-bouté sur sa machine, pique un sprint. On revient à sa hauteur. Le Flamand règne sur un pays plat où le vent souffle des quatre points cardinaux en même temps. Mais aujourd'hui, il fait beau et doux. Frôlant le paysage, on roule sous des arbres magnifiques, cheveux bouffant à l'air, sur des chemins de ronde ou de halage où s'enfoncent les roues jusqu'à mi-jante, dressés sur les pédales pour escalader des monts de sable, des collines à cailloux et des faux-cols. C'est le pied. Pédale de l'autre jambe, tu vas avoir des crampes, lance Hugo à Hendrik au pantalon roulé sur les mollets comme un joueur de golf.

Le nez dans le guidon, on file hanche contre hanche, à une allure de cyclotouriste, profitant du charme de la campagne. La fête continue. Et si on allait au cinéma ?, demande à brûle-pourpoint Hugo, gouailleur. On tourne dans la plaine de Courtrai un *remake* pour la télévision de mon film sur la bataille des Éperons d'or, tiré du chef-d'œuvre d'Hendrik.

— Avec plaisir, dis-je, tout excité.
— Pourquoi pas ?, marmonne Hendrik, inquiet.

On approche du lieu de tournage. On voit des camions, des tentes, et du matériel. On range nos vélos. Hugo prévient. Il s'agit d'une superproduction, au budget cent pour cent flamand, tournée pour la VRT. Le réalisateur est le plus mauvais cinéaste du siècle, mais le producteur est le meilleur de Belgique. Comment peut-on avoir à la fois la meilleure production belge et la pire réalisation au monde ?, s'étonne Hendrik. C'est toute la Flandre. Elle allie souvent le pire et le meilleur. L'ambiance est celle d'une kermesse bon enfant comme la fête de la bière à Wieze, le Grand Prix de l'Escaut, célèbre course cycliste à Schouten, ou le pèlerinage de l'Yser, à Dixmude.

— Mettons-nous là.

On s'assied sur des chaises en polyester. Je me réjouis d'assister à la fameuse bataille de Flandre portant le nom du livre d'Hendrik, qui m'explique que cela se passe le mercredi 11 juillet 1302, à sept heures du matin, au pied des *Broelterens*, sur le *Groeningekouter*, dans la plaine de Groeninge, près de *Kortrijk*.

— J'ai vécu dans cette ville, dit Hugo.
— Dans la *Groeningetraat* ?
— Tout de même pas !...
— Ou la *Consciencestraat* ?
— Encore moins, Hendrik.
— Cette rue est à mon nom.
— Courtrai dans *Le Lion* s'appelle Walle.

— Comment ça s'écrit ?, dis-je.
— Comme Wallon qui se dit *Waal*, en flamand.
— Quelle est la cause de la bataille ?

Philippe le Bel veut venger l'affront des Matines brugeoises. Deux mondes s'affrontent. Les nobles cavaliers français et les Flamands de basse extraction. On croit que les chevaliers ne feront qu'une bouchée des bouseux. Mais cela ne se passe pas comme prévu. Hugo allume une Marlboro et croise les jambes.

— Tu aimes le cinéma ?
— Oui, je l'adore, dis-je.
— Et toi, Hendrik ?
— Je ne sais pas.
— Tu n'y vas jamais ?
— Ça n'existait pas à mon époque.
— Après *Le Lion*, j'ai juré de ne plus tourner.
— Tu as tenu parole ?
— Non. Mais j'ai relu ton livre.
— Tu l'aimes à ce point ?
— C'est un très bon roman.

Quelle est la différence entre la littérature et le cinéma ? Pour ce film, Hugo avait cent cinquante comédiens, trois mille figurants et cent techniciens. On écrit comme on veut, avec du papier et un crayon. On filme selon ses moyens. Les deux arts se complètent. L'un crée l'imagination. L'autre la développe.

« Silence, *alstublieft* ! (s'il vous plaît) », crie dans un porte-voix le réalisateur qui porte une casquette blanche à visière et passe en revue les cavaliers français postés sur la colline de Mossemberg. Dressés sur leurs destriers caparaçonnés de fer, des plaques protégeant les jambes, les rotules blindées par des genouillères, la poitrine bardée d'une cotte de mailles annelée garnie d'épaulières, ils arborent par-dessus la cuirasse le pourpoint de soie teinté d'azur, aux armoiries et devises brodées, sans manches ou aux bras ourlés de brocart d'or, qui pend jusqu'aux genoux. Sous le casque au cimier empanaché, percé par les trous de visière, ils brandissent de leurs mains gantées de cuir de blaireau au dos couturé d'écailles d'acier l'étendard ornementé de fleurs de lis d'or ainsi qu'un bouclier avec un écusson, une longue lance ou une épée. Les pieds des chevaux chaussant des sabots de métal, ils ne portent alors cachés par les étriers qu'un seul éperon étincelant comme de l'or pur.

Car il est d'or comme l'or des missels dorés sur tranche, l'or des moissons sur les coteaux de Bourgogne, l'or des alliances et des dents, l'or de l'âge d'or, du temps, des lingots, des plumes et des filtres à bout doré des cigarettes Boule d'Or, l'or du soleil couchant, l'or des tapisseries richement tramées, l'or des marchands brugeois cousus d'or qui créent le « *gulden* » (*gould* : or), l'or du compas de Plantin, l'or de la toison d'or, l'or de la règle d'or et du public en or, l'or en barre, l'or liquide, l'or de la tunique d'or qu'est le maillot jaune du Tour de

France, l'or d'un cœur d'or et l'or de la poule aux œufs d'or.

Menés par les cavalcadours, escortés d'archers et d'arbalétriers, de fantassins ou gens de pied, aussi dits les « piétons », ils ne sont pas là pour brelander et forment une armée de deux à trois mille cavaliers (un seul vaut dix fantassins) dont des seigneurs de haute lignée (« Nous portons notre honneur entre les cuisses ») pour qui la guerre est un métier de roi et qui ne doutent pas de la victoire.

En face d'eux, la piétaille flamande, mal dégrossie, accoutrée de hardes, coiffée de chapeaux de fer, de casques d'avant-guerre, « à boudins » ou de cuir bouilli comme les coureurs cyclistes, d'assiettes à soupe, de paniers à salade et de passoires en plastique. Ou même têtes nues. Certains ont des plaques d'acier sur la poitrine. Tous sont armés de piques, de bâtons, de balais, de râteaux, de cannes à pêche et de rouleaux à pâtisserie, de fourches ou de fourchettes, mais aussi d'arbalètes, plus puissantes qu'un arc et délicates à manier, qui percent les brillantes cuirasses.

Il y a là des Flamands ou *Vlamingen* de Maldegem et d'Alost, des Westflandriens, huit mille Brugeois, des Furnois, des Zoutois, des Zélandais, deux cents Yprois, en tunique rouge, sept cents Gantois arrivés en retard dont de Ghelderode dit « le Gantois est solitaire, il ne supporte pas les autres, ne se supporte pas lui-même », et qu'on accueille en ces termes :

« Vous, chiffes molles de Gand
habituellement si lents
sortez de votre malheur
et de votre torpeur
quand sonnera l'heure »,

et tous les résidents de Damme (Jean-Claude Van Damme, Ivo Van Damme, José Van Dam) qui affirment qu'ils sont la seule vraie race flamande. À ce ramassis de va-nu-pieds de dix mille hommes se rallient des Brabançons, des Liégeois, six cents Namurois, des bons Wallons, ainsi que des cavaliers armés de clubs de golf qui s'expriment en beau néerlandais et ont pour nom Pierre d'Alost, Jean de Nivelles, André Van Hasselt, Gustave Hainaut, Émile Brabant, Ésotisme Liégeois, Nivard de Dinant, Gaston Francorchamps, Claude Van der Bruggen, Guillaume Van Parijs, Xavier Ommeganck, Pieter Berchem, Achille Van Mons, Joseph Brussel, Auguste Chauvin (Belge par adoption), Paul Bergen, Gilles de Binche, André Deflandre, Robert Deliège, Jean Bastogne, Alain Mechelen, Jef de Bruges, Élixir d'Anvers, Félix Van Groeningen, Dirk Groenewegen, et Léon de Bruxelles.

Tous les peuples de la Terre envient alors la prospérité des artisans de Flandre, membres des gildes et des hanses, que sont les foulons et les tondeurs de drap, qui peignent, filent, trament et tissent, les apprêteurs et les plieurs, les tanneurs (labeur répugnant), qui besognent à partir de cadavres d'animaux dont ils ébourrent les peaux, les teinturiers aux tâches parfaitement réparties, ceux qui teignent en bleu (couleur royale) ne pouvant teindre en rouge, et les tisserands, établis dans les méandres de la Lys, où fleurit le lin qui bleuit les cernes et les ongles, qui transforment en étoffe la laine ouvragée par les laineurs et les rameurs de tissu auquel Courtrai doit sa renommée.

L'autre corporation est celle des « *vierneeringen* » (bouchers) dont le doyen est Jan Breydel auquel s'associe Pieter de Coninck, stratège borgne et tribun redoutable, rebaptisé Bart, dont le nom veut dire « roi » en français si bien que par peur qu'on ne crie « *Leve de Coninck !* » (« Vive le Roi ! »), on l'a remplacé par celui de tisseur ou tisserand qui se dit « *de wever* », en flamand. Mais ses supporters, affidés de la « *weverie* », surnomment « *Bart die zweet* » (Bart qui sue) cet admirateur de Jules César dont il cite à tour de bras la devise : « *Nil volentibus arduum* » (À cœur vaillant, rien d'impossible), arguant que « le latin en flamand, c'est deux fois du latin ».

Hendrik m'explique encore qu'il y a d'un côté les Leliaerts, qui vient du mot « *lelie* » (fleur de lis), inféodés au roi de France dont ils arborent les armoiries fleurdelisées. Et, de l'autre, les Klauwaerts, qui vient de « *klauw* » (griffe), par allusion à celles du lion des Flandres qui enlumine leur bannière. Ils sont munis du *goedendag*, *godendak*, *godendaz*, *godendart* ou *guttentag*, qui veut dire « bonjour ».

— C'est une bonne blague !
— Si on veut.

Ce n'est pas un gourdin, un casse-tête ou une massue hérissée de picots, mais un bâton d'un mètre cinquante de long et de dix centimètres de large doté d'un bout de fer pointu. Ce pieu ferré est redouté du cavalier qui donne de l'éperon, fonce à bride abattue, baisse la tête vers sa monture, percée par le piquier qui la fait chuter, et dégage le cou, seul point de l'armure qui peut être atteint. Quelle arme formidable ! *Goedendag* !, s'écrie le manant qui l'abat d'un bon coup. Voilà comment on s'y prend. Tu es bien assis ? Ouvre grand les yeux. La bataille va commencer.

« Attention, silence ! », crie le réalisateur à casquette à visière dans son porte-voix qui scintille dans le soleil de plein après-midi. « Moteur ! Action ! »

Les Flamands s'avancent *schouder aan schouder* (côte à côte) et s'arrêtent, sous l'œil interloqué des cavaliers français, puis s'agenouillent comme au passage d'une procession. Certains font un signe de croix, d'autres grattent le sol comme des cochons gloutons fouinant leur auge pour se nourrir. La terre natale est odorante et tous aspirent la vase pâturée, chargée d'humus, gercée par le vent d'hiver, rincée à verse sous les ciels mourants, les brouillards épais et les flots drus. Tous hument le brun ocré de l'argile charnelle, portent aux naseaux des mottes marneuses enserrant des vers de terre grouillant à l'ombre et se gavant de sève qu'ils malaxent comme la glaise entre les mains du potier. Et les voilà qui abaissent leurs braies ou ce qui en tient lieu. Les haubergeons relevés jusqu'à la taille, la queue tire-bouchonnante, ils défèquent en rangs serrés, larguent des étrons, se vident d'une diarrhée inexorable. Et, tout en dénouant leurs intestins, ensemençant la glèbe de leurs déjections, chiant le porc aux choux et les betteraves cuites, ils ramassent un peu de mottes, les portent à la bouche et les mangent. Crottés jusqu'aux genoux, les fesses charnues posées sur les talons, ils gobent la fange matriale, avalant des poignées de terre comestible qu'ils engraissent et nourrissent en même temps. C'est un des moments glorieux de la Mère Flandre (*Moeder Vlaanderen*).

Mes amis sont surpris autant que moi. Mais qu'est-ce qui leur prend ? Ont-ils la colique ou la *tourista* ? Ont-ils forcé sur la ripaille ? Ont-ils les fesses en feu ? Est-ce du chocolat Kwatta ?

— Le doreur fait le chevalier.
— Mais c'est l'odeur qui fait le Flamand.
— Tu crois vraiment ?
— Non, mais on le dit souvent.
— Si on le dit, c'est qu'on le pense.

Le lys contre la Lys, les boucliers contre les bouchers, les éperons contre les étrons. Dans le patois des tisserands, il y a au moins cinquante façons de désigner le postérieur de l'être humain qui est la partie la plus égalitaire du corps selon le philosophe allemand Peter Sloterdijk. En se tordant les boyaux, Hugo se fend d'un poème culotté.

« Le bon roi Dagobert
est un peu dérangé
malgré sa culotte à l'envers
l'emporte la diarrhée. »

S'étant soulagé dans la bruyère pourpre et le terreau gras, odorant par avance la sueur du combat, la horde rustaude se relève et remonte sa culotte. Ils affûtent leurs outils et la longue pique aiguisée par une pointe en fer. Ceux qui n'en ont pas lient des couteaux sur des manches de brosses pour scier les jarrets des chevaux aux langues tenues par un nœud coulant. Ils vont mordre la poussière les blindés hautains qui blêmissent sous leur auvent en voyant ces braillards, au patois croustilleux, carrés à quatre portées d'arbalète, qu'ils traitent de gros lards. Le lion des Flandres réputé invincible rutile sur leurs oriflammes qui claquent au vent. Ils ne le dompteront pas ! L'héroïque animal peut s'assoupir, mais non périr. Voici venu le temps de répondre à l'appel de l'Histoire. L'heure de la revanche sonne. Sortons de cette condition humiliante. « Nous n'avons qu'une patrie, c'est la Flandre ! », s'écrie Bart qui harangue ses ploucs aux poings levés.

« Du flot impur, expurgeons nos vallons ! » Tous crient d'une même voix jaillie des entrailles : « Vive les gueux ! Vive la langue flamande ! » « L'amour de la Patrie, la haine de l'ennemi ! », vocifère l'homme de « *Geen ander taal* », ou de « pas d'autre langue » qui vendrait la peau d'un pou. « Merci, Bart, merci ! », s'égosillent-ils en chœur. « Guerre aux amis du Lys et malheur à la France ! » Caressant sa mappemonde, il s'époumone encore. « La Flandre aux Flamands ! » Le cri se répète cent fois. Quelle ardeur ! Quelle clameur ! Quelle fureur ! « Nous-mêmes ou périr ! » « *Eigen volk eerst !* » (Mon peuple d'abord !) « Ce qui n'est pas flamand, dehors ! » Tous lèvent leurs *goedendags* et haches de boucher si effilées qu'elles fendillent un cheveu en deux. Bart hurle : « Flandre en avant ! » « *Vlaanderen den Leeuw !* » (Flandre au lion !) Le gonfalon noir et jaune enfle au vent. Le cri patrial est repris par toutes les poitrines. Et ils chantent à tue-tête le « *Vlaams Leeuw* » (Le Lion flamand) qui est désormais leur hymne.

Cuirassés comme des hannetons, les coruscants cavaliers, aux enseignes déployées, aux casques damasquinés, n'en mènent pas large face aux rusés Flamands qui connaissent le terrain et, sachant manœuvrer, se déploient comme une marée furieuse sur un plateau bordé par la Lys, d'un côté, et par des marécages de l'autre. La boucherie est imminente. Sous le caparaçonnement de fer, les chevaux,

aux naseaux fumants, hennissent. Les deux armées sont face à face. Débute la bataille qui est aussi courte que sanglante.

Les cavaliers dans leur lourde armure s'élancent à bride abattue vers le champ laboureux, fendu de fosses et de rivières, qu'ils n'ont pas reconnu – erreur stratégique ! – et, s'y croyant en terrain ferme ou conquis, s'engouffrent dans ce piège où ils font la cabriole, tombent les uns sur les autres, les derniers venus bousculant les premiers, enfoncés jusqu'aux genoux, qui ne peuvent tourner bride, ceux qui suivent les poussant par derrière. S'écrasant pêle-mêle dans un fossé de cinq brasses transmué en fondrière par les pluies, ils s'embourbent jusqu'à la selle, frappant autour d'eux en pure perte, tandis que les Flamands armés jusqu'aux dents, en hurlant « À mort ! À mort ! » leur lancent des pierres ou des cailloux, vident leurs carquois, et les criblent de flèches. Pataugeant dans la fange, assaillis par la grêle de traits que propulsent les archers – ou les archets car ils en jouent comme des cordes d'un violon – et les carreaux d'arbalètes, les chevaliers se dressent sur leur monture qui se cabre, puis chancelle, écrase sous elle le paladin à l'arçon vidé, aux sangles rompues. C'est alors qu'entrent en lice les *goedendags* que manie au mieux chaque gueux.

Quand je tournais, il y avait si peu de flèches qu'il fallait les retirer des cadavres pour qu'elles resservent sitôt, dit Hugo. Il me fallait dix mille chevaux.

J'ai eu une bourrique estropiée. Et j'ai dû rebaptiser l'impitoyable Robert d'Artois, cousin du roi de France, qui vit à Courtrai dans son enfance, Stella d'Artois !

Mais, cette fois, soucieux de rivaliser avec les Français massacrés lors des Matines brugeoises, la fine fleur de la chevalerie est incarnée par quatre écrivains nés en Flandre. Van Lerberghe, Rodenbach, Maeterlinck et Verhaeren. Qui se souvient d'eux ? Plus personne ne les lit. Ils sont contents de jouer leur propre rôle. On n'existe que par eux, précise Hendrik. Ce sont nos aïeux. On doit toujours quelque chose à ce qui précède.

Que leur reproche-t-on ? D'avoir déserté la littérature flamande, mais celle-ci n'existe pas, ricane Hugo. Ici, on les raille en criant « Poètes ! ». On les traite de traîtres à leur langue car ils écrivent en français, vivent, publient, et meurent en France. Mais aucun Français ne dit leur nom correctement. Le premier à s'élancer est Charles Van Lerberghe. Né dans la rue du Poivre, à deux pas de l'ancien béguinage, cet « inconnu célèbre », binoclé et moustachu, ressemble à Verhaeren. Gauche et gêné par sa myopie, il s'effarouche d'un rien et prend le monde extérieur pour une féerie. Paralysé par la peur et bégayant, « le poète au crayon d'or », ce qui justifie sa parure, se jette dans le groin de la mort. Cerné par les fourches et les piques où s'empale sa monture aux pattes fauchées, aux jarrets percés, au poitrail troué, il adjure :

— Ne me tuez pas. Je suis de ma race !
— Il fallait en garder la trace.
— Mon œuvre est mince.
— Tu n'avais qu'à ciseler moins.
— Et ne pas publier en français.
— Je viens d'une famille de fantômes…
— Tu nous a traités de « Barbares ».
— Mais je parlais de moi !
— Trop tard. Voilà pour toi, fils de pute !

La cervelle gicle du casque aplati comme une galette des rois. Ainsi périt l'auteur des *Flaireurs*.

Puis, vient le tour de Rodenbach. Son œuvre est inséparable de Bruges dont il assure la renommée littéraire et la postérité, mais où il n'a jamais mis les pieds. Né à Tournai, ayant grandi rue de la Coupure, il étudie à Gand, « ville hermétiquement fermée à toute littérature » selon Maeterlinck qu'il rencontre à Paris où il se fixe définitivement en 1888. C'est un chroniqueur influent du *Figaro*. Il est joué à la Comédie-Française et reçoit la Légion d'honneur. On le reconnaît à sa voix de cuivre clair, à son profil busqué et à sa chevelure d'astrakan, ainsi qu'à son haut-de-forme anthracite qu'il a gardé. Il en possède huit, ayant plaidé pour un chapelier. Fatale erreur !

— C'est moi qui ai révélé *Bruges-la-morte*.
— Mieux valait la laisser dormir.
— Notre cité est devenue un décor assommant.
— Les belles villes font les belles âmes !

— Tu n'as en Flandre que de fausses racines.
— Tu as ton portrait au musée d'Orsay.
— N'est pas Flamand qui écrit en français.
— Mais c'est une ville mythique !
— Coupez-lui la chique.
— Je l'ai ressuscitée !
— Tu n'avais qu'à rester à Gand.
— Eh bien, crève maintenant !

Et vlan sur la tête. On l'achève au cri de « *Vlaenderen en de Leeuw* ». Son crâne éclate comme une groseille. La cervelle s'écoule par les oreilles. Et voilà comment périt Rodenbach, visionnaire fatidique, nostalgiste d'absolu, somnambuliste éveillé, songeur spongieux, qui succombe dans son armure cabossée.

« En avant, bouchers, en avant ! »

Les voici qui se ruent sur l'étal du champ de bataille. Ils achèvent les chevaux avec leurs haches d'abattoir. Ils fendent au couperet la tête des cavaliers dont le heaume vole en éclats. À qui le tour ? On écrabouille. On égorge. On abat des calottes. On arrache des cheveux. On pèle des méninges, de l'œil à l'oreille, ou d'une oreille à l'autre. On ouvre des carotides. On débite des nuques. On hache des viscères. On casse des os. On brise des hanches. On vide des abdomens. On perce des cœurs. Couic ! Des yeux giclent des orbites. Ouille ! Le combat est féroce. Aïe ! Mieux vaut tuer qu'être tué. « Pas de quartier ! Taillez en pièces ! Tuez tout ce qui porte éperon ! » Ceux qui résistent transpercent l'air d'affolants moulinets, mais sur eux s'abattent les mailloches et les maillets de plomb qui tapent comme sur un clou avec une furie telle qu'on ne retrouve pas les corps.

Se lance alors dans la mêlée Maurice Maeterlinck, fixé à Paris en 1897, à qui rien n'est arrivé depuis sa naissance. Il décide de frapper un coup d'éclat. Boxeur et fondu de vitesse, il enfourche sa motocyclette neuve et embarque dans son side-car, appelé « le panier », où le passager est secoué comme un prunier, Émile Verhaeren qui a perdu les deux jambes, sciées lors d'un accident en gare de Rouen. Vigoureux sportif, aussi carré d'esprit que de stature, Maurice, un peu casse-cou, pousse son bolide à fond.

« Tiens-toi, Émile. Je vais leur rentrer dedans ! » Il enfonce du talon la pédale d'accélérateur et fonce sur sa pétaradante moto qu'il appelle le « cheval féerique ». Arrière les Barbares !, hurle sous son auvent le grand taiseux contemplatif, comte depuis peu, qui s'embourbe, tente de redémarrer, mais trop tard ! Sur son cou musculeux choit la massue qui abat un bœuf d'un coup net, et hop ! La tête tombe et le casque valse dans la boue d'été tandis qu'il soupire : J'ai autant de génie que Shakespeare. Ainsi, j'expire !

— *Vae victis !* (Malheur aux vaincus !), décrète Bart, impitoyable. C'est du latin de cuisine.

Et voici le tour de Verhaeren, ivre de littérature, épris de singularités syntaxiques, au profil sec et nerveux, à la moustache effilée comme un lacet de chaussure, dans son costume de velours côtelé brun tabac dont il ne met que le veston. On croit que c'est son buste en bronze qui trône dans le side-car, à côté du prix Nobel qui leur était promis à tous deux et qui lui a filé sous le nez. Vivisecteur lyrique, poète du paroxysme et, par-dessus tout, « poète national », tournant vers eux son œil de myope culminant le pince-nez qui lui donne l'air d'un rond de cuir, de sa voix aiguë et métallique, le « Hugo des Flandres » s'adresse ainsi aux assaillants.

— Je suis un vrai Flamand.
— Il fallait le dire avant.
— J'ai fait connaître la Flandre en Europe.
— Ce n'est pas capital !
— J'ai publié *Toute la Flandre.*
— Quel lamentable alibi !
— On n'est pas à Walibi.
— Ainsi que *Les Flamandes.*
— C'est de la bonne conscience.
— J'y exalte les mangeailles.
— Tu te prends pour Jordaens ?
— Les buvailles et la copulation.
— Qu'en fait la population ?
— Mais j'écris dans l'outrance.
— C'est bien ta chance !
— Facile la bombance.
— Fallait pas aller en France.
— On me confond avec Verlaine.

— Tu es un traître de Paris.
— J'habite aussi le Caillou-qui-bique.
— C'est de la crotte de bique !

« Verhaeren, tu es un scrogneugneu.
Tu vis à Saint-Cloud.
La Flandre à tes yeux
Ne vaut pas un clou ! »

— Tu es un francophone, un renégat français !
Sentant la fin proche, il glapit ces vers rares :

« La beauté passe
Foin de paroles
Moi, je trépasse
Assez de fariboles ! »

On ne lui fait pas grâce. On l'égorge comme une poule. Ainsi finit fauché comme les blés le dernier grand poète de la Flandre, prophète des temps nouveaux.

Monstrueux chaos d'hommes et de chevaux d'où saille un margouillis d'entrailles, corps démembrés, taillés en pièces, bras pantelants, jambes tordues, ventres défoncés, rognons rutilants, torses en compote, boyaux en bouillie, abreuvent de sérum la terre flamande. En moins de trois heures, la piétaille des bouchers et des lainiers, aux lunules bleues saturées de teinture, bons à rien, mais prêts à tout, étripent les arrogants et puissants chevaliers. Terme est mis à l'occupation des Flandres par les Français. Il n'en reste plus un vivant dans la plaine baignée de sang. Est-ce du jus de griotte, de la confiture Materne ou du sirop de Liège ? Font-ils du cinéma ? S'abîmant les uns sur les autres, harcelés par la grêle de traits qui les projettent dans la purée rougeâtre, l'ennemi faisant flèche de tout bois, ils barbotent et, empêtrés dans leur pesante cotte de mailles que cabossent les destriers fous de terreur, ruisselant d'écume et hennissant de douleur, soulevés de terre dans un effroyable élan, qui s'affalent dans un fracas assourdissant, se noient. Tous passent dans le royaume des ombres.

Partout se répandent les acclamations de victoire. *Fabula acta est* (La pièce est finie), conclut Bart devant deux mille figurants affublés de faux ventres et de gibbosités frustes qui ont participé au tournage du plus mauvais film de tous les temps. *Dank u, Bartje !* (Merci, Bart chéri !) Il y gagne ses éperons. Applaudissements nourris. De clocher en clocher, sonne le tocsin. Et les éperons, justement ? Zut ! On allait les oublier.

Les communiers récupèrent lances et cimiers et, enjambant les cadavres, cueillent comme des pâquerettes sept cents éperons d'or qui scintillent dans le soleil de fin d'après-midi et que seuls les nobles ont le droit de porter. Quelle abondante moisson ! Rutilent les étincelants picots, enfoncés dans le ragoût empoissé de la terre. Mais tout ce qui brille n'est pas or. Les éperons ne sont que plaqués or, aussi dorés que le sable blond qui nappe le sol et les étals de boucherie. Honteuse tromperie ! Fâcheuse menterie ! Mais on récolte quand même et suspend ces trophées aux voûtes de l'église Notre-Dame de Courtrai où ils flamboient comme dans un ciel étoilé.

— Cela s'est vraiment passé ainsi ?
— Ce n'est pas terminé.
— Gare au courroux français !
— La défaite n'est pas sans lendemain.
— La revanche est pour plus tard.
— Ils récupèrent les éperons ?
— Oui, ils les ramènent à Dijon.
— Et incendient Courtrai.
— On ne célèbre pas cet événement.
— Les Flamands feignent d'avoir oublié.
— Comme tout s'oublie facilement.
— C'est typique d'un peuple dominé.
— Le lion des Flandres a bon dos.
— Il sert à redorer le blason.
— La Flandre fête la bataille pour mieux l'oublier.
— Le 11 juillet est sa fête officielle !
— Les vainqueurs n'ont pas d'avenir.
— Les nationalistes sont des cons, conclut Hugo.

Nous restons là tous les trois, sachant que vient le moment de nous quitter. Que dire de plus ? On marche un peu dans la plaine de Groeningen, terrain glissant, où le ruisseau fangeux n'est plus qu'un filet d'eau. Hugo me confie qu'enfant son père l'emmenait sur le champ de bataille où on cherchait des blessés pour le compte de la Croix-Rouge.

— Tu n'y vas pas cette fois ?
— J'ai passé l'âge, rigole-t-il.

Hugo me prend par l'épaule et dit qu'il a lu toutes les pièces de De Ghelderode et admire son théâtre. Il est mort un 1er avril – quelle ironie ! – en 1962 et ressemble vaguement à Artaud. Il l'a vu à Paris dans sa jeunesse, mais n'a jamais osé lui parler. Pauvre Antonin ! Il avait l'air d'un fou édenté. Et il annonce qu'il va s'installer en Provence, dans le sud de la France, et quitte la Flandre où on ne le comprend pas.

— L'écrivain survit à son œuvre.
— Ce qui n'est pas écrit n'existe pas.
— Écrire, c'est mauvais pour le dos.
— Et ça fout l'estomac en l'air.
— Peindre est beaucoup plus reposant.

Il nous salue chaleureusement et quitte la plaine de Groeningen à souples pédalées. Hendrik demande si je connais la toile de Nicaise De Keyser. Il me raconte l'histoire de ce jeune artiste qui garde les vaches de la ferme de son père à Zantvlied. Pendant les vacances, il dessine avec un bâton sur le sable et une dame, veuve d'un paysagiste connu, aime ses dessins, lui offre du papier, des crayons, puis l'emmène à Anvers, et le fait entrer à l'atelier de Van Brée qui fut le maître de Wappers. C'est l'époque où celui-ci peint la fresque dans laquelle on figure tous les deux et grâce à laquelle on s'est retrouvés. Ce qui arrive alors est un conte de fées. Sous l'égide de sa bienfaitrice, De Keyser fait de rapides progrès et peint à vingt-trois ans, en décembre 1836, un tableau de quatre mètres sur plus de six mètres intitulé *La Bataille des Éperons d'or* qui l'inspire pour la rédaction de son livre. Il l'envoie au Salon de Bruxelles et, parcourant à pied huit lieues, observe les spectateurs transportés au cœur du chaos où s'emmêlent avec précision casques, masses d'armes, cottes de mailles et *goedendags*. Les autres peintres se sentent écrasés par son génie. Les uns pleurent devant leur chevalet, d'autres brisent leurs pinceaux, détruisent toiles et châssis, en font du feu, un illuminé se tranche la main droite, un autre se jette par la fenêtre, un dernier, pris de délire, saute dans le canal et en boit l'eau.

Nicaise De Keyser, *La Bataille des Éperons d'or*, 1836.

Le peintre aux cheveux bouclés, portant une barbiche comme Van Dyck, rentre chez lui où on l'accueille en fanfare, avec des cuivres, des grosses caisses, une chorale, des bannières et toutes les confréries en costume. Ses parents l'attendent sur le pas de la porte. Dans ce tintamarre, un poète local trousse un éloge mémorable :

« Gloire à toi, Nicaise !
Peins à ton aise,
Du nom de De Keyser
Fuse la lumière ! »

Et s'engagent les discussions sur l'achat du chef-d'œuvre. « C'est trop cher ! C'est pas pour nous ! Quelle ristourne ? Où l'accrocher ? » En fin de compte, l'œuvre est acquise officiellement le 19 octobre 1841.

— Où est-elle ?
— À Courtrai.
— Je ne l'ai pas vue.
— En 1944, le 21 juillet…
— C'est le jour de la fête nationale.
— Un bombardement l'a détruite.
— Qu'en reste-t-il ?
— Des études préparatoires.
— Il s'est évanoui comme les éperons.
— De la bataille ne subsiste aucune trace.
— Que fonde-t-on sur rien ?
— Sûrement pas une nation.

Quelle belle journée ! Le soir commence à tomber. Il est temps de se quitter. On s'embrasse avec amitié. Hendrik part en pédalant. Sa silhouette s'estompe en douce. Son phare doré éclaire au loin le paysage.

Chapitre 5

Le soleil se lève de bonne heure et je roule de beau matin sur les chemins poudreux qui mènent à Bruges d'où part le Tour des Flandres, en ce dimanche 30 mars 1958. J'enfile mon cuissard et mon maillot où j'épingle le dossard 47, année de ma naissance. Personne ne gagne une course avant de prendre le départ et je signe la feuille d'engagement où s'alignent des noms de coureurs qui sont si célèbres que le public ne sait pas où donner de la tête pour voir les champions qu'il admire. Les Flamands ont le vélo dans le sang. C'est le peuple qui connaît le mieux le cyclisme du monde. Chaque village a son église, sa kermesse et sa course cycliste, mais *De Ronde*, surnommée « la beauté suprême de la Flandre », qui existe depuis 1913, est la plus importante. Et les Belges l'ont emportée bien plus de fois que les Italiens, les Hollandais ou les Français pour qui le Tour de France est ce que le Tour des Flandres est aux Flandriens.

— À quoi reconnaît-on un champion belge ?
— À son palmarès.

Ma casquette enfoncée sur la tête, moulé dans mon maillot de coton, gainé dans mon cuissard sans poches au fond en peau de chamois qui amortit les chocs et le frottement de la selle, et fait l'effet d'un lange de poupon, je tente de me faire passer pour un concurrent comme les autres. M'impressionnent les jambes nues et les mollets huilés des champions qui usent des mêmes braquets, calepieds, chaînes, fourches, cadres et dérailleurs qui sont interdits jusqu'en 1957, certaines roues ayant vingt-huit rayons à l'avant et trente-deux à l'arrière. Sur leurs machines portant les couleurs et le nom de la firme qui les emploie, ils se rendent sur la ligne de départ où ils confient leurs impressions au *Journal de Bruges* ou à *La Semaine de Flandre*. Malgré les rivalités, ils forment un même peloton uni par une seule devise : « Nous avons tous deux jambes ».

J'en avise un au fessard fessu, aux poils ras, à tête de bouledogue, en train de lacer sa chaussure. C'est un vieux briscard, un dur à cuire, un castard qui a couru avec Richard Van Genechten ou le sprinter Martin Van Geneugden, né à Zutendaal.

Il me sourit et se présente.
— Tu fais la course ?
— J'espère la terminer.
— Quelle kermesse !

— C'est jour de fête.
— Moi, je suis Fons.
— Fons comment ?
— Fons De Vlaeminck.
— Le troisième frère ?
— Je me suis fait un prénom.

Il y a Éric, l'aîné, Roger, le « Gitan », et lui. Quand il passe, on l'encourage : « Fonce, Fons ! » Il a perdu la moitié de ses dents au cours d'une chute, au sprint, lors du championnat de Belgique, à Opglabbeek. Éric l'a poussé dans les barrières et Roger a gagné. Il avait trente-deux dents. Il en a perdu quatre. Quel crack !

Fons est né à Eeklo, en Flandre Orientale. Il a couvert un demi-million de kilomètres avec ses mollets dodus et ses énormes cuisses. Mais il n'a gagné qu'une seule course, le Circuit de Belgique Centrale, en 1957.

— Tu as l'air bien jeune pour faire *De Ronde*.
— Je le suis dans ma tête.
— Dix-sept côtes et des secteurs pavés.
— C'est ce qui fait sa beauté.
— Tu t'es entraîné ?
— Un peu, dis-je, pas très fier.
— Ce n'est pas grand-chose !…
— C'est mieux que rien.

Le départ est donné à neuf heures quarante-cinq sur le *Markt* (Grand-Place) par le bourgmestre et, comme on a encore quelques minutes, je lui demande deux ou trois conseils pour suivre le train.

— Tu colles ta roue à la mienne et tu pédales.
— C'est tout ?
— Tu roules à fond, tout droit, sans te retourner.

Il vérifie la hauteur de ma selle ainsi que la pression des pneus impropres à la compétition et précise :

— Plus tu pédales moins fort, moins tu avances plus vite !
— Et pour ses besoins ?
— La grosse commission ?
— Oui. Comment on fait « popo » en roulant ?
— Tu vas dans les champs.
— Et si la course est lancée ?
— Tu fais dans ta culotte.
— Et si je suis lâché ?
— Tu rates la bonne échappée.
— Et pipi, Fons ?
— En roulant.
— Et s'il y a du vent ?
— Tu te retiens.
— Ah ! Et s'il y a quelqu'un ?
— Tu reçois une amende.
— Et sinon ?
— Tu fais dans le bidon.

C'est le cas de l'Italien Filippo De Filippipi qui s'échappe et a si soif qu'il boit l'eau dans laquelle il a fait pipi. Le cyclisme aime les belles histoires. Le speaker annonce le départ à la foule qui acclame les concurrents. Fons enfourche son vélo rouge *Flandria*.

— Tu as tout ?
— J'ai ma musette et mon… bidon.
— Prends ma roue. Il ne t'arrivera rien.
— D'accord, Fons.

Ça y est ! Le départ est donné. Sans avoir reconnu le parcours, sans préparation ni entraînement, je prends part au Tour des Flandres. On m'encourage, c'est jour de fête ! On a monté des buvettes pour nous regarder passer et les estaminets enfumés, baptisés Breughel, Rubens ou Van Dyck, exhalent des vapeurs de houblon que pintent les supporters endimanchés, en mangeant des saucisses et des frites à la mayonnaise ou au *pickles*. Éclusant la blonde Le Flandrien, brassée exclusivement ce jour-là, ils nous escortent de battements de mains et de « *Alleï, alleï* » tout le long du parcours de deux cent cinquante kilomètres. Partout des drapeaux, des écriteaux, des calicots dans les prés, les bourgs et les villages que traversent des chemins carriolés, des routes cabossées, hérissées de pavés bossus. En ce dimanche, c'est jour de *feestje* et le genièvre coule à flots dans les *cavietjes* à l'entrée desquels est placardé gaiement :

DRINKENDE MENSCHEN
DENKEN NIET
(Ceux qui boivent ne pensent pas.)

DENKENDE MENSCHEN DRINKEN NIET
(Ceux qui pensent ne boivent pas.)

Ah, la belle contrée des cafés et des curés qui dansent en rond sur la place. En Flandre, je ne suis pas dépaysé. L'air y est plus pur qu'au-dessus d'une montagne. J'aime ce pays de cocagne avec ses bouquets de clochers, ses moulins à vent, ses chemins de campagne étroits qui sont d'anciennes digues où circule à vélo un saisonnier, aux doigts noueux, aux reins puissants, parmi les plantations de betteraves. Sont appelés *brave mensen* (braves gens) ceux qui triment dans les champs de féveroles et les plants de pommes de terre, cueillent à la main des haricots portés dans des paniers d'osier ou mannes. Belle vie que celle qu'on mène dans ces régions aux arbres florissants, aux bucoliques campagnes qu'illumine le soleil, où siffle le chant du vent, où les enfants profitent des moissons abondantes et des récoltes prospères. C'est beau la nature ! Ici, point de mildiou. La famine est absente et la misère impensable. Curant la fosse sous l'averse, piochant la terre grasse, les *boeren* (paysans), aux sabots sans talon, aux corps musclés par l'effort, câlinés par la bise qui lève le sable des tourbières, allient le bœuf au bourrin, vigoureux attelage, halant les charrettes qui trinqueballent.

Allez, hue !

Les planteurs de pommes de terre de Permeke et les mangeurs de bouillie, portant un *pataatezak* (sac à patates) de *pataatesteiker* (arracheur de patates), ne craignent pas qu'un *pataatendeef* (voleur de patates) ne dérobe leur *bloem pataate* (patate farineuse), tubercule de chair douce, qui relève du beau langage car on dit *pataat* en flamand et *friet* en patois, ne cause pas de ballonnements et dont les pelures servent à laver les carreaux quand il y en a.

Rentré dans sa chaumière au toit de paille, aux murs de torchis, au sol de terre meuble, aux vitres de papier, aérée à tous les vents, qu'il appelle *ons huis* (notre maison) ou *thuis* (chez soi), ce qu'assure le dicton « *Oost, west, thuis best !* » (Est, ouest, c'est chez soi qu'on est le mieux !), le paysan retrouve à table ses enfants aux joues coloriées par l'air de la nature, nourris de beurre, de lait de vache, de crème fraîche et de raifort, qui poireautent dans une odeur de choux, d'oignons, de pieds de porc et d'anguilles grasses. Que de monde à la maison ! On en ferait un livre. La fermière aux mains rouges, aux gigots pesants et au corsage plein, au tablier noué dans le dos, mitonne dans l'âtre un bouillon parfumé au *boontje* (petite fève), à ne pas confondre avec *boentje* (béguin), *bomtje* étant le nom d'une vieille cloche suspendue dans une tour de Furnes.

Quel cordon-bleu !

Chacun se repaît de pain de froment ou de seigle, de lard fumé et de ragoûts que prodigue le terreau fécond de la Flandre. Ripailleur et noceur, le paysan s'empiffre comme dans les tableaux de Brouwer afin que dès l'enfance sa descendance se forme aux œuvres de l'esprit. Toute la famille roupille dans une seule pièce sur des pageots de feuilles ou de plumes d'oie car la Flandre déverse du bonheur même là où cela ne se voit pas. Les oiseaux saluent le lever du jour. Tchip, tchip. Ah, que tout cela est beau ! Plein d'ardeur, le cœur débordant de vigueur, le rustre avant de quitter sa marmaille récite :

« *Ik ben Vlaming en daar ben ik fier op.* »
(Je suis Flamand et j'en suis fier.)

Fier comme un Flamand, le dossard sur la fesse gauche, le torse ceint d'une brassière de fantaisie, j'épouse la pédalée de mes concurrents aux cuisses gonflées à la pompe à vélo, durcies par l'endurance, dilatées par les pommades spéciales, aux jambes sans poils à cause des gravillons en cas de chute, qui se détendent à chaque coup de pédale. Ils sont tous là pour gagner cette classique du printemps, apothéose de la saison, qui ne fait que commencer. Ça roule. J'admire comme ils se tiennent en selle, les mains en cocotte ou en haut du guidon. Les hanches se frottent, les coudes se coudoient, les bras se frôlent. Ça fait un boucan ! Calé dans la roue de Fons, je vois comment s'observent dans le giron du peloton les favoris aux maillots flamboyants ou casaques irisées, frappées des noms BIC, PEUGEOT, FAEMA, PLANTA ou NESCAFÉ, qui pédalent côte à côte sous le ciel bleuté et le soleil éclatant, salués par la cloche des églises, encouragés par la foule massée le long des chaussées, des routes vicinales et des chemins bossués pour voir passer les champions, tête baissée, aux boyaux noués sur le dos courbé, qui connaissent chaque pavé comme s'ils les avaient plantés eux-mêmes, et les effleurent sur la pointe des pneus, les fesses collées sur la selle, sans remuer les épaules, dans le vent tonifiant du dernier jour de mars.

En Flandre, Dieu n'a pas d'autre préoccupation que le cyclisme. C'est le pays du vélo. Le mauvais temps est plus facile à supporter quand on s'y attend. Mais sur cette course, ce n'est pas la météo qui compte, ce sont les jambes. « Fais gaffe à ne pas tomber ! », me dit Fons, vieux routier. Attentif au moindre écart, j'évite un nid-de-poule ou un clou qui perce la roue qui se dégonfle comme un abcès, oblige à repartir sitôt dépanné, propulsé d'une vigoureuse poussée par le soigneur pour rejoindre mon équipier. Il ne faut pas avoir peur à bécane. Je me méfie des motards qui doublent au risque de provoquer des accidents. Les chutes, les ennuis mécaniques, le ressaut des pavés sont les aléas du coureur autant que la fringale ou la méforme subite. Le plus dangereux étant l'agitation des drapeaux qui s'emmêlent dans les rayons ou un chien qui traverse la chaussée et se jette dans les roues, entraînant tout le peloton dans un bruit de ferraille et de vaisselle cassée.

Quelle cabriole !

La chance est la compagne du cycliste flamand, au fessier rebondi, à l'échine courbée, moulinant comme un damné dans la plaine aussi plate que le dos de la main. Emplissant de joie le cœur des habitants du moindre hameau, mordant la poussière par temps sec, mâchant la boue sous la flotte, prêt à souffrir par tous les temps, le coursier de Flandre, ou pèlerin du boyau dont le culte s'ancre jusqu'au plus reculé des bocages, est un héraut pour les laboureurs d'horizon qui déplient le paysage de Gullegem à Ichtegen, d'Izegem à Zwevegem. Les paumes en bas du guidon, collé à la roue arrière de Fons qui connaît comme sa poche l'itinéraire emprunté lors des courses de kermesse (*straatkoers*), je lui pose quelques questions :

— Qu'est-ce que pédaler avec ses oreilles ?
— Se balancer au rythme du pédalier.
— Rouler en éventail ?
— S'abriter du vent de côté.
— Et dans le jardin ?
— Filer dans le bas-côté.
— Passer par la fenêtre ?
— Ne pas suivre un démarrage.
— Et si on hésite ?
— Qui réfléchit, fléchit.

Le sport n'a pas de patrie et le cyclisme est celui où brillent surtout les Flamands. Il m'apprend à reconnaître celui qui ne court jamais sans un peigne dans la poche, celui qui n'est pas là pour sourire, mais pour gagner, celui qui a la réputation de sucer les roues et qui colle à celle du favori comme un sparadrap, celui qui court dans un fauteuil et celui qui évolue avec des casseroles accrochées à ses socquettes, celui qui a des durillons (auréoles du champion) et pédale en danseuse, celui qui n'est pas dans son assiette, celui qui ressemble à un échassier et celui qui a un appétit d'oiseau, celui qui lape tous les dix kilomètres une petite fiole qu'il a dans la poche.

Tout le monde l'appelle « Fonske ». Il est ici chez lui. Chacun se précipite pour l'acclamer. Là, là ! Le voilà ! C'est lui ! Allez, Fons ! Entrez dans la ronde.

Quelle ambiance !

Il aime cette Flandre, enthousiaste et généreuse, qui nous encourage au milieu des autres coureurs. Elle est fière de voir éclore des champions en herbe et espère voir l'un d'eux triompher à Meerbeke.

— Sais-tu ce qu'est un *vrai* Flamand ?
— Euh, celui qui parle flamand, dis-je.
— Et quoi encore ?, dit Fons.
— Je sais ce qu'on en dit.
— Ce qu'on dit n'est pas ce qu'on pense.
— Mais on le dit quand même.
— Et que dit-on ?
— Les Flamands plantent des patates.
— Rien de plus beau que la nature.
— Ils vivent comme au début du monde.
— La Flandre est un paradis.

— Quoi d'autre ?
— La Flandre manque de génie.
— Ses géants sont en osier.
— Et quoi encore ?
— Les Wallons ont la culture.
— Et les Flamands ?
— L'agriculture.
— L'histoire en français…
— Et la géographie en flamand.
— Les Flamands sont des têtes de mule.

Il me conte la légende de la mule et du Flamand. On flanque un Flamand dans un sac sur une mule. Celle-ci parcourt toute l'Europe. En sortant du sac, le Flamand parle la langue de tous les pays où la mule est passée. La Flandre est un pays plus petit que le pays lui-même. On le mesure en en faisant le tour. Rien n'en dit plus que ses tours. Mais on ne gagne pas *De Ronde* si on n'aime pas la Flandre.

— Ah, j'aime la Flandre, moi ! J'aime les fermiers du pays de Waes, « le potager de la contrée ». J'aime l'arôme du purin, parfum des fosses, et l'haleine du crachin. J'aime la cathédrale de Malines, cité du carillon, dont les habitants sont appelés « les extincteurs de la lune » depuis qu'ils ont confondu les reflets rouges de la lune avec un incendie. J'aime le vieux vicinal de Flandre occidentale qui circule entre Ninove et Eizeringen qu'on appelle le *boerentram* (tram de paysans). J'aime les halles aux draps de Louvain, les courses de bœufs scellés et non pas montés à cru de Brasschaat, les tournois d'archers en août à Zaffelare, qui visent des cages, suspendues dans le ciel, et pleines de rats qui, une fois lâchés sur le sol, sont égorgés, en rappel d'une épidémie de peste. J'aime les combats de coqs en Hesbaye, les courses aux mâts de cocagne, où pendent des jambons tirés avec les doigts, des saucisses happées avec la bouche, la perche étant ointe de savon, le rituel des oies qu'on décapite, liées par les pattes, avec une faucille ou un bâton, le jeu des palets ou tir à l'arc, le billard Nicolas, où on propulse une boule dans le camp adverse avec l'air projeté par une poire en caoutchouc, les cafés breneux où s'affiche l'écriteau « *HET IS VERBODEN TE VLOEKEN* » (Il est défendu de blasphémer), car on ne jure bien qu'en flamand.

J'aime les babeluttes de Furnes, et la procession des pénitents, sapés d'une sombre robe de bure, coiffés de cagoule, allant pieds nus et portant une lourde croix, les cordiers de Hamme, les tisserands de Zele, qui éviscèrent les chevaliers français avec... zèle, les tondeurs de peaux de lapin de Lokeren, les filateurs de lin de Courtrai, semé à la main en avril, les champs étant aussi dorés que la mer est bleue, les rouisseurs de draps de Waregem, réputée pour sa course d'obstacles, où se déroule en 1957 le championnat du monde cycliste gagné au sprint par Rik Van Steenbergen devant Louison Bobet, André Darrigade et Rik Van Looy, les cordiers de Wetteren, les vanniers et briquetiers de Boom, célèbre pour son école de catch, les sabotiers de Saint-Nicolas, patron des écoliers, parent du Père Noël, du Père Fouettard, du père peinard, du père Castor, du père François, les recordeurs de Ninove, sur la Dendre, la Porte aux Vaches et les pêcheurs de la côte à Blankenberge.

— C'est mon deuxième pays ici, dis-je.
— *Voor mij ook* (pour moi aussi), répond Fons.

Il enfonce les pédales et j'en profite pour gagner quelques places. Rien de plus littéraire qu'une course cycliste. *De Ronde* est le roman de la Flandre. Celui où s'écrit sa légende que lisent sans peine les petites gens pour qui les champions sont des héros. Sait-on de quoi parlent les coureurs ? Eux le savent.

Je vois dans les bourgades des curés en soutane noire, à chapeau plat. En Flandre, les querelles et les clochers sont peu éloignés les uns des autres. Chaque village a son accent. Et on colporte la fable d'une église engloutie lorsque cède le cordon de dunes qui abrite la crique de Merckeghem dont la cloche continue de tinter chaque fois que la contrée est menacée par le courroux du ciel. Ding dong !

« Petit vous semble mon pays
C'est lui que je préfère
Nul pays ne vaut mon pays
C'est lui que je préfère. »

— Tu connais Guido Gezelle ?, s'enquiert Fons.
— Pas plus que ça, réponds-je.

Et comme je crois que c'est un coureur, Fons raconte. C'est le poète pastoral de la Flandre. Il naît à Bruges, vers midi, le 1er mai 1830, qui n'est pas encore le jour de la fête du travail. Son père, enrôlé de force sous Napoléon, déserte l'armée de l'Empereur. Sa mère fume la pipe et enfante neuf bambins dont cinq survivent. Tous ont en commun une timidité maladive. Guido étudie la philosophie et la théologie et est ordonné prêtre en 1854. Il a toujours son chapelet dans la poche et exhorte les fidèles à prier en flamand. Dieu a créé le monde comme il a fait la Belgique, mais la Flandre est l'œuvre de Dieu. C'est lui qui a conçu « *ons volk* » (notre peuple). Guido vit de travaux de jardinage. Il cite souvent les vieux proverbes flamands et déplore que *sa* langue ne serve qu'à étudier la grammaire et l'orthographe ou un auteur classique hollandais. Lire permet de s'instruire. Comprendre ce qu'on lit vaut mieux. Il déteste le néerlandais précieux ou flamand d'hôtel de ville, raffole des vers populaires et chérit plus que tout le bas flamand, ce « croassement de corbeaux », banni dans le beau monde.

Même les oiseaux possèdent leur dialecte. La musique s'accordant aux mélodies de l'âme, il observe le chant du loriot et du martinet, du pouillot fitis, de l'alouette lulu ou du traquet frileux. Seul un volatile heureux chante, dit le poète. Tout comme il écoute les vocalises du rossignol et du coucou, de la mouette, de la fauvette ou de la tourterelle, de la corneille, du geai, de la pie, du perroquet de couleurs et de tous les oiseaux parleurs, il prête l'oreille au gazouillis des moineaux qui moinellent, comme d'autres merlent ou mésangent, strettent ou pépient, chacun d'eux ayant sa propre mélodie puisque les chardonnerets pantoient et que les pigeons caracoulent.

Mais le prélat qui collecte les revues liturgiques, les glossaires et les lexiques, qu'il appelle sa « *woordentas* » (besace de mots), est aussi expert dans les affaires temporelles que dans les choses de l'âme, doctement fardées sous des allures béates. Qui donc ignore que la soutane du cureton est une défroque hantée par le démon ? Le poète grégorien, épris de patoiseries, reçoit aussi dans sa piaule ses élèves préférés qu'il accueille la mine éplorée, les mains croisées, d'un air compatissant de confident contrit.

— Mon père, pardonnez-moi, j'ai péché.
— Quelle est ta faute ?
— Je suis flamand.
— Ne t'excuse pas, mon fils.
— Ce n'est pas un péché ?
— Non, c'est une bénédiction.

Tel un oiselet pris au piège, le voici entré au sein de l'Église. Ferme les yeux. C'est pour ton bien. Ah, le saint homme, on en dit tant de bien. Quelle piété ! Seigneur, donnez-nous aujourd'hui comme hier, et demain plus encore, notre enfant de chœur quotidien.

Déboutonnant chaque œillère de sa soutane, le chantre de la Flandre rustique rameute sous ses jupes l'enfant agenouillé qui sert à l'office. Ne lui a-t-on pas dit à ce benêt juvénile, à la toison de paille taillée avec des ciseaux d'empailleur à retaper les chaises, de mettre des copeaux de bois et des orties dans sa culotte ? Sous l'habit chargé d'or et de broderies sacerdotales, l'ébranlent l'amict, l'aube et la ceinture, le manipule et la tunicelle, l'étole et les cordons de la chasuble immaculée qu'il noue d'un geste de bedeau. Ah, la chasteté, quel crime ! N'honore pas le Christ celui qui ne révère pas le prêtre aux lèvres ointes d'eau bénite qui sirote dans le calice le vin des burettes qu'il rince avec le purificatoire, gobe l'hostie fade comme du navet qui fond sous la langue, pâte fine sans levain posée sur la patène, et l'ostensoir en argent doré. La foi le nourrit. Courtes prières montent au ciel. Ah, l'odeur de sainteté ! De même qu'il récite les vêpres avec onction, profère les sermons, inflige les pénitences, trois *Ave*, quatre *Pater*, absout derrière le guichet qui quadrille la face rubiconde, tous les péchés du monde, efface avec une extrême-onction les péchés mortels qui sont les tourments de la vie, saisis par la peur de l'enfer, il attire l'innocent vers ce qu'on nomme la « queue du diable ».

— Prie !, ordonne-t-il.

Seuls les simples d'esprit entrent au royaume des cieux. Quelle pitié ! Son gros crâne bascule en arrière d'où dévale sa minuscule calotte, dôme des cieux, dévoilant sa tonsure, qui ressemble au croupion d'une oie, plaie en forme d'hostie comme dit Rodenbach.

Alléluia !

La messe est dite. Les voix du ciel sont impénétrables. Un prélat ne dit pas ce qu'il pense. C'est pourquoi il parle si peu. « Bon bigot, mais point sot. » Maintenant, je sais ce qu'est un *vrai* Flamand.

Soupçonné d'amitié particulière avec un élève de Roulers où on passe au kilomètre soixante-quatre, devant le Musée du vélo et du cyclisme, le poète bucolique, déchargé de ses cours par ses supérieurs, est déplacé en 1872, à Courtrai. J'y ai été avec Hendrik et Hugo qui ne porte pas Guido dans son cœur. Tiens, le voilà justement ! Ils sont là tous les deux, au bord de la route, au kilomètre quatre-vingt-deux. Hugo Claus, déchaîné, m'applaudit avec Hendrik épaté de me voir à côté de Fons. « Allez, allez ! », crient-ils en tapant dans les mains. Je leur adresse un petit salut du poignet en filant dans le sillage des super champions pressés d'en découdre. Comme le monde est petit !, dis-je, épanoui. Et Fons comme un enfant riant à pleines dents :

— La Flandre est belle, aussi verte qu'une mirabelle !

Et comment finit sa vie ? Il passe vingt-cinq années à Courtrai et se retrouve par miracle à Bruges… à deux pas de sa maison natale. À sa mort, les cloches sonnent pendant neuf heures, quatre jours de suite, à la louange du poète sans repentir qui, trois heures avant de rendre son dernier souffle, gazouille.

« Tchip, tchip, tchip,
tchip ! tchip ! tchip !
tchip !! tchip !! tchip !!
tchip !!! »

Tirelirent les pinsons qui entendent et mémorisent au cours des quatre premiers mois les airs qu'ils mettent à leur répertoire. Et que dire des espèces qu'on ne voit nulle part ? Un pinson sourd ne sait chanter et si des oiseaux non-chanteurs couvent ses œufs, les oisillons qui naissent ne sifflent pas. Qu'est subtil cet art considéré à tort comme une vulgaire expression du folklore qui règne autant en Flandre, lors de *kermisvogel* (kermesse d'oiseau), et à Malines, « le verger de la Belgique », réputée pour l'élevage des canaris et des passereaux, vedettes des concours de chant, disputés dans maints bourgs et villages, qu'au brumeux pays des Ardennes où pullulent les éleveurs de pinsons du Nord et de canaris, promis aux joutes pinsonnières, orchestrées par des maîtres pinsonniers, membres de sociétés d'oiseliers, dûment régentées, médaillées et drapelées, les éleveurs de pigeons étant les *duivenmelkers* en Flandre, et les coulonneux en Wallonie. Et pareillement le public prend d'assaut les sentiers agricoles, aux ornières rêches, qui érodent les collines des *Vlaamse Ardennen* (Ardennes flamandes) où s'agglutinent les supporters wallons, soutenant fièvreusement leurs champions qui triomphent dans les « classiques ardennaises » comme la Flèche Wallonne ou Liège-Bastogne-Liège où les coursiers wallons terrassent les flamands, plus têtus qu'un Ardennais, dit-on.

On se dirige vers Renaix et le *Kluisberg* (mont de l'Enclus), ou la montagne des Flandres, long de mille huit cent septante-cinq mètres, avec une pente maximale de neuf pour cent, perçu comme le chemin de la douleur par le peuple de Flandre. Mais on passe d'abord par Otegem, Anzegem, Kruishoutem et Zottegem. J'ai la sensation de courir simultanément dans deux pays à la fois en abordant les Ardennes flamandes, relief voisin de celui de Wallonie, aux collines verdoyantes, aux ruisseaux grouillant de truites et d'écrevisses, aux forêts profondes qui hébergent le gibier (cerfs, chevreuils, sangliers) et où se glanent les broutilles dont on fait les fagots. Remuant les guérets, cultivant les prés, les bois et les blés de tout le voisinage, semant des grains de tous côtés, le métayer croise le marchand d'allumettes qui arpente les villages de grès bleu, aux toits d'ardoise, la hotte chargée de boutefeux, les marchands de craie exhalés par Léon Frédéric, et les *botteresses* liégeoises (chemin parcouru est à moitié entretenu), qui sillonnent la berme de halage où s'activent les *hiercheuses*, aussi dites les traîneuses, liées aux haleurs, aux dragueurs, aux débardeurs *grigneux*, joli mot alliant gris et grincheux, aux charbonniers aux *tiesses di hoïe* (têtes de houille), aux casseurs de fonte et aux autres travailleurs du fer, du métal et de la pierre, souffleurs de verre, qui façonnent des formes multicolores dans les fours aux lueurs rougeoyantes des hauts-fourneaux, et fabriquent le meilleur acier du monde. Et enfin aux mineurs aux joues noires et aux dents blanches, dévalant dans les puits sans fond du pays, où il fait plus noir qu'on ne l'imagine, baptisés Bonne Fortune, Bon Buveur ou Belle-Vue, indiqués par les châssis à molettes dites « belles fleurs » qui tourniquent dans le vent comme les moulins sur la plage dans les magasins de coquillages et de fleurs en papier crépon, incarnant le rêve de Jules Verne de découvrir le centre de la Terre.

Quelle expédition !

J'y pense sans forcer l'allure tandis qu'on escalade à la pédale le Rekelberg, qui précède le casse-pattes du Kruisberg, point chaud, le Knokteberg, point de mire, le Paterberg, point de repère, tracé par un paysan mordu du *Ronde* au milieu de son champ, et autres monts pavés qui font la fierté de la Flandre. Ne sont-ils pas semblables aux vaillants coursiers flamands, qui ont l'air d'enragés forcenés, de diables furibonds et grimaçants ?

« Ah, la vie étouffée au fond de la terre.
On y respire comme au grand air ! »

J'entends sous les terrils coniques comme des chapeaux pointus la voix sifflante des mineurs en veste écrue de toile bleue, avec un foulard rouge vif, casque de cuir bouilli comme les pistards de

Six-Jours, le front muni d'une lampe pour voir clair, aux bouilles délavées de sueur et de suie, aux mines *grisouteuses*, qui creusent des sillons dans les boyaux pour déterrer les pépites de charbon, des escarbilles plein les yeux. J'entends le chant des marteaux-piqueurs dans les tailles, le glissement furtif des courroies transporteuses, l'écoulement des pans d'anthracite qui confluent vers les puits d'extraction qu'on aspire dans la cage de remontée où s'enfournent les wagonnets pareils aux pousse-pousse exotiques de l'Expo 58 qu'on appelle ici les « berlaines ». Gare à la mine ! Elles grincent au creux des galeries qui serpentent comme à la foire où circulent à huit cents mètres de fond des poulains de petites races. J'entends les coups distillés dans les parois où s'encre l'or noir qu'extraient les houilleurs fouillant les entrailles du sol, exhalant à pleins poumons la poussière qui jaillit en une écharpe de fumée bleue des cheminées.

Plutôt que de se vouer aux corvées de la fenderie ou de la tréfilerie, les loupiots, aux joues pleines et rouges, nourris de soupe aux poireaux ou de potées aux lards, les rejoignent au creux des veines où le mineur découvre l'enfer à sept ou huit ans. Tout comme en Flandre les filles de cinq ans s'attellent à l'art de la dentelle. Quel bonheur puisque la loi le permet ! Charbonnier n'est-il pas maître en sa maison ? Quittant la baraque où ils pioncent serrés les uns contre les autres, dans des lits pour huit, une table retournée servant de berceau, avec trois poules et un chat famélique, ils s'enfoncent sous terre à trois heures du matin et restent jusqu'à neuf heures par jour dans ce fournil de rêve où ils retrouvent dans la taille des Flamands les « *Wallenwerkers* » (travailleurs en Wallonie), venus vendanger l'anthracite wallon, avec leur sac à dos et leurs outils, bottés et chaussés de godillots, convoyés de leur région tous les matins, et qui, le soir venu, suivant le fameux « *keer naar uw dorp* » (retourne dans ton village !), rentrent chez eux, dans le nord du pays, par le tram ou ce qu'on appelle le « train des Flamands ».

Qui s'en souvient ? Les Flamands sont des Wallons. On ne le dit pas assez. La roue tourne. Et la course commence à me peser dans les jambes.

Au kilomètre nonante-cinq, à Audenarde, perle des Ardennes flamandes, siège du musée du Tour des Flandres, nous attend le ravitaillement. Je vois sur la place de l'église une pâtisserie qui déborde de choux à la crème, de religieuses et de pets-de-nonne, d'éclairs au chocolat, de brioches, de couques, de tartes au sucre ou au flan qui sont une spécialité du pays. Mais j'aime aussi les *rombosses* aux pommes, les *cougnous* d'Andenne, les *gozettes* aux fruits, les pains d'amandes *Destrooper*, les spéculoos et le massepain, les baisers de Flawinne ou les meringues de Malmédy. Comme j'aime les andouilles de Couvin, l'*escavèche* de Chimay, le jambon fumé d'Ardennes, la tarte *al d'jote* de Nivelles et celle à base de fromage gras qu'on déguste à Dinant qui s'appelle la *flamiche*.

— Goûte ma tartelette au riz, tu m'en diras des nouvelles, lance le pâtissier, à l'embonpoint florissant, qui me couve de ses bons yeux ronds. Mange ce que tu aimes, ça fait grandir ! Tu l'as bien mérité.

Il s'appelle Alphonse De Bakker et sa pâtisserie à l'enseigne « Au délice des betteraves » a des murs si blancs qu'ils semblent en *puur suiker* (pur sucre) découpés en blocs carrés répartis en parts égales.

Je m'en lèche les quatre doigts et le pouce et salive devant les gâteaux poudrés de sucre glace et les mousses nappées de coulis. Mais il y a aussi les nougats, les fruits confits, les guimauves et les rouleaux de réglisse, les gommes, les sucres d'orge, les boules coco, les sucettes, les caramels, les cuberdons, les berlingots colorés, les lards et les boules chiques. Quel *bollewinkel* ! (magasin de bonbons).

— Cela te plaît, se réjouit le bienveillant pâtissier, aussi connu dans la région que Fons dans le peloton.

— D'où vient le nom de votre boutique ?

Réjoui par ma question, Alphonse De Bakker se lance dans un éloge passionné et savant de cette plante étêtée à la bêche par les *betteravemannen* (arracheurs de betterave) qui s'en servent d'abord pour nourrir le bétail. La culture de la patate prime en Flandre, mais la betterave (chénopodiacées) prospère culturellement. Ludwig van Beethoven dont les ancêtres sont des cultivateurs des environs de Louvain porte un nom flamand qui se traduit Louis Champ de Betterave. Dans son adolescence, Hugo Claus travaille comme ouvrier saisonnier dans une râperie de betteraves. Il vend du sucre au marché noir. C'est le titre d'une de ses pièces. Le sucre est l'or de la terre que butinent les betteraviers. Le Flamand est raffiné. On le dit « rouge comme une betterave » car son cœur est en sucre. La betterave sucrière, promue par Napoléon, est le socle de la Belgique, pays le plus sucré du monde. Après les Bataves, les betteraves ! Lisses et sans gerçures, raccourcies en cossettes et douces aux boyaux, ses feuilles ont des vertus purgatives. Le plus répandu est celui de Tirlemont, capitale du sucre, où Blücher et Wellington se rencontrent le 3 mai 1815 à l'hôtel du Plat d'Étain. Avant de repartir, j'envoie une carte postale aux quatre fils Aymon :

Audenarde, 31 mars 1958

Chers amis,

La Flandre vaut le détour. J'aimerais qu'on s'y rende un jour tous les cinq. J'espère vous voir bientôt. Excusez-moi, mais j'ai une course à faire.

Amitié

Le ravitaillement est terminé et, comme un mécanicien après une crevaison ou un incident, Alphonse me propulse d'une poussette au bas du dos.

— Au revoir et merci !, Monsieur De Bakker.

Assez de bon temps. Je rentre dans le peloton. Personne n'a remarqué mon absence. Je ne suis pas un gros bras. Loin s'en faut. La course n'est pas finie. Les kilomètres couverts commencent à se faire sentir. En vélo, ils pèsent aussi dans les méninges. « Baisse la tête, tu auras l'air d'un coureur ! », crie un zigue en agitant un énorme drapeau noir et jaune. « Lève la tête, tu auras l'air d'un Flamand ! », hurle un autre aux mains en porte-voix. Cela donne du moral. La route est à tout le monde. Je remonte aux premières places, dépassant les routiers en file indienne qui pédalent avec l'impression d'avoir des vis plantées dans le dos et les muscles des cuisses rincés de sel.

— Où étais-tu passé ?, s'inquiète Fons.
— J'ai fait une petite halte.

Je lui tends une tartelette au riz avec un Cécémel, de la pâte d'amandes et une barre de fruits confits. Et lui dis que Sœur Sourire est la fille d'un pâtissier bruxellois et a été l'élève de Paul Delvaux.

— Les sacoches ?
— Le peintre, Fons !
— Je connais juste *Dominique, nique, nique*.
— Elle trône au hit-parade.
— Tu m'as l'air facile.
— Je suis dans l'allure.
— Tu es bien sur ton vélo ?
— Ça dépend des positions.
— C'est le moment d'attaquer.
— Tu plaisantes ou quoi ?
— Les favoris s'observent.

— Les équipiers roulent pour eux.
— On ne se méfie pas d'un freluquet.
— Tu es sûr, Fons ?
— Allez, vas-y.
— Où ça ?
— Droit devant toi.
— Et après ?
— Ne te retourne pas.

Allez, vas-y ! Je protège ta fuite, m'ordonne-t-il en fronçant ses sourcils charbonneux. Les deux font la paire. De quel bois sont faits les champions ?

Rien que pour voir, collé sur le cuir souple de ma selle, en poussant un peu sur les pédales, je creuse un petit écart, moins de dix mètres, je me retourne, le trou grandit, je me retrouve en tête. Quelle mouche le pique ? On siffle pour que je ralentisse et, d'un coup, sans me poser de questions, je place un démarrage fulgurant, et, malgré l'effort des poursuivants qui tentent de combler le retard, je m'envole comme s'il me poussait des ailes. Sans gêne, avec une aisance déroutante, en deux coups de pédales, gonflé à bloc, comme un vrai Flandrien, porté par les bravos, la marée des étendards « or au lion de sable » et par les drapeaux noir, jaune et rouge qui supportent tous les champions belges, d'un coup de reins, je prends la tête de cette prestigieuse classique qui est une course d'un jour, et non pas une course à étapes ou de six jours qui se dispute sur une piste d'érable où on monte très haut dans les virages, frôlant les banquettes de bois, poussé par la voix du speaker du *Sportpaleis* d'Anvers ou du vieux vélodrome d'hiver de Schaerbeek qui a vu tant d'exploits, fuyant les courants d'air, éraflant la verrière zénithale, dévalant au centre vers la pelouse illuminée lorsque la cloche sonne à toute volée, fonçant à soixante-cinq kilomètres à l'heure au sprint, sans frein et sans roue libre, le guidon et la selle étant avancés d'un centimètre, mais avec des gants longs pour préserver les paumes en cas de chute, ceux qu'on enfile sur route ayant les phalanges découvertes, sautant les concurrents dans les derniers mètres sur la ligne, l'ennui de la piste étant qu'on court toujours dans le même sens si bien que les pistards, qui comme moi ne portent pas de dessous, ont la voûte plantaire du pied droit qui s'affaisse, ce qui n'est pas mon cas.

La course est lancée. J'accentue mon avance. Les genoux cognant contre la poitrine, je pédale de toutes mes forces, vautré sur ma machine, regardant mes socquettes blanches qui moulinent. Je me retrouve en tête, porté par le peuple flamand, épris de bière blonde, d'exploits de critériums et de vent de face, qui porte à bout de bras ce gringalet coloré comme un rossignol. Arrachant ma bécane, le nez dans le guidon, tête baissée, sans lever la nuque pour contempler le ciel, je laisse à dix, bientôt cent mètres, la horde des poursuivants qui me voient partir la rage au cœur, mais tardent à réagir et perdent du terrain. Quelle belle invention la bicyclette ! Autant retenir la fuite du temps. Volant de mes propres ailes, je roule tel un forcené comme l'a dit

Fons sans secouer les épaules ni lever le fessier de ma selle. La route sous mes roues sent l'herbe fraîche, les fleurs, le foin, l'arôme des prairies. Quelle aventure ! Roi des pavés et des monts à venir, je file sans tarder dans le temps, poussé dans le dos par le vent du Plat Pays, à l'abri des peupliers qui croissent penchés. Comme Verhaeren exhalant *Toute la Flandre*, vantant l'effort humain, la beauté de l'âme et du monde, bandant les cuisses et les mollets qui brûlent, porté par la foule bardée d'oriflammes comme un vrai Flamand, je suis acclamé par les « Flammins » battant des mains.

« C'est un champion comme on en voit pas tous les jours », dit l'un. « C'est une échappée bidon ! », ricane un autre. « C'est un futur Fausto Coppi ! », précise un troisième. Quel exploit ! Mon nom n'est pas écrit en grand tous les dix mètres comme celui des autres gagnants. Sur une place ronde s'élève la statue d'un coureur, tenant une roue de bicyclette. Sur le piédestal, j'ai le temps de lire :

« À l'inventeur de la pédale ! »

Me dévissant le cou, je les aperçois sous mon épaule, tous les anciens vainqueurs, attaquants dans l'âme et baroudeurs increvables, que sont Tom Boonen, « le Roi des Flandres », grand favori, avec son maillot de champion de Belgique, Johan Museeuw, « le Lion des Flandres », qui paraît déjà si loin que son nom se prononce « musée », Roger De Vlaeminck, le frère de Fons, dit « le Gitan », finisseur rusé, rouleur racé et tacticien roué, Eddy Merckx, sportif belge du siècle, « l'Ogre de Tervueren » ou « le Cannibale », qui remporte une course sur trois, Freddy Maertens, « le Revenant », deux fois champion du monde sur route, sprinter exceptionnel, Walter Godefroot, Flamand aux yeux de porcelaine, Rik Van Looy, « l'Empereur d'Herentals », aux dents écartées en touches de piano, aux cuisses comme des gigots, Rik Van Steenbergen ou « Rik Imperator », victorieux à dix-neuf ans, aux jambes interminables – comment aller aussi vite quand elles sont courtes ? –, qui compte mille trois cents victoires et jure d'arrêter dès qu'il aura gagné de quoi offrir un building à chacun de ses cinq enfants.

Pareil à la ville hollandaise de Steenbergen, son nom inclut les mamelons du *Ronde* puisque *bergen* signifie montagnes ou monts. Je les aborde les uns après les autres, dans l'ordre où ils se présentent.

Voici le Vieux-Quaremont ou *Oude Kwaremont*, deux mille cinq cent seize mètres, dont un kilomètre et demi de pavés, le plus long, suivi du terrible Koppenberg, planté à la sortie du village de Melden, qui n'est pas le plus dur, bien qu'il ait un passage à vingt-deux pour cent sur une longueur de six cents mètres, comporte des trous si profonds qu'on croit y disparaître. « Sois ton bourreau toi-même », me dis-je tandis que je gravis à la force du poignet cette rampe pavée de près de sept cents mètres dans une ambiance survoltée. L'effort est si violent que j'ai l'impression que mon cœur sort du maillot et je décide dans la prochaine côte de porter une vareuse à clous tant on me tape sur le dos. Rien ne m'arrête. J'ai le vent de côté. Tout va pour le mieux et je me dis comme le poète : « La vie est à monter et non pas à descendre. » D'un coup de reins, au pied levé, je franchis le Taaienberg, point faible, et l'Eikenberg dont la pente ardue ne m'effraye pas, valse dans les bosses du Boigneberg et du Steenberg, point noir, de l'étroit Molenberg, point sensible, et du roulant Leberg, point d'interrogation. Quel bel itinéraire ! Les yeux rivés sur le mur de Grammont, promontoire d'or, qui n'est plus loin, vers lequel je fonce, traversant en trombe Overboelare, sur la Dendre, réputée pour sa fabrique d'allumettes, j'avale encore les faux cols du Treurenberg (mont du Chagrin), du Coudenberg (mont Froid), du Galgenberg (mont de Potence) et du Bloedberg (montagne de Sang), du Carlsberg, vite descendu, du Koekelberg, désolante basilique, et du Kahlenberg, d'où vient le mot calembour, qui signifie « qui parle mal le français ».

Tête baissée, je file vers le fameux mur de Grammont, où se perpétue la tradition du « *Krakelingen en tonnekensbrand* » présidée par les édiles et le clergé, qui se targue de sa tapisserie et de sa tarte au maton, spécialité du coin, comme de ses pavés appelés « têtes d'enfants », aussi gros que les poings de Bill Ballantine, né un 3 avril, Bob Morane, étant né un 16 octobre. À quoi pense un coureur ? Voilà la réponse. En route vers la gloire, debout sur les pédales, j'escalade au milieu d'une foule en délire qui se tient à moins d'un mètre ce mont terrible dont l'appellation exacte est *De muur van Geraardsbergen* (le mont de Gérard), qui fait mille septante-cinq mètres dont sept cents de pavés acérés comme des lames, gradins aigus posés à l'horizontale, montés comme des moellons qui fracassent la machine et tordent les genoux. Monticule de l'horreur et monument de légende où mènent tous les sentiers de Flandre, point du rêve le plus haut, ce vrai chemin de croix est le point culminant du *Ronde* que je franchis sous les coups de sifflet des gendarmes et l'aubade des klaxons de voitures entre deux haies de spectateurs entassés sur les côtés, perchés dans les arbres ou sur les talus, agitant oriflammes et calicots, parmi lesquels Michel Vaillant dans un polo à manches courtes et un pantalon de toile beige.

« Le coureur est un beau chevalier
Son maillot est un gonfanon
Debout sur le pédalier
Face au mur de Grammont. »

La course entre dans sa phase finale. Derrière, c'est la débandade. L'avant du peloton, flot versicolore, à la queue ondulante, s'essaime sur les cahots en abordant au coude à coude les rampes de l'Oudenberg avant d'entamer l'ascension du Golgotha des Flandres, les jarrets raides, les mâchoires serrées, courbés sous les maillots comme s'ils avaient sur le râble un sac à dos rempli de gravier. Ramassés sur le guidon, hissés sur la pointe du pédalier, ils gravissent en danseuse le pain de sucre perlé sous les yeux contrits des fidèles qui tentent de reconnaître leur favori dans cette procession de funambules arc-boutés sur leur bécane. Comment identifier dans cette farandole pédalière d'acrobates chancelants, déhanchés, disloqués, s'effiloquant et hoquetant, repoussant les limites de la souffrance, les héros de la Flandre qui tiennent le haut du pavé et pour qui le *Ronde* est un titre de gloire ? Ils grimpent en un tortueux chapelet la pente savonneuse qui atteint vingt pour cent en son point le plus terrible. À l'arrêt, trépignant sur place, ils perdent l'équilibre, chutent l'un sur l'autre, basculent les quatre fers en l'air, les orteils coincés dans les cale-pieds, dans le fossé débordant des pluies de la veille. Certains mettent pied à terre et poursuivent l'escalade sur le dos des souliers retroussés comme les socques de bois du Moyen Âge. Les plus vaillants, aux vertèbres saillantes sous le maillot souillé, halent leur machine tordue à la chapelle Notre-Dame des Mineurs qui ponctue l'ascension du *Kapelmuur* (mur de la Chapelle), domaine sacré qui s'achève au bas de la croix, dans le virage à gauche, où se bénissent les craquelins lancés à la foule le dernier dimanche de février et où s'étanche dans une coupe en argent la soif des notables qui boivent des goujons vivants.

Les voici enfin parvenus au paradis. Quel calvaire !

C'est mon jour de gloire dans la cité des feux de carême au sommet de laquelle je passe en tête sous les ovations. Le plus dur est fait. L'ascension est longue, mais la descente est rapide. La victoire me tend les bras. Les cris, les encouragements et les « Alleï, alleï ! » croissent d'intensité. Toute la Flandre m'acclame, debout sur le pas de sa porte. Pensant au champion qui se casse les deux poignets et continue son échappée, je poursuis mon cavalier seul. Dos voûté, épaules oscillantes, soucieux de bien rester en ligne, secoué par les pavés martyrisés par les convois agricoles, je pédale aplati sur mon engin, serrant les dents, mordant les joues, tirant la langue, les os frissonnant sous la peau. Je commence à avoir mal partout. Les jambes flageolent, la tête bourdonne, le cœur bat dans les tempes. Les pédales tournent sous mon crâne. Je fonce sans me soucier des bravos. Je suis pressé. Je n'ai pas de temps à perdre. Le vent m'est favorable. Zut ! Je dois faire pipi. Ce n'est pas le moment. Je ne vais tout de même pas faire dans ma culotte ou devant tout le monde. Je dois me retenir. Les pieds chauffent dans les cale-pieds, les cuisses cuisent, les mollets mollissent. La tête au creux des coudes, le nez dans la musette, pilant du poivre, tirant sur le guidon, je fonce dans un concert d'avertisseurs et de hourras. La victoire est proche. Le podium est au bout de l'effort. Sentant qu'ils sont battus et ne reviendront pas, n'ayant pas la force d'aller plus vite, menant la chasse sans conviction ni prendre de relais, comptant les pavés comme le font ceux qui sont battus, mes poursuivants lâchent prise. Ils se relèvent et si l'un se lance à ma poursuite, Fons lui pince les fesses, retient sa selle ou lui tire le maillot.

Rien ne peut plus m'arrêter. Je fonce à cinquante kilomètres à l'heure comme sur une machine à remonter le temps. Cette course est la plus belle à gagner. Pour m'empêcher d'y parvenir, il faudrait un coup de pompe, les freins qui ne marchent plus, un pneu qui éclate à la sortie d'un virage, une vache qui broute sur la voie ou que surgisse une locomotive comme on appelle le vétéran hollandais Wim Van Est. Quand on veut gagner, on gagne ! Cela va de mieux en mieux. À l'idée de terminer seul, j'accélère encore. Je file tel un météore. Des ailes poussent sur mon maillot sans poches. Les rayons de soleil sont ceux de ma roue. Je gagne un mètre à chaque coup de pédale. Les gens se baissent pour me regarder passer. Ils sont à genoux pour m'applaudir sur mon vélo, pesant sur les pédales, bien en selle, actionnant ma sonnette. Ding, ding ! Il ne reste plus qu'à franchir le Bosberg, dix-huitième mont de la journée, point à la ligne, près de mille mètres de montée, dont la moitié de pavée, qui n'est plus qu'à douze kilomètres du but. Rien ne peut plus m'arriver. Je vais gagner ma première classique. Remporter le Tour des Flandres à onze ans n'est pas donné à tout le monde. J'entends déjà les cloches du beffroi de Bruges qui saluent mon exploit. Quel bonheur ! Fons doit rire tout bas. Les motards viennent à ma hauteur et demandent :

— Ça va, petit ?

Je réponds d'un hochement de tête.

— Allez, mon p'tit gars !

Et soudain, je sens le boyau de ma roue avant qui se dégonfle. Pitié, pas maintenant ! Sont-ce les Wallons qui enfourchent leur biclou comme un balai de sorcière qui me jettent un mauvais sort et qui, pratiquant le culte de l'arbre à loques ou de l'arbre à clous, un tilleul de plus de trois mètres de circonférence dans l'écorce duquel les égrotants, pour soigner leurs maux, enfoncent un clou qu'ils ont retiré pour le jeter sous mes roues ? La Flandre retient son souffle. « Il a crevé ! » Plus de peur que de mal. La Flandre respire. Cette fois, c'est sûr, je vais gagner. Tout se déroule comme en rêve. Je ne sens plus mes jambes. Je mouline comme un beau diable et file seul vers la victoire qui me tend les bras. La roue tourne. La terre est à mes pieds. Je pédale entre deux mondes. J'aperçois la banderole au milieu de la route :

AANKOMST, EEN KILOMETER
(Arrivée, un kilomètre)

Ma chevauchée fantastique s'achève. Il est cinq heures du soir. J'arrive en solitaire à Meerbeke (Ninove). J'aperçois le bout de la ligne droite et l'arrivée où s'égosille le speaker survolté qui me couvre de superlatifs. Quelle émotion ! Plus que cent mètres. La foule tangue dans les tribunes. Comme tous les champions, je me relève à cinquante mètres, lâche mon guidon, tire sur mon maillot, monte sur la selle et lève les bras au ciel. En équilibre comme un acrobate, je franchis la ligne en roue libre. Ça y est ! J'ai gagné. Belle victoire ! Je ne suis pas tombé. Quelle course ! Je lance des baisers au peuple qui m'acclame et dont je suis le héros. On m'applaudit. On me soulève. On m'ovationne. On m'entoure.

J'avance au milieu de la chaussée où tout le monde se presse pour me toucher. Le bonheur illumine mon visage. Je ne sais plus où donner de la tête. On me donne à boire. On rince ma figure avec une éponge. Dans les haut-parleurs, le speaker égrène l'ordre des arrivées. Je suis un beau vainqueur. J'ai accompli les deux cent soixante kilomètres en six heures vingt-quatre minutes et vingt-six secondes, à une moyenne de près de quarante kilomètres. Je verse des larmes de joie. Tom Boonen m'assène une tape dans le dos. Museeuw me donne l'accolade. Rik Van Looy me félicite. Eddy Merckx me congratule. Je grimpe sur le podium à côté de Roger Rosiers et de Patrick Sercu. Me voici devenu l'enfant de la victoire. Un nouveau champion est né. On me mitraille. Miss Flandre m'embrasse. On m'offre un lion en peluche. Sacré étoile montante du cyclisme belge, je reçois mon poids en babeluttes. On me tend un micro. Je brandis mon bouquet. Je suis l'idole des Flamands. En gagnant cette course, je les remporte toutes. Je ris et pleure en même temps. Je signe ma casquette. On vole mes boyaux de rechange comme s'ils étaient de soie.

Enfin, Fons fend la foule et parvient à mes côtés. Il est heureux comme s'il avait gagné, me broie dans ses bras et déclare avec un beau sourire édenté :

— Je suis content pour toi.
— Et moi, donc !
— Tu leur as joué un bon tour !
— C'est grâce à toi, Fons.
— Je ne suis qu'un équipier.
— Je n'oublierai jamais ce que tu as fait.

Chapitre 6

On décroche la banderole d'arrivée mais pas les drapeaux flamands qui palpitent dans le ciel. S'approche un type avec un veston à carreaux et une casquette de toile enfoncée sur les oreilles.

— Bravo. Une belle victoire pour la Flandre. Seul un *vrai* Flamand gagne *De Ronde van Vlaanderen* !
— Merci, dis-je, en descendant du podium.
— Quelques mots en flamand pour voir.
— Je suis content d'avoir gagné.
— *In het frans !*, pérempte-t-il.
— J'ai gagné le tour des Flandres.
— *Pas op*, *jongen !,* prévient-il.
— Qu'est-ce que j'ai fait ?
— *Hier spreekt men vlaams*…
— Mais je suis un *vrai* Flamand.
— Non, tu n'es pas flamand.
— Et pourquoi pas ?
— À cause de ton accent.
— Je n'en ai pas d'autre.

— Quel est ton nom ?
— Je n'en ai pas.
— Ici, on est en Flandre.

In Vlaanderen vlaams !, clame-t-il sur un ton sans réplique. Gagner le *Ronde* ne suffit pas. Il est temps de grandir. La nationalité, ça existe ! Et, soutenant qu'il faut servir la Flandre et qu'un *vrai* Flamand s'avère un bon soldat, il m'expédie sur-le-champ dans les tranchées. Je crois d'abord qu'il s'agit de la tranchée de Wallers-Arenberg, de son vrai nom la Drève des Boules d'Hérin, longue de plus de deux kilomètres, qui est le secteur le plus difficile de Paris-Roubaix, la course des Français, dite « l'Enfer du Nord » ou la « dure des dures », qui a lieu la troisième semaine d'avril, les belles classiques se courant toujours le dimanche. Multipliant les écueils et les ornières, la trouée meurtrière est le clou de l'épreuve au parcours semé d'embûches, où s'accumulent les chutes et les crevaisons, où tressautent les champions qui mordent la poussière par beau temps, dérapent dans la boue quand il fait mauvais et se rompent les os sur les pavés graisseux ou décrassés, franchis un à un, le trophée brandi par le vainqueur à l'arrivée sur le célèbre vélodrome à la piste en ciment étant encore un solide bloc de grès posé sur un socle.

Mais il n'y a pas que le vélo dans la vie. Sautant d'un enfer à l'autre, je me retrouve à Bixschoote, proche de biscotte ou *beschuit*, non loin de Kortekeer Cabaret qui n'est pas du tout un tripot divertissant.

— Garde à vous !, hurle le caporal qui me déshabille des pieds à la tête avec ma musette en bandoulière, mon bouquet de fleurs, mes souliers cyclistes, mon maillot sans poche et ma casquette blanche.

— Vous voulez une babelutte ?, dis-je.
— Ça colle aux dents.
— Elles sont de Furnes.
— Quel âge as-tu ?
— Onze ans.
— Date de naissance ?
— 1947.
— Pas d'âge pour servir sa patrie.
— C'est la guerre ?
— Depuis quatre ans.
— Quand sommes-nous ?
— 1918.
— C'est bien plus tôt.
— Tu t'appelles ?
— Euh…
— Nom ?
— Pas.
— Tu sais pas ?
— Mettons Flamand.
— Quel nom !
— C'est mieux que pas.
— Et pour prénom ?
— Disons Vilain.
— Vilain Flamand ?!!!
— Nom de guerre.

Il écrase un cachet sur ma feuille d'engagement.

— Bon pour le service. Rompez !

Et aussitôt, il hurle :

— Au suivant !

Me voici enrôlé sous les drapeaux avec des culs-terreux au front bas, aux oreilles en chou-fleur, au nez d'argile et au menton en motte de glaise, qui composent le régiment et s'appellent Joop De Vlaming, Gust Vlaminck, Raaf Vlams, Toon Vlamisch, Dirk Vlaemsch, Adriaan Vlamynck, Willy Vleminck, Piet Flemish, Franz Flamisch, Hans Vlamisch, Jef Flament, Cees Flamend, Jan Flameng, Frans Flandrin, Geerd Flamint, Joost Flamingen, Anthonius Vlamingen, Pieter Flanders, Firmin Flamind, Huib De Vleminck, Karel De Vlaeminck, Fons Van Vlanderen, Fritz Van Vlaenderen et Karel de Vlaenderberck. Qui se ressemble s'assemble.

Les noms n'habitent nulle part. Suis-je un autre ou toujours le même ? Dans l'histoire qui se raconte et qui s'invente, je suis tout le monde ou personne et je trouve toujours quelqu'un à qui parler. Mieux on se comprend, plus on s'amuse. Ça promet ! Rien de plus drôle que l'interrogatoire des recrues qui baragouinent la « bouillie flamande », qui se traduit aussi « mâcher des pierres » ou « broyer des cailloux ».

— De quel patelin es-tu ?, demande le sergent.

— Poperinge.

— Où est-ce ?
— Entre Ypres et Zillebeke.
— Et toi ?
— De Poelkapelle.
— Et toi ?
— De Bollezeele.
— Ah ! Et toi ?
— D'Esquelbecq.
— Oh ! Et toi ?
— De Buysscheure.
— C'est où ?
— Là où l'Yser prend sa source.
— Tu en sais des choses.
— Si je sais pas, je dis pas.
— Que dis-tu, soldat ?
— Aoumph… rrrff…
— Articule !
— Aroumpff… rraff… ounf.
— Drôle d'accent !
— Pfeuft… pfeuft !…
— C'est celui de sa race.

La peau d'un Flamand ne vaut pas cher. S'il se tait, c'est qu'il n'a rien à dire. Son devoir est de se taire. S'il parle sa langue, il va en enfer. Les gradés flamands causent flamand avec les soldats flamands malgré l'interdiction du règlement. Mais ils ne comprennent pas leur patois. Et il en est de même pour les Wallons qui n'entendent pas mieux le français. Les Flamands sont de mauvais Belges. Mais les Belges qui ne baragouinent que flamand sont plus nombreux que ceux qui ne parlent que français ou savent les deux langues. Au football, on n'adresse pas la parole à l'équipe adverse. Le capitaine crie comme un putois. Et fait les cent pas. Les Flamands sont des moins-que-rien. Ce sont tous des illettrés. Ils ne savent pas lire ni écrire. Rien ne ressemble plus à un Flamand qu'un autre Flamand. Ils ont les joues grêlées de son, des yeux de vache, des cheveux comme des épis coupés après la moisson. Ils sont bêtes à manger du foin.

La guerre est un jeu d'enfant. Comme des soldats de plomb échappés d'une boîte de jouets, on se met en rang d'oignons et on nous fournit des tenues en drap moutarde qui déteignent, des bandes molletières qui pincent les guibolles, un bonnet à floche qui ballotte dans la figure quand on tourne la tête et des godasses à semelles cloutées qui n'ont pas de pied gauche ni de pied droit si bien que les Flamands qui ne les distinguent pas ont du mal à marcher au pas. Tant pis ! Quand tu mets du foin dans tes sabots, tu distingues bien tes pieds !, hurle l'adjudant. En avant, marche ! Comme les autres, je reçois un casque de protection en liège, accordé depuis juin 1916.

— Il m'écarte les oreilles, geins-je.
— Mets du papier dedans !, vocifère l'adjudant.
— Mon uniforme est trop grand.
— Il te va comme un gant.
— Le pantalon traîne par terre.
— C'est de là que tu viens.
— J'ai l'air d'un clown.

— C'est une guerre pour rire.
— Il tient par une ficelle.
— Tu n'auras pas le temps de l'user.
— Pourquoi, mon adjudant ?
— Tu seras mort avant !

Je gagne les tranchées faites de madriers, de rondins, de longerons et de piquets enfoncés par des maillets de bois bandés de chiffons pour ne pas faire du bruit. Les parois des galeries, aussi creuses qu'une dent, sont renforcées par des claies et des fascines. Les bords du parapet sont des sacs de sable ou de terre remplis à la pelle et ornés de fils barbelés dépliés en accordéon. Le boyau où on croupit, les pieds dans l'eau, le bas du pantalon flottant autour des chevilles, enfoncés parfois jusqu'aux genoux dans la boue gluante comme du beurre tant le fossé, profond de deux mètres, se remplit les nuits de pluie. Ça sent la punaise. Me voilà propre. Ah, les bons moments qu'on passe ensemble, à patauger les godillots dans la gadoue, collés les uns aux autres dans les caillebotis bâtis pour endiguer la montée des eaux.

Le soir, on fait la popote et on dîne de soupe de pommes de terre, de rutabagas et de navets coupés en rondelles, de racines d'orties, d'œufs pourris et de poux qu'en argot militaire on appelle « totos » et qu'il ne faut pas confondre avec les Teutons. Ils pètent sous la langue. Quand il n'y en a plus, on dévore les œufs. Ça fait grandir. Les poux flamands sont différents des poux français. Ils ont un goût de vermine et sont aussi gros qu'une punaise enceinte.

— Manges-en !, ordonne l'adjudant.
— C'est dégoûtant !
— Qui dit cela n'a pas goûté.

Du pain ? Il n'y en a pas. On mastique celui qu'on reçoit au risque de se déchausser la mâchoire. On casse la croûte en parts égales comme on coupe un gâteau et enfourne avec nos doigts la miche farcie de charançons et de vers qu'on mâche avec nos chicots. Purée de nous autres ! Cela me rappelle ce qu'on disait à la maison.

— Vilain, tu ne manges pas assez de pain.
— J'en ai mangé un peu.
— Mâche encore, paresseux !

Ou alors, on m'assène le dicton. « Mange le talon de ton sabot. » Ou encore. « Mange ta main et garde l'autre pour demain. » Comme on dit côté wallon. « Si tu as faim, mange du charbon, il est si bon ! »

Qu'est-ce qu'on déguste !

La tambouille n'est pas celle de Paul Brouillard, auteur de *La Gourmandise à bon marché*. Aux grands maux les grands remèdes. Les « bonbons » sont les obus expédiés par les Boches, qui font un bruit de cinq cents pétards, dont on se protège en joignant les mains sur le crâne. Les « saucisses » sont les ballons d'observation dont on guette le survol silencieux, mais qui offrent un spectacle égal à un feu d'artifice quand ils s'embrasent. Le temps passe même quand on ne le regarde pas. Un service en vaut un autre. On fait pipi dans les mains pour se réchauffer quand il fait froid. Ou dans une boîte de conserve qu'on expédie à vingt mètres dans une tranchée allemande. Sans rancune ! Toutes les heures, on sort l'eau de la nôtre avec des vieux seaux et des casseroles rouillées, mais de l'eau claire on n'en trouve pas.

Tout ce qui s'arrête pourrit. L'air sent la poudre. Quelle poisse ! Le cheval en conserve pue comme un fromage rance. Dès le matin résonne le bruit des mitrailleuses qui nous tire du galetas de paille où on dort tête-bêche sans retirer nos godillots, la face posée sur des sacs de jute qui servent de coussin. Vivement demain ! Tôt le matin, autant de gain ! Debout, Flamands !, beugle le capitaine, vif comme la poudre, pour lequel on dort toujours assez quand on est mort. Vive la guerre ! Chacun en prend pour son grade. Tous au salut. À six heures, on hisse au mât, au son du clairon, le drapeau belge et on écoute au garde-à-vous *La Brabançonne* composée par Arno. L'ambiance est à la gaieté, le moral est au beau fixe et j'adresse à Fons une lettre qu'une colombe immaculée transporte dans une enveloppe tendue dans son bec :

Mon cher Fons,

Le Tour des Flandres n'est rien à côté de l'Enfer du Nord ! Je me demande comment Roger, qui l'a disputé seize fois – un record – sans jamais tomber, a fait pour l'emporter quatre fois…

Amitié.

P.S. Compliments à Éric.

La guerre est belle. Le climat est doux. La Belgique veille sur nous. On m'envoie chez le commandant. C'est un fils à papa qu'on surnomme le bien-né. Tout en lui me déplaît. Ses joues roses, son teint fleuri, sa moustache frisée, ses cheveux ondés, son képi galonné, son uniforme à boutons de cuivre et ceinturon de cuir café, ses épaulettes, ses bottes graissées au saindoux, sa cravache, ses gants de chevreau et ses ongles vernis. Il ignore le goût de la mangeaille et n'avale que de la volaille. Il est vautré dans une chaise longue et parle en français avec une voix de crécelle sans remuer le petit doigt. Ses dents blanches rongent une cuisse de poulet.

— Dis-moi, Flamand, quel temps dure ta toilette ?
— Une seconde.
— Cela se voit.
— Et vous, mon commandant ?
— Oh, une heure suffit.
— Je vous envie.
— Tu es marié ?
— Marié, moi ?
— Tu as une mère ?
— Une mère… euh…
— Tout le monde a une mère.

— Ah, ma mère, c'est la mère patrie !
— La Belgique ?
— Ah, non, la Flandre.
— La Flandre est ta patrie ?
— Oui, mon commandant.
— Et ton père ?
— C'est mon papa.
— Où est-il ?
— Je ne sais pas.
— Tu ne préfères pas vivre chez ta maman ?
— Je suis très bien ici.

Il mord dans sa cuisse de poulet. Les soldats sont là pour se battre. On n'est pas des bœufs. Les ordres sont idiots dans toutes les langues. La guerre est dégradante. C'est le mieux entraîné qui gagne. L'officier reçoit des décorations. Le Flamand n'est que chair à canon. On parle flamand au front et français à l'arrière. Qui de nous deux mourra le premier ?

— Veux-tu aller là-bas ?
— Je n'attends que cela.
— Veux-tu te couvrir de gloire ?
— Je veux mourir pour la Flandre.
— La Patrie te bénira.
— La Flandre me glorifiera !
— Va au diable !
— C'est où ?
— Par là !
— Là-bas ?
— Loin de là !

— Ici ou là ?
— Tu trouveras bien.
— À vos ordres !, dis-je en claquant les talons.

Promis à une guerre fraîche et joyeuse, je vais au combat sans sourciller et j'entonne la chanson :

« En avant, partez
joyeux.
Amis, partez
adieu ! »

Et me voilà parti, tout feu tout flammes, fier comme un pou, l'arme à la bretelle, avec ma gamelle et mon bidon, muni d'un caleçon de laine et d'un falzar de rechange. Quelle aventure ! Bien décidé à entrer dans l'Histoire, je m'en vais là où le diable, avec sa fourche et sa queue pointue, ne peut que s'enfuir. Comme un idiot de village, un orphelin qui s'égare, un vagabond sur le chemin du monde, j'avance à pas lents dans un espace indécis où on ne voit pas à plus de dix mètres, fendant le brouillard qui pâlit la campagne, sorte de grisaille, de brouillasse brumeuse ou de brouasse *cassonadeuse*, qui dissipe les contours et instille la fadeur du gris. L'enfer est pavé de bonnes intentions. Gauche, droite ! Le diable ! Le diable ! Le diable est dans ton corps. Que diable avance ! N'as-tu donc aucune conscience ? Il n'y a pas de prémices à l'enfer. Les voyages les plus beaux ne sont pas ceux qu'on croit. Dépourvu de repères, sans carte ni boussole, ployant sous le poids de mon fusil à deux coups, cheminant vers Ramscapelle ou Woesten, dévalant les cratères et les entonnoirs, sautant de remblais en crevasses, tressautant à chaque pas, gambadant d'un trou à l'autre, enjambant les épis de barbelés où tintent les sonnettes suspendues comme sur une portée musicale, j'avance, la gorge nouée, comme si le diable était à mes trousses.

Et voilà qu'elle surgit dans sa robe de mousseline, attachée par un pied à l'étrier du coursier déchaîné, lancé dans une course effrénée, fonçant à une allure effrayante. Hurlant au secours, les yeux exorbités d'effroi, le front dans la poussière, telle la reine Brunehaut, veuve du roi Sigebert, torturée pendant trois jours, puis ligotée à la queue d'un cheval sauvage qui l'entraîne au galop, la dilacère en la traînant sur des centaines de mètres, ou Marie de Bourgogne, fille de Charles le Téméraire, lors d'une partie de chasse en mars 1482, qui projette au-dessus d'un tronc d'arbre son roussin qui tombe à la renverse et écrase la cavalière ramenée à Bruges qui succombe à ses blessures, elle survient au loin. Quel effroi ! Sa coiffure se mêle au flot de la crinière. Sa queue fouette l'air. Ses sabots sans fer raclent et martèlent le sol dans un chahut d'enfer. Est-ce Bayard qui revient ? Ou un animal chtonien, à la crinière verte, d'or ou de givre, un étalon mirifique à huit jambes et à queue de poisson, tirant le soleil de ses cheveux dénoués, ou alors un coursier démoniaque sans tête, ou en possédant huit, apte à se déplacer dans le ciel et sur la mer, où il court et dévore les baleines, dont la toison se compose de celle de trente chevaux, qui ramène ainsi les naufragés sur le rivage ?

Est-ce la hantise de celle qui m'a abandonné ? Quelle hallucination ! Cette apparition me stupéfie. Halte-là ! Elle s'arrête à deux pas de moi.

— Ô mon bien-aimé fils !
— Ciel ! Ma maman !
— Tu me reconnais donc ?
— Que t'est-il arrivé ?
— Mon cher enfant.
— Tu n'as jamais été si belle.
— Comme je suis heureuse de te revoir.
— On s'est quittés si vite.
— Tu as grandi depuis que je t'ai vu.
— Tu m'as tant manqué.
— Je te retrouve enfin.
— Si tu savais comme j'ai pensé à toi.
— J'ai cru te perdre, mais je t'ai retrouvé.
— Mon bonheur est infini.

Ses bras me serrent et je l'embrasse longuement, enseveli dans la forêt luxuriante de ses cheveux.

— Que je me sens bien, dis-je.
— Si tu savais combien j'ai pleuré.
— Pourquoi m'as-tu abandonné ?
— Comme mon cœur bat fort !
— J'ai besoin de toi.
— Tu m'as tant manqué.
— Je ne veux plus que tu me quittes.

— Tu m'aimes encore ?
— Je t'ai toujours aimée.
— Tu continueras, j'espère.
— Ne m'abandonne plus.
— L'amour n'empêche pas l'abandon.
— Vaut-il mieux être abandonné ?
— Mieux vaut être aimé.
— Alors, dis-le-moi.
— Je t'aime plus que tout.
— Dis-le encore !
— L'amour est plus fort que la vie.
— Encore une fois.
— Que je t'aime !...

Elle me laisse caresser son front. Je t'ai tant imaginée. Ô, ma petite maman, dans quel état est-elle ? Que lui est-il arrivé ? Ses cheveux l'ont tuée, murmure-t-elle. Comment est-ce possible ? M'ayant perdu de vue dans la cohue de la Monnaie, la Malibran poursuit sa carrière de diva. L'Europe entière l'adule. Elle a un quai à son nom à Venise où elle circule dans une gondole spéciale et triomphe à la Fenice dans *La Somnambule.* Cecilia Bartoli la vénère. Ses cheveux poussent à mesure que s'affermit son succès. Écheveau tumultueux, liane serpentine, flamme incandescente, sa chevelure abondante, aussi effilée que celle des saules, couvre ses épaules, descend au bas du dos, puis jusqu'aux talons. Plus elle chante, plus ils s'allongent et changent de couleur. Auburn, blond vénitien, châtains, miel, noirauds, roux, d'une légèreté incroyable, d'une étendue admirable, impossibles à contenir dans une résille de fils d'or, un peigne d'ivoire ou un bandeau de lin, ils s'étirent sans fin et forment une queue de plusieurs mètres comme celle d'une comète ou d'une étoile filante.

Partout dans le monde, à Buenos Aires ou à la Scala, on ne vient plus pour l'écouter, mais pour admirer sa chevelure qui pour être coiffée réclame des postures extravagantes. Las ! Le succès comme le bonheur est éphémère. La beauté dans son éclat ne dure pas. La force des cheveux amenuise la voix. Elle s'en aperçoit en lançant dans *Médée* le trille le plus élevé qui soit. Sa voix, souple et veloutée, emplie de mélodie, se perd dans les airs. Quel drame !

C'est une cavalière émérite. Galoper dans la nature la délace du chant. Elle s'évade seule en forêt. Ses cheveux indomptés se mêlent en lanières à la crinière de l'ombrageux équidé, malaisé à dompter, qui s'emballe. Des flocons d'écume s'échappent de sa bouche, des nuages de vapeur saillent des naseaux. Sa croupe vaste comme un continent s'accroît de plus en plus. Son poitrail aussi élargi qu'un portail gonfle à chaque pas. Il fend la campagne que fouette sa chevelure traînante mêlée à la sienne et cavale comme une flèche à travers les arbres. Il heurte le tronc d'un chêne ancestral. Sa chevelure immense se perd dans les branches. Elle se cramponne à la crinière de l'animal effrayé par la résistance des arbres qu'il déracine et entraîne derrière lui dans sa course jusqu'au moment où elle s'évanouit tel un son qui s'éclipse dans l'air et dévale de la monture, jetée au bas de la selle, un pied coincé dans l'étrier. Quelle chute !

— Ce n'est pas simple de mourir.
— Ne dis pas de choses horribles.
— Tu as l'avenir devant toi.
— Que serai-je sans toi ?

Je caresse ses fins cheveux de soie d'or. Ah, qu'il est bon de rester près d'elle ! Serre-moi fort dans tes bras. Les beaux moments de la vie sont si courts.

— Quand on meurt, la vie disparaît,
— Je ne veux pas que tu meures !
— Le temps ne s'arrête pas.
— Je ne veux pas te perdre.
— Tout a une fin, mon enfant.
— Je ne veux pas vivre sans toi.

Je me blottis contre elle. La sueur perle sur son front. Ses mains tremblent. Sa peau sent la cire de bougie. Gloire éteinte. La Malibran soupire sans mélancolie. J'ai toujours imaginé mourir jeune. L'immortalité m'échappe. La musique crée le malheur. Admirer est plus facile qu'aimer. Te voir me comble de bonheur. Quelle joie de mourir heureuse. S'il te plaît, ne pars pas. Je n'ai plus le temps, mon enfant. Elle ajoute avec un accent maternel. Même morte, je veillerai sur toi. Reste encore. La vie est la vie. Le bonheur existe. L'enfance est brève. L'amour est éternel. Seuls les morts aiment toujours. Sa voix a la douceur de la soie. Je frotte ma nuque contre son sein. Elle caresse de ses doigts mes *crolles* imaginaires.

— Il faut que tu deviennes un homme.
— Je fais de mon mieux.
— Quel est cet horrible costume ?
— Je suis dans l'armée.
— Que fais-tu ici ?
— Je fais la guerre.
— Contre qui, mon enfant ?
— Je combats, mais je n'ai pas d'ennemis.
— Alors, tu ne risques rien.
— Je vais périr au front.
— Ne sois pas bête. Tout ira bien.

La Malibran se raidit. Un spasme étreint sa gorge. Elle se met à trembler. Un frisson parcourt son corps et son teint devient plus pâle que sa robe.

— Maman, qu'as-tu donc ?
— Mon cœur est à toi.
— Je t'en supplie.
— Adieu, mon amour.
— Ne meurs pas maintenant !

Tout a une fin. Comme le bonheur est difficile. La gloire est l'illusion de la beauté. Elle ne produit que l'angoisse de faire mieux. Triste plaisir. Celui qui n'aime pas l'art n'aime pas la vie. La vie glisse entre ses doigts. Où va-t-on quand on est mort ? Qui sait où le vent l'emportera ? Adieu, mon fils. N'oublie pas mon nom. Elle quitte ce monde où j'aimerais qu'elle vive tout le temps. Je ne veux pas qu'elle meure. Trop tard ! Ses yeux n'entendent plus. Ses doigts ne voient plus. Son cœur est glacé. *Qu'est-ce qui tombe de si froid sur mes mains ?* Ses yeux se révulsent. Arrghh ! Elle pousse un cri minuscule.

— Ne meurs pas, je t'en supplie.
— Je t'aime pour l'éternité.

En tendant les bras, elle quitte la clarté du jour et passe dans l'ombre éternelle. Elle s'évanouit comme une apparition. Ainsi disparaît celle qui m'aime le plus au monde.

*
* *

Et c'est reparti comme en quatorze. Me voici à nouveau sur la route. Persuadé que c'est toujours mieux ailleurs, j'avance avec mon casque et mon barda. Mon ceinturon m'écrase le ventre. Mon fusil et mon havresac lacèrent mes épaules. Règne un curieux silence. Je ne sais pas où je suis. Est-ce au carrefour de l'Arbre ou au chemin des Prières ? Où sont la ferme du Paratonnerre et le bois de Polygone ? Suis-je au château du Diable, au lieu dit Pauvre Diable, au Coin du Diable, ou encore Au petit Diable ? Il faut beaucoup de diables pour apaiser l'enfer. Où aller ? Au diable l'avenir. Les jambes aussi lourdes que du plomb, j'avance dans un paysage estompé par la cendre. Mes pieds brûlent dans les godillots comme ceux des culs-terreux qu'on flanque dans le feu pour savoir où ils planquent leurs économies. Bzzz ! Une balle siffle à mes oreilles. Une autre claque. Bzzzim ! Une autre me frôle en bruissant. Les projectiles miaulent quand ils arrivent en bout de course. Retentit le tac-tac d'une mitrailleuse. Des bombes tombent. La guerre est une création du diable. Un déluge d'obus s'abat autour de moi. Badaboum ! Quel bruit assourdissant ! Est-ce la fin du monde ? D'autres projectiles éclatent. Baoum, boum ! Des tirs transpercent le ciel. Bing ! Bang ! Badadam ! Ça barde ! Tout vibre. Éclatent des grenades à cuiller. Baoum ! Ou des grenades à main. Bang, bang ! Et des grenades à clous dites pétards à clous. Bing, bang, baoum ! C'est beau l'enfer ! Mêlées aux tirs d'artillerie, elles sautent partout sur la ligne du front. Pif, paf, pouf ! Quel tintamarre !

Où est l'enfer ? Suis-je dans la bonne direction ? Me suis-je gourré de chemin ? J'aurais dû semer des cailloux blancs ou des morceaux de pain rassis sur la voie pour retrouver ma route comme le Petit Poucet. Vzz ! Les balles dum-dum font penser à *djoum-djoum*, qui veut dire cinglé ou maboule. Elles sifflent aux alentours. Bzzzz ! Je tire en l'air. Quel danger ! Si mon fusil chauffe, je fais pipi dessus pour qu'il refroidisse. À la guerre comme à la guerre. Et quand je n'ai plus de cartouches, je crie « pan-pan » comme un beau diable. Blang ! Retentit une terrible canonnade. Tout tremble. Une lueur jaune illumine le ciel. C'est diablement beau. Un déluge d'éclairs s'abat sur ma tête. Comment sortir de l'enfer ? Est-il jour ? Est-il nuit ? Je suis moi-même l'enfer. Gare à la casse ! Hop là ! Et que ça saute ! Un obus de canon ne tombe jamais deux fois au même endroit. On appelle « pigeons » les projectiles d'obusiers ou « grosses marmites » qui dévastent une ville entière. Et que manient à l'aide d'une ficelle, tant le recul est périlleux, les artilleurs aux tympans perforés, rendus sourds pour le restant de leur vie. Quels dégâts !

En temps de paix, les pigeons, experts en météorologie, transportent le courrier. On les lâche à des distances dépassant des fois mille kilomètres du colombier qu'ils rallient au pifomètre, quel que soit le trajet parcouru, grâce à un entraînement adapté, le vainqueur étant l'oiseau le plus rapide. Athlètes ailés, très résistants, les pigeons ont leur caractère comme les enfants et sont dotés de pouvoirs exceptionnels. Ceux qu'on élève dans le noir n'ont pas le sens de l'orientation et, dans certaines régions, on les tire en plein vol, à bout portant, en rognant leur queue pour qu'ils aillent moins vite lorsqu'ils battent les ailes avec un bruit d'éventail en sortant du panier. Raté.

En temps de guerre, leur bague sert de matricule. On attache à une patte un document secret noté sur un bout de papier léger, glissé dans une minuscule capsule. « Franchir ou mourir » est le mot d'ordre du pigeon-soldat qui porte souvent le même message qu'un autre, afin que celui-ci arrive à destination si l'un d'eux est blessé ou abattu. Ce n'est que partie remise. Celui qui sacrifie sa vie pour son pays est décoré comme un héros et on lui érige un monument commémoratif. Mais si l'ennemi le capture, on l'aligne contre un mur et on le fusille. En joue ? Feu ! Une grande époque exige de vrais héros. Les soldats flamands sont comme les pigeons. Ils craignent Dieu et personne d'autre. C'est leur devise.

Soudain, une ville apparaît. C'est Ypres, cité drapière, cotée pour la teinture de ses laines. S'y célèbre depuis des siècles, le second dimanche de mai, la Foire des chats ou *Kattenfoor.* Du haut du beffroi de septante mètres, qui abrite quarante-neuf cloches et compte trois étages, on jette des chats enrubannés et fleuris. Après qu'on les a lâchés dans les entrepôts et les greniers où ils veillent sur les réserves de grains, les denrées ayant été vendues, les matous inutiles sont tenus pour nuisibles. Ce supplice est maintenu jusqu'au XVIIIe siècle où on lance des matous en mousse ou en tissu. Ypres qui est à partir de 1302 une des trois villes de Flandres avec Bruges et Gand où le flamand est seul utilisé. Ypres où s'édite en 1307 un précepte censé assurer la morale des marchands : « Nul poissonnier ne sale anguilles mortes avec anguilles vives ». Ypres que ventilent plus de cent moulins à vent et où les habitants se rangent au premier coup de cloche sous la bannière rouge et blanc du *burgemeester* (bourgmestre). Ypres dont la façade de la grande halle, lieu d'asile civil, cathédrale laïque du peuple, s'étale sur cent quarante mètres. Ypres d'où est originaire le père de Charles De Coster, auteur de *La Légende d'Ulenspiegel*, qui se dit dans le langage de l'Oost et de la West Flandre :

« *Ik ben ulieden spiegel* » (je suis votre miroir).
Ce qui donne en abréviant :
« *Ik ben ulen spiegel* », d'où Ulenspiegel.

Ypres où se trouve le plus grand retable de Van Eyck. Ypres que Georges Rodenbach dit « être tombée dans la misère ou l'oubli » tout comme Furnes, Courtrai ou Audenarde. Ypres, où chaque soir, à vingt heures, sous la voûte de la porte de Menin, sonne le clairon à la mémoire des cinquante mille soldats, surtout britanniques, tombés au combat. Ypres, où les Brugeois viennent longtemps chercher leur épouse. Ypres, enceinte par de solides murailles, remparts de pierres dus à Vauban, qui supporte dix-sept sièges au XVIe et XVIIe siècles, dont le ventre va du pont de *Steenstraete*, à Saint-Éloi. Ypres où un estaminet de la rue des Pigeons affiche la pancarte : « Sache que si tu pars d'ici, tu n'y reviendras plus. » Ypres que j'atteins par Poelkapelle, Broodseinde et Gheluvelt. Ypres où naît le père de Jacques Brel, qui habite en 1932 avec les siens au boulevard d'Ypres. Ypres où a lieu la randonnée des « Quatre Jours de l'Yser » dont le départ se donne sur la grand-place le troisième dimanche d'août. Ypres où un dragon de quatre cents kilos, en cuivre doré, veille sur la cité.

Ypres où Victor Hugo, qu'ébahit la noria des curés, admire les vieilles maisons et croque celle ancienne des Sept Planètes, dit Hôtel de la Châtellenie, où le captive une vitrine garnie d'instruments de torture. Ypres où se fait brièvement soigner Céline. Ypres où séjournent Rainer Maria Rilke et Stefan Zweig qui décrit avec art cette cité martyre. Ypres, maintes fois détruite et reconstruite, sur laquelle on braque la Grosse Bertha, dite la « *dikke Bertha* », qui propulse à cent kilomètres des obus de huit cents kilos pour la fabrication desquels on dépend pour les fondre les cloches des villages. Quelle cartache ! Ypres qui résiste aux bombardements les plus appuyés. Ypres près de laquelle se dresse l'*Ijzertoren*, tour de l'Yzer ou tour de Fer, qui proclame « La Flandre aux Flamands », « *Vlaanderen ons vaderland !* » (Flandre notre patrie !). Et « Tout pour la Flandre, la Flandre pour le Christ ». Ypres où on utilise pour la première fois en avril 1914 des gaz nocifs dans le célèbre saillant. Ça sent le roussi.

L'enfer, c'est les autres. L'horreur, c'est la guerre. Plus malin que le diable, je poursuis ma désolante équipée. Plus lourde que l'air, planant au ras du sol comme un nuage poussé par le vent, affluant comme une mauvaise haleine, une nuée imputrescible colore tout de jaune verdâtre et vire au bleu pâle. Mélange d'ail, de chlore, d'éther et de dent pourrie, l'odeur me monte au nez. Le relent de moutarde très forte et piquante picote mes narines. Ce n'est pas un gaz hilarant qui fait se rouler par terre de rire, mais un gaz moutarde ou ypérite qui évoque la pyrite qu'on tire des coteaux de Wallonie. C'est là le diable. À base de sulfure d'éthyle dichloré, testé sur des chiens du camp de Beverlo, l'empyreume puant s'insinue très lentement. J'ai la bouche sèche comme du papier de verre et la gorge en feu. Les yeux me sortent de la tête. L'eau de ma gourde goûte la sueur tiède. J'ai envie d'une bonne bière des tranchées qu'on sert au café *De Toekomst* (L'Avenir), à l'estaminet *In het Morteldje* (Au Petit Mortier), ou d'une pinte de Poperinge (Une *Hommel*, une !) qui entretient avec Ypres une hostilité millénaire. Ainsi que l'a ordonné l'adjudant, qui tient son rang, je fais pipi dans mon mouchoir que je colle sur ma bouche. Conseil de guerre. Puis, comme les dogues et les bourrins, je mets mon masque à gaz qui a la forme d'un groin de cochon. Quoi de mieux pour un Flamand ? Ma poitrine est en flammes. Mes poumons brûlent. Mon larynx pique. Je tousse si fort que risque de péter une veine du gosier comme Caruso dans un contre-ut alors qu'il chante Puccini, qui décède à Bruxelles d'un cancer à la gorge. J'étouffe, je suffoque, je crache. Je fonds comme un soldat de plastique. Des cloques éclosent sur la peau, la figure et le torse. Le gaz attaque les muqueuses comme la lèpre qui rogne les orteils et râpe le nez, pourrit tout le corps et fait des mains des moignons sans doigts.

Quelle horrible maladie !

Je me dis que je vais tomber en lambeaux comme le Père Damien, de son vrai nom Jozef De Veuster, né dans une famille de sept enfants, qui part soigner les lépreux de Hawaï où il remplace son frère Auguste alors qu'il n'est pas encore entré dans les ordres.

— Me voici, j'y vais, clame-t-il en déboulant avec son chapeau de paille, sa barbe et ses lunettes tel que le perpétue la postérité. N'est-ce pas François Damiens, le comique à barbiche ou moustache postiche qui se fiche des nigauds auxquels il fait des blagues qui n'ont ni pieds ni têtes ? Non, c'est moi, je te jure, je suis le vrai Père Damien, assure avec un trémolo dans la voix celui qui naît à… Tremelo.

Je suis fier de rencontrer en chair et en os « Le plus grand Belge de l'Histoire » pour les Flamands. Mais il n'est que le troisième pour les Belges derrière Jacques Brel et le roi Baudouin. Et, rappelant que son père l'appelle « *dikke Jef* », le gros Jef, et non pas « *dikke nek* », le gros cou, il fait le récit de son aventure. Il dispense partout la bonne humeur avec son bréviaire et son chapelet. Il construit des chapelles et fabrique des cercueils qui lui valent le surnom de « l'homme aux copeaux ». Il baptise à tour de bras, fonde une fanfare et se voue corps et âme à ceux qui ont la lèpre, tenue pour un châtiment divin, qui entraîne l'exclusion de celui qui en est atteint. Quelle plaie !

Lui : Un seul moyen d'y échapper.
Moi : Lequel ?
Lui : Fumer… la pipe.

Il la sort de sa poche et tire de larges bouffées.

Moi : Combien de temps restez-vous là-bas ?
Lui : Seize ans, Vilain Flamand.
Moi : C'est plus long que la guerre.
Lui : Le mal me rattrape.
Moi : Comment ça, Père Damien ?
Lui : D'abord, la jambe gauche.
Moi : Mieux vaut en avoir de bonnes.
Lui : Et puis, l'oreille.
Moi : Il reste la seconde.
Lui : Ma paupière tombe.
Moi : Cela n'empêche pas de voir.
Lui : Et après une main.
Moi : Ouille ! Ça se gâte.
Lui : Mais je ne baisse pas les bras.
Moi : Manquerait plus que ça !
Lui : Je suis « le père le plus heureux du monde ».
Moi : Cela ne vous empêche pas de mourir.
Lui : Je m'éteins le 15 avril 1889.
Moi : Où ça ?
Lui : Dans les îles Sandwich.
Moi : Et que grave-t-on sur la tombe ?
Lui : « Martyr de la charité. »
Moi : C'est un peu exagéré.
Lui : Nul ne vient s'y recueillir.
Moi : Ce sera pareil pour moi.
Lui : Le héros est quelqu'un qu'on admire debout.
Moi : Et le saint ?
Lui : Un être qu'on prie à genoux.

Moi : À bientôt.
Lui : Que Dieu te bénisse !

Il me serre la main avec effusion, rajuste son canotier comme Maurice Chevalier sur scène à l'Alhambra et disparaît miraculeusement comme il est venu.

Un vrai Flamand ne s'avoue jamais vaincu. La vie continue. Je repars sous une grêle de balles et d'obus. Plaf ! Je ne sais pas où je vais. La gorge en feu, étreignant dans la bouche mon mouchoir, je progresse en plissant les yeux. Des bombes de gros calibre éclatent autour de moi. Vlak ! La bataille fait rage. Les canons crachent la mort. Barrabam ! Le danger n'est pas loin. Des fusées fusent. Wiz ! Où porter mon regard ? Les mitrailleuses crachent. Taratata ! Ça fait un chahut ! « Celui qui n'a pas vu le front, le verra ! », dit-on. J'y suis. Pas de doute, c'est l'enfer. Tzanc ! Ça y est ! Je suis touché. Je reçois une balle au bas du cou. Quelle guigne ! Maudite soit la guerre. Je ne sens plus mon pouls. Je relève la tête. N'ayons pas l'air abattu. Que diable ! La vie est plus forte que tout. Zim ! Je suis touché à l'aine. Quel casse-pipe ! Vzzz ! J'ai trois côtes enfoncées. Crac ! Un éclat d'obus se loge dans l'omoplate droite. Vlouf ! C'est un véritable enfer. Ouah ! Une balle m'éventre, une autre m'atteint en pleine poitrine, une troisième me troue le genou gauche, une dernière fracasse la jambe droite au-dessus de la rotule. Ouille ! Faut mordre sur sa chique et tenir bon. C'est un mauvais moment à passer. Baoum ! Une violente canonnade. Tchac ! Ne bouge pas d'un pouce. Crépite une fusillade. J'ai la colique comme les jours d'assaut. Je tiens à peine debout. C'est un vrai carnage. Et le pouce ! Je tombe à la renverse. Je rampe à quatre pattes. Le tendon du talon droit pend comme un élastique. Il n'est pas plus gros qu'un fil. Cuic ! Je le cisaille d'un coup d'ongle. J'ai mal partout. Boum ! Boum ! Un gros obus transperce mes oreilles. Et crève mes tympans. Aïe ! C'est plus cuisant qu'une otite. Une balle fend ma mâchoire. Dix dents cassées. J'ai la tête en feu. Je poursuis ma descente aux Enfers. Pft ! Une grenade m'arrache le bras droit. Un bon danseur de moins. Dommage ! Je tombe en morceaux. Retenant mes intestins, je me traîne sur le ventre. Le diable ne tiendrait pas dans cet enfer. Tchac ! Encore un choc sur la tête. Zsing ! J'ai le poumon percé. Quel enfer !

Si ma maman me voyait. À l'intérieur de l'anneau d'or qu'elle m'a offert, il est gravé : « *Quand tu cesseras de m'aimer, n'oublie pas que je t'aime.* » Je me demande si elle a souffert autant que moi.

L'horreur n'a pas d'âge. Le jour se lève. Quand on parle de lui, le diable se met à rire. Serrant les fesses, foulant le fouillis des abattis, piétinant des corps déchiquetés, des crânes défoncés, des cervelles éclatées, des ventres étripés, des torses éventrés, des mains arrachées, des langues éborgnées, des yeux brouillés, comme dans un mauvais rêve, venu de l'autre monde, dans ce décor d'enfer, je vois passer au loin, blanc comme un lavabo, fringant dans son uniforme coupé sur mesure et fraîchement repassé, le commandant qui m'a envoyé au diable. Il est à vélo. Schlac ! Un obus le décapite. Le tronc roule un moment tandis que la tête sans képi roule à terre comme une bille de billard. Belle prouesse ! Avec un sourire forcé, dans un français impeccable, il crie :

— Mon cheval pour un vélo !
— Hep ! Commandant, je suis là !...
— Ah, c'est toi, Vilain Flamand.
— Qui d'autre voulez-vous que ce soit ?
— Tu as l'air en forme.
— Ça peut aller.
— Comment vas-tu ?
— Couci-couça.
— As-tu trouvé le diable ?
— Je suis à sa recherche.
— Tu n'es pas au fin fond de l'enfer ?
— Voyez dans quel état je suis.
— Il faut que la guerre serve à quelque chose.
— Elle fait peur aux enfants.
— La guerre est belle quand elle tue.
— Votre mort est brutale.
— La tienne le sera autant.
— Qui s'apitoie sur mon sort ?
— La guerre, c'est comme le vélo.
— C'est beaucoup dire.
— Ça ne s'oublie pas.
— Pourquoi l'échanger contre un cheval ?
— Le cheval, c'est la liberté.

— Et la bride ?
— C'est l'armée.
— Et le palefrenier ?
— Le Flamand qui part au combat.
— Pauvre de moi !
— Ah, que ne suis-je comme toi !
— Que voulez-vous ?
— Que tu meures à ma place.
— C'est pour rire ?
— Non. C'est un ordre !

Fou de rage, il râle.
— En garde !
Et, dans un dernier soupir, il ordonne.
— Repos !

Drôle de diable !

Le genou gauche broyé, l'avant-bras déchiré, étreignant ma poitrine trouée, je repars en chantant : « Ah, ça ira ! ça ira. » Quelle ironie ! Tsing ! Deux balles dans l'autre cuisse. Schlac ! Encore un bout de main. Mauvais présage ! Tchac ! Une balle dans le dos. Pauvre piotte !! Chtac ! Une balle fracture le maxillaire inférieur. J'ai la tête en bouillie. Bang ! Je perds l'autre bras, haché par un obus. Quelle chance d'être droitier. Le corps me fait souffrir. Le bassin est en miettes. J'ai les deux bras coupés. Il manque un pied. Quelle misère ! Je rampe sur les hanches. Quelle corvée ! J'ai les mains amputées et les poignets raccourcis comme les lecteurs du *Figaro.* Chacun son tour. Je pars en morceaux. Un boulet estropie le bas de la tête. Et, hop ! Le menton en moins. Et, pif ! Le nez parti ! Je ne vois plus rien. C'est l'enfer sur terre. Mon corps est un champ de bataille. Aïe ! La moitié de la face envolée. Une oreille emportée. Le nez pend dans la bouche. Comment respirer sans cela ? Il en faut un faux. Je suis une « gueule cassée ». Un « baveux », un « sourire quand même ». Plus de figure. Ainsi va la vie. La guerre est un rêve dégoûtant. Je retire mon casque. Hop ! La peau vient avec le cuir chevelu. Pas de mal. Le crâne laisse échapper mon cerveau.

— Vous voyez que j'en ai un !, dis-je, triomphant.

La Flandre a besoin de héros. Le jour de gloire est arrivé. Pèlerin de l'enfer, carambolé comme une bille, j'entre dans l'Histoire comme Péguy, foudroyé par une balle en plein front, Céline, touché au bras à Poelkapelle, Malaparte blessé en Argonne, Cendrars qui perd le bras droit en Champagne et Apollinaire frappé à la tête. Bonne renommée vaut mieux que ceinture dorée. Mon uniforme est en haillons. J'entends des cris. On m'acclame. On me hèle. On m'applaudit comme un héros du stade. Le diable est partout. *Leve Vlaanderen !* (Vive la Flandre !), hurlent en chœur des olibrius de noir et jaune vêtus, postés aux endroits stratégiques, comme des condors.

— Il arrive ! Le voilà ! Le voilà !, s'égosillent-ils dans un mégaphone en agitant à bout de bras des étendards flamands, des bannières noir et or, des drapeaux arborant un fier lion noir qui rugit sur fond ocre. Ce sont les pèlerins de la mort et les amateurs de champ de bataille venus en voyage organisé et excursion en autocars qui font de la morne plaine de l'Yser une attraction concurrente à Waterloo.

— Bravo ! Tiens bon ! Courage, Vilain Flamand !

Les mythes sont des attrape-nigauds. Des pièges à gogos. On m'a fait croire à la vertu. On m'a bien eu. On ne m'y prendra plus. C'est lui ! C'est le meilleur. Que le diable l'emporte. C'est le plus bête. Il est passé par ici, il repassera par là comme le furet du bois joli !

Et tout le monde rit. Je ne sens plus mes jambes. Ma bouche sort par les trous de nez. Le ridicule ne tue pas. Que n'endure un Flamand ? Un drap blanc flotte au bout d'un bâton. On brandit des pancartes à mon nom. Un calicot à mon effigie flotte au vent.

— Vi-lain ! Vi-lain ! Vilaiiiiiiiiiiiin !...

Quel triomphe ! Les plus excités se lèvent et font la ola. Pèlerin de l'enfer, en triste état, je titube sur mes pas. Ouh ! Ouh ! Qu'il est laid, Vilain Flamand, s'époumonent certains en battant des mains et d'autres, en chantant à tue-tête. Eh, Vilain, t'es pas beau !

— Hou, hou-hou !, le Vilain, il n'en restera rien.

Vision d'enfer !

Il ne me reste plus qu'à mourir. Je prends congé dans la bonne humeur. C'est le sort des Flamands. Mes paupières se ferment. Les cils retournés percent mes yeux. Les belles choses quittent la vie. Plus personne ne m'attend. Il n'y a plus d'enfant. Je meurs à bout de force. Je perds pied et dégringole. La terre fuit sous mes pas. Où m'arrêter dans ma chute ? Je tente de remonter, mais ne peux pas. Je glisse peu à peu hors du monde. Au trou ! Au trou ! La guerre est finie. Je suis au bout de l'enfer. Je disparais sans les honneurs militaires et sans serrer sur mon cœur la croix de guerre que j'ai tant méritée. Je meurs meurtri, en héros solitaire, abattu par le destin, sacrifié par la Belgique. Je meurs en criant « À bas la guerre ! ». Je meurs en murmurant « *Mijn vader, mijn moeder* » (Mon père, ma mère). Je meurs sans clairon, sans corps d'unité, les membres éparpillés. Je meurs exsangue comme un mort d'Ypres et un lépreux du Père Damien. Je meurs en disant « *Hier ben ik, hier blijf ik* » (J'y suis, j'y reste). Je meurs au combat, à l'aube du néant, avec le sentiment de l'inutile et le respect de rien. Je meurs crânement, sans pitié ni remords, mais non sans fierté. Le bien-être m'envahit. Je meurs en pensant « *Ik ben Vlaming en daar ben ik fier op !* » (Je suis flamand et fier de l'être !). La mort n'est pas victorieuse. Mourir dure un moment. Touchant aux lisières de l'existence, ne ressemblant plus à rien, libéré de mes souffrances, conscient d'être dans le mauvais camp, je meurs sans savoir pourquoi ni comment. Sorti du peuple, enrôlé contre mon gré, brimé, nié, raillé, ne pigeant pas les ordres, tué à tort, je meurs comme un moins-que-rien. Je ne meurs pas pour l'amour de la patrie, le plus stupide des amours. Je ne meurs pas pour la Belgique, le plus stupide des pays. Je meurs pour ma patrie, la Flandre. Je meurs pour l'amour de la Flandre. Ô mon mortel amour ! Je meurs au champ d'horreur. Je meurs dans la glaise flamande, porté par la foi du sol, labouré par la charrue de mes ancêtres. Je suis au Paradis. Vive la Flandre ! Vive l'armée flamande ! Vive la nation flamande ! Je suis le martyr de la Flandre. Je suis le héros d'une cause perdue.

« Ô Flandre bien-aimée
Au diable mes douleurs
Si c'est pour ton Honneur.
J'en suis heureux,
Je meurs pour tes beaux yeux ! »

Du trépas, je vais enfin goûter la douceur. Grouillent sous moi des bêtes qui font le pouls de la terre. Ainsi prend fin mon agonie solitaire. Je meurs sans croix de guerre. Ma conscience est en règle.

« Le Flamand sort du berceau.
Son âme est une oriflamme.
Quand il entre au tombeau
C'est à cause du Belge infâme. »

Je meurs pour la glèbe flandriale, à l'ombre de la tour de l'Yser, où poussent des coquelicots artificiels façonnés en ateliers par des invalides de guerre.

Je repose dans une pauvre tombe sur laquelle on salue mon errance par ces mots qui vantent ma destinée :

« Ci-gît Vilain Flamand
Mort au combat
C'est pas du flan !
Gentil passant,
Ne l'oublie pas. »

TROISIÈME PARTIE

« La Belgique n'existe pas.
Je le sais. J'y habite. »

ARNO

Chapitre 7

Mes yeux s'ouvrent. Tout est calme. Comment va ma tête ? Où suis-je ? Je ne vois rien. Je sais que je suis dans un trou. Mais de quel trou s'agit-il ? Et où se trouve-t-il ? Suis-je dans le Trou du Diable à Oignies-en-Thiérache ou à Hastière-Lavaux, le Trou du Souci, le Trou aux Fées ou le Trou des Crevés ? Le Trou d'Haquin ou le Trou Bernard ? Le Trou de Chaleux à Hulsonniaux, près de Namur, le Trou des Blaireaux à Vaucelles, le Trou des Sotais ou le Trou des Nutons à Fonds-de-Forêt, non loin de Liège, le Trou du Grand Milou, à côté de Dinant, le Trou del Leuve à Sinsin, ou le Trou de L'Ambre à Éprave, près de Han-sur-Lesse ? Est-ce le Trou Magrite, à Pont-à-Lesse, le Trou Victor, le Trou qui fume, le Trou du Chien ou le Trou du Hibou ? Est-ce le Pont des Trous à Tournai, le trou perdu de Le Trou dans le Hainaut ou le Trou du Souffleur de Beauregard ?

Le Belge a la manie d'avoir « un bon petit trou à soi ». Qu'y cherche-t-il sinon lui-même ? L'Histoire est un trou noir. Elle sourd de l'obscurité. Il faut avancer pour y voir clair. Le chemin s'annonce difficile. Celui qui ne mène nulle part est le plus long. Tout est sombre. Je suis au bout du monde. Il faut aller plus loin. Je remonte à l'ère des Anciens Belges aux cheveux roux, au front plat et sans menton, vêtus de peaux de bêtes à longs poils, qui poussent des rugissements et ne mesurent pas plus d'un mètre soixante. Installés dans les clairières, au bord des lacs et des rivières, ils se chauffent en brûlant la bouse de vache et se repaissent de viandes cuites au feu de bois. Ils vivent de la chasse, de la cueillette et de la pêche, taillent dans les silex des épieux ainsi que de lourdes massues avec lesquelles ils traquent les ours, les rennes et les mammouths qui s'effondrent dans les pièges tendus à cette énorme proie qu'ils achèvent à coups de cailloux, de galets montés sur des rondins et de gourdins ou avec des flèches pointues décochées par un arc en bois d'if qui crèvent un œil ou percent le cœur, et qu'ils dévorent avec les mains en poussant des cris de joie sauvages.

Comme Milou qui dérobe dans *Le Sceptre d'Ottokar* un tibia de *diplodocus gigantibus*, c'est dans la veine carbonifère de Bernissart que des mineurs de la fosse Sainte-Barbe, en creusant des galeries dans le sous-sol d'un charbonnage, découvrent à plus de trois cents mètres de fond, parmi des restes de tortues et des reliefs de poissons, des fossiles d'iguanodons, monstres géants de quatre tonnes, au bec corné de canard, au pouce pointu comme un poignard, et vieux de plus de cent millions d'années. Comme on est le 1er avril 1878 et que la poche d'argile s'encastre dans une paroi jaunâtre, ils croient trouver de l'or, mais ce n'est que de la pyrite qu'on appelle en anglais l'or des idiots. On transporte les squelettes de dinosaures, figés dans la colle de menuisier, au Muséum des sciences naturelles de Belgique où le peintre naturaliste Léon Becker, fou d'arachnologie et d'entomologie, représente l'un d'eux lors des travaux de réfection menés par des savants en tabliers et manchettes de lustrine qui reconstituent comme des architectes de l'immense la charpente du spécimen préhistorique tenu par des échafaudages branlants, sous l'œil avisé de Louis Dollo qui déclare :

— Vous voyez que ce pays ne date pas d'hier !...

C'est une histoire naturelle que celle de la Belgique. Sapés de braies, bardés de sandales liées par des courroies, voici les Nerviens, as de la rébellion, qui s'affrontent aux Ménapiens, aux Trévires, aux Atrébates et aux Éburons, qui n'ont que leurs cris de guerre pour clairons. Leur chef Ambiorix, aux moustaches en guidon de vélo, aux sourcils broussailleux, à la bouille cabossée, à la crinière en feu sous son casque aux ailes déployées, donne son nom à de la bière, des biscuits et des chaussures qui ont cent pointures par modèle, du trente-neuf au quarante-neuf, et s'affranchit de la domination romaine comme Boduognat, réputé pour sa bravoure, s'oppose à Jules César qui assure que les Belges sont les plus braves.

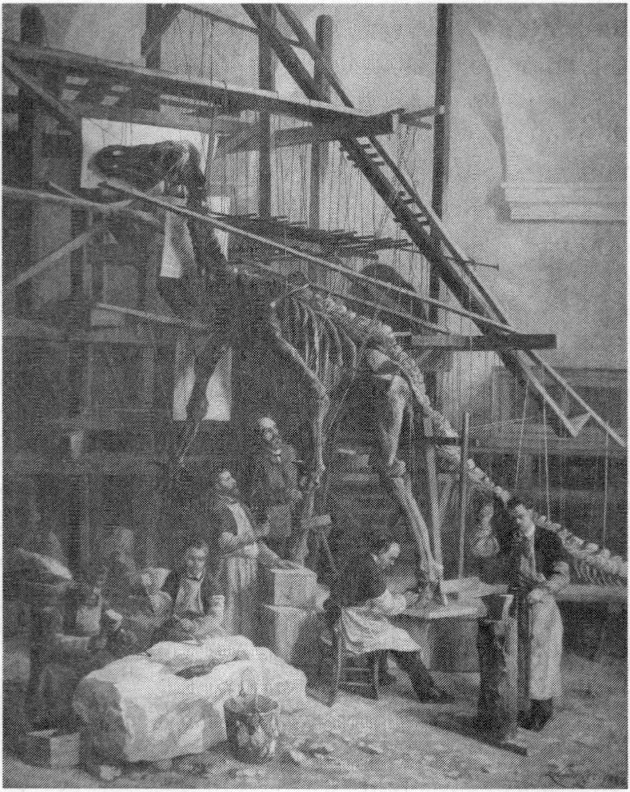

Le Montage de l'iguanodon par Léon Becker, 1884.

Le noir est total. Tout paraît normal. Je progresse à mon rythme. À force de lanterner sous terre ne risque-t-on pas de sombrer sous la ligne de coulée des eaux ? Pétillent des clapotis, des gargouillis et des glouglous. De Spy où on dégotte en 1886 dans la grotte de *Li Bètch-aus-Rotches* (Bec-aux-Roches) des restes humains de trois cent mille ans et des reliefs peints avec une finesse rare, je gagne la grotte du Fond des Cris, celle des Mille Pattes, puis des Tartines, du Laboratoire, de la Persévérance, de Neptune, des Émotions, de la Gatte d'Or, et, pour finir, La Merveilleuse où je refais surface, jaillissant des entrailles de la terre comme une taupe sort de son trou.

Enfin !

Me voici à Han-sur-Lesse, aux grottes de Han, où on se rend en autocar lors de voyages scolaires, visitant les sites emblématiques du pays comme la cascade de Coo, le barrage de la Gileppe, la citadelle de Namur, où on accède en téléphérique, et le célèbre zoo d'Anvers. Au cours de ces inoubliables excursions, l'écolier vit au pays des vacances. On n'y va pas seul. Il me faut un compagnon. Le voici qui survient en blouse de toile bleue, avec son sac à dos. C'est un garçon de mon âge qui a l'air sorti d'un pot à cornichons et semble fuir quelque chose. Sans même dire bonjour, il me tire par la manche. Pas de poignées de main. L'amitié n'existe pas. Sinon par instants.

— Viens avec moi.
— Comment t'appelles-tu ?
— Je m'appelle Paul.
— C'est un beau prénom.
— Je ne l'aime pas.
— Pour quelle raison ?

— Et je n'aime pas qu'on m'aime.
— Ce n'est pas mon cas.
— Appelle-moi Popaul. Et toi ?
— Je n'ai pas de nom.
— On a le nom de son visage.
— Mon secret, c'est mon nom.
— Tu es enfant unique ?
— Si on veut.
— Profitons de ce qui nous réunit.
— Où allons-nous ?
— On verra bien.

Ding, ding !

Nous empruntons le tram centenaire pour un trajet de quatre kilomètres menant à l'entrée de la grotte nichée dans le calcaire et le schiste dont un tiers se visite et qui reçoit quatre cent mille visiteurs par an. Une paille. Assis sur la banquette, j'observe du coin de l'œil mon compagnon aux traits ingrats, au teint terreux, au large front bombé, aux yeux d'un bleu myosotis, qui semblent noirs tant ils s'enfoncent dans les orbites, aux pommettes saillantes, au nez à la retroussette, aussi court qu'une virgule, arrondi au bout comme le dos d'une fraise. Son sourire a la couleur de l'enfance. Il sait qu'il est d'une laideur extrême. Moins affreux qu'une grenouille, autant qu'un crapaud. Il gonfle les joues et expulse des bulles d'air de sa bouche.

— Amusant, non ?

De souche ardennaise, son père est du pays de Bertrix, sur le plateau de la Semois, non loin de Paliseul, qu'on prononce *Palizeû*, alors annexé par la France, chef-lieu de canton près de Saint-Hubert. Ce *pays haut perché* est le jardin de son enfance. Il y fait l'école buissonnière avec le futur curé des environs. Mais les euretons sont tous des saligauds. Depuis, il ne va plus à la messe ni en classe. Il se dit né « déclassé ». Ses parents le cherchent. Il ne veut pas qu'on le trouve. Ils l'aiment trop et l'appellent « mon lapin ». Il a détalé. C'est un fils de vieux. Fille de sucriers, sa mère trimballe partout trois bocaux d'alcool où flottent des fœtus avortés. Quelle marotte ! Elle l'appelle sa cocotte. Minute ! Ce n'est pas un œuf. Il la déteste. Qu'elle crève ! Son père est un officier du génie. Quelle idée de l'avoir engendré. Il n'a rien fichu de sa vie. Mais il ne vaut pas mieux que lui.

— Tu ne devrais pas dire cela.
— Pourquoi pas ?
— Au moins tu en as un !
— C'est pas de chance.
— Cela dépend pour qui.
— Il faut quitter ses parents pour être soi.
— On ne décide pas du destin.
— Je suis triste que tu sois orphelin.
— Je ne suis pas orphelin.
— Le génie n'est que l'enfance retrouvée.
— Si j'étais lui, que serais-je ?

La jeunesse est contagieuse. Son esprit me plaît autant que sa figure et son physique gueusard. Sa gentillesse pétille dans les yeux. On descend du tram. Je le suis comme son ombre, content d'avoir un copain de mon âge avec qui m'amuser. Épousant le rythme de son pas et la manie qu'il a de se dandiner en marchant, il dit qu'il est colérique, désobéissant, très gourmand, et sera, plus tard, pervers et débauché. Mais surtout poète. Mordu de crapulerie, de garçonnerie et de polissonnerie, il n'est pas un cancre mais un… cancrelat. Il aime la bière et le houblon du Nord, le genièvre ou *g'nief* car il est friand de kermesses, fréquente les bordels et les bouges, adore l'absinthe, « atroce sorcière verte », aussi dite l'*absomphe*, déteste sa trogne de pou et, frappant son étrange front bosselé, s'exclame :

— Je suis le fanfaron du vice !

Je le sens d'une extrême violence et si faible aussi. Sa fureur me plaît. Il s'absente soudain et s'abîme dans la rêverie. Il a dix ans et je lui en donne quinze comme, plus tard, on lui en attribue quatre-vingts alors qu'il en a cinquante-deux. Moi, j'ai onze ans, mais je ne fais pas mon âge. Lui semble hors d'âge. Si on n'accepte pas son passé, on peut le recréer. Popaul est pressé quand il n'a rien à faire. Il ne va nulle part et abolit les étendues. Il vaque dans le temps à sa guise, selon les circonstances et les rencontres.

— Tu es comme moi, dit-il.

— Tu crois ?

— J'invente ma liberté.
— Moi, je m'échappe toujours.

Je lui demande comment il s'appelle et il dit qu'il porte le nom de son père qui s'appelle « Monsieur Verlein », comme on dit dans les Ardennes, ou Verveine comme se dit Verlaine dans le patois liégeois.
— De ce nom, on fait tout un poème.

« Vairlène
Verlène
Verbelaine
Vervaine
Verre-haleine
Verte haleine »

— Le nom qu'on porte est celui qu'on s'invente.
— La vraie vie est inventée, dis-je.
— Ce qu'on crée seul est vrai.
— Rien n'existe sans qu'on ne l'invente.

Que dire à quelqu'un qui sort des pages d'un livre ? Il me parle d'un dénommé Rambaud qui injurie la beauté, a le physique de son emploi, descend lointainement des Belges et tient Charleville pour un « triste trou ». Il l'appelle le « con » ou le « vieux », le traite de « bobonne » et le poétise ainsi :

« Rambaut
Rambo

Rainbow
Rend beau
Le Rimbe
Rimb. »

Rimeur infréquentable, aède mirlitonesque, épris d'imprévisible et de sursaut, d'argot et de jeux de mots qui l'égayent, Popaul est l'alter ego de l'ange en exil, archange diabolique, qu'il appelle son « petit ami ». Ah, la réputation de pédéraste ! Le scandale des vers pornographiques qu'il potasse pour parfaire son éducation ! La gloire enivre. Et du poète aux semelles de vent, il lâche que ses couplets sentent la crasse, les latrines et la merde. Ils ne l'ont pas ménagé aux Matines brugeoises. Popaul dit qu'il encule sa « vieille truie » qui admet lui-même qu'il a « aimé un porc ». Ne parlons pas littérature. Il n'est pas encore l'odieux soûlographe, bagarreur frappé de crises de folies meurtrières, carburant au gros rouge par bidons, pilier de mastroquet, déversant des chapelets d'insultes. Il aimerait être plus gai, mais n'y arrive pas. Trop heureux d'être à ses côtés, j'annonce.

— Victor m'a parlé de toi.
— Quel Victor ?
— Hugo.
— Ah, le gredin !
— C'est une légende vivante.
— Comment va-t-il ?
— Il mesure toujours un mètre septante.

— Et à part ça ?
— Il m'a décrit ta visite.
— À Bruxelles ?
— Oui, place des Barricades.
— C'était hier, j'étais plus vieux.
— Il a récité tes vers par cœur.
— Il les avait appris exprès pour ma venue.
— Tu étais très ému.
— Mais lui donnait le change.
— Tout un poème.

Victor Hugo est un océan. Arthur Rimbaud est un prodige. Charles Baudelaire est un pur génie. Lui n'est qu'un filet d'eau impur. Écrire est un métier. Popaul est sinon le plus éminent poète français, du moins le plus mélodieux, le plus indocile et le plus libre.

On entre dans la grotte de Han, où l'air n'est plus le même qu'ailleurs et où il fait si *cru* qu'on conseille de mettre une « petite laine ». Je lui apprends qu'en explorant la caverne pour la première fois en 1814, des jeunes gens, s'éclairant de torches, perdant le nord, sèment sur leur pas des poignées de farine et que Victor Hugo la visite le 3 août 1862, de cinq à sept heures, et pond cette ode pittoresque :

« *En déjeunant à Dinant*
Un jour de pluie et de crotte
J'ai baptisé cette grotte
En badinant à Dinant. »

Tirant son bonnet, tremblant des mollets, en sautillant comme s'il était monté sur ressorts, il m'entraîne dans ce monde mystérieux. Égarons-nous. En s'aventurant sous la terre, on découvre la lumière noire. Est-ce une nuit d'encre ? On ne voit pas clair dans les ténèbres.

Quelle merveille !

Je n'ai jamais rien vu d'aussi beau que les éperons de calcaire, guipures de givre et dentelles de glace, aux contours imprévus et aux tons transparents, chef-d'œuvre d'orfèvrerie gélifiée. La légèreté ? Quel poids ! Tout cela fondra. On dévale dans l'abîme, parcourant les quatre cents marches qui montent et qui descendent le long du trajet. Quelle découverte ! Quel dépaysement !, s'extasie-t-on, ébloui par ce gouffre intérieur, antre tourmenté aux surplis festonnés, abside aux parois liquides qui se dentellent telles des chandelles cristallines ou des coulées de cierges, cathédrale de ciselures aux crêtes et aux pics aqueux, aux piliers translucides, drapés de stries minérales, de spicules siliceuses et de cristaux de calcite brodés comme les fils d'une splendide tapisserie, chantournés comme les meubles de Boulle, aux lambris gercés de larmes glacées, au dôme tarabiscoté comme la panse des plus précieux coquillages, aussi frémissant que le ventre d'un poulpe, évoquant les sentines d'un navire échoué dans les abysses que frôlent en voletant l'aile des chauves-souris perchées dans la voûte crénelée, frangée de stalactites aux tons orange, céladon et vermillon, qui croissent de quelques centimètres par siècle et façonnent les arcades de cet écrin magique.

— Sais-tu que si on vit quarante jours dans une grotte, on finit par se coucher à midi ?, s'amuse Popaul, léger comme une bulle, savant sur tout.

Ce sont les métamorphoses du vide. Rien de plus stimulant que d'y plonger. On y perd la notion du monde et de sa basse apparence. Quelle souffrance de retomber sur terre. Quand on atteint le sommet, on ne peut que redescendre. Comme je me penche, il me tient le bras. Attention ! C'est profond. Ce sont les failles du Temps. Le nez levé, venus du fond des âges, nous admirons la grotte des concrétions, vieille de plus de cent mille ans, où règne une lumière inaltérable, la galerie du précipice ou du toboggan qui ruisselle d'eau, la galette de Styx, d'une sépulcrale épouvante, ainsi que les Mystérieuses, la place d'Armes, le passage du Diable, la salle du Triomphe et celle du Dôme, plus haute et vaste qu'un terrain de football. Au bout de la randonnée, ayant défié la taille de l'abîme, nous revenons en barque au trou du Han, où la Lesse revient au jour, remontant au loin dans la durée, salués à la sortie, par tradition, d'un coup de canon avec appels d'écho qui heurtent de proche en proche les parois de ce palais grandiose.

*

* *

Je sors indemne de mon séjour sous terre. Ce n'est pas trop tôt. Ce coup retentit avec presque autant de force que la *Dulle Griet*, énorme bombarde du XVe siècle, tenue pour la plus grosse d'Europe, censée défendre la ville de Gand en 1578 contre l'envahisseur espagnol, qui lance des boulets de trois cent cinquante kilos, mesure plus de cinq mètres et s'avère inutilisable. Sur le rustique *Vrijdagsmarkt* (marché du vendredi) trône la statue de Jacob Van Artevelde, le chef des tisserands, qui s'allie aux Anglais contre la France, lors de la guerre de Cent Ans, prend la tête des villes flamandes, met un terme à l'embargo sur l'importation anglaise de laine et permet à l'industrie du drap de reprendre son souffle. Son intrépide attitude lui vaut un socle imposant du haut duquel, défiant les pigeons, il tend le bras.

— Je ne sais pas qui c'est, dit Popaul.
— Il n'est connu qu'en Flandre.
— Pourquoi tendez-vous le bras ?
— Pour voir si la pluie tombe, répond-il.
— D'où vient-elle ?
— D'outre-Manche.
— La pluie vient d'Angleterre.
— Il y pleut si souvent ?
— Environ quatre cents jours par an.
— C'est plus qu'il ne faut.
— Je suis content de vous avoir connu.
— Moi de même.

On sirote en terrasse une *Hasselt* corsée, près de la cathédrale Saint-Bavon, où ne tinte plus *Klokke Roeland* (cloche Roeland), le bourdon du beffroi, fondu pour réaliser *Grote Triomfante* (Grande Triomphante), qui pèse six tonnes. À regret, on ne voit pas *L'Agneau mystique* de Van Eyck, qui compte deux cent quarante-huit personnages, mais qui est en restauration, pas plus qu'on ne visite le château des Comtes auquel on préfère celui de Bouillon, érigé sur le granite, avec ses murs crénelés, ses archères, ses meurtrières et poivrières, son pont-levis, ses tourelles et ses mâchicoulis d'où les assiégés déversent l'huile bouillante sur les assaillants parés de boucliers d'osier, ainsi que ses couloirs en chausse-trapes, ses sols mouvants comme à la foire, ses corridors à bascule, ses salles de torture et ses engins de supplice, ses cachots et ses oubliettes, son puits de cinquante mètres d'où on ne revient pas. Situé à trois lieues du village natal du père de Popaul, ce joyau des Ardennes surmonte la bruissante Semois où on pêche des truites à la mouche et cueille des sauterelles selon la saison. L'été en cette région tombe le dimanche après-midi.

Bouillon que Popaul écrit « Bolgione » en son jargon ou « Boglione » comme le cirque avec un u en moins, et que Casanova traite de « véritable trou », est surtout connu pour le chevalier Godefroi, sans d, ou Godefroy avec un y, présenté comme le « Belge idéal » ou le « Croisé belge », qui vend son château et ses biens pour financer la première croisade en terre sainte. Rien que ça ! Une statue le campe place Royale à Bruxelles en armure et en casque, fier et impérieux, tenant un glaive d'une main et, dans l'autre, le globe de ce monde infortuné, battant les flancs de son palefroi, et s'écriant : « Dieu le veut ! »

Mais la vérité est tout autre. Godefroi de Bouillon n'est pas un héros. On exalte sa gloire pour se forger une histoire. On l'acclame comme le Messie. Mais il n'est pas roi de Jérusalem ni chef de la première croisade. C'est un conquérant avide et sans scrupules qui abuse de son armée. Son cœur est aussi dur qu'une pierre. Partout il sème la terreur et il périt empoisonné à trente-neuf ans après avoir croqué une pomme de cèdre. De plus, il n'est même pas d'ici car il naît à Boulogne, et non pas à Bouillon que rend tristement célèbre un autre personnage dont aucun Belge ne veut plus entendre parler et qui voit le jour en face du château millénaire, le 15 juin 1906.

Ferblantier du verbe, expert en craqueries, charlatan satanique, trublion trépidant, bourreur de crânes et bouffon vociférant, fils d'un brasseur ardennais, il s'agit de Léon Degrelle qu'on appelle aussi « le beau Léon » ou « Léon de Bouillon ». C'est mieux que *Léon de Bruxelles*. Son nom fait horreur aux Bouillonnais qui préfèrent se réclamer de Godefroi, le sinistre farceur, tout comme le Belge le plus haï de tous les temps, réfugié en Espagne où il décède dans son lit le 31 mars 1994, à quatre-vingt-sept ans, est interdit de séjour en Belgique, où il réside incognito en se prenant pour… Tintin !

— Vous n'êtes pas le fils d'Hergé.
— Qui suis-je, alors ?
— Vous êtes Léon Degrelle.
— Tintin, c'est moi tout craché !
— Vous n'êtes pas l'idole de ma jeunesse.
— Je suis éternel comme lui.
— Tintin n'occupe pas un château.
— Et celui de Moulinsart ?
— Ce n'est pas le sien.
— Il n'habite nulle part.
— Et la rue du Labrador ?
— Elle n'existe pas.
— Tintin est journaliste.
— Il écrit un seul article.
— C'est un héros vivant.
— Il ne brosse jamais ses dents.
— Vous êtes un fasciste notoire.
— Je ne bois que de l'eau.
— Un rexiste abominable.
— Tintin est aussi belge que moi.
— Vous êtes un sale type.
— J'ai bien connu son père.
— Tintin a un père ?, dis-je, abasourdi.
— Comme tout le monde.

Si j'en avais un, je n'aimerais pas qu'il soit comme lui. La houppette de Tintin, le nez en bouchon, les yeux comme des boutons, les traits lisses, la bouche en virgule, et la culotte de golf de l'enfance. Quel toupet ! À la revoyure, comme on dit à Bouillon !

Qu'est-ce qu'un pays sinon un caprice d'enfant ? On ne retient que pour en rire le nom des personnages qui fondent son Histoire. Comme Pépin le Bref, baptisé ainsi à cause de sa courte taille, et de Berthe au grand pied, de son vrai nom Bertrade, l'un étant plus long que l'autre, qui sont les parents de Charlemagne, dit parfois « Limagnes », autrement dit « le grand ». Né on ne sait où, couronné empereur le jour de Noël, celui qu'on présente comme « le plus grand souverain du monde » siège mollement sur son trône, la couronne de guingois et le sceptre dans la main droite qu'il serre si fort que ses ongles percent ses gants. Le « père de l'Europe » qui est aussi connu que Jeanne d'Arc, de Gaulle ou Napoléon ne correspond pas du tout à l'image qu'on transmet dans les livres de classe. Il est trapu et bedonnant, ne mesure pas deux mètres et n'a pas des nougats de trente-deux centimètres, ses cheveux ne sont pas rougis à l'eau de chaux, ses dents se brisent en étoiles et sa longue barbe blanche soi-disant dépliée sur la poitrine n'est pas fleurie, mais qui n'en a pas ne règne point ! Il a dix-huit moutards dont quelques-uns de légitimes, couche avec sa sœur qui enfante Roland qui sonne du cor à Roncevaux et invente, dit-on, l'école mais ne sait même pas écrire. Triste sire !

— Vous n'avez pas repris mes amis, dis-je.
— Quels amis ?
— Les quatre fils Aymon.

Encore cette vieille histoire !, geint-il en lustrant son crâne en boulet de canon. J'ai failli les rattraper au bord de la Meuse. Mais ils m'ont échappé grâce à Bayard qui a franchi le fleuve d'un bond. Quelle galopade ! Et ta sœur ? Ah, les chansons de geste ! Ce n'est pas drôle tous les jours d'être empereur. En me retenant de lui arracher un poil de barbe en souvenir, je prends congé du souverain millénaire. À l'air de papa gâteau. Les figures ne sont pas des personnages. L'Histoire est un trompe-l'œil. C'est le plus beau des mensonges. Ce qu'on apprend dans les livres ne sert à rien. La meilleure école, c'est la vie.

— Je suis d'accord avec toi, dit Popaul.
— Tu es un cas d'école à toi seul.
— C'est en jouant qu'on apprend le mieux.
— Mieux vaut ne pas tout savoir.

Et, en pensant aux « Grands Belges de jadis » dont on vante les exploits dans la série *Nos Gloires*, les *Histoires de l'oncle Paul* et les vignettes parfumées en couleurs du Chocolat Jacques, je me dis que la Belgique est une invention comme un livre. Un pays qui n'a pas d'histoire n'existe pas. Celle de la Belgique est drôle et formidable. Les chapitres se suivent et ne se ressemblent pas.

— Sans histoire, pas de roman.
— L'Histoire, c'est le présent.
— Le présent, c'est l'avenir.
— Et l'avenir, c'est le passé.

Bien dit !

Et, tout en poursuivant notre remontée dans le temps, nous continuons à rire des noms ridicules tels ceux de Charles Martel, père de Pépin le Bref, lui-même fils de Pépin le Gros, Charles le Simple, Godefroid le Barbu et Godefroid le Bossu, ou encore Louis le Bègue, Henri l'Aveugle ou Charles le Chauve. Sans oublier Pépin le Bossu, Philippe le Hardi, qui finit éviscéré, verrouillé dans un cercueil de plomb, Jean sans Peur, Philippe le Bon, dit le Chauve, engoué de miniatures, qui guigne Bruges à travers une émeraude taillée comme dit Ghelderode, Philippe le Beau, empoisonné par une boisson glacée, et Jeanne la Folle dont le sobriquet résume le destin. Quelle famille !

— J'aimerais avoir un nom comme ça, dis-je.
— Pourquoi ?
— Pour voir ce que ça fait d'en avoir un.

Et que dire de Charles le Téméraire, fils de Philippe le Bon, violent, cruel et ambitieux, sec comme une arête de poisson, l'air d'un haricot refroidi, qui flanque la chair de poule rien qu'à évoquer sa personne. Sa fin n'est pas glorieuse. Il achève sa vie en janvier 1477. Quand on parle du loup, on en voit la queue. L'homme est un loup pour l'homme. Dire que le loup meurt dans sa peau signifie que les gens mauvais ne changent jamais. Il hait tout le monde. Le peuple veut sa tête. Qu'on lui arrache les brouailles ! Qu'on le pende par le cou ! La faim chasse hors du bois le loup qui a une faim de loup, égorge les moutons, ne dévore que des charognes et ne s'attaque pas à l'homme. Un loup blessé est plus dangereux qu'en bonne santé. Ah, le grand méchant loup ! Hou ! Hou ! Il arrive. Il rôde partout. Il fait un froid de loup. Tout le monde traque l'animal qui file à pas de loup. Les voyant lancés à ses trousses, les loups qui paissent avec l'agneau pour mieux le dévorer, et ne se mangent pas entre eux, le Téméraire court comme un râle. Et s'enfuit dans la neige immaculée. « Au secours ! Les loups ! Les loups !... » Comme dans *Le Miracle des loups* où Roger Hanin tient son rôle, aux côtés de Jean Marais et de Jean-Louis Barrault, on retrouve son corps gelé, à moitié nu, défiguré, le crâne fendu jusqu'aux dents, une joue rongée par les loups « qui font parfois luire leurs yeux dans l'ombre », au bord d'un étang limoneux. Pauvre sire. Ainsi périt le Téméraire en expiation du châtiment infligé aux Liégeois et à la cité de Liège dont il massacre sans pitié tous les habitants. Nous y voilà. Tous les chemins mènent vers la ville. Tous éloignent de l'enfance.

— On y va ?
— On y va.

Et nous flânons dans les cafés, les bars et les restaurants du Carré, de boulevard de la Sauvenière et dans le quartier *Dju-d'la-Moûse* (au-delà de la Meuse) où on parle le vrai liégeois. C'est une ville très accueillante où on fête le 14 Juillet, mais pas le 21 Juillet. Installés à la terrasse de la brasserie Charlemagne, on savoure une bière Piedboeuf servie dans un verre rond et goûte aux mets locaux. Popaul déguste des boulets frites avec une sauce lapin. Et moi une salade liégeoise et du boudin noir aux raisins, suivis d'une gaufre de Liège fourrée et d'un café liégeois dont voici la recette : café refroidi, très sucré, agrémenté de crème fraîche battue, servi dans un haut verre à pied.

— Et avec ça, deux péket !

Il se sert glacé dans un petit verre sans pied.

— Allons Popaul, encore un !

Il ne se fait pas prier.

Et on assiste à l'arrivée de Liège-Bastogne-Liège, que remporte Philippe Gilbert devant son public déchaîné. Spécialement entraîné pour gagner cette classique qu'il tient pour la plus belle du monde, le prodige wallon aborde seul en tête le col de la Redoute, à plus de huit pour cent, au kilomètre deux cent cinquante-cinq, à Remouchamps d'où il est originaire. Coquin de sort ! Filant sur des pétales de cerisiers éparpillées comme des confettis, le Remoucastrien, surnommé le « Sanglier des Ardennes » ou le « petit Cannibale » par référence à Eddy Merckx qui remporte cinq fois la « Doyenne », triomphe chez lui et entre dans l'Histoire. C'est un rêve d'enfant. Le héros du jour, au sourire radieux, est embrassé à la fois par Miss Liège et Miss Wallonie portant chacune un gros bouquet. La fête ne fait que commencer !

Un moment d'enfance est un moment d'entente. On fait en quatrième vitesse le « Circuit Simenon » qui transforme Liège en Simenonville et rend hommage à « l'enfant d'Outremeuse » qui débute comme garçon de course à *La Gazette de Liége*, quitte sa cité natale à dix-neuf ans, mais se sent toujours liégeois où qu'il se trouve, en commençant 1/ par sa maison maternelle, 24 rue Léopold, où il naît le vendredi 13 février 1903, à minuit dix, avec visite de sa chambre au deuxième étage, 2/ la chapelle où le petit Georges est enfant de chœur et joue à touche-pipi avec les fillettes du pont d'Avroy, 3/ la chapellerie, occupée désormais par un opticien, de son grand-père paternel, Chrétien Simenon, 58 rue Puits-en-Sock, 4/ le 25 rue Georges Simenon (ancienne rue Pasteur), où a vécu celui qui déclare « J'ai passé ma vie à partir », 5/ la place du commissaire Maigret où il achète ses pipes écurées avec soin avant chaque roman, 6/ le papetier Chez Sim où il se procure par quatre douzaines les crayons qu'en cours de rédaction il ne réutilise jamais et les enveloppes jaunes où il plante l'arbre généalogique de ses personnages, 7/ son bordel habituel Chez

Georges, rue de la Sirène, où il va chaque jour de la semaine (y compris le dimanche).

Et on se retrouve au pied de la montagne de Bueren qui est en fait un escalier pentu aussi haut que le Ventoux, surnommé la « montagne liégeoise ».

— Combien de marches y a-t-il ?
— Trois cent septante-trois d'un seul tenant.
— Quelle hauteur ?
— Plus de septante mètres.
— Quelle pente ?
— Près de vingt-huit pour cent.
— Mazette !
— Voire quatre cent sept à la volée.
— Conduisent-elles à la lune ?
— Non. Elles mènent à la citadelle.
— Et de là ?
— On embrasse la ville d'un coup d'œil.
— Allons-y.
— C'est un escalier qui te suit quand tu montes.

Et tandis qu'on escalade la muraille, assis à mi-parcours sur un banc de bois, je lui raconte d'une haleine l'épisode des Six Cents Franchimontois.

Charles le Téméraire, encore lui, assiège Liège en 1468. Dans la nuit du 29 au 30 octobre, six cents braves, emmenés par Vincent de Bueren qui lègue son nom à la montagne, veulent libérer la ville et tuer le tyran. Ils viennent de Franchimont, de Francorchamps, de Favechamps, ou champs de fèves, de Remouchamps, de Falisolle, de Falmignoul, de Winamplanche, de Chevetogne, qui a servi de décor pour deux albums de la célèbre *Martine*. Se joignent à eux les Ardennais, Jean d'Ardenne et les inséparables frères Dardenne dont la maison de production est proche de la maison natale de Simenon.

— On réalisera un jour un film comique, dit l'aîné.

— Qui sait à quoi il ressemblera, nuance le cadet.

Avant l'assaut, les uns sirotent le vin sucré de Franchimont, les autres une « Franchimontoise », bière brune brassée spécialement pour l'occasion. Puis, l'histoire se répète comme à Bruges. Trahis par leur accent qui a des nuances distinctes d'un canton ou d'un quartier à l'autre, les séditieux tentent de s'échapper et s'enfuient vers la place des Wallons et l'impasse de l'Ange où les autres les rattrapent.

Faites comme à Liège, laissez pleuvoir, implore l'un. C'est comme à Liège, après aujourd'hui, c'est demain, déplore l'autre. Rien n'y fait. On les assomme. Ouille ! Les Liégeois n'ont-ils pas des « têtes de houille » ? Ils périssent au pied des remparts. Tous y passent. Ils expirent jusqu'au dernier, achevés comme des chiens, pendus aux arbres et aux montants des croisées, liés deux à deux dans des sacs plombés, précipités des ponts et noyés dans la Meuse en compagnie de paisibles bourgeois. Liège est mise à bas, rasée par le tyran bourguignon qui n'épargne que les églises, ne laisse debout que six maisons, et ordonne le 3 novembre 1468 d'incendier la Cité ardente dont les ruines fument pendant sept semaines de terreur.

Quelle horreur !

Mais l'incendie ne s'éteint pas quand on l'éveille. Le feu, épris de la nature, gagne la vallée de la Marotte, passe le pont qui enjambe la Vire et celui qui surplombe les eaux du Ton. Est-ce un feu de paille ? Qui sait ? Il crépite au château de Bleid, près de la frontière française, s'invite dans le repli des combes et s'élance vers Rossignol et Lacuisine, tournoie vers l'abbaye d'Orval, réputée pour sa bière, où Victor Hugo cueille naguère un bleuet rose, et le plateau de Herve, réputé pour son fromage odorant. Des vallées de la Trouille et du Trouillon, au pied du Bois la Haut, une écharpe flamboyante empourpre le firmament d'une lueur incandescente et fauche une cigogne ivoire posée au faîte d'un arbre à Petitvoir. Il survole les landes de sphaignes et les tourbières, embrase les airelles et les bruyères, les groseilles et les myrtilles.

La forêt n'est brûlée que par ses propres arbres. On n'y voit que du feu. Flambent les pins des forêts et les Hautes Fagnes dont les flammes atteignent le signal de Botrange, toit du royaume, et la Baraque Michel où sonne la cloche pour les égarés de la lande. On ne joue pas avec le feu. Il ne s'éteint que si on respire d'abord la fumée. Comment rester à côté du brasier ? Le vent souffle où il veut. Où va-t-il ? Rien n'éteint la cascade de drames qu'il allume à petit feu.

Le feu ! le feu ! Creusez un trou, l'âme veut sortir. Flamboient les halles et le quai au Bois-à-Brûler. Quel brasier ! Et, avant, Sainte-Gudule qui n'est rebâtie en dur qu'en 1226. Le torchon brûle. À qui la faute ? Les Belges sont des flambeurs. « Toujours près du feu parce qu'il y fait plus chaud », dit le dicton. Alimenté par les chandelles qui servent d'éclairage, étouffant les belles assoupies au coin de l'âtre, jaillissent d'une ruelle à l'autre les illuminations qui dévastent un tiers du vieux Bruxelles. Au secours ! Sauvez-moi ! La tête chauffe. Quelle fournaise ! Il faut un incendie pour attiser la crainte des badauds. Ôtez le feu ! Partant des cuisines où mijotent des confiseries pour le prochain bal, il atteint le palais des ducs de Brabant, détruit en une nuit par l'apocalypse que les pompiers tentent d'éteindre avec de la bière, les conduites d'eau ayant gelé. Belle flambée ! Jamais la capitale n'a été aussi bien éclairée.

Le feu purifie tout. Il reprend. Et détruit en janvier 1855 le théâtre de la Monnaie dont seules subsistent les colonnades et le fronton. Le 24 mars 1856, quatorze mois plus tard, une salle flambant neuve est inaugurée dans l'édifice néo-classique édifié par Joseph Poelaert qui conçoit aussi le palais de justice et la caserne des pompiers. L'architecte n'y voit que du feu et s'éteint soi-disant fou. Comment échapper à la légende ? Il décède à soixante-deux ans, le vendredi 3 novembre 1879, d'une congestion cérébrale, à son logis du 13 boulevard de Waterloo. Le feu n'est pas à la maison. Où donc est-il ? Il couve sous la cendre et consume la nuit du 2 août 1858 la Bourse d'Anvers qui part en fumée. Quel krach ! Qui tire les marrons du feu ? Retour de flamme. Il repart le 1er janvier 1890 au château de Laeken où les vitres volent en éclats et les gouttières de plomb fondent. Pleins feux, feux de la rampe ou feu de joie. En 1892, les étincelles dévorent la baraque du docteur Spitzner, antre mythique et fabuleux, qui flambe comme une allumette. Le sinistre frappe où il veut. Est-ce un feu ouvert ? La femme de Michaux en fait dans la cheminée, son peignoir en nylon s'enflamme, elle court à la fenêtre, le courant d'air active les braises, et les transfère au grand magasin l'Innovation, temple de l'Art nouveau édifié par Victor Horta, dominé par une coupole de verre coiffant les étages desservis par des escaliers en fer forgé, cernant un puits central aussi large que la bouche d'un volcan qui sert d'horrifique cheminée et prend au piège du feu, qui se déclare au premier étage dans une réserve de robes pour fillettes, deux mille personnes en deux minutes.

Halte au feu !

Comme Milou urine sur un bâton de dynamite dans un album de Tintin, Manneken Pis trouve la mèche allumée et l'éteint ainsi qu'on le devine, évitant l'incendie qui aurait dévasté la ville. Coup de tonnerre ! Râpé. C'est un pétard mouillé. Incarnant le caractère enjoué et l'esprit frondeur des Bruxellois, celui qui s'appelle autrefois le « petit Julien » porte d'abord le nom de « Menneke-pis », puis « Manneken-pis » (petit gars qui pisse) et non « Manneke pis », « Mankenpiss » ou « Manneken-piss » comme on l'écrit parfois.

Épaté par ce chérubin potelé comme une pêche, neveu des *bambini* italiens et des angelots rubéniens, posté sur son socle, qui presse d'une main son abricot juteux et jouit dès l'enfance d'un destin majeur, Popaul compose à sa gloire ce poème sympathique :

« J'aime le geste comique
de ce mignon prostatique,
qui baigne d'un jet mercuriel,
eau de jouvence et de jouissance,
filet antédiluvien,
mué en bière ou en bistouille,
quelle carabistouille !
les chalands égayés
de Bruxelles. »

— Il est plus petit que la tour Eiffel, observe-t-il.
— Neuf cent cinquante fois, dis-je.

— Comment le sait-on ?
— Il mesure soixante centimètres.
— Il n'en veut pas plus ?
— Non. Il a décidé de ne plus grandir.
— Combien de costumes a-t-il ?
— Plus de huit cents.
— Lequel a-t-il aujourd'hui ?
— Celui d'Albert II.
— Le roi des Belges ?
— Comme lui, il est partisan de tous les régimes.
— Assez bien enrobé.
— Et débordant de bonne humeur.
— C'est une fontaine comme on en voit partout.
— Oui, mais il est l'emblème de Bruxelles.

Et je lui explique que le x de Bruxelles se prononce « ss », et non « ks », comme disent les Français, et que le mot « *xele* » ou « *sele* » veut dire maison en vieux flamand. Il se prononce aussi « *zele* » si bien qu'on dit « Broeksel » ou « Broekzele », sachant que le mot « *broek* » veut dire culotte, proche du mot « *bruoc* » ou « *bruco* » qui veut dire marais, alors que « *brug* », à ne pas confondre avec « *burg* », qui veut dire château, désigne un pont comme celui qui enjambe la peu ragoûtante Senne, qui charrie tous les déchets, transmet les épidémies, et épouse la topographie de la ville qui a la forme d'un cœur. Son sinueux parcours dessine un S et cesse d'être navigable lorsqu'on voûte par paliers, de 1867 à 1871, ses quarante-sept kilomètres d'égouts à ciel ouvert.

— Tu en sais des choses, me félicite Popaul.
— On ne me prend jamais au sérieux.

Suivant les ruelles étroites et serpentines, qui toutes se ressemblent, aucune n'étant identique, on débouche sur la grand-place qui avant l'an mille est un marais putride où on s'embourbe. Ce qui génère le premier nom de la ville Bruocsella, estampillé sur les tapisseries d'un âge d'or qui est celui de la peinture à l'huile, des manuscrits enluminés et des assiettes de porcelaine délicatement décorées à la main.

— C'est une des « merveilles du monde », dis-je.
— Combien d'autres y en a-t-il ?
— Cinq cent quatre-vingt-un.
— La quantité n'est pas la qualité.
— Non. Mais c'est officiel.
— Depuis quand ?
— 1998.
— C'est dans quarante ans !
— Ce n'est pas si loin.
— Serai-je encore là ?
— Le temps passe vite.
— Il ne faut pas le prendre au sérieux.
— C'est une plaisanterie.

Hormis dans les romans qui sont de tous les temps. Passant d'une époque à l'autre, on caracole dans les ruelles qui sentent les caricoles (bulots) ou les harengs, et bruissent du croustillant dialecte bruxellois.

« Tirez vot'plan », hurle celui-là, et l'autre : « Je gêne ? » À quoi répond-il : « Fais à ton aise. » « Pardon, vous dites ? » Et un gros lard : « Comment vas-tu, cher ami ? » « Je vais vite. » « Potfermille ! », jure le castar. « Je n'en peux rien. » « Ma crotje », geint celle-là. Et la voisine : « Vous comprenez ? » Insistant : « Savez-vous ? » Plus familier : « Sais-tu, dis… » Ou : « Sayes-tu ? » Nuancé : « Oui, mais alors non ! » Ou, bref : « Ouïe. » Et le typique : « Cinq minutes. Et je suis à vous. » « Il n'y a rien avec ça ! » « On passe à table ! », « Ça goûte ? » Quel *pistolet* ! Désolé : « On ne sait pas savoir, n'est-ce pas ? » Un soupir. « J'ai le temps long. » Pressé : « Viens chou, on prend le tram. » Censé : « Je n'en pense rien. » Ou, pis : « Je ne sais de rien. » « Tu veux une baffe ? » Et le gamin : « Je ne peux pas sortir de ma mère. » Accentué : « Brussel, *Vlaams* ? Ça, jamais ! » Définitif : « Ce n'est pas le moment pour l'instant. » « Entre l'heure du midi, hein ! » *Dites donc.* « À tantôt ! » Et : « Conservez-vous bien. » « Viens avec ! » Et, pour finir : « Salut en de kost ! »

Quel enchantement !

Bruxelles, capitale de l'univers, est la « ville de la pluie ». Marguerite Yourcenar, qui n'y vit que deux ans, l'appelle « la capitale de l'épaisseur ». Maurice Béjart, qui est français, mais y reste longtemps, l'estime « belle sans beauté ». Et Henri Michaux, l'apatride, l'intitule « le dernier des trous ». On admire le palais de justice, plus gros que la basilique Saint-Pierre de Rome, excusez du peu, la place de la Monnaie où les péquenots collent au sol une oreille comme le fait un chef d'état-major de Grouchy pour ouïr les pulsations du carnage en cours à Waterloo, et les galeries Saint-Hubert surnommées « le parapluie de Bruxelles », que certains traitent de « salle d'attente de gare », et que Charles Baudelaire, en exil, arpente tous les jours, huit fois dans toute sa longueur, en comptant deux cent cinquante pas par tour accompli.

Popaul à son tour s'en va comme il est venu.
— Adieu, vieux frère.
— Adieu, mon ami.
— Merci de ce bon moment.
— On se reverra avant la fin.
— La fin de quoi ?
— C'est ce qu'on verra.
— Où vas-tu ?
— À Verlaine.
— Verlaine ?!!!
— Tu connais pas ?
— Les auteurs ne sont pas tous géographes.
— C'est dans les Ardennes.
— Un beau bourg !
— Je veux voir comment c'est là où est mon nom.
— Je t'envie.

La route est bonne et la mort est au bout. M'ayant serré très fort contre son cœur, il s'éloigne en sautant d'un pied sur l'autre et réintègre son bocal à cornichons.

*
* *

Que vais-je devenir maintenant ? Je flâne au Parc de Bruxelles où je ne suis pas retourné depuis 1830 et je suis content de retrouver ce jardin d'agrément garni de bassins et de jets d'eau, de hautes futaies bordées de taillis alignés, de plantations et de bosquets ordonnés, d'allées transversales en pattes-d'oie, élégamment tracées, qu'encadrent des pelouses si vertes qu'on les dirait peintes, mais où ne pousse aucune fleur.

Est-ce un rêve, un rêve dans un rêve ou un lambeau de rêve? Je vois à peu de distance une masse flottante sur le sol, sorte de vessie dilatée, de cachalot ballonné, de chrysalide bouffie. Est-ce la dixième boule de l'Atomium ou le dirigeable *Belgique II* que peint en 1910 Léon Spilliaert, fasciné par sa forme irréelle, qui disparaît au premier vol ? Je m'approche de cet objet mystérieux que je n'identifie pas, mais que je reconnais quand je le vois de près. Il s'agit du fameux ballon *Le Géant* que fait construire Nadar en 1863. Aussi haut que les deux tiers des tours de Notre-Dame que Victor Hugo compare à un H, il a cinquante mètres de circonférence enflée par six mille mètres cubes de gaz (douze fois plus qu'un ballon normal) qui sert aussi pour l'éclairage. Sorte de pavillon d'osier à deux étages, équipée d'une chambre noire, d'un lavabo, d'un lit, la nacelle transporte quarante passagers, vole dix-huit heures sans dommages et parcourt six cents kilomètres dans le ciel bleu, au milieu des nuages et des oiseaux. Fignolant sans cesse ses ascensions, l'aérostier qui s'est ruiné pour cet engin plus lourd que l'air se fracture les deux jambes lors d'un atterrissage raté et sa jeune épouse, Ernestine, a le thorax enfoncé et devient hémiplégique.

Quel casse-cou !

Il présente le 26 septembre 1864, à Bruxelles, pour le trente-quatrième anniversaire de l'indépendance du pays, cet aéronef qui prévient les machines extravagantes de Panamarenko. C'est le clou de la fête ! Le peuple enthousiaste est si nombreux qu'on le parque derrière des barrières mobiles en métal qui portent depuis le nom de « barrière Nadar ». L'envol de l'énorme baudruche ne s'effectue pas sans retard. *Le Géant*, qui n'a pas de filet et qu'une piqûre de moustique suffit à crever, doit embarquer à son bord Charles Baudelaire qui déjeune à la Taverne du Globe, 5 place Royale. Le voici qui s'avance à pas comptés, d'une allure dandinée dans ses escarpins vernis, rasé de près, les cheveux verts et les gants roses, tiré à quatre épingles dans sa jaquette bleu nuit qui lui confère l'allure d'un clergyman. Las ! Un contretemps *fâcheux* le contraint à rester au sol.

— Pas de place !
— Quoi ? Même pour moi ?
— Désolé, Charles.
— C'est sûr ?
— Trop risqué pour aujourd'hui.
— Je sors si peu…
— C'est à cause du vent.
— On ne m'y reprendra plus.
— Mille excuses !
— Crénom, crénom de nom de nom !

Pensant que se vengent les vers qu'il apparente aux Belges, le poète qui achète son pain d'épice chez Dandoy, 31 rue au Beurre, mais exècre les gaufres et porte sous le bras les liasses ou layettes de notes du pamphlet qu'il mitonne sur les mœurs de l'odieux pays, s'éloigne en pestant du dirigeable qui ne bouge pas d'un pouce, malgré le renfort de cent vingt soldats de l'infanterie de ligne qui ont aidé au gonflage de l'enveloppe si bien que le « magicien des vents » en personne en descend, l'air fort mécontent, bravant les lazzis des badauds qui le chambrent derrière les barrières portant son patronyme. Le génial touche-à-tout me repère dans la foule et fait signe d'approcher.

— Toi ! Combien pèses-tu ?
— Cinquante kilos, balbutié-je.
— C'est moins qu'une plume.
— Chacune à sa taille.
— Monte à mes côtés.

— À la place de Baudelaire ?
— Ceux qui s'envolent sont des poètes.
— Je ne vais pas prendre sa place.
— On n'est pas trop de deux.
— Je ne fais pas le poids.
— Les ballons sont indirigeables.
— C'est un jeu de mots ?
— Non. C'est la vérité.

Il a les cheveux en désordre, la moustache en bataille, le cou taurin saille de la vareuse de laine et de la chemise groseille, un paletot de cuir sert de combinaison, un sac pend en bandoulière, des bottes fourrées, des moufles, des lunettes aux verres épais, un bonnet d'aviateur casque sa crinière rouge.

— Bienvenue à bord du *Géant*. As-tu déjà volé ?
— Seulement sur le dos de Bayard.
— Il faut un début à tout.
— J'en ai l'habitude.
— D'où es-tu ?
— D'ici.
— Ah, tu es un jeune Belge !
— Je suis plus que belge.
— Comment t'appelles-tu ?
— Je m'appelle comme on veut.
— Tu as raison. Les noms se déforment à plaisir.

Il précise que lui-même s'appelle d'abord Nadard, avec un d, puis Nadar ou Ardan comme le héros de Jules Verne dans *De la Terre à la Lune*, qu'inspirent aussi ses exploits pour *Cinq semaines en ballon*, et comme il s'est dénommé Joseph Citrouillard, qu'il s'appelle en réalité Félix Tournachon, mais qu'on l'appelle à l'occasion Tournadar, il propose pour simplifier que je l'appelle en un mot Nadarchon.

— Ça fait drôle, dis-je, confus.
— Alors, disons Félix.

Il me considère dès lors comme son fils, mais avec des relations moins compliquées qu'avec son rejeton, et s'attelle au décollage, délestant le cercle de charge où s'ancre la nacelle, autour de laquelle s'amarrent des sacs de dix kilos remplis de sable fin d'Ostende qui est le plus léger du monde. Je me case sur la banquette qui sert de couchette. L'altimètre est lié au cordage, l'hélice s'arrime au chariot du ballon, sensible au moindre courant d'air, qui vogue dans l'éther d'où il consulte les Anciens, inquiets d'un nuage.

Mes yeux brillent comme des étoiles. Je pique un soleil. Ça tape. Le ballon n'est pas fait pour se tuer. Félix a fait plus de quatre cents ascensions.

— Tu n'as pas peur, n'est-ce pas ?, s'enquiert-il.
— De quoi aurais-je peur ?
— Ça te plaira, tu verras.
— Je n'en doute pas.

Le progrès vient du ciel. L'argent coûte cher. Les inventions sont ruineuses. Ce qui compte, c'est l'imagination. Je partage cette opinion. Mon bagage est léger. Le professeur Tournesol s'est inspiré du physicien Auguste Piccard, « concepteur du ballon à nacelle étanche pour les ascensions stratosphériques ». Ah, la suprématie de la science ! Visant ceux qui servent à l'observation des troupes ennemies en temps de guerre comme le fait Napoléon, fidèle au poste, et sur lesquels on tire à vue comme sur de vulgaires canetons ou des poussins de foire, Félix s'enflamme.

— Quand il le veut, l'homme vole comme l'oiseau.
— Comment est-ce possible ?
— Une souris pèse autant qu'un éléphant.
— Je n'y ai jamais pensé.
— En cause la loi de la pesanteur.
— De combien chute un corps ?
— Cinq mètres par seconde.
— Et l'oiseau ?
— Moins il pèse, plus larges sont ses ailes.

Il m'explique qu'emportant un jour en vol un oiseau dans sa cage, il ouvre celle-ci plus haut que celui-ci n'a l'habitude de voler. Pauvre de lui. Suspendu à la volière, le bec piquant dans le vide, le volatile est saisi de vertige. Il le précipite de force vers le bas. L'oiseau tombe comme du plomb, tourbillonnant telle une feuille morte, jusqu'au point où, retrouvant ses aises, il se soutient en déployant les ailes.

Pourquoi les astres ne tombent-ils pas ? Mystère ! Tout ne s'explique pas. Les étoiles sont clouées au firmament pour le plaisir des yeux. Ainsi que les comètes. Et les aérolithes. Le ballon est une sorte de planète. L'invention, c'est l'aventure. Le probable est le possible. *L'expérience compte plus que la réalisation*, précise-t-il, en citant à son insu Panamarenko.

— Tu le connais ?
— Ce n'est pas mon époque.
— Vous êtes pourtant si proches.

Les progrès de la science sont une longue chaîne. Rien n'existe dans ses avancées que ne précède le passé. La foule s'impatiente, tape sur les barrières afin d'activer l'envol. On abrège la discussion.

— On y va ?
— Quand tu veux, Félix.
— Élevons-nous un peu.

Il nous déleste des sacs qui ne sont d'aucun poids dans la balance du monde, une légère secousse, et nous voilà partis. Le public en reste comme deux ronds de frite.

« Il se hisse dans le ciel haut
Nimbé d'une auréole
L'Amoureux d'Éole
Paré de son chapeau. »

Quelle envolée ! Applaudi par la foule ébahie, *Le Géant* s'élève d'un bond. Tirant sur un câble de ses bras musclés, leviers fidèles, Félix m'emmène au ciel où on s'élève d'un coup de deux cents mètres.

— Ne monte pas trop haut.
— On n'est pas à cent mètres près.

Sachant que le père d'Arno est aviateur et mécanicien dans l'aéronautique comme Jacques Brel a la passion des voyages et des avions qu'il pilote, je suis enchanté de naviguer dans les airs, à l'abri de ce champignon majestueux, fuyant la terre, m'élevant au-dessus de tout, suspendu au dôme de toile fine.

— Ah, Félix, quel bonheur !
— C'est vraiment génial, non ?
— Tu n'imagines pas comme je me sens bien.

Manœuvrant sa baleine céleste, sans turbine, rames ou gouvernail, il active pouce à pouce les éléments qui offrent de flotter dans l'azur. Ah, qu'il est beau de voguer !

— Je sais où on va.
— Je ne m'en fais pas.

On vole comme on nage dans l'eau ou roule à vélo. L'imaginaire permet de planer. La direction est une chimère. Le ballon est une merveille. Sa forme est féminine comme tout ce qui dépend du vent.

— Montons plus haut, Félix.

On s'élève de quelques centaines de mètres encore. Un mouvement d'*allez-venez*, dit *mouvement de lacet*, secoue notre équipage. Je m'accroche aux mailles du filet. Quelle sensation d'être en l'air, voyageur éthéré, pendu à la course du ballon. Moment inoubliable quand l'aérostat navigue pardessus les nuages.

— À quoi songes-tu quand tu voles ?
— Au départ, je pense à l'atterrissage.

Il paraît qu'on peut monter à trente kilomètres. Quel intérêt ? Le but de l'excursion est l'élévation, non l'exploit. On grimpe à bord d'un ballon comme le marin embarque sur son voilier. Le but n'est pas de tomber à l'eau. Et si le ballon prend feu ? On est cuits. J'imagine la fumée dans le paysage des Fagnes et des Ardennes après l'incendie de la Cité ardente. Tout n'est qu'un jeu. C'est une belle fin. Ne rien laisser derrière soi, se dissiper dans l'air, se fondre dans les nuées. Je suis trop jeune pour cela. Seule ma petite mère me regrettera. Mes amis m'envient comme moi je les admire. L'histoire est loin d'être finie. Les moments forts et les répits rythment sa cadence. J'entends le claquement d'aile des oiseaux.

— Et si on allait à deux mille mètres ?
— Quand il fait beau, tout est différent.

— Les gens voient tous des choses différentes.
— Il faut vivre au-dessus de la vie.

Le français est la « langue de l'ascension ». Quel spectacle ! Ne crois-je point rêver ? Quoi de plus coquet que la nature ? Plus on est haut, plus on trouve de beautés. Et on peut s'élever très haut.
— Ne te penche pas trop, conseille Félix.

On continue de grimper. Je vois les bois et les champs, les enclos riants, les fleurs dans les prairies, les vergers pleins de pommiers et de pruniers (les bleues sont mes préférées), les racines des buissons où poussent des bourgeons qu'on pince avec les doigts, les crapauds accroupis, les vallées où gazouillent les ruisseaux, les pâtures où cavalent les vaches, les sentiers entre les haies, les tourelles des forteresses imprenables, les moulins où s'entassent des sacs de farine et de grain qu'acheminent les ânes, les enfants qui font des signes de la main, les paysans, le pied sur la bêche, qui lèvent les yeux au ciel, les troupeaux qui broutent, les chaumières aux toits rouges, aux jardinets ordonnés, les damiers de betteraves et les lopins de choux, de carottes et de céleris, d'oignons et de salsifis, comme sortis d'une boîte à joujoux qui déploient toutes les nuances du vert, du persil clair au petit pois, du vert épinard au cerfeuil.

Ah, l'heureux temps des cerises !

Voilà mon pays ! Il ne se voit que d'en haut, mais pas d'en bas. La Belgique existe à peine pour ses habitants. Voir de haut dans cette contrée n'est pas courant. C'est vrai que tout y est si petit !

La clairière du temps s'ouvre, le soleil décline, c'est l'été, le ciel est sans nuages, les jours s'enfuient, les siècles s'écoulent, le vent souffle, il est minuit, l'hiver vient, les étoiles grelottent, le temps presse, le ciel se dégage, l'aube s'efface, l'horizon s'assombrit, il fait beau, le jour dure longtemps, l'été s'achève, ciel d'orage, l'hiver est doux, le soleil se lève plusieurs fois, il fait chaud, la nuit revient, il pleut, le ciel est gris, jour de vent, voile de brume, le printemps est là, les mois passent, il fait lourd, la nuit tombe, la marée monte, le jour s'en va, le ciel est noir, c'est l'automne, la tempête se lève, jour d'éclipse, grand soleil, c'est l'aurore, la mer est loin, l'aube s'inverse, la nacelle tangue, il neige, les années filent, clair de lune, le vent bruisse, il pleut à verse, le soleil reparaît, la pluie cesse, le soleil se couche, l'automne succède à l'hiver, le vent souffle, la lune brille, les étoiles s'allument.

Quelle belle matinée ! Les gens d'en bas ne peuvent s'empêcher de grandir. On dirait des enfants qui jouent. Un type en uniforme court en criant : Ballon à l'horizon ! Il veut nous forcer à descendre.

— Arrêtez, c'est la douane !
— Comment ? Que dites-vous ?

— Vous avez franchi la frontière !
— À quel endroit ?

Je me penche et je le reconnais. C'est Benoît Poelvoorde, le comique belge préféré des Français. Il est né en 1964 à Namur comme Michaux, le 22 septembre comme moi, mesure un mètre quatre-vingt-six et porte une casquette relevée d'une couronne.

— Vous êtes Benoît Poelvoorde ?, demande Félix.
— Vous m'avez reconnu ?
— Quelles bonnes nouvelles ?
— J'en ai assez de tourner des navets.
— Personne ne vous y oblige.
— J'arrête le cinéma.
— Mais vous êtes un Belge connu.
— Oui, mais je déteste ma tronche.
— C'est la tête de l'emploi.
— Je n'aime pas la montagne non plus.
— Qu'aimez-vous, alors ?
— J'aime la Belgique.
— Comment ça ?
— Elle est comme moi.
— Qu'est-ce à dire ?
— On ne l'aime jamais assez.

En levant la barrière, il demande avec un accent inimitable : Vous connaissez la dernière histoire belge ? C'est une blague comme les Français les aiment. La Belgique est un vieux pays puisque quand on vient de l'étranger, le douanier méfiant demande : « Avez-vous quelque chose de *NEUF* à déclarer ? » Elle est bien bonne, hein ? Elle est vraiment très bonne. Il se tient les côtes. Et rentre dans un poteau. Plaf !

Quel pitre !

On reprend de la hauteur. La Belgique est un univers quand on la voit du ciel. Comme dit Marcel Broodthaers qui décède le jour de son cinquante-deuxième anniversaire : « C'est un monde. Avec son pôle Nord, son pôle Sud, ses longitudes et l'Équateur. » Sait-on qu'il a écrit un article titré *Le ballon, ce n'est pas fait pour se tuer* ? Je vois Nivelles qui évoque l'adage « Le chien de Jean de Nivelles qui fuit quand on l'appelle ». Charleroi, ville de Gaston Lagaffe et de Spirou, concurrent de Tintin, réputée pour son verre et sa sidérurgie, comme Huy, où naît le colin-maillard, l'est pour ses étains, le Val-Saint-Lambert pour son cristal, la Semois pour son tabac. Et comme d'autres le sont pour les cartes à jouer, les couteaux, les papiers peints, les plantes médicinales, les sabots, les armes de guerre ou les missels. Je vois la place des montgolfières, bordée de soixante et un tilleuls, du village de Céroux-Mousty, ballondrome officiel aussi célèbre que le concours international des ballons libres de Saint-Nicolas. Je vois Binche, connue pour son carnaval, où naît Gilles Binchois, compositeur polyphonique de musique à trois voix. La Louvière, berceau d'Achille Chavée, Maurice Grevisse et Pol Bury qui la qualifie de « ville la plus laide du monde ». Mons et son baroque beffroi qui abrite un carillon de quarante-neuf cloches, où mène un escalier à vis, relayé à la pointe par une échelle qui mène à la lanterne, d'où on assiste au Combat dit Lumeçon du *Doudou*.

J'ai envie qu'on se pose, dis-je à Félix. On se met en quête d'un endroit propice à l'atterrissage. Une clairière dégagée faisant l'affaire. En voilà une. On perd un peu de hauteur. On jette les sacs de sable et on descend du ciel au ralenti à une vitesse d'un mètre à la seconde qui est celle d'un invidu qui marche. Félix, à mesure que le sol se rapproche, harponne la rustique besace où aboutit la corde qui commande le panneau de déchirure qu'il actionne pour libérer au plus vite le volume de gaz. Cramponne-toi aux cordages, plie les genoux et garde les jambes souples, conseille-t-il pour m'éviter sa mésaventure passée. Un choc me projette au fond du panier. Où sommes-nous ? À Lessive, près de Namur, dans un champ de pommes de terre, au sud du village qui porte ce nom. Champêtre. C'est le siège de la Station terrienne belge de communication spatiale, équipée de trois antennes immenses et d'une tour hertzienne imposante qui joue le rôle d'échangeur entre le secteur provincial et le réseau national.

Bon.

Un groupe de personnes s'animent au loin. Elles sont moins nombreuses que celles du *Panthéon*

Nadar qui en compte trois cents. Je les connais toutes plus ou moins de vue. Il s'agit d'écrivains célèbres attirés par ce charmant petit pays qui rentrent chez eux. Une valise à la main, un paquet sous le bras, tirant une malle, sous un postiche ou un faux nom – s'agit-il de sosies ? –, ils s'en vont à bord du ballon de Félix. En tête Victor Hugo, tout à la joie de me revoir.

— Ah, te voilà, fiston !
— Quel plaisir de te retrouver, Victor.
— Quelle nouvelle ?
— J'ai cru que tu étais mort.

Il ne l'est pas et survit à sa gloire. Entré vivant dans la légende, résidant au Panthéon, il se dégrade en beauté. Et dissimule sous le manteau le premier exemplaire de *Napoléon le Petit* dans… un cabillaud dont il compte tirer profit. Il se dit soulagé de quitter ce pays où il est si souvent revenu mais où on l'a bien assez vu, et ravi de retrouver sa patrie où sa fortune est sans rivalité. Je m'expulse ! Embrasse-moi, mon fils.

À ses côtés, Baudelaire dont Félix a tiré le portrait comme celui d'Alexandre Dumas, Théophile Gautier, Gérard de Nerval, Émile Zola, Auguste Rodin et Victor… sur son lit de mort. Quelle pléiade ! Je ne sais où me mettre depuis que j'ai pris sa place. Je lorgne ses escarpins vernis, son col de chemise élimé, ses cheveux verts décolorés sur son front dégarni. Je n'ose lui dire combien je l'admire. Il enjambe l'osier de la nacelle comme on pénètre une tombe.

— Ah, *Pauvre B...* !
— Je repars pour l'enfer.

Écumant de rage, écourtant son calvaire, celui qui fréquente Henri Wallon se fend d'une ultime rosserie.

« Fuyons en ballon
ce peuple de dégonflés
... bientôt crevés
sans qu'il dise "ouille"
Est-ce outré ?
on traite bien Hugo
... de citrouille ! »

Quel bagout ! Quittant les deux hôtels particuliers du 73 boulevard de Waterloo, à deux étages, et trois lits toujours faits, qu'il laisse en partant à son secrétaire Noël Parfait, surnommé « Jamais-Content », où il mène grand train, valse en chaussons pour éviter de rayer le parquet, dépense deux cent cinquante mille euros pour se nourrir, dînant d'omelettes au sang de lièvre, de pâté de sanglier des Ardennes, de cailles au beurre de Dixmude, de hareng fumé à la sauce ostendaise, arrosés de bière blonde et de vieux cortons, écrivant tellement qu'il évite de ponctuer pour gagner du temps, reconnaissable à sa haute taille, à sa voix claironnante, à sa tignasse floconnée, crinière aussi crêpée que celle des lions de la Bourse de Suys, du champ de Waterloo ou du barrage de la Gileppe, ogre paillard, exubérant et torrentueux, Alexandre Dumas s'en va au Havre, chez son fils.

— Ce pays est un pied-à-terre. Ce n'est pas une grande perte. On est si bien en l'air, se désopile-t-il. Les grands auteurs ont le visage de leur œuvre.

Voici Gérard de Nerval, alias Gérard Labrunie, ou le « pauvre Gérard » ainsi qu'il se nomme lui-même. Il est venu cinq fois en ce pays où il se promène avec un homard en laisse et ressent les premiers signes de la folie lors d'un séjour en 1840 à Bruxelles qu'il appelle « la lune de Paris ». Quoi de neuf ? Il songe à ses déboires à l'Opéra avec sa bien-aimée cantatrice Jenny Colon qui lui inspire *Aurélia ou le rêve et la vie.*

— Sa beauté m'a tué !, me souffle-t-il à l'oreille.

Tous n'appartiennent pas à la même époque. Mais tous s'en vont. Théophile Gautier, en gilet rouge et pantalon vert, qui boit de la bière au petit-déjeuner, Joseph Proudhon, réfugié sous le nom de Durfort, Stéphane Mallarmé qui fait à Bruges une causerie couverte par une trompette de carnaval, Michelet qui prétend que la Belgique n'existe pas et récite non sans humour avec une voix de canard :

« C'est un pays provisoire
Pour qu'il repousse

Il faudrait un arrosoir
Le jardinier dit “pouce” ! »

Et un jeune cabossé qui vit ici de 1871 à 1877 fourbit ses premières armes, sculpte le fronton de la Bourse et œuvre au palais royal. C’est Auguste Rodin, âgé de trente et un ans. La Belgique m’a tout appris sur la lumière. J’y ai vécu les jours les plus précieux de ma vie. Mon Dieu, quel regret de la quitter !

— Pressons !, crie Félix en tapant dans les mains.

Paul Claudel emporte avec lui la chaise où il prie à l’église Notre-Dame du Sablon. Suivent André Gide (Adieu, Maria !), Honoré Daumier, Jean-François Millet, Gustave Courbet, Eugène Fromentin (« La Belgique est un livre d’art magnifique ! »), Guillaume Apollinaire qui s’installe à Stavelot chez les époux Constant, charcutiers restaurateurs, Guy de Maupassant, François-René de Chateaubriand, Jean de La Fontaine, Voltaire, Colette, Claude Simon, lors de la retraite – quelle débâcle ! –, Agnès Varda, Nicolas de Staël, orphelin, qui étudie à Braine-l’Alleud, Claude Lévi-Strauss, né par hasard à Bruxelles, où son père peintre exécute une série de portraits, Julio Cortazar, qui vit au 116 avenue Louis Lepoutre, ainsi qu’Albert Einstein, Pétrarque, Casanova, Albrecht Dürer, qui ne fait que passer, Marcel Proust, avec sa mère, James Joyce, descendu à l’hôtel Astoria, rue Royale, Karl

Marx, venu en famille, Léon Tolstoï, Franz Kafka, court séjour, Walter Scott, Lord Byron, qui suce des glaces au Vauxhall, Charles Dickens, Charlotte et Emily Brontë, Stefan Zweig, qui salue son ami Verhaeren au Caillou-qui-bique, Rainer Maria Rilke, qui apprend le néerlandais, Sigmund Freud, qui prend le palais de justice pour le palais royal, Gottfried Benn, Karl Sternheim, Thomas Bernhard, qui réside 60 rue de la Croix pendant l'incendie de l'Innovation, Henry Miller qui adore *Le Cocu magnifique* de Fernand Crommelynck et John Dos Passos qui grandit à Saint-Gilles et que sa mère emmène de force visiter le musée Wiertz. C'est un monde ! Jeux bizarres de la destinée !

Tous dans le panier plein comme une phrase bourrée d'idées. Quelle chance de retourner au pays d'où on vient. Adieu, chers amis ! Le génie plie bagage et rallie ses foyers. Adieu, la petite Belgique ! Certains soulèvent leur chapeau, secouent un mouchoir ou agitent fiévreusement la main. Je ne les verrai plus. Adieu les grands esprits ! Ne revenez jamais ici.

*
* *

En me retournant, je tombe sur lui. Une casquette de cuir plate couvre son front dévasté, dégarni comme celui d'un vieux poussin. Il porte un pardessus crasseux, une écharpe jaune masque la caroncule du menton mangée d'une barbichette, de gros souliers cloutés. Je ne le reconnais pas tout de suite.

— Ça, alors ! Mon Popaul !
— Salut, mon ami.
— Quelle surprise !
— Je t'ai dit qu'on se reverrait.
— Comme tu as changé…
— Personne ne rajeunit.
— Les autres sont partis.
— Voyage en groupe.
— Toi tu reviens.
— Je partirai un jour.
— Comme le temps passe !
— Le passé ne revient pas.
— Comment vas-tu ?
— Ma mère est morte.
— Tu l'as tuée ?
— J'ai voulu l'étrangler. Raté !
— Et à part ça ?
— Ma laideur s'est accrue.
— Quoi d'autre ?
— Mathilde est revenue !
— Toujours la même chanson.

Il me raconte qu'il est sorti de la prison de Mons, boulevard des Britanniques, qu'il appelle « le plus vieux des châteaux ». *C'était la dignité dans la sécurité*. Horrible visite médicale ! Quatre cent quarante-huit jours dans une cellule (pistole 111 ou 112), avec un lit-table et un escabeau fixé au mur. Promenade une heure par jour pour fumer dans un préau divisé *en petits jardinets avec fenêtres*. Il trie des grains de café, traduit Dickens, donne des leçons à son geôlier, s'ennuie, se convertit. Culbénit. On le libère au quart de tour, le 16 janvier 1875, cent soixante-neuf jours avant la date prévue. « *Métier appris : néant* ».

On fait quelques pas. La raison de son incarcération est connue. Il traîne un peu la jambe et trottine avec précaution. Je lui demande pourquoi il n'est pas reparti avec les autres. Il aurait aimé revoir Dumas et Théophile Gautier qu'il a dévoré dans son adolescence, mais pas Victor Hugo, et cela le gênait de retrouver Baudelaire aux funérailles duquel il a assisté le 2 septembre 1867, au cimetière du Montparnasse, où il n'y avait guère plus de trente personnes. Les mots viennent souvent trop tard. Il ne fait plus le Jacques dans les buvettes. Il s'y accoude. Sans phrases. Las des sauts de puces. Il prise encore la pouillerie des quartiers louches. Tout est vain en ce bas monde.

— On est peu de chose, tu sais, mon vieux.
— Mais je ne suis pas vieux.
— Ça viendra.
— Je ne suis pas pressé.
— Plus tôt que tu ne crois.

Il dit qu'il va donner des leçons de français aux Belges qui font des fautes de grammaire et de syntaxe, et dans son nom. Son père est décédé le 30 décembre 1865 d'une congestion cérébrale et il a eu sur son lit de mort « la nostalgie de Bruges et de ses cloches au son voilé ». Il s'appuie sur une canne et souffre du genou gauche, a des poussées d'hydarthrose dues à l'alcool et sa quille parfois calée dans une gouttière pâtit d'érysipèle que son médecin, le docteur Chauffard, crève au bistouri, mais c'est Rimbaud qu'on ampute et qui rend l'âme. L'enfant terrible de la poésie parnassienne n'est plus qu'un diabétique claudiquant. Son cœur et son foie sont patraques. Ses dents sont pourries. Il a des crises d'arthrite et de rhumatismes. Ses bras sont lourds à soulever. La jambe malade est dans sa tête. Un poète, à cause des pieds, ça boite toujours un peu. Question d'enjambement ! Monsieur Verlain se met en route. La mort est l'infirmité de la vie. C'est pénible d'être vieux. Tu as de la chance de rester jeune. Ce n'est pas donné à tout le monde. Le précurseur est à la traîne. Ah, les avant-gardes ! Elles retardent dès le lendemain.

— Je regagne Paris où *chacun est un porc*. Je serai bientôt mort. Il n'y a pas de bonne fête sans lendemain. *Je ne sais rien de plus gai qu'un enterrement*. Adieu, l'ami !

Ainsi claudique-t-il vers sa dernière maîtresse, Philomène Boudin. Quel nom ! Mathilde se remarie le 30 octobre 1886, avec Bienvenu-Auguste Delporte, un Belge, entrepreneur en bâtiment. Quelle ironie ! Dévoûtant son mètre septante-quatre, il ricane.

— Salue pour moi les *pons Pelches*. Et bonne chance ! *Je m'en vais vers tous les points du physique et moral univers*. Que la fête continue !

Adieu, mon Popaul !

Chapitre 8

Me revoilà !, clame l'interlocuteur qui m'assène une claque sur l'épaule. Je le reconnais à sa voix. Il s'agit de Van den Peereboom, l'échevin de la culture, que j'ai rencontré à Waterloo avec Victor Hugo.

— Bonjour, Séraphin.
— Ah, mon cher ami.
— Comment allez-vous ?
— Quel plaisir de nous revoir !
— Oui, c'est une sacrée surprise.
— Le monde a changé depuis notre rencontre.
— Il me semble que c'était hier.
— Il va à toute vitesse, mais toi tu ne grandis pas.
— Je grandis sans qu'on s'en perçoive.
— C'est une bonne manière de faire.
— Etes-vous parent de Vandenpeereboom ?
— L'auteur de la gymnastique sans effort ?
— Non. L'auteur d'*Essai de numismatique yproise.*
— Alp ? Je ne connais que lui.

— Ce doit être un traité passionnant.
— C'est un chercheur émérite.
— Comme le monde est petit.
— La vie est remplie d'imprévus.
— Vous n'êtes plus échevin ?
— Non, j'ai reçu une promotion.
— Mes félicitations !

Vander Peerendeboom ronronne en cajolant son ventre. Il porte un costume André Courrèges, une chemise de soie rose au col à tarte de Cacharel, une pochette de mousseline menthe de Ted Lapidus, des chaussettes en crêpe de Jacques Esterel, des chaussures en cuir de veau deux tons, un panama sur ses cheveux à mèches blondes et reflets roux.

— Vous avez l'air en forme.
— Tout évolue rapidement.
— J'essaye de m'adapter.
— Il s'est passé des choses depuis la fois dernière.
— Qu'est-ce qui a tant bougé ?
— Tu n'es pas au courant ?
— Je m'intéresse à tout.

La roue tourne. La société change. L'actualité se précipite. Le passé se mélange. C'est la guerre froide. Les chars russes séduisent la planète. Les Beatles envahissent Budapest. La bombe atomique devient indépendante. L'Algérie triomphe. Lumumba choisit la liberté. Noureev est assassiné. Staline explose. Le bikini est mort. Marilyn Monroe remporte le marathon aux Jeux olympiques de Rome, en 1960. Abebe Bikila se suicide pieds nus. Le Concorde marque des buts. Jean Cocteau vole pour la première fois. Pelé peint sans arrêt. Picasso épouse Gunter Sachs. Brigitte Bardot est assassinée à Dallas en 1963. Edith Piaf et John Kennedy meurent le même jour.

— Drôle d'époque !, dis-je, amusé.
— Ah, qu'il est beau d'avoir ton âge.
— Oui, c'est formidable.
— Tu n'as pas l'air étonné ?
— Rien ne me surprend.
— Le temps va trop vite.
— Qu'est-ce qu'il y a de mieux ?
— La télévision est en couleurs.
— Ah, oui. C'est un progrès.
— Les soucoupes volantes et la semaine anglaise.
— La terre tourne toujours.
— On marchera bientôt sur la lune.
— Comme Tintin en 1954.
— Tu en as de la mémoire.
— Ça rafraîchit les idées.
— Je m'en souviendrai.
— Et en Belgique ?

La vie suit son cours. Qui n'avance pas recule. On n'arrête pas le progrès. Des *wattwomen* conduisent les trams. S'instaurent le permis de conduire, la priorité de droite et la ceinture de sécurité à l'avant du véhicule. « Un petit clic vaut mieux qu'un grand choc. » On éteint les lumières la nuit sur les autoroutes.

— On ne les voit plus depuis la lune ?
— Non. Le progrès a ses limites.
— Comme les jours passent vite.
— En 1962, on érige le « rideau de betteraves ».
— Qu'est-ce que c'est que ça ?

C'est un rideau de fumée aussi invisible que le mur du son et efficace que celui de Berlin. On l'appelle aussi la « frontière linguistique ». Elle partage tout en deux. Les collines, les vallées, les chaises, les tables, les rivières, les gens, les cieux, les routes, les ruisseaux, les fontaines, les maisons, les poissons, les églises, les animaux, les forêts, les fleurs, les vagues, les nuages, les rêves, les étoiles, les idées, les abeilles, les soupirs, les éternuements, les abcès, les cellules, les orages, les dimanches, les prières, les caresses, les poussières, les frissons, les astres, les clairs de lune, les arcs-en-ciel, les cauchemars, les limaces, les oiseaux, les maux de dents, les papillons, les mouches, les projets, les regrets, les quatre saisons, les éclipses, les cauchemars et les souvenirs. Tout !

— Et la pluie ?
— On sépare les gouttes.
— Ce n'est pas sérieux, dis-je, incrédule.
— Rien n'est sérieux dans ce pays.

La vérité est toujours inventée. On exagère volontiers. Il ne faut croire que la moitié de ce qu'on dit. Avec la bonne humeur de celui qui participe à un concours de blagues, Séraphin, en remontant ses bretelles, m'explique que ce qu'on creuse compte moins que ce qu'on élève. Les Belges sont des citoyens de clocher. Ils s'épient comme chien et chat. Les uns crient : « Le vent est à moi ! » Et les autres : « La mer ne vous appartient pas ! » On ne s'entend plus. Chacun de son côté. Et les vaches seront bien gardées. Deux pays valent mieux qu'un. On change d'époque. L'Histoire s'accélère. Les jeunes sont vieux. Brel, Tintin et Merckx sont des dinosaures.

— Quel âge as-tu maintenant ?
— Toujours le même.
— Tintin a plus de quatre-vingts ans.
— Tant que ça ?
— Il est né en 1929.
— Et sa culotte de golf ?
— Il porte un blue-jean.
— Ça fait plus moderne.
— Ce n'est plus un jeune homme.
— Mais il est toujours jeune.
— Il a pris un coup de vieux.
— C'est un mythe !
— Pas en Flandre.
— Merckx est une légende.
— Il a beaucoup grossi.
— Brel est plus grand que jamais.
— Combien mesure-t-il ?
— Un mètre quatre-vingt-six.
— C'est peu face à l'infini.
— Vous êtes un mauvais Belge, Séraphin.

Adieu, la modernité ! Finies les années soixante. L'âge d'or est terminé. La « Belgique de papa » est morte ! Je n'en crois pas mes oreilles. Comment la Belgique a-t-elle un papa alors que moi je n'en ai pas ? Est-ce le mien qui est devenu le sien ?

— Quand a lieu l'enterrement ?
— Sur-le-champ.
— Où ça ?
— C'est une surprise.

En route. Où allons-nous ? À Bouge ? Dans les ruines de Poilvache ? Au hameau de Perroquet ? À Malaise, Erps-Kwerps, Grognon ou Bleid, bourg du pays gaumais, réputé pour son château, au nom patelin qui appelle la désopilante saillie : Bleid ? Quel bled !

— Tu ne devines pas ?
— Je donne ma langue au chat.
— À Houte-si-Plout !
— Drôle de nom.

Cela vient du meunier au moulin à eau qui attend la pluie pour se mettre à l'ouvrage. Il écoute « s'il pleut » ou « *si plout* » en wallon. C'est un trou perdu. En français, Foufnie-les-Berdouilles, Foufnie-les-Oies ou Trifouilles-les-Chaussettes. Et « *Bachten de kupe* », en flamand. Ce qui veut dire le bout du monde ou, pis, la fin du monde. Quelle histoire !

Et nous voici à Houte-si-Plout. Les funérailles sont discrètes. Il n'y a ni fleurs ni couronnes et le cercueil est en carton. Le fossoyeur tire une tête d'enterrement. Les porteurs en tenue noire grognent. C'est lourd, peste l'un. Tous les pères finissent dans la tombe, râle l'autre. Il n'y a pas foule comme aux obsèques d'Hendrik Conscience qu'un cortège imposant conduit à sa dernière demeure. À celles nationales de David à Bruxelles que mène un char funèbre traîné par six chevaux noirs que des laquais tirent par la bride, bien que son cœur soit rapatrié à Paris. À celles nationales de Victor Hugo au Panthéon. À celles de Wellington que suivent plus d'un million de personnes, le cheval du duc étant déferré pour l'occasion. À celles de Raymond Goethals, dit « Raymond-la-science », célébrées à la basilique de Koekelberg pendant une heure trente (la durée d'un match). Enfin, à celles d'Hugo Claus qui les organise lui-même et qui ont lieu un samedi matin à l'Opéra d'Anvers, son cercueil étant déposé sur un socle couvert de pétales, des comédiens lisant ses poèmes.

C'est comme à l'*Enterrement au pays wallon* que suit à Namur Félicien Rops, alors âgé de trente ans, qui se trouve là par hasard. À côté d'un gros curé goutteux, aux souliers à boucles, de deux prêtres en pleine digestion, du bedeau avec de l'ouate dans les oreilles, d'un enfant de chœur et du sacristain tenant une croix qui représentent la prêtraille au complet, de civils hargneux et guindés, dont l'un planté à ses côtés, et d'un chien, se carre de dos, dans une ambiance crépusculaire, sous un ciel bas, debout face au trou que le fossoyeur achève de creuser et s'apprête à boucher tandis que les porteurs à l'écart sirotent un péket, inconsolable et seul, un pauvre orphelin, blondinet à nuque rase, dans son uniforme sombre à col blanc, pantalon court et hautes bottines. « Je n'aurais pas dû venir ici », pleurniche-t-il, le cœur gros, de chaudes larmes coulant à travers ses cils.

Félicien Rops, *Enterrement au pays wallon*, 1863.

C'est pour rire ! Car voici qu'avancent en trottant d'un pas de procession, les prestigieuses sociétés locales des archers de l'Entre-Sambre-et-Meuse et des sucreurs de fraises de Wépion, des inspecteurs de Veewijde, des compagnons de l'asperge d'Argenteuil, des casse-pieds de Bruinepot, des dégustateurs de la véritable Couille de Suisse de Trouduc-les-Oyes, des joueurs de rommelpots de Lier-Koningshooikt, des amateurs d'endives de Devant-les-Bois, des raisins de serre du Pont-des-Loups, des pêcheurs d'écrevisses de Matagne-la-Grande, des joueurs de bouchon de Bruly-le-Petit, des bâfreurs de *witloof* (chicon) de Sart-lez-Spa, des bourreurs de Gilles de Binche, des dégraisseurs de vieux os d'Esch-sur-Sûre et des avaleurs d'anguilles de Pont-Misère, des sexeurs de poussins de Vierves-sur-Viroin, des boustifailleurs de boudins de Cul-des-Sarts, des joueurs de cornemuse et des porteurs de kilt de la Voer, des hussards d'Harchies, des dialectaliseurs de Devant-le-Pont, des porteurs de bonnets de Fondry des Chiens, des compétiteurs du Club Tupperware de Gembloux, des sauteurs à la perche de Kloostermop, des chasseurs de hannetons à l'arbalète de Kaatsspelen.

Plus on est de fous, plus on pleure. Leur emboîte le pas la confrérie des chevaliers du Taste-Fesses, des amidonniers de maïs, des goûteurs de potages du Fort-Jaco, des fileurs de mauvais coton, des randonneurs en pantoufles du Westhoek, des blagueurs, des *zwanzeurs* et gobeurs de bobards, qui suivent la fanfare de Moulinsart avec Toots Thielemans à l'harmonica, Pierre Alechinsky à la flûte traversière, Adolphe Sax au saxophone contrebasse, dont il existe dix modèles au monde, et René Magritte au tuba cabossé.

L'âme quitte le corps en Bretagne sous forme de mouche, en Irlande de papillon et en Belgique de ver, non pas solitaire ou à soie, de farine, de vase ou bien luisant, ermite du gazon, qui aère et ameublit la terre, qui loge dans les fruits, vers à bois comme les mérules qui rongent les maisons ou vers de poètes qui ne riment à rien et flétrissent les manuscrits. On a lancé, en effet, un concours d'épitaphes destiné en exclusivité à la clique des fonctionnaires et des scrifouilleurs officiels accourus ventre à terre du ministère.

En tête, il y a ce pauvre Q. Ah, oui. Je le reconnais à son rictus. Il est laid comme un pou. Ses œuvres complètes ? Juste une tablette. Pauvre poète subventionné. Pas un volume acheté. C'est un raté !

Cintré dans sa redingote, la cravate nouée en lacet, s'avance un quincailleur du verbe, sucepine des lettres, sourd d'une oreille, à l'œuvre bâtie autour du précepte « Il n'y a pas de méthode pour trouver ce qu'on ne cherche pas », qui bafouille sa prosodie.

« Ce pays plus que tout
fut un tout,
un peu de tout,
un beau fourre-tout ! »

Le ver vit par lui-même. Il existe sans la prose. Il n'a pas de langue, ne ment pas, n'entend pas, ne pleure pas et met du temps pour être compris. Épais comme un buvard, défiguré par un bec-de-lièvre, surnommé le « paillasson des muses », s'avance un asticot dont l'œuvre minable s'articule sur « Le débordement du vide qui se trouve dans la lettre Q », qui déclame d'une traite, avec sa lyre, main sur le cœur.

« Assez traîné
Ô pays adoré
C'est ma tournée
Tous au café ! »

Vient le tour d'un lèche-frites de service, *carnetiste* et préfacier chez Bolar, qui laisse croître ses cheveux nénupharesquement et organise sa production autour du concept « Il n'y a de beau que ce qui ne sert à rien », qui déchiffre la copie où est transcrite son ode.

« Les vers du nez
Sont tirés
Faut les vider
À votre santé ! »

Un dernier… pour la route. S'avance un lézard éméché, au faciès cireux, torche-cul des lettres, limace de l'acrostiche, à l'œuvre inspirée par la notion « Les bonnes intentions valent mieux que les mauvaises conclusions », qui dégoise son bout-rimé.

« Jusque dans les vers
Ce pays de misère
En cette ode féconde
Sous ma plume vagabonde
S'avère mille fois
Plus grand que moi. »

Il s'écroule ivre mort. Hourra ! C'est fini. La farce est jouée. La Belgique, née d'une opérette en

1830, décédée aujourd'hui en toute bonne fin. Entre ces deux moments, il n'y a rien. Le curé asperge d'eau bénite la caisse qui sombre au ralenti dans la fosse. Rien qu'une pelletée de terre et le silence éternel. À quoi reconnaît-on un Belge dans un enterrement ? C'est celui qui jette les confettis. On plante un bout de bois. Les croque-morts lèvent l'ancre. Est-ce un mauvais rêve ? J'ouvre les yeux. Tout cela n'est qu'un cauchemar. Une blague à mourir de rire. Il n'y a rien à regretter. Le passé est le passé. A-t-il un jour existé ?

— C'est la vie, dit Séraphin.
— Elle passe trop vite.
— L'avenir est plein d'aléas.
— Chaque jour est un cadeau.
— Attends de voir demain.
— J'ai hâte d'y être.
— Pour quoi faire ?
— Etre plus avancé.
— Tout vient à point.
— J'ai mon rythme.
— Salut, mon vieux.
— Au revoir, Séraphin.

On se salue. Je suis tout seul. Combien de temps dure demain ? Je ne sais pas où aller. Mes pas me dirigent vers la côte. Quelle relation y a-t-il entre le ciel et la mer qui se retire et dont le bruit subsiste dans les coquillages ? Je me réjouis de fouler le bandeau de sable qui sépare les brise-lames et le ruban des dunes plantées d'oyats verts. Sous le firmament gris, sans arbres ni collines pour arrêter le vent, je traverse les marécages, les prés-salés, où pâturent les moutons, et la lande rase de l'arrière-pays, qu'habitent les fermiers et les meuniers, où les lièvres creusent des terriers, et que bordent les digues basses, vouées à contenir les flots des marées.

Voici qu'apparaît l'ourlet du large aux ciels imprécis, livrés aux caprices des vagues, bordés le jour de moutons blancs, nimbés le soir de buées pâles. La mer est le lieu où se fige le temps. Argentée, saline et satinée, entièrement nue, muant à tout instant, bouleversée par les orages, ondulant sous la bise légère, elle est l'origine et la fin. Sous la voûte nacrée s'étalent les villas de papier, les maisonnettes de poupée, les hôtels en carton-pâte et les casinos d'opérette, que prolongent sur la plage les cabines de bain ou baraques de planches, les fauteuils et parasols qui forment un décor pliable et démontable. La digue est une rampe qui s'arrête soudain. Les vagues déferlent en roulant sur le sable fin qui durcit à leur approche. Les cerfs-volants claquent dans le ciel blanc. Les glaciers vendent des cornets de biscuit à deux boules. Les *cuistax*, les trottinettes et les vélos serpentent parmi les estivants qui flânent dans cet espace heureux où rien ne dure. Les grandes vacances se passent toujours à la mer et on vend les fleurs en papier crépon contre les couteaux et les coquillages. Seaux, pelles et râteaux. En haut du tas de sable doré comme celui d'un sablier, on crie : « C'est mon château ! »

C'est au pays des vagues que Maurice Béjart veut être enterré. De Knokke, on voit l'île de Walcheren par temps clair. À Blankenberge, le monument d'Hendrik Conscience campe un pêcheur penché sur un livre de pierre. À Wenduine, Jacques Brel, qui part où personne ne va, descend à l'Hôtel du Commerce. À Nieuwpoort ou Dixmude, on lampe une *Haansewitte* ou une *Trammelantje*, bières du pays. Permeke s'établit à la villa « Les Quatre Vents » de Jabbeke. Le Coq tire son nom de marins en perdition qui appellent au secours en hissant un coq sur le mât.

Qu'y a-t-il derrière l'horizon ? Agitée et avivée d'arêtes, de teinte aurore huileuse ou huîtreuse, la mer est plus vieille que les cathédrales. Que contient la mer ? À qui appartient la mer ? Où mène la mer ?

Me voici à Ostende. C'est de cette ville qu'est originaire Léon Spilliaert, petit-fils du gardien du phare et fils de parfumeur, à l'étonnante chevelure, à la figure osseuse, au regard extatique et vitreux, au caractère fiévreux, obscurci par les douleurs gastriques. Il partage un moment avec Permeke, empereur du tir à l'arc, un atelier dans une mansarde au-dessus d'une friterie. Tiens, ils sont là tous les deux.

— Il est bon de peindre, serine l'un.
— Dommage de garder les œuvres à l'atelier.
— Cela fait du bien de les sortir un peu.
— On peint comme on respire, dit l'autre.

— On donne le jour à l'obscurité.
— Il faut rafraîchir le regard autant que les idées.
— Rien ne vaut la peinture fraîche.
— Mettons les marines à l'eau !
— Et hop ! Plouf ! Bon vent !…

Profitant de la jetée, ils lancent à la mer une série de toiles qu'ils offrent aux vagues et, devisant sur la destinée des œuvres, rentrent tranquillement chez eux.

Surnommée « la ville du bout du monde », jadis balisée par le pinceau du phare, Ostende, ville de plaisirs, royaume des merveilles, des mailleuses de filets et des éplucheuses de crevettes qui s'affrontent sous l'œil de *Mader Babelutte*, est aussi célèbre pour son « Bal du Rat mort » qu'annonce le jet de sabots de bois du haut des balcons et que précède la « Marche du Rat » qui la mue en une cité de carnaval aussi réputé que celui de Binche ou d'Alost.

Carnaval ! Fais ce que tu voudras. La ville double sort d'une somnolence de huit mois. Au gai ! Au gai ! Le fracas des pétards et les flonflons se mêlent au chahut des cris, des fanfares et des parades, des farandoles et des folles rondes, entraînant sous une pluie de serpentins des fêtards fagotés qui s'élancent vers le quai des Pêcheurs ou dans la rue Perdue.

Quelle faribole ! Qu'on rigole ! Ah, la belle humeur ! Tout le monde est joyeux. Le bonheur est dans l'air. La bière coule à flots dans le gosier des drôles aux faces barbouillées, boute-en-train goguelus, affublés de masques hilares, qui cotillonnent et processionnent, agitant des vessies de porcs, éructant des grimaces, épousant le badaboum des grosses caisses et l'éclat cuivré des cymbales, dzing ! Fêter le carnaval, c'est célébrer les funérailles. Mascarade et diablerie, sarabande de fantoches et de polichinelles, de damoches en guenilles, de squelettes (dentelles solides) armés de faux, et d'ivrognes parés de museaux d'animaux, cagoulés de faux crânes, livrés au penchant pour la bambochade, le festoiement et la gaudriole, reflet d'un peuple d'illusion et d'apparat, de chimère et de pantalonnade, tous allant en bandes braillantes et glapissantes, viveurs coliqueux, bambocheurs chahutant, ribouldingueurs gobelottant et valdinguant noceurs qui brament en patois de grasses et salaces rengaines.

Et voici qu'avance le peintre des masques, fou de couleurs et de rage, célibataire sans enfants, quittant son entresol de la rue des Flandres. Il aime vadrouiller seul et quitter sa ville reste une aventure redoutable. Est-ce lui ou son fantôme qui pérégrine, tout de noir vêtu, avec sa barbiche blanche pointue qui fut longtemps poivre et sel, sa canne, sa cape et son chapeau ? C'est bien James l'Ostendais, baron des coquillages et des coquins de tous âges, ancré au pied des vagues, statufié vivant alors qu'il est décédé à son art et ne peint plus depuis des lustres. Il se dit le plus maudit des Belges et est à trente-trois ans un homme du passé qui met en vente toute son œuvre pour… huit mille francs, sans trouver acquéreur. Conforme à la statue qui l'éternise en buste, à la terrasse de la brasserie Sandeman ou au Falstaff, il salue les estivants qui reconnaissent l'enfant du pays, au maintien peccamineux dont le rouge exprime l'exaspération dans ses tableaux embrasés d'une pâte truellée qu'inspirent les coraux, les nacres et les plumes qui bariolent la boutique familiale. Pleinairiste et anti-vivisecteur, il tance de sa plume de verbomane griffu, encrée d'arsenic, les suffisances matamoresques et les Aliborons triomphants, les dunophobes fielleux, les Flandrins abrutis, les arrivistes mal assiettés, les bigots priapiques, les mastoques poisseux, les fantoches intempestifs et les turlupinant critiques ou criticules aux chicots moisis qui lui vouent une « haine de tourteaux », mais il n'est plus qu'un petit vieux qui patronne les tombolas et inaugure les concours de châteaux de sable promus par le journal *Le Soir* et le cirage Ça-va-seul.

Je lui emboîte le pas sans qu'il s'en aperçoive. Il gagne la digue qu'il arpente à lentes foulées et je le suis à distance respectable, sur la pointe des pieds.

C'est un égotiste persécuté. Les Belges sont des mollusques. Il collectionne les faire-part mortuaires, joue de la flûte avec son nez, en soufflant de la narine droite, et de l'harmonium de la main gauche, sans frôler les touches blanches. Il est né un vendredi treize. Il hait les bourgeois et les notables. À Liège, on refuse l'achat de *La Mangeuse d'huîtres*, sous prétexte qu'il y a… trop de couleurs ! La nappe est pourtant propre. En 1897, il peinture *Le Pouilleux indisposé* acquis par sa ville pour… cinquante euros. Quel pays de faux-semblants ! Tout n'est qu'apparence. Il est anglais d'origine par son père, le seul qui le comprend et que tous raillent. Il déteste les flandrophyliseurs qui l'arrosent de quolibets. Il s'assied sur un banc et comme on jette de la mie aux moineaux lance un caillou qui fait des ricochets sur le rivage. Il n'est pas celui qu'on croit. La mer est sa maison. Les hommes ne sont qu'un masque. Il en a mis beaucoup. C'est ainsi qu'on le reconnaît. La folie et le masque sont le lot de tous. Ce n'est pas le propre des sots. Les gens normaux sont les plus fous. Ils gardent sur eux leur masque le plus longtemps possible. Il darde sur moi ses yeux d'aurore et m'invite à m'asseoir.

— La vie est une farce, dit-il dans sa barbiche.
— C'est ce qui la rend amusante.
— Qu'est-ce qu'un artiste sans patrie ?
— C'est le cas dans ce pays.
— Ils sont mal perçus de leur vivant.
— On les vénère une fois morts.
— Ça fait une belle jambe.
— Vous n'êtes pas seul.
— Qu'en sais-tu ?
— Alechinsky vous admire.
— C'est un héritier.
— Mais aussi Kandinsky.
— C'est un étranger.
— Wim Delvoye se réclame de vous.
— Où va l'art contemporain ?

— Vous êtes baron comme Annie Cordy.
— Vieille rengaine.
— Ainsi qu'Eddy Merckx.
— Maudite soit la petite reine !
— Anne Teresa De Keersmaeker.
— C'est la sœur de Mère Teresa ?
— Non. Une chorégraphe moderne.
— Entrez dans la danse.
— Vous êtes « le Belge le plus belge ».
— Je suis le baron de la farce.

Trente et un soldats britanniques, morts à la Première Guerre mondiale, et dix-huit à la Seconde, portent le nom d'Ensor. Il y a une « tarte Ensor ». Et un « menu Ensor ». Ostende est un « Ensorama ». Trop d'honneurs tue… turlututue… Il chantonne en tapotant sa canne de ses ongles cassants :

« Je n'ai plus d'âge
Je suis une vieille ganache
Drapeau en berne
Je suis une vieille baderne. »

En bon farceur, il redevient sérieux. L'horizon est sa maison. Les vagues se mélangent à l'image du temps. La mer est sans âge. L'enfance est fugace. La jeunesse est passagère. La vie ne dure pas.

— Avez-vous un conseil à me donner ?
— *Seul l'excès est productif, la modération jamais.*
— Je m'en souviendrai.
— C'est un conseil d'ami.

Ensor scrute la mer comme on cherche le reflet de son visage dans un miroir. Quel personnage ! Son portrait peint serait-il un autre masque ? On guette la date de son décès. L'État l'empaille. La baronnie ? Quelle farce ! (Il ne dit pas que Permeke a fermement refusé ce titre.) Le néant s'affirme. Place aux vieux ! Et citant cet écrit sur une partition dans un de ses tableaux. *Trop tôt/ trop d'eau/ trop d'os/ trop haut.*

— La mort, c'est l'oubli.
— Moi, je me souviens de tout.
— J'ai peur de mon ombre.

Le vieux peintre visionnaire se tait. La beauté de la création n'empêche pas de faire couic. Il rit mystérieusement. Mourir en vie, quel rêve ! Et s'éloigne en clopinant, appuyé sur sa canne. Je cherche la lumière. La clarté si belle d'Ostende. « *En route pour le renouveau, c'est ma devise.* » Adieu, l'ami ! Il soulève son chapeau et disparaît sur la vaste digue d'Ostende. En tendant l'oreille, je l'entends qui hurle à la mer « *Pif, Pouf, Paf, Salut en de Kust !* ».

— Je me rappelle toujours notre rencontre.

*
* *

La souffrance est-elle la rançon du génie ? La vie des artistes n'est pas sans tourments. Rik Wouters, victime d'un cancer à l'œil, perd une partie de la mâchoire et un bout de palais. Henri Evenepoel est emporté par la fièvre typhoïde, à vingt-sept ans. Eugène Laermans, sourd et muet suite à une méningite, perd la vue en 1924. Tout comme le cinéaste ostendais Henri Storck, à la fin de sa vie. Léon Spilliaert souffre d'un ulcère à l'estomac, Christian Dotremont d'un abcès de la langue et de tuberculose. René Magritte succombe à un cancer du pancréas. William Degouve de Nuncques sombre dans la dépression. Le poète Paul Nougé verse dans l'alcoolisme. Fernand Khnopff est neurasthénique. André Baillon est fou et se suicide. Le compositeur Guillaume Lekeu décède de fièvre typhoïde, à vingt-quatre ans. Une maladie d'estomac frappe le sculpteur Reinhoud qui ne digère plus la mie de pain. Paul Delvaux est presque aveugle. Souffrant de vertiges (syndrome de Ménière), Georges Simenon est opéré en 1984 d'une tumeur au cerveau et pense donner comme titre à son œuvre *La Maladie des Hommes*.

Un cancer du poumon emporte Jacques Brel. Hergé est atteint d'une maladie de la moelle et meurt d'ostéomyélofibrose qui empêche le renouvellement des globules blancs. Jean-Michel Folon meurt d'une leucémie, Pol Bury d'une maladie dégénérative. Tryphon Tournesol est sourd. Émile Verhaeren meurt en gare de Rouen écrasé par un train comme Hubert Krains. Félicien Rops souffre d'une maladie des yeux. Le physicien Joseph Plateau devient aveugle en visant le soleil à l'œil nu pendant vingt-cinq secondes afin de mesurer la persistance rétinienne, en 1843. Théo Van Rysselberghe souffre de sinusite et finit asphyxié par l'emphysème. C'est pour son nez. Charles Van Lerberghe souffre de troubles de la main semblables aux congestions de la langue. Antoine Wiertz est atteint de lassitude perpétuelle. Michel de Ghelderode souffre de « Ghelderodite aiguë » et se traite de « vieux phoque emphysémateux ». Marcel Broodthaers s'éteint le jour de son anniversaire. Atteint d'Alzheimer, Hugo Claus est euthanasié à sa demande à l'âge de septante-huit ans. Henri Michaux décède d'un œdème du poumon. Georges Rodenbach meurt à quarante-trois ans d'une appendicite foudroyante, la nuit de Noël. Il n'y a pas de mal qui dure cent ans. Qui peut se vanter d'échapper au mal du pays ?

Perdu dans ma rêverie, je passe devant le Kursaal où solfie la Castafiore qui a un diamant dans le gosier. Je vois le môle et l'estacade d'où on aperçoit la malle d'Ostende sur laquelle Tintin embarque pour de nouvelles aventures.

S'agite un olibrius, avec un toupet coloré, affublé d'un faux nez, qui souffle dans une trompette en papier qui s'allonge et jette des confettis par poignées.

— Et maintenant, tu parles flamand ?
— Non. C'est obligatoire ?
— En Flandre, oui.
— Mais je suis à la côte belge.

— On dit la *Vlaamse Kust*.
— La mer est à tout le monde.
— Ici, même les cabillauds parlent flamand.
— Ce n'est pas une langue.
— C'est la plus vieille langue du monde.
— Plus vieille que le français ?
— Tous les Français sont flamands.
— Ah, bon. Depuis quand ?
— Depuis la nuit des temps.
— Et Mistinguett ?
— Son père naît à Borsbeek, en 1844.
— Et Maurice Chevalier ?
— Sa mère naît à Gand, en 1852.
— Quel est son nom ?
— Joséphine Van den Bossche.
— Et le professeur Tournesol ?
— Il s'appelle Trifonius Zonnebloem.
— Tout le monde est flamand, alors ?
— Dieu a créé la Flandre.
— Jésus n'est pas flamand.
— Adam et Eve sont flamands.
— Moïse est flamand ?
— Et Noé est flamand.
— Ulysse l'est aussi ?
— Il a débarqué à Blankenberge.
— Mais au commencement était le verbe.
— Eh bien, le Flamand l'a mis à la fin !

La bêtise est une idée. Le contraire de la bêtise, c'est la pensée. Je me promène dans le quartier du port et j'admire sur les quais les plus beaux bateaux belges. Je vois le *Mercator*, goélette à trois mâts, longue de près de quatre-vingts mètres, filant à treize nœuds par vent favorable, qui rapatrie en 1936 la dépouille du Père Damien, après avoir accompli seize tours du monde. Il s'ancre à côté du *Zélandais* (*De Zeeuw*), le rafiot de Permeke, du croiseur *Fylgia* qui amène la future reine Astrid à Anvers, du voilier de Brel, l'*Askoy II*, rempli de sable et remonté à la surface par miracle, du *Belgica*, appelé d'abord *La Patria*, dont l'épave remise à flot est repêchée au fond d'un fjord norvégien par vingt-deux mètres de fond, de *La Licorne* de Rackham le Rouge, du bathyscaphe du professeur Piccard, qui inspire à Hergé le personnage de Tournesol, du yacht d'Albert II, de celui de Rastapopoulos, et du *Over the Rainbow* de Folon.

Je vois encore une péniche de Simenon, une frégate, des chalutiers, des caboteurs et des bricks aux vergues frétillantes, des canots sillonnant les canaux de Bruges, des pédalos de Wallonie, qui s'apprêtent à partir à l'assaut des vagues contre vents et marées.

Et vogue la galère !

Il est temps d'embarquer. Grimpent à la queue leu leu comme dans l'arche de Noé le perroquet de la Castafiore, les perruches et la basse-cour au milieu de laquelle grandit André Franquin, la chouette de Thyl Ulenspiegel, les pigeons de la Grande Guerre, les hérons du Zwin, les oies de Visé, les paons du zoo d'Anvers, les cygnes blancs de Bruges, les dindons de la farce, le dragon que terrasse saint Michel, le coq wallon, gallinacé stupide, l'éléphant du chocolat Côte d'Or et *Le Crabe aux pinces d'or*, le chameau de Broodthaers, l'écureuil Spip, le plithofritocinocampophotobarbeamussidextrospiliomekostinko d'Ensor, le spurlut batailleur de De Ghelderode, les scarabées de Jan Fabre, le cheval Bayard et celui de Lucky Luke, Jolly Jumper, le chat de Geluck, l'âne de saint Nicolas, le baudet du Père Fouettard, les cochons tatoués de Wim Delvoye, l'oiseau de la Sabena de Magritte, le gros poisson de Breughel qui mange les petits, et le rhinocéros de Rops qui en rit : « *Le Rhino, c'est moi puisque le Rhino c'est Rops !* »

Suivent des cochons en massepain et celui de *Pornokratès*, un sanglier des Ardennes, une girouette, une crevette, le Marsupilami, les crocodiles de Panamarenko, Jocko, le chimpanzé de Jo et Zette, le lion de Waterloo, un berger malinois, Milou (qui ne mord pas), des chevaux brabançons, des moules, des méduses, des anguilles au vert, le bousier de Jan Fabre, sa tortue de cinq tonnes, *À la recherche d'Utopia*, venue de Nieuport, les chevaux morts de Berlinde De Bruyckere et un iguanodon de Bernissart.

Walvis, la baleine de Panamarenko, celle qui échoue à Ostende en juin 1839, le cadavre du cachalot gisant à Oostduinkerke en 2004 et celui en polyester enduit de poisson pourri ensablé en juillet 2009 sur la plage d'Ostende qui est le vingt et unième cétacé échoué sur la côte belge depuis 1403.

Suivent la mappemonde de Mercator, un silex du site néolithique de Spiennes, le dé à coudre de Mademoiselle Abst, la machine à écrire de Simenon et le chapeau boule de Magritte, la phalange du petit doigt du baron Empain, une des quarante-huit guitares de Jacques Brel à ses débuts, un torchon, un *cuistax* à six places, le vélo d'Eddy Merckx (cinq kilos neuf cents grammes) avec lequel il remporte son premier Tour de France, l'harmonica de Toots Thielemans, le pilon de Jacques Charlier à la jambe de bois, le *Fémur d'homme belge* tricolore de Marcel Broodthaers, la grammaire de Grevisse, le gaffophone de Gaston, l'épée de Godefroi de Bouillon, la queue de billard de Raymond Ceulemans, trente-quatre fois champion du monde et cinquante-huit fois champion de Belgique.

Mais aussi un pneu Englebert, une raquette Donnay (*Donnay, c'est Donnay*), un bac de Stella, une boîte d'allumettes Union Match, un fusil FN, un rouleau de balatum, une brique, un *passe-vite*, le « pot belge », un pot de sirop de Liège, une *latte*, un *journal toutes boîtes*, un *goedendag*, une *crème à la glace*, un *ballotin* de pralines, une tranche de Maredsous, un pistolet (non fourré), un tram, un diamant d'Anvers, des *jolités* de Spa (boîtes vernies), une *carte-vue* d'Heyst, l'Atomium aux boules clignotantes, Manneken Pis en pain d'épice, un 33 tours d'Adamo, trouvé au Vieux Marché, cimetière des souvenirs, et le feutre à plumets rouge, garni de fleurs en hommage à Rubens, que peint, mais ne porte point Ensor qui déclare : « *La lumière masque les objets.* »

— Bienvenue à bord, moussaillon, clame une voix chevaleresque. Je reconnais avec sa casquette de marin, sa barbe hirsute, son pull bleu à col roulé marqué d'une ancre de marine, celui dont j'ai suivi tant d'aventures. Ce n'est pas le capitaine Crochet ni le capitaine Nemo, qui se traduit par personne. Il est le commandant de l'*Aurore* dans *L'Étoile mystérieuse* et Hergé a failli lui donner pour prénom… Patrick ! C'est le capitaine Haddock, héritier de Hadoque, qui a pour prénom Archibald. Il est seul maître à bord du *Belgica*. On ne lui marche pas sur les pieds. Ce n'est pas un marin d'eau douce, mais un vieux loup de mer, issu d'une ancestrale lignée de matelots.

— Je suis très fier de vous rencontrer, capitaine.
— Moi de même. Assez de compliments. Au large !

Pressé par le « clocheteur », on hisse le foc de l'imaginaire et lève l'ancre. Allons à l'extrémité des vents et des flots. La mer n'a pas de portes ni de bras qui l'emportent. Voguons vers l'aventure. Un coup de sirène déchire l'air. Et nous voilà partis, aspirés par la dérive du temps. Vers quelle destination inconnue allons-nous ? Haddock, avec son caban, sa pipe et son whisky, lance un sonore mille sabords !
— Mets-toi là sur le pont. Ouvre l'œil et le bon.

M'impressionne de voir en chair et en os un héros de papier. Il n'a pas la même voix que dans les albums.

— Hergé s'exprime à travers moi.
— Vous êtes mieux en vrai.
— J'ai pris des couleurs avec les années.
— Quel âge avez-vous, capitaine ?
— J'ai dépassé septante-sept ans.
— Vous faites moins.
— Le célibat conserve.
— Et l'aventure.
— L'eau-de-vie.
— Le bon air.
— Et les insultes.
— Combien en connaissez-vous ?
— Deux cent vingt.
— Un peu plus, non ?
— Je ne compte pas les onomatopées.
— Verlaine en dit aussi.
— Elles ne valent pas les miennes.
— Dites-en quelques-unes.
— Espèce de cornichon !
— C'est tout ?
— Extrait de cornichon ! Tas de cornichons !
— Allez, une dernière.
— Cornichon diplômé !
— Merci beaucoup, capitaine.

Barrant droit devant, toutes voiles dehors, nous cinglons sur l'eau plissée de vaguelettes qui cognent la carène de leur écume blanchâtre. L'énergie fait tourner le temps. Accoudés au bastingage, les passagers devisent sur le pays qu'ils ont quitté.

MONSIEUR BELGETYPE
Étrange pays, non ?

MONSIEUR BRUXELLOISTYPE
Il faut que tout s'arrête pour que tout continue.

MONSIEUR BELGETYPE
Le Belge sera toujours le même. Franquin a raison.

MONSIEUR BRUXELLOISTYPE
Qu'est-ce qu'il dit ?

MONSIEUR BELGETYPE, jovial.
Il dit que le Belge ne sera jamais civilisé et…
se détruira.

MONSIEUR BRUXELLOISTYPE,
se trémoussant.
On ne sait rien faire là contre.

MONSIEUR BELGETYPE, interloqué.
Mais vous n'êtes pas belge ?

MONSIEUR BRUXELLOISTYPE
Je l'ai été, je ne le suis plus.

MONSIEUR BELGETYPE, fataliste.
Être belge, ce n'est rien. Ce n'est plus rien du tout.

MONSIEUR BRUXELLOISTYPE
Le Belge ne sait pas qu'il est belge. N'être rien, ou mieux, moins que rien, est le propre du Belge.

MONSIEUR BELGETYPE
Y a plus de pire que de meilleur.

MONSIEUR BRUXELLOISTYPE, rougissant.
Je me sens belge et fier de ne pas l'être.

MONSIEUR BELGETYPE
Si la Belgique disparaît, qui le verra ?

MONSIEUR BELGEMOYEN, se mêlant à la conversation.
Je suis le dernier Belge !

MONSIEUR BELGETYPE
Eh bien, restez-le !

MONSIEUR WALLONTYPE, tout guilleret.
Ah, que j'aime ma « petite patrie », la Wallonie. Y a pas mieux !

MONSIEUR BRUXELLOISTYPE
Moi, je ne me sens pas belge, mais bruxellois.

MONSIEUR WALLONTYPE
La pire insulte ? Traiter un Wallon de Belge.

MONSIEUR BELGEMOYEN
Que dit le Flamand ? Je ne suis pas celui que le Wallon dit. Je suis pire !

MONSIEUR BELGETYPE
Le Belge n'est ni wallon ni bruxellois.
C'est un cas à part.

MONSIEUR BRUXELLOISTYPE
Quand tout va bien, ça ne va pas *si* bien.

MONSIEUR BELGEMOYEN
Et quand tout va mal, ça ne va pas *si* mal.

MONSIEUR BELGETYPE
Si tout finit bien, tout est bien fini.

MONSIEUR WALLONTYPE, songeur.
Ne rien dire, c'est se taire.

MONSIEUR BELGETYPE
En Belgique, on n'est vraiment d'accord sur rien. Il n'y a d'accord sur rien du tout, tant qu'il n'y a pas d'accord sur tout.

MONSIEUR BELGEMOYEN
Le pays ne va pas s'évaporer. Il rétrécit, c'est tout.

MONSIEUR WALLONTYPE
Pourquoi ?

MONSIEUR BELGEMOYEN
À cause de la pluie.

MONSIEUR BRUXELLOISTYPE, soulagé.
Ah, ça aurait pu être pire !

En finira-t-on jamais ? Rien en vue. Chevauchant les lames au goût de sel où s'ébrouent les mouettes, pillardes crieuses, carré sur la passerelle, gercé par la morsure du vent, n'étant pas sujet au mal de mer, j'observe les profondeurs où nagent des pieuvres violettes, des méduses à bec papillon et des poissons volants, des murènes voraces et des sirènes charmeuses, des crabes et des poulpes, des homards cuirassés, des tortues à coque et des requins vigilants.

Au large ! Cachalots !, crie le capitaine Haddock qui repère à la jumelle les baleines franches dont le jet s'élève à dix mètres et dure trois secondes. Ces créatures prodigieuses ont le plus gros cerveau du monde, une langue lourde comme la cloche de Saint-Bavon, un cœur aussi massif qu'un buffet flamand, une queue qui développe la puissance de cinq cents chevaux brabançons. Elles sautent, soufflent, meuglent, mugissent et communiquent par vocalises sous-marines, mais n'ont pas de cordes vocales. Quel motif musical ! Leurs mâchoires servent de poutres aux maisons, les fanons qui filtrent l'eau deviennent des montures de parapluie et des tiges de col de chemise. Dans le folklore de maints pays, on conte des histoires de matelots prenant pour une île une baleine endormie qui s'éveille, pique dans les profondeurs et noie les imprudents installés sur son dos.

« Vous êtes le vent, vous soufflez sur terre et vous partez au loin », hurle le second à son poste comme Yul Brynner dans *Les Sept Mercenaires*. Allons vers le néant. La mer contient toutes les eaux du monde, l'eau salée et l'eau des aquariums, l'eau des averses, l'eau trouble et l'eau des orages, l'eau de jouvence, l'eau gazeuse et l'eau bouillie, l'eau des latrines, l'eau des piscines et l'eau des baignoires, l'eau bénite, l'eau potable et l'eau de source, l'eau à la bouche et l'eau courante, l'eau vive et l'eau morte, l'eau des glaçons, l'eau de roche, l'eau minérale, l'eau des larmes et l'eau des flaques, l'eau de pluie et l'eau dans le gaz, l'eau qui dort et l'eau qui coule sous les ponts, l'eau de rose, l'eau des écluses, l'eau des sanglots, l'eau chlorée, l'eau lustrale, l'eau des cristaux, l'eau de boudin (une spécialité), l'eau dans son vin, l'eau de la salive, l'eau du canari, l'eau croupie, l'eau des crachats, l'eau de la morve, l'eau des trombes d'eau, l'eau de Cologne, l'eau de Spa, l'eau de Chaudfontaine dont raffole Pierre Alechinsky, adepte du monopole, qui évince avec esprit toute concurrence :

— *Perrier ou Évian ?*

— *Évier.*

Comme le passé envahit le présent, la mer se gonfle de tous les flots pour aboutir à son propre débordement. L'onde tumultueuse envahit tout. La tempête n'est pas loin. Le vent du large se lève. Tout déborde. Le désastre approche. Les vagues se soulèvent. Un déluge de fin du monde s'abat sur le

Belgica, réputé insubmersible. Des murs liquides, des rouleaux comme à la foire, des torrents d'eau et des paquets de mer submergent le bateau qui tangue.

Barre à bâbord, toute !

Improvisant une formation, trois gracieux musiciens, Georges Krins, premier violon, vingt-trois ans, qui vit à Spa, 21 place Royale, Igor Wagner, le pianiste de la Castafiore qui martèle ses gammes du matin au soir, et Django Reinhardt, né en 1910 dans une roulotte à Liberchies dans le Hainaut où a lieu en juillet le concours du plus gros avaleur de boulettes, tiennent salon de concert. Le trio n'a jamais joué ensemble. Il est bon de rire et de danser. La traversée incite à se montrer joyeux. En avant la musique ! Ils entament des morceaux entraînants. C'est la tradition. Veillant à ne pas faire de couac, Krins exécute avec cran. Wagner martèle en cadence et Django, qui ne lit pas ni n'écrit la musique, écorche les phalanges des doigts valides de sa main gauche sur les cordes de sa guitare. Ils jouent de toute leur âme à mesure que plonge le navire sans arrêter jusqu'à l'ultime croche. Les pieds trempés, mouillé jusqu'à la taille, Krins maintient sur l'épaule le violon bouilli dans l'eau chimiquement traitée pour le protéger contre les vers et les moisissures. Django ne laisse dépasser dans l'onde que son annulaire et son auriculaire ankylosés. Igor Wagner pilonne avec entrain les touches du piano submergé par les flots. Qu'importent les fausses notes. Hergé n'est pas lyricomane et abhorre l'opéra. C'est l'heure de l'apéro. Au milieu de l'assistance accourue sur le pont, Haddock, hilare, les écoute en sirotant un whisky sec.

— Pas de glace ! On est assez trempé comme ça.

Ils exécutent à la demande, sans partition, *Je veux nager* (Arno), un extrait de l'album *L'enfant qui veut vider la mer* (Julos Beaucarne), *L'Éclusier* ou *Les Marquises* (Jacques Brel), *Les Filles du bord de mer* et *Va mon bateau* (Adamo) et, pour finir, *Ça ira mieux demain* (Annie Cordy). Tout le monde applaudit. Ah, l'optimisme belge ! Et pourquoi pas *Je reviens chez nous* ? Ou alors *C'est moi qui pars*. Le bateau continue de s'enfoncer. Que faire contre la mer ?

Un navire ne s'arrête pas comme une bicyclette. Il fait mieux que le *Titanic* qui sombre le dimanche 14 avril 1912 avec à bord vingt-six Belges qui voyagent en troisième classe. Ou le ferry-boat *Herald of Free Enterprise*, parti avec cinq minutes de retard le vendredi 6 mars 1987, qui coule en moins de deux minutes, à vingt heures pile, à cent mètres de Zeebrugge, ayant appareillé accès entrebâillés comme le rappelle la vanne à se rouler par terre.

— Comment la Belgique perd-elle ses ferries ?
— Lors d'une journée porte ouverte.

Mieux vaut en rire. C'est l'occasion de se regarder vivre. Tout va très vite. Le *Belgica* s'incline. Qui invente le bateau invente aussi le naufrage. Sauve qui peut. Tous à l'eau. C'est l'heure d'aller nager.

— Quel joie de se baigner !
— Si on savait nager, il y aurait moins de noyés.
— On ne se noie pas dans un verre d'eau.
— Je nage entre deux eaux.
— Et moi, en plein bonheur.
— On ne peut se noyer HORS de l'eau !
— Une fois noyé, plus besoin de bagages…
— Après nous, le déluge !

Tous rient comme des fous. L'un fait la planche en prenant du bon temps. L'autre explore les abysses avec des palmes, un masque et un tuba. Le troisième, qui nage comme un fer à repasser, disparaît les deux mains en l'air avec des gestes désordonnés. Comme le père de Sœur Emmanuelle qui se noie sous ses yeux à Ostende alors qu'elle a six ans.

Le *Belgica*, plié en deux comme un livre qu'on referme, chavire et s'enfonce. On a bien assez lu. Dans ce rêve humide, le navigateur devient son propre bateau. Cramponné à la barre comme une huître à son banc, le capitaine Haddock refuse de quitter **son** navire et coule pavillon haut.

— Mille millions de milliards de mille sabords, éructe-t-il, de l'eau jusqu'au menton. Ça penche. C'est peut-être le whisky ?… L'eau monte encore… bloup, bloup… blp ! blp !… blup !…

Seule surnage sa casquette plate comme une crêpe. Je suis un bon nageur. De quoi demain sera-t-il fait ? Le *Belgica* coule à pic. On ne le voit déjà plus. Décidément, rien n'est jamais assez profond en ce pays.

Adieu, le beau rêve !

Chapitre 9

Tout baigne dans une douce clarté. Vogue au loin mon enfance. La nuit tombe. Le jour se vespérise. Tout s'évanouit. Le bord de la côte s'érode sous la caresse des marées. Le sable de la plage se dissout sous l'assaut des vagues. La mer se dilue dès que s'éteint le phare. L'eau s'évapore comme un parfum dans le vent, comme s'efface d'un coup de gomme un mot dans une phrase, un dessin à la craie sur une ardoise, un nom inscrit au tableau noir, un texte rédigé sur du papier brouillard. La mémoire se perd comme s'estompent les astres dans le ciel et les étoiles au jour naissant. S'enfuient les secondes du temps qui s'écoule comme se dissipe le contour des formes et tombent des arbres les feuilles en automne.

Comme la gloire d'Ostende et de Spa disparaissent les éperons d'or, le tableau de la bataille par Nicaise De Keyser, la statue de Memling dans la toile de Fernand Khnopff *Une ville abandonnée*, toute référence à la Belgique dans les albums d'Hergé, deux cents toiles que brûle Alechinsky en 1975, la majeure partie des archives et des projets d'Horta, le portrait de Spilliaert par Permeke, la peinture d'Henri Decaisne *La Belgique couronnant ses enfants illustres* (1839), la mère de Marguerite Yourcenar, peu après son accouchement, la plupart des fortifications de Vauban en Belgique dont ne subsistent que les souterrains, Verhaeren en gare de Rouen, Sœur Sourire qui se suicide un 1er avril, en 1985, l'éclairage des autoroutes la nuit, les charbonnages, les usines d'acier et leur abominable fumée, les halles d'Ypres et la première tour de l'Yser, le mur de Grammont dans le Tour des Flandres, à dater de 2012, le stade du Heysel, rasé en 1994, la luxueuse *Minerva*, le paquebot *Princesse Paola*, les magasins Nopri, Priba et Sarma, la Sabena, la banque Dexia, les cigarettes Belga, Tigra, et Boule Nationale, le lait Stabilac et le litre de Stassano, la bière Ekla, les faïences Boch, les gazomètres, les boules de Berlin, la chicorée de Bruxelles, l'ancien Kursaal d'Ostende, les véritables dentelles de Bruges…

Disparaissent le *Ring*, les tunnels, les galeries Saint-Hubert, les sucreries de Tirlemont, les casernes malinoises, les abattoirs d'Anderlecht, le palais de justice de Poelaert et le palais royal de Laeken et de Bruxelles, les Fagnes, le beffroi de Bruges, la butte de Waterloo, la colonne du Congrès, le musée Wiertz, la fontaine Brabo, la citadelle de Dinant, le rocher Bayard, le *Berlaymonstre*, la grande roue de Walibi, le plan incliné de Ronquières, l'hôtel de ville d'Anvers, celui de Bruxelles et de Leuven, le musée de la Carotte, les serres de Laeken, le signal de Botrange, le Centre belge de la bande dessinée, la maison de Rubens à Anvers, le circuit de Francorchamps, le port de Zeebrugge, le Zwin, le musée des Égouts, celui de l'Escrime, de la Serrure et des Mégots, la boucherie Sanzot, le festival de Spa, Manneken Pis, la cave d'Albert Frère, le zoo d'Anvers, le musée Magritte, le siège de l'OTAN, la montagne de Bueren à Liège, Charleroi-plage, les grottes de Han, la Bourse de Suys, le théâtre de la Monnaie, le port d'Anvers, le centre nucléaire de Mol, le 16 rue de la Loi, le château de Moulinsart, la centrale nucléaire de Tihange, l'hippodrome de Groenendael, le musée Hergé, la grotte de Spy, le tunnel sous l'Escaut (c'est quand on voit le bout du tunnel que le plafond s'effondre).

J'ai beau regarder. Il n'y a plus rien. La Belgique a disparu. Sans retour. A-t-elle un jour existé ? Combien de gens sur terre en connaissent l'existence ? Je ne sais où je suis. À quelle époque ? À quel endroit ?

La vie est mon pays.
Qu'est-il devenu ?
Mon pays, c'est moi.
Que suis-je sans pays ?

Que vais-je devenir ? Comment combler le vide ? À quoi sert un pays ? Ce n'est plus qu'un interstice, une tache, une trace. Qu'est mon pays ? Un ersatz ou un hiatus, un hic, un hoquet, un spasme, un lapsus, une astuce, un canular, un artifice, un piège ou un puzzle, une chimère, un leurre, un mirage, un caprice, une lubie, une erreur, un coup de tête, un malentendu, un gag, un gadget, une verrue, un accident, une vue de l'esprit, un ectoplasme, une absurdité, une digression, une élucubration ?

Comment qualifier l'inqualifiable ?

Que trouve-t-on en touchant le fond ? La page blanche ne révèle que soi-même. Quand on n'est nulle part, tous les endroits se valent. Qu'y a-t-il de pire que ne pas se voir dans un miroir ? L'âge des mirages est révolu. Le beau rêve est fini. Le passé est passé. L'Expo 58 est terminée ! Elle a à peine ouvert ses portes. Camelot portugais, bonimenteur hors pair, Oliveira da Figueira poireaute quarante-huit heures devant les guichets pour être le premier visiteur. Il y en a cent cinquante mille le premier jour, pointés au tourniquet d'entrée qui en compte un million les jours suivants. Le premier pickpocket, en redingote noire et parapluie, est Aristide Filoselle, qui admire chez lui les porte-monnaie et portefeuilles dérobés comme des trophées. Il est arrêté en flagrant délit, le lendemain de l'ouverture, par Ric Hochet. Le dix millionième visiteur reçoit un abonnement **strictement** personnel où il est écrit : « *Dit abonnement is* **strikt***persoonlijk.* » On enregistre sur place cinq décès dont celui du pape Pie XII, d'une crise de hoquet, auquel succède Jean XXIII, le 29 octobre, et huit naissances. Jan

Fabre et Luc Tuymans ont un an. On ne compte plus les enfants perdus, livrés à eux-mêmes, en liberté dans ce paradis d'illusions comme Quick, diminutif de Patrick, et Flupke, l'insupportable Abdallah, Benoît Brisefer, Jo et Zette, qui ont onze ans comme moi.

Défilent huit cent quarante-huit chorales, trois mille fanfares et mille dix-sept harmonies. Se tiennent quatre cents congrès. On vole cinquante mille chopes dans les septante tavernes dont In den Spijtigen Duivel et Le Poechenellekelder. Deux millions de curieux visitent l'Atomium, trois millions circulent en télésiège, un million en pousse-pousse et cinq en petit train. Le record d'affluence est atteint le jour de la fête nationale, où se pressent sous un soleil de plomb les nonante millions de liseurs de Bob Morane, les deux cent cinquante millions de fans de Tintin, en quatre-vingt-cinq langues, et les amateurs de Simenon qui perdent sept à huit cents grammes de sueur comme lui en deux ou trois heures par chapitre. Les portes se ferment le dimanche 19 octobre 1958 et tout ce monde assiste sur la vaste esplanade au feu d'artifice organisé par les artificiers Van Cleemput. Des gerbes de lumière phosphorescentes giclent des bassins et des bosquets, la façade du grand palais s'éclaire de mille étoiles, des bouquets d'étincelles embrasent le ciel, des comètes flamboient et provoquent des « oh » et des « ah » d'extase béate.

Et puis, la fête s'arrête. Après cent quatre-vingt-neuf jours, on défait tout. On décolle les pelouses. On éteint les lumières. On déplante les arbres. On arrache les fleurs. On vide les bassins. On enlève les couleurs. On emballe les chevaux de bois. On démonte les tréteaux. On remise les décors. On dépend les lampions. On abat les façades. On renverse les passerelles. On détache les drapeaux. On brise les mâts. On casse les allées. On racle les vernis. On range les illusions. On décroche les étoiles. On rase les murs. On replie le bonheur. La féerie s'achève.

Finie la rigolade !

Je reste là, sans bouger, le cœur en peine et les yeux pleins de larmes. La fête est finie. On enfouit le mobile géant de Calder dans un hangar. On détruit la flèche du Génie Civil qui s'effondre dans un nuage de poussière. On démantèle les cent douze pavillons. On casse celui de l'Allemagne fédérale qui affiche à l'entrée la sentence de Martin Luther King : « La fin du monde serait-elle pour demain que je n'en planterais pas moins dès aujourd'hui mon premier pommier. » On détache le carillon de quarante-sept cloches, perché sur une haute tour du pavillon hollandais, qu'on transfère à l'église d'Arnhem. Le Circorama du pavillon américain où on regarde les films à 360° se mue en studio de télévision. Le pavillon du Canada en lycée à Genk, celui du Chocolat Jacques en piscine à Diest, celui du chocolat Côte d'Or en discothèque à Willebroek, celui d'IBM en salle d'exposition à Breendonk. La sculpture des Quatre fils Aymon portés par le fougueux Bayard qui emporte mes amis hors de portée de Charlemagne, à la barbe de fleuve, défie la Meuse sur le pont des Ardennes, à Namur.

Le vent se soulève. Des papiers valsent. La réalité reprend ses droits. La lumière devient ombre. La chronologie reparaît. Le temps coïncide à nouveau avec lui-même. Tout est clair sous les étoiles. On n'habite que le temps. Ce qui n'est plus repart. Le ciel est bleu. L'espoir renaît. La vie continue. La fête n'est pas finie. Je ne suis pas seul. Tout va bien. La terre tourne. Hier est aujourd'hui. Les mois sont des années. Les minutes échappent à la durée. La mémoire revient. Suis-je trop tôt ou trop tard ? Rien n'est fini. Tout recommence. Le jour comprend la nuit. Qu'est-ce qu'un pays ? La Belgique n'a pas disparu. Le pays du beurre salé, de la bonne humeur et du pain blanc a de beaux jours devant lui. Le bonheur est prospère. Le monde est amusant. La vie est un carnaval. Elle finit parfois. Mais lui ne s'arrête jamais. Il s'interrompt et revient tous les ans.

Reste la « Belgique Joyeuse » où se perpétuent pour vingt-cinq francs les ripailles qui durent cent quatre-vingt-neuf jours. Cinq portes d'entrée, dont celle des Archers, entourent cette ville de carton-pâte aux façades en trompe-l'œil qu'étrésillonnent des armatures de fer. Cent septante maisons, à deux étages, aux pignons ajourés, dans lesquelles on pénètre pour figurer soi-même à la fenêtre, s'adossent autour de la place Uilenspiegel. Et constituent le décor d'un pays de cocagne. Retour au bon vieux temps. Ne sortirai-je donc jamais du passé ?

Tout va bien. Alleï ! Alleï ! Et tintouinent les fanfares du concours mondial des fanfares qui forment la plus tonitruante fanfare du monde. Dans l'Avenue du Folklore dansotent et guindaillent des bateleurs, des équilibristes et des jongleurs. On fredonne des refrains, graillonne des ritournelles au son des orgues et des orphéons. Dans *Breugelland*, *Brugelmonde*, *Belgenland* ou *Bruxellande*, comme *Ostrelande* ou *Ensorlande* est Ostende pour de Ghelderode, défilent sous les volumineuses plumes d'autruche, martelant de leurs sabots fourrés de paille les pavés disjoints, les Gilles de Binche, « annonciateurs de printemps », qui ne sortent jamais de chez eux, mais réveillent de bon matin les habitants les jours de mascarade, et le cortège de l'Ommegang qui veut dire « marcher tout autour », en vieux flamand.

N'est-ce pas merveilleux ? Place des Frites s'encanaillent de délurés rigolards, trognes goguenardes de goulafes hilares, et des fêtards attablés dans six auberges dont les plus prisées sont Le Roi des pommes de terre frites et À la Saucisse Joyeuse. Ah, la débordante liesse ! À chacun sa soif. Dansons la gigue ! Rien de plus tordant que le bonheur. Aux terrasses des soixante cafés, à l'enseigne du Gros Pou, À la Bonne Belgique ou Chez le Bossu, on déguste une Vieux Temps ou une Gueuze-Lambik.

— Tu veux une *pintje* ?
— Allez, santé !

Tonnent les rires des poteurs, tapeurs de cartes, ripailleurs épris de ribaudailles, et des gamins qui font leurs choux gras de beignets et de crêpes, de gaufres bruxelloises et *smoutebols* (croustillons), de sucettes – pauvres Pierrots ! – et de barbes à papa. Débouchant place du Bon Accueil, j'emprunte la rue au Beurre, celle des Navets et de la Putterie où on festoie bruyamment, de la Bonne Chanson, siège de l'Auberge de la Demi-Lune où on ne pionce que d'une oreille, et la rue du Profond Sens qui n'en a qu'un, ce qui est à portée des moins délurés, ainsi que la rue de la Délivrance où se dresse la maison du Cheval Marin, qui mène à l'impasse de la Perle d'Amour.

— Ici, vous êtes au « *Verloren hoek* ».
— Qu'est-ce à dire ?
— Au coin perdu.
— C'est mieux qu'un trou perdu.
— Qu'en savez-vous ?
— Je sais de quoi je parle.
— Se trouve à deux pas la rue que vous cherchez.
— Comment s'appelle-t-elle ?
— En flamand, « *Verloren brood* ».
— Et en français ?
— La rue du Pain Perdu.
— D'où vient ce nom ?

Au XVIIIe siècle, un ruisseau la traverse. L'enjambe un pont si frêle qu'il ne résiste point aux crues et risque de s'envoler par temps de pluie. « Peine perdue », s'écrient les rupins lors de sa levée. Aux oreilles populaires, la clameur s'entend « Pain perdu ». Ainsi le nom mue-t-il en « rue du Pain Perdu ». Je suis assuré que me voilà rendu. « *Tu mettrais l'univers entier dans ta ruelle* », dit Baudelaire.

Vient à ma rencontre le bedonnant bourgmestre, Freddy Belgouillard, d'une humeur à l'emporte-pièce. Portant un habit à dorures et un tricorne à plumes, ceint d'une écharpe tricolore, c'est un maire pour rire, mandarin farceur, pittoresque officiel, qui a été maïeur du Vieux Liège, en 1905, du Bruxelles ancien, en 1910, de la Vieille Belgique, à Anvers, en 1930, et de l'Ancienne Belgique, à Bruxelles, en 1935. Pétant de santé, le jovial bonhomme se plie à sa fonction comme un acteur de second plan ou un bouche-trou qui tient le rôle de sa vie.

— On fait du neuf avec du vieux, déclare-t-il.
— Ce n'est pas près de s'arrêter, dis-je.
— La Belgique Joyeuse est un pays modèle.
— Mieux que le pays lui-même ?
— Il est la contrefaçon de lui-même.
— Est-il mieux que l'autre ?
— Rien ici n'est vrai.
— Cela ne se voit pas.
— Tout ce qu'on regarde est faux.
— On dirait du vrai.

— C'est ce qu'il faut.
— Le faux ne doit pas faire faux ?
— Si. Mais il faut qu'il ait l'air vraiment vrai.
— Sinon, c'est du vrai faux ?
— Ou du faux vrai !
— Quelle est la différence ?
— Un faux air de vrai.
— Et qu'est-ce que ça fait ?
— Ça fait plus vrai que vrai.
— Bravo. C'est tout à fait réussi.

Il me prend par le bras et me présente ce pays qui n'existe que par son apparence. Qui n'a pas de masques ? Le faux est dans le vrai. Faux airs, faux bonds, faux-fuyants, faux pas. L'original subsiste grâce à la copie. Tout est ainsi plus ressemblant. Les *vrais* Belges se reconnaissent à leur air de fête. Ils sont comme des gosses qui ne se prennent pas au sérieux. Et veulent toujours être un autre. Le bourgmestre à l'embonpoint affectif m'en dresse une longue liste.

Maeterlinck est « notre Maupassant », « le Virgile des Flandres » ou « le Shakespeare belge ». Ghelderode est « le Shakespeare flamand ». Conscience est « l'Alexandre Dumas des Flandres ». Breugel est « le second Jérôme Bosch », le peintre De Groux est « le Millet flamand », Evenepoel est « le Monet belge », Rops est « le Gavarni de la Belgique », Wappers est « le Delacroix belge » ou « le Géricault rubénien », Lambeaux est « le Michel-Ange du ruisseau », Verhaeren est « le Raphaël de la crotte » ou « le Walt Whitman européen ». Le musicien L-S Sacré est « le Strauss belge ». Claus est « le Hugo belge », De Coster est « notre Cervantès » ou « notre Rabelais ». Arno est « le Higelin belge », Nougé est « le Breton belge » – ce qui est faux –, Eekhoud est « le Gorki belge », Lemonnier est « le Zola belge », Horta est « le Gaudí belge », Béjart est « le Picasso de la danse », et Weyergans est « le Woody Allen de la littérature ».

— En voilà des façons, dis-je.
— Rien ne porte son nom dans ce pays.
— Est-ce tout ?

Le bourgmestre rondouillard dit encore que Jacob Van Artevelde est « le Guillaume Tell de l'histoire de Belgique », le général Brialmont est « notre Vauban », le grammairien Grevisse est « le Vaugelas du XXe siècle », Vésale est « le Christophe Colomb de l'anatomie », le cycliste Jean Aerts est « le Brummel de la bicyclette », et la *Minerva* est « la Rolls Royce du continent ». Bruxelles, fin de siècle, est « le petit Paris », Ostende est « un petit Montmartre », le Coq est une sorte de « Deauville belge », la plage de La Panne est « le petit Sahara », Blankenberge est « la Costa Brava du Nord », Bruges est « la Venise du Nord », « la Venise des Flandres » ou, mieux, « notre Catherine Deneuve », Yolande Moreau est « la Signoret d'aujourd'hui ». Tournai, au Moyen Âge, est « une seconde Troie », Liège est « l'Athènes du Nord » ou « le Paris du Nord », Charleroi, au temps de sa splendeur, est

« le Manchester belge », les forêts d'Ardennes sont « le Yellowstone belge », la cascade de Coo est « le Niagara belge », les anciens studios de Mechelen sont « le Hollywood belge », le pays de Gaume est « le Midi belge », l'iguanodon de Bernissart est… « la Joconde des fossiles ».

— Et l'Atomium ?
— C'est « la tour Eiffel nationale ».
— Mais la porte de Hal ?
— Elle s'inspire de la Bastille.
— Et la révolution de 1830 ?
— C'est « notre 1789 ».
— Et le cimetière d'Ixelles ?
— C'est « le Père-Lachaise bruxellois ».
— Et le stade d'Anderlecht ?
— C'est « le Santiago Bernabeu belge ».
— Et les Belges ?
— En 1950, ce sont « les Américains de l'Europe ».

Satisfait de sa démonstration, Freddy Belgouillard disparaît à son tour comme il est venu et je me plonge au cœur de la fête, emporté dans un élan tourbillonnant de sauts cadencés comme on le fait sur la place des villages brabançons ou flamands. Chacun danse, criaille, sautille, tournille. Bambocheurs, chahuteurs et guindailleurs, les Joyeux Belges, fous de fatrasie et de gaudisserie, chantent à tue-tête, caracolent, rigolent et farandolent, accoutrés de costumes qui les déguisent en drôles du temps passé. En avant la musique ! Et giguent les pantins. Ce qui est vrai n'a qu'un temps. Ce qui est faux dure éternellement. Le bonheur n'est pas mort. La vie est la gaieté. Beuveries, bouffonneries, cortèges, parades, rondes, grimaces et singeries. Vive la foire ! La vérité est ailleurs. Tagada tsoin tsoin ! La vraie Belgique est celle du passé. Quel rêve ! C'est du toc. Dzing boum ! Vive la joie ! L'avenir est sans présent. Boum badaboum. Vive la Belgique Joyeuse ! Allez, allez, allez ! Quoi de mieux ? Ploum ploum tagada. Buvons, guinchons, mangeons. Quels bons boudins ! Quelles belles tripes !

Ah, les joyeux Belges !

« Un homme est riche s'il porte son pays dans son cœur. » Tout le monde est content. Oui, la Belgique est un pays formidable. Il a tout pour être heureux. Bienheureux le pays qui n'existe nulle part. Chacun l'appelle comme il veut. Nul ne sait où il se trouve. C'est le pays du « *Verlainien mensch* » (l'homme perdu). « Ma boussole, j'ai perdu ma boussole », crie l'un. « Laquelle ? », demande un autre. « Pas la vraie. Celle-là ! », dit-il en pointant l'index sur sa tête.

Vient-il du hameau de La Folie, de Lovenjoel ou de Geel, où les fous déboussolés ont tous l'air d'hommes égarés, condamnés à errer à jamais ? Deux fous sous un même chapeau n'est pas courant.

— Où allez-vous ?, demande l'un.
— Je n'en sais rien, dit l'autre.
— N'est-ce pas à la Belgique Joyeuse ?

— Savez-vous où c'est ?
— Là où se trouve ce qu'on ne cherche pas.
— Vous voyez que je ne sais pas où je vais.

Il file droit à l'asile. Est-ce là qu'est internée Séraphine, en 1932 ? André Baillon, les cyclistes Éric De Vlaeminck et Frank Vandenbroucke, ou le père de Marc Dutroux, durant quatre mois, en 1971 ? Plus on est de fous, plus on rit. Les cinglés ne sont pas ceux qu'on croit. C'est la vérité qui est folle. La folie guide les hommes. Mais on assure aussi que c'est aux détraqués qu'appartient le royaume du temps.

— Tenez, en voici un plein de sagesse.
— Que cherchez-vous ?
— La raison.
— Ce n'est pas un choix.
— La folie n'est pas une raison.
— Le choix non plus.

La gravité n'est pas exempte de rire et le rire ne l'est pas de gravité. Les Belges sont fous. Ils sont livrés à eux-mêmes. On les garde, mais ne les soigne pas. Ce sont les hôtes d'un pays merveilleux. Il n'appartient à nulle part. Il est partout et autre part.

— Comment devient-on belge ?
— En voulant ne pas l'être.
— Alors, qui devient-on ?
— N'importe qui.

— Personne d'autre ?
— Peu de chose.

Un Belge en vaut un autre qui l'est moins puisque aucun Belge ne vaut rien. Etes-vous belge ? Euh ! Je ne me souviens pas. Elle est bien bonne. Et celui-là, un entonnoir sur la tête. Belge, moi ? Je n'ai jamais essayé. Ah ! C'est si marrant d'être belge ! Et, pour finir, ces deux-là. Qu'est-ce qu'un vrai Belge ? Un bon à rien. Et un bon Belge ? Un moins que rien.

Ah, qu'ils sont drôles les Belges ! Soyons-le tant qu'il est encore temps. Qui sait combien de temps dure le temps ? « *Quand les fous se mêlent de parler, il est temps que les songes s'en aillent* », écrit Charles De Coster. La vie n'est qu'un rêve. Inutile de pousser les sonnettes. C'est un décor de bande dessinée, pure tradition locale, tel qu'en plante le fondateur de la bédé flamande, Willy Vandersteen, prénommé Willebrord, qui vend quatre-vingts millions d'albums en néerlandais et que Hergé surnomme « le Breugel de la bande dessinée ». Auteur en 1958 de *La Famille Tirelire* et *Les Joyeux Vagabonds*, il jouit d'une enviable réputation chez les Flamands qui se reconnaissent dans ses aventures où il fait revivre un XVIe siècle de fantaisie qui leur fait dire « *Vlaanderen leeft* » (La Flandre est vivante). Ses héros Suske et Wiske, Bob et Bobette en français, l'un étant orphelin comme Bob Morane, l'autre étant sa sœur adoptive, Sidonie, leur tante, grande *latte* au nez aussi démesuré que ses nougats, qui parcourt le monde sur une machine à voyager dans le temps et soigne ses crises de colère par des bains de pieds à la moutarde, petit Jérôme, une armoire à glace, le jovial et tripotant Lambic au nom inspiré d'une bière au goût de cerise, se retrouvent dans une aventure qui s'inspire en la parodiant à peine de la célèbre toile de Pieter Breugel *Le Repas de noces* où, sans troubler la scène, je m'installe sans gêne au premier plan.

Pieter Breugel, *Le Repas de noces*, vers 1568.

Assis sur le sol en terre battue, un quignon de pain entre les cuisses, un tablier autour des reins, je porte à la ceinture un couteau qui ne sert pas. Coiffé d'une gapette rouge avec une plume de paon qui cache mon visage, je lèche mes doigts après avoir saucé mon plat. Slurp ! C'est l'heure de la pause dans les champs. Quand les récoltes sont bonnes, le paysan marie sa fille et régale dans sa grange les convives sans vêtements du dimanche lors d'agapes rustiques. Manger, c'est sérieux. Vive l'appétit ! Pendouillent des jambons et des saucisses. Deux bottes de blés fixées par un râteau au manche coincé entre deux gerbes sont suspendues tel un trophée au fond qui n'est pas un mur comme on le croit, mais des bouquets de paille. La moisson est terminée depuis peu. Chacun vient avec sa ronde cuiller en bois, la cuiller ovale n'advenant que plus tard, la fourchette n'étant pas encore d'usage, les assiettes servant pour deux convives. On lape goulûment sa soupe. Sloup ! Dans mon dos, des cruches et des pichets de bière. Chacun en boit environ un litre par jour. L'eau est imbuvable. Le vin coule à flots dans le gosier des robustes piocheurs qui ignorent le pittoresque de leur cadre de vie, mais ont le culte du terroir et le respect de l'âme du pays.

Quel festin !

Gais buveurs et joyeux ripailleurs banquettent et becquettent sur des planches montées sur des tréteaux, assis sur des bancs, des chaises de paille et des tabourets de bois clair, les coudes posés sur une nappe de papier. Le peintre est-il parmi eux ? Ma vie devient le tableau et le tableau devient ma vie. À ma gauche, deux gars en habits colorés et tabliers blancs portent sur une porte détachée de ses gonds des écuelles de bouillie, gage des années de prospérité. Schloup ! À quoi sert un plat s'il n'y a rien dedans ? Qui laisse choir sa bouillie ne peut la ramasser toute, dit le proverbe flamand. Il y a deux sortes de « pape », purée de choux, de seigle et de houblon, et les tranches de pain servent pour couper les morceaux de viande. Ce n'est pas tous les jours fête.

La mariée que n'affecte ce jour-là aucune tâche n'a le droit ni de manger ni de parler. La couronne nuptiale sur les cheveux défaits, elle se tient mains jointes, yeux mi-clos, à côté de ses parents qui festoient, devant un drap vert maintenu par une fourche. Quand un mari est aimable, c'est qu'il cherche à duper sa femme, affirment les mauvaises langues. Il n'est pas présent comme le veut la coutume. Ainsi sont les mœurs du temps. Au son du *rommelpot*, tambour à friction, et de la cornemuse se célèbrent l'art d'aimer, de boire et de manger. Des gens de si bonne humeur ne peuvent être mauvais, n'est-ce pas ?

Alors que je suçote la pulpe de mes doigts – schlup ! – s'élève à mon côté une voix que je ne connais pas. Je rougis comme quand on se sent pris en défaut.

— Sais-tu où est ma signature ?
— Je l'ignore.
— Tu ne la vois pas ?
— Pas de l'endroit où je suis.
— Change de place.
— Je suis là où on m'a mis.
— Elles sont faites pour en changer.

— J'ai beau chercher, je ne vois pas.
— Regarde mieux.
— Je ne vois toujours pas.
— Approche-toi.
— Où se trouve-t-elle ?
— Tout en bas, sur le bord du panneau de chêne.
— Elle n'y est pas !
— On l'a coupée, et rallongée plus tard.
— Pourquoi ?
— Oh, c'est une vieille histoire.
— J'aimerais la connaître.
— Tous les tableaux en ont une.

Celui qui parle est un homme d'une quarantaine d'années, mais qui semble sans âge. Il porte une houppelande, une chemise bleu d'outremer, un falzar vermillon, un feutre constellé de taches de couleurs et des cheveux en bataille. Au physique aussi inconnu que Shakespeare, le plus flamand des peintres, au sourire large comme le plat de sa main, m'aide à sortir de la toile. Qui a une bonne tête ne manque pas de chapeaux, paraît-il. La sienne inspire la sympathie.

— Quel nom devait-il être marqué ?, dis-je.
— Breughel, Brueghel ou Bruegel, répond-il.
— Lequel des trois ?
— Au choix.
— Cela vous est égal ?
— Le nom du peintre est celui qu'il devient.
— Mais il en a un au départ.

— Ce n'est qu'un nom commun.
— Et vous l'avez changé ?
— Connais-tu *Les Proverbes flamands* ?
— J'en ai entendu parler.
— En 1559, j'ai retiré le h de ma signature.
— Pour quelle raison ?
— Ce qu'on fait compte plus que ce qu'on est.
— Ou l'inverse.
— Ainsi suis-je à présent Breugel.
— Quel nom prestigieux.
— Appelle-moi Pieter, si tu veux.
— C'est encore mieux.

Il me regarde dans les yeux. Mon visage s'illumine. Quel âge a ton sourire ? Celui du vent. L'expérience adoucit le temps. Il raconte qu'on l'a traité de tous les noms. D'abord, le Rustique, l'Ancien, le Vieux, puis *Boerenbreugel* (Breugel le paysan) et, enfin, le Drôle.

— Le Drôle, c'est drôle !
— Pieter le Drôle, ou « *Pier den drol* ».
— Le pire des drôles ?
— Ou *den Dol.*
— Ce qui veut dire ?
— Le fou. Ce qui n'est pas loin de *Dul*.
— Qui signifie ?
— L'enragé ou le furieux.
— J'en ai vu tout à l'heure.

On s'assied sur un banc face à la taverne Breugel. Pieter parle avec bienveillance. Comme il est agréable de converser ensemble. Le ton de sa voix me rassure.

— Les amis sont très rares dans la vie.
— Quand on a la chance d'en avoir, dis-je.
— Tu n'en as pas ?
— Si. Beaucoup.
— Alors, tout va bien.
— Mais je n'ai pas de père.
— Un jour, tu en auras.
— Avoir un père… et manque.
— Tu crois qu'il n'existe pas ?
— Il doit être quelque part.
— C'est un art d'être père.
— Le mien a l'art de n'être pas là.
— Mes fils sont nés peintres.
— C'est aussi rare que les amis.
— Ce ne sont pas des disciples.
— Quelle chance d'avoir un père comme toi.
— Ce sont mes meilleurs amis.
— Combien en as-tu ?

Deux. L'un, Pieter II, l'aîné, dit Breugel le Jeune ou Breugel d'Enfer, né à Bruxelles, connu pour ses scènes rustiques. L'autre, Jan, dit Breugel de Velours, parce qu'il se vêt de velours, ou des Fleurs, qui excelle dans les tableaux de fin du monde. Sacrée famille !

Le père est le meilleur des fils, poursuit le grand peintre. Ceux-ci viennent après lui. Ils ne font pas des copies, mais rendent hommage au père. Qui n'a pas de fils n'est père de rien. Tu es en avance sur ton âge. Mais je suis beaucoup trop vieux pour que tu sois le mien. J'ai près de cinq cents ans. Comme j'aimerais être plus jeune. Un jour, tu seras aussi vieux que moi. Ne te presse pas. Le temps est une illusion. La chronologie n'existe pas. Le passé et le présent sont un seul et même temps. Je n'ai pas d'âge, mais tous les âges en même temps. Je suis vieux comme le monde et plus âgé que le temps. Je suis comme l'arbre dont l'âge se lit aux cercles qui ceignent son cœur. Sais-tu quand je suis né ? Je l'ignore moi-même. On dit que c'est en 1525. Comment le vérifier ? Mais je sais quand je suis mort. Peu après avoir achevé *Le Repas de noces*. Jan avait cinq ans. Personne ne décède avant l'heure. Craindre la mort est une perte de temps. J'y suis arrivé le 5 septembre 1569.

— Tu serais mort la tête entre les jambes !
— Ah, la belle légende, sourit-il à l'envers.

La vie est une surprenante aventure. On ne la vit qu'une fois. Quand on arrive au bout du voyage, on ne sait plus par où on est passé. Ni ce qu'on a traversé. On se balade dans la Belgique Joyeuse. Nul ne le reconnaît. On ne lui prête aucune attention. Sacrés Belges ! Pieter est dépité pour eux. Il considère ce cadre peint qui ne lui parle pas. Quel décor ridicule ! On appelle ça « breugelien », mais cela n'a rien à voir avec lui. Il peint ce qu'on ne peut pas peindre. Les peintures anciennes sont les plus modernes. Seul compte d'être présent dans le monde. On assimile abusivement les sujets de ses tableaux à son existence. Ce n'est pas un paysan, mais un citadin qui quiert la joie de vivre à la campagne. Il peint à l'inverse des belles manières. Et du bon goût. Les Flamands adorent festoyer. Il aime ces gens-là. Mais il ne peint des scènes paysannes que les trois dernières années de sa vie.

On emprunte la rue des Marolles. Pieter a vécu dans une jolie maison, au 132 de la rue Haute, à Bruxelles où il déménage après son mariage avec Mayken Coecke en 1563. Il ne se reconnaît pas dans cette caricature de ville, lui qui est un miniaturiste de l'univers, alliant la verve populaire aux préceptes les plus savants. « Fils de maître » l'appelle-t-on. Mais il est d'abord un homme d'étude. Sa peinture est un pays. Son monde est un théâtre. Il crée son propre temps. Ce qu'il montre n'est pas ce qu'il voit. Lui seul m'apprend ce qu'on ne m'a jamais dit. Un paysage est un visage. Il ne peint pas seulement « *naer t'leven* » (d'après nature). Le motif de l'œuvre compte autant que le revers du tableau peint à l'huile sur du bois de chêne, au dos raboté, tenu par des tourillons ajustés, liés à l'aide de chevilles, qui tiennent les planches en place. Apprêté par un ébéniste, ce panneau enduit d'une préparation spéciale liée par de la colle animale sert de toile de fond.

Je l'imagine sur un pliant, le calepin aux genoux, un pinceau moelleux dans les doigts, brossant sans broncher un de ses magnifiques paysages d'hiver et il m'explique avec calme comment il représente la neige.

Un simple mélange de blanc de plomb et de particules de nacre auquel s'ajoute parfois un brin de craie et d'azurite pour obtenir du blanc bleuté. Par le fond émergent la berge et les eaux gelées, la glace lisse que le patineur se garde de casser. Peindre l'hiver est un acte physique. Ses flocons chutant en tourbillons serrés ne choient pas comme ceux des autres. La campagne enneigée où s'enfoncent des pas reflète l'image du temps. La neige, colorée à l'eau, se salit aisément. Elle fond d'un coup. L'air se coagule en grumeaux. Le ciel est une aire granuleuse. Le tableau vibre de sons ouatés. Dans le blanc s'enfouissent les arbres effeuillés qui sont sans racines. La mer se mue en banquise. Les vagues givrées sont des caillots glacés. On joue au palet et aux toupies comme on fait de la luge, du traîneau ou des batailles de boules sur les canaux. C'est ce qu'il prise dans l'hiver. En cette saison, le peintre œuvre en aveugle des couleurs. Chaque jour est incolore. L'atmosphère est engourdie. Les oiseaux mirent dans l'eau leur reflet. Se guignant du haut des cieux, ils canardent ce miroir qu'ils prennent pour un lac en espérant le briser.

Ah, les joies de l'hiver !

Le peintre me révèle alors le secret de son art. Il m'explique que le ciel a son écho inversé dans la mer. La lune et les étoiles étant à terre, le monde est un miroir où la vie se réfléchit à l'envers. L'art du peintre est celui de la vision retournée. Ceux qui voient le moins sont ceux qui voient le mieux. Ceux qui savent tout ne savent rien. Il donne l'exemple du Gantois Lucas de Heere dont le nom par anagramme signifie : « *Schade leer u* » (l'erreur vous instruit). Ainsi convient-il de lire son œuvre. La peinture révèle l'envers de ce que dévoile la face. Quelle leçon !

Et il prend pour modèle l'exemple des *Proverbes flamands* qui dépeint dans une agitation fébrile le « village des proverbes ». On en compte cent dix-neuf, illustrés à la lettre, dont beaucoup n'ont plus cours aujourd'hui, dans ce tableau de 1559. « Le voyage n'est pas encore fini quand on voit l'église et son clocher », dit le dernier. Ce qui signifie qu'il ne faut pas se réjouir trop vite. La plupart d'entre eux décrivent des actes insensés ou stupides qui sont autant de façons d'agir à l'envers. Les inspire la devise « La folie guide les hommes ». Si bien qu'on l'appelle aussi *Le Monde à l'envers* ou *Le Monde renversé*.

— Tout a deux côtés.
— Même ce qui paraît simple ?
— Ce qui paraît est son contraire.
— Rien n'est simple à voir.
— Il faut voir l'inverse de ce qui paraît.
— L'envers fait voir le vrai.
— C'est ainsi qu'on apprend à se connaître.
— Celui qui cherche risque de se trouver.

— Il n'y a rien en autrui qu'on ne trouve en soi.
— Mieux vaut voir à l'envers que ne rien voir.
— Tu ne crois pas si bien dire.

Il me fait voir les *Jeux d'enfants* qui représentent près de trois cent vingt personnages, de tous âges et de tous milieux, qui s'adonnent sur une place publique à plus de nonante jeux différents. On les entend rire et pousser de hauts cris. Leurs voix traversent l'air. Ils ont tous l'air de se connaître. Chaque jeu a ses règles. Il ne faut pas grand-chose pour s'amuser.

— Comme j'aimerais être l'un d'eux, dis-je.
— Il ne tient qu'à toi de les rejoindre.
— Pour de vrai ?
— Si le cœur t'en dit.

Je ne me fais pas prier. J'entre dans le tableau et comme je suis sorti auparavant du *Repas de noces*, je vaque librement dans cette scène de genre ou de rue grandeur nature, souvent prise pour un inventaire encyclopédique de loisirs répartis dans un ordre soigneusement établi. Ce qui me réjouit. Les enfants n'ont pas l'air heureux. Ils ont des bobines sans expression et ressemblent à des adultes en réduction. Sont-ils retombés en enfance ou prennent-ils plaisir aux jeux d'enfants ? Figurent-ils les âges de la vie ? Le passage du temps n'est pas le même pour chacun. Les bambins vieillissent. Mais les vieillards ne grandissent pas. Les plus vieux sont les moins jeunes. Ou est-ce l'inverse ? Plus on vieillit, plus on rajeunit. Déguisés en adultes, les loupiots copient le monde des grands. Ils ressemblent à des vieillards costumés en gamins. Fragiles et friponnés, dans leurs petits souliers. Les vauriens vieillissent et meurent. Les adultes ne leur enseignent rien. Mais ils en apprennent tout. Ils ne s'en relèvent jamais. Les enfants se relèvent toujours.

Pieter Breugel, *Jeux d'enfants*, 1560.

La vie n'est pas un jeu d'enfant. Les filles portent des coiffes, des robes et des tabliers, les garçons portent des culottes, des pourpoints et des cottes. Chaque jeu a un sens. Les uns marchent sur des échasses ou vont tête en bas, les pieds en l'air. Les autres bondissent à la corde, font des galipettes, jouent à cache-cache, au poirier, aux os, aux bouchons, aux billes, aux devinettes avec les doigts ou à chat perché, au diabolo, à la grenouille, au bilboquet, à la marelle, au sabot, aux toupies, aux quilles, aux jonchets, à colin-maillard ou tapent sur une marmite, s'arrachent les cheveux, pêchent, nagent, sautent, dansent avec un balai tenu en équilibre.

Les enfants ? C'est ce qui reste à la fin de la vie.

Jour de fête ! La vie est un paradis sur terre. Lequel suis-je parmi eux ? Celui qui joue à saute-mouton ? Celui qui fait rouler le cerceau avec un bâton ? Celui qui joue aux chapeaux (qui en touche un est éliminé) ? Celui qui joue au cochon pendu, jambes et mains jointes autour d'une barre fixe ? Celui qui joue au cavalier accroché à la ceinture d'un autre ? Celui qui grimpe aussi vite qu'il peut en haut d'un mur que tous doivent escalader, celui qui perd étant celui qui finit le dernier ? Celui qui se tient à cheval sur un tonneau, face à l'autre, en tenant ses doigts ? Celui qui tente d'agripper un pompon pendu à une corde ? Celui qui se cramponne aux autres et cahote derrière eux en canard ? Je ne sais plus où donner de la tête.

Vois-tu ce personnage là-bas ?, interroge Pieter qui désigne une silhouette au loin qui patine sur un îlot de glace. Quel silence ! Comme il fait froid ! Je m'approche et observe le patineur à la taille cambrée qui pèse quarante kilos pour que tienne la couche de cinq centimètres qui épaissit d'un centimètre par heure. Le garçon en veste noire, pantalon mauve, pull-over rose et bonnet de loutre comme jadis Maeterlinck à la saison d'hiver, file comme s'il longeait un fil de cristal sur la glace aussi incurvée qu'un miroir qu'il érafle comme la craie sur l'ardoise ou quand on court au ralenti par crainte de rayer le parquet. J'admire sa silhouette qui accomplit des spirales dans l'air limpide. Le corps penché sur une jambe et sur chacune tour à tour, il affleure sans crisser la surface dans un chuintement doux, virevolte, toupille, reste en l'air un demi-tour ou va souplement mains dans le dos, sous le ciel farineux, chaussé de patins frisons aussi effilés que des lames de rasoir. Le patinage pour les Hollandais est une calligraphie que sanctionne l'expression « *een scheve schaats rijden* », qui signifie patiner de travers ou « se méconduire ». Le blanc-bec qui évolue en haut du tableau évoque quelqu'un que je crois connaître.

— Hello !, lance-t-il avec un fort accent wallon.
— Enchanté.
— Je m'appelle Marc.
— Marc comment ?
— Devine.
— Euh, je ne sais pas, moi.
— Fais un effort.
— Je ne vois pas.
— Tu ne me reconnais pas ?
— Euh… Marco Polo ?
— Moins savant.
— Marc Chagall ?
— Moins de talent.
— Marcolini, le chocolatier ?

— Moins croquant.
— Plus méchant ?
— Oui. Je suis un sale gosse.
— Tu n'es pas son fils ?
— Non, c'est moi.
— Marc Dutroux ?!!!
— Eh oui. Enfant terrible.

Le démon belge naît à Ixelles, le 6 novembre 1956, deux ans avant l'Expo. Sa grand-mère mesure un mètre quarante-trois. Il est l'aîné de quatre frères et sœurs. Sa mère est institutrice comme toutes les mamans et, plus tard, sa complice, la « servante du diable », qui habite chez sa mère à Waterloo. On ne choisit pas sa famille. Son père s'appelle Victor. Ce n'est pas un garçon comme les autres. Il n'apprend à parler qu'à trois ans. Mais il est intelligent. À six ans, il reçoit de ses grands-parents une panoplie de menuisier. Il fait les quatre cents coups. Il ne pleure jamais. Tout part de l'enfance. C'est un pauvre gamin. Les autres sont des gosses de riches. Aucun fils ne veut qu'on le déteste. On prétend que les gauchers sont des criminels. Mais il est très adroit. Il apprend tôt la tristesse. Le désespoir enfantin est sans consolation. Depuis qu'il est tout petit il rêve d'être champion de patinage. C'est une des rares choses belles de sa vie. Son avenir est tout tracé. Il s'entraîne. Il fait bon sur la glace. C'est sa place. On le prend pour un prince charmant. Mais c'est un vilain garnement. Il séduit ses proies dans les patinoires communales à Bruxelles, à Charleroi, à Bruges, à Namur et à Tournai. C'est un jeu d'enfant. Il n'y a pas de mal. La Belgique est le pays des criminels, la patrie des meurtres d'innocents. Chacun en a sur la conscience. Le crime ne sert à rien. Comment se faire un nom dans un tel trou ? Le froid conserve. La glace maintient en vie. Elle mène à la mort. Il est le roi sur la lame des patins. Il en prend soin et les astique comme il frotte plus tard avec son gant de toilette le sol de sa cellule. On l'appelle le ferrailleur du « Pays Noir ». Il baptise son « chef-d'œuvre » la caverne humide et sans air de Marcinelle, puits de souffrance de sa cave, où il abandonne à leur sort ses victimes.

— Quel âge as-tu ?, dis-je, troublé.
— Onze ans comme toi.
— Nous n'avons pas la même histoire.
— Comment t'appelles-tu ?
— Je n'ai pas de nom.
— Quelle veine tu as !
— C'est la première fois qu'on le dit.
— Le mien est le plus haï de Belgique.
— Je ne l'envie pas.
— Quelle honte ai-je à le porter ?
— On n'échappe pas à son destin.
— Chacun devient celui qu'il doit être.
— De là vient ta cruauté ?
— Il y a de la bonté en moi.
— Mais elle a disparu.
— Je n'ai pas de regrets.
— On en a pour toi.
— L'attrait de l'immonde guide ma vie.
— Horrible existence !

— Qui sait qui je suis ?
— Je ne te plains pas.
— Personne ne me comprend.
— Le méchant doit mourir.
— Je suis un enfant seul.
— Personne ne va au ciel.
— Tout le monde finit au trou. Adieu, l'ami !

Balançant le corps, il fend l'espace et s'éloigne en tournoyant. Formant des boucles en sorte de huit, il gravite sur lui-même dans le sens inverse des aiguilles d'une montre, tourne en rond à une vitesse folle, trace des courbes de plus en plus courtes comme la branche d'un compas qui pivote autour d'un point fixe. Les cercles imparfaits esquissant une idée de la perfection, il en fait de plus concentriques semblables à ceux que crée un caillou dans l'eau et creuse un trou dans la surface qui cède sous son poids. Il perd l'équilibre et bascule dans le cratère béant. La glace s'ouvre et se ferme sur lui. Il disparaît dans un puits sans fond comme un glaçon dans un verre d'eau ou un condamné dans les oubliettes du château de Bouillon. Ainsi périt au fond de l'abîme un méchant garçon. Mourir de froid est une mort douce. Personne ne le regrettera. Je prends mes jambes à mon cou et rejoins Breugel qui a tout vu d'un œil impassible.

— Quelle fin !, dis-je en soufflant sur mes doigts.
— Triste destin !, admet le grand peintre.
— Il ne l'a pas volé.
— Je ne juge pas mes personnages.

— Où va la vie quand on meurt ?
— Où finit le temps débute le silence.
— C'est presque un proverbe.
— Ne soyons pas sérieux.
— Le remords fait partie du chagrin.
— Mes œuvres sont faites pour s'amuser.

Mais il ne dit pas que durant les siècles qui suivent sa mort, ses tableaux tombent dans l'oubli comme le petit Dutroux dans son trou. Ce n'est pas drôle.

*
* *

Pieter est une des plus belles rencontres de ma vie. Il me traite comme son fils et se réjouit de dispenser son enseignement. Le principe du monde à l'envers se lit aussi dans *La Chute d'Icare*. Naufragé du ciel, rameur de l'espace, privé d'ailes, c'est un chercheur voulant élargir les frontières du savoir. Comme on le voit dans une vue plongeante, peinte d'un point de vue surélevé, le téméraire oiseleur s'immerge dans les flots devant un navire à voiles. Adieu Icare ! Pendant qu'il se noie, le laboureur en pourpoint rouge poursuit sa tâche d'un pas décidé. On n'arrête pas sa charrue pour un disparu. Il occupe un quart de la composition alors qu'Icare n'est qu'un détail dans l'angle du tableau. Large comme deux fois l'ongle, il se débat dans un bouillon d'écume d'où émergent ses cannes aigrelettes. Pauvre de lui. C'est typique d'une époque où on néglige les choses de premier plan.

— Où vivre, alors ?, dis-je.
— Au-dessus de la vie, sourit Pieter.
— Ma vie, c'est mon pays.
— Tu as raison.
— On ne vit qu'une fois.
— Et on n'a qu'un pays.
— Je ne suis pas aussi vieux que lui…
— Mais tu sais ce qu'il a vécu…
— On m'en accuse parfois.
— Qui ne vole pas haut ne tombe pas très bas.
— Les gens changent-ils avec le temps ?
— Le temps ne change rien.
— Peut-on changer le temps ?
— On peut changer les choses.

Tout s'inverse sur terre. Rien de plus beau que le vertige à l'envers. Les tableaux tournent la tête de ceux qui les regardent. Les écrevisses avancent à reculons. Les cartes de jeux sont réversibles. Breugel dessine des personnages à l'envers qui figurent à l'endroit sur les gravures. Les romans policiers s'éclairent quand on remonte leur énigme à l'envers. Les deux Dupondt lisent le journal à l'envers. Au carnaval, on met ses habits à l'envers, comme les Gilles de Binche brandissent à l'envers leur panier vide, puis s'en retournent chez eux quand le carnaval se finit. Pour bien voir, il faut regarder à l'envers.

Et la foule reprend sa folle sarabande. Oisifs et ribouldingueurs, fêtards éjoyés, chahuteurs épris de danseries, beuglards et festoyeurs, compères de ripailles et de gogailles, de bamboches et de lampées, gesticulent en singeant le ronflement des grosses caisses, le sifflement des trompettes et des cornets à piston. On danse sur une jambe. Ah, la belle clique ! La terre tourne à l'envers. Les Belges ont de l'humeur. Tous claquent des pieds sur le pavé luisant, rincé le matin par les seaux d'eau des ménagères et des petites mains, le sol étant un miroir où se reflète la trombine des guindailleurs aux traits grimaciers.

La Belgique Joyeuse est le pays le plus heureux du monde. On hisse le drapeau aussi haut que les Géants qui ont six fois ma taille. Paradent ces héros de fantaisie, figures historiques ou animales, qui naissent, croissent ou s'en vont, et ont chacun leur jour de sortie. Géants aux joues rebondies, aux sourires figés, aux yeux écarquillés, aux bouilles vernies, pesant plus de cent kilos, sur roulettes ou hissés par un, deux ou quatre porteurs (*pijnders*), qui les hèlent sur le dos, venus d'Alost ou d'Ath, de Koudekerke, de Flobecq, d'Hazebrouck, de Roulers et Wijfwegen, brinquebalant et oscillant, tressautant sur leur carcasse d'osier, ils entrent dans la ville de carton qu'ils écrasent de leur stature. Ran-tan-plan-plan. Claeske, Janneke, Jekke, Mieke, Rooske, Pietje et Pouchinelle défilent au son du tamboureur qui rappelle le hourvari forain des Joyeuses Entrées.

« Haut les mains ! Ne bougez pas ! », crie en brandissant un pistolet à eau celui qu'on appelle le « Géant ». Est-ce le géant Atlas, Fernand Bachelard, cafetier à Bon-Secours, amputé d'une jambe, mort à Charleroi le 2 janvier 1976 ? Les Belges aiment se déguiser. Que serait ce pays sans son masque ? Mains en l'air ! On n'arrête pas le temps. Couvert d'un masque de cochon, au port défendu sur la voie publique en temps normal, il attaque des Delhaize, vide les caisses, tire au hasard. Et descend vingt-huit personnes en trois ans. Mains derrière la tête ! C'est pour rire ! Plus de peur que de mal. Le rêve tourne au cauchemar. Allons, riez ! La grimace est plus belle. Les folies se précipitent. Le temps s'accélère. On trucide à tout-va. On occit à la mort-aux-rats. On dessoude à la scie à métaux. On dissout dans l'acide. On bute le « maître de Flémalle ». On court à la catastrophe. Au stade du Heysel (Places debout, *Staanplaats*, bloc Z), le 29 mai 1985. Charges furieuses. Quel drame ! Parler du malheur, c'est l'attirer.

Les chiffonniers de la haine crient « *Walen buiten !* » (Wallons, dehors !) et « *Leuven Vlaams* » (Louvain flamand). Le Belge creuse sa tombe avec sa langue. On change de refrain. « *Trop is te veel* » (Trop c'est trop). « *Nooit genoeg !* » (Jamais assez !) En Flandre, le flamand. Rien que le flamand. Quel programme ! La Flandre marche vers son destin. Il n'y a plus de Belges. Les Wallons sont à genoux. Les anciens valets sont les pires patrons. « *Jouw land is niet mijn land* » (Ton pays n'est pas mon pays).

Vive la Flandre libre ! Vive la Flandre indépendante ! Que s'évapore la Belgique ! Oh, pays ennemi. Ou « *dit gehate België* » (Belgique haïe). Quelle haine ! Sais-tu ce qu'on dit ? Rien pour les Belges. Tout pour les Flamands. « *Voor Belgikske nikske* » (Pour la petite Belgique, rien du tout). Qu'elle crève ! « *België, barst !* » « *Franse ratten rol uw matten !* » (Rats français, pliez bagages !) Vive la race. Purifions la Flandre de ce qui n'est pas flamand. En Belgique, la mer est flamande. Là où les Flamands sont chez eux, tu es un étranger. Les deux pays (de par de-ci, de par de-là) se perdent de vue.

Aucun des deux n'existe plus.

Tout cela n'est qu'une plaisanterie. Que faire de la Belgique ? Ce pays ne traverse que la nuit. Allons, dans mes bras, les amis. Tout est permis. Le spectacle est partout. Entrez dans la danse ! Chacun passe pour un autre. Tiens, je reconnais à son crâne pointu comme celui du savant Philémon Siclone, François Weyergans, en habit vert d'académicien, signé Agnès B., avec bicorne à plumes, cape et épée frappée de la devise de Maurice Béjart : « Je danse, je pense ».

— Bonjour, François.
— Ah bonjour, toi.
— Tu es déguisé en quoi ?
— Je ne suis pas déguisé.
— Pas même en courant d'air ?

— Non, je suis costumé, nuance-t-il.
— Quelle est la différence ?
— Le déguisement, c'est pour le carnaval.
— Et le costume ?
— C'est pour l'Histoire.
— L'habit fait l'académicien.
— Mais je ne suis pas immortel.

Léger comme une plume, perdu dans ses pensées, l'air dans la lune, en sautillant sur la pointe tel un funambule, il va terminer ce qu'il n'a pas commencé. C'est la fin de l'histoire. Rira bien qui rira le dernier. Il est temps de vivre avec mon époque.

Voici que d'autres événements déjà se préparent. Assis sur son trône se tient Philippe II, face de carême, fils de Charles Quint, que les Belges appellent Flupke comme le copain de Quick, qui n'a pas de bonnet, mais de vilains cheveux et porte une écharpe au mois de juillet. Ce n'est pas un rigolo. Il veut châtier les rebelles pour venger l'affront subi par son père à la Monnaie. Tout se paye ! Il a choisi pour cela le méchant duc d'Albe, dit le « duc de sang », atrabilaire et cupide, féroce et sans cœur, hautain et sec comme une arête de poisson. Enfant, il erre dans les couloirs sombres où il empêche les dames pressées d'aller à la Cour. Il déteste les Belges qu'il traite de gausseurs qui pissent et dégobillent. Il hait la gaieté. Il a l'air d'une biscotte sans sel ou d'un haricot refroidi, dans ses atours de velours noir qui lui valent le surnom « le Noir », et chantonne dans sa barbe.

« Puissance fait le cœur dur
Peu me chaut ce qu'on endure ! »

Personne en cinq siècles ne l'a vu rire. Arrivé le 22 août 1567 dans la capitale, il a fait exécuter dix-huit mille personnes durant les six ans et trois mois de son règne. C'est un abominable personnage.

— Qui auriez-vous aimé être ?, lui dis-je.
— Moi-même, rétorque-t-il avec suffisance.
— C'est ce qu'on dit toujours.
— Une vérité deux fois dite est un mensonge.
— Nul n'est plus odieux que moi.
— Est-ce vrai ou jouez-vous la comédie ?
— Je suis le héros de mon histoire.
— Moi j'en suis le jouet.
— Alors, va-t'en de ce pays.
— Pourquoi ?
— Sinon, tu mourras.
— C'est déjà arrivé plusieurs fois.
— La dernière sera la bonne.
— Je suis toujours là.
— Alors, reste. Tant pis pour toi.

Et voilà que débute la reconstitution qui commémore la fière attitude des comtes Egmont et Hornes, idoles du peuple, héros des manuels scolaires et des livres d'Histoire. Ils sont le jouet du tyran de soixante-quatre ans, ardent pourvoyeur d'échafauds, et s'érigent en défenseurs de la liberté face au despote hispanique qui finit mal puisque le corps puant de Philippe II, percé de clous, dévoré par les poux, rend les armes à l'aube du dimanche 13 septembre 1598. Certains ont la langue arrachée, la nuque sciée ou le poing tranché, les pouces et les orteils écrasés, les pieds brûlés aux fers rougis à blanc, d'autres sont pendus, roués, écartelés, aplatis au sol plusieurs fois par le supplice aride de l'estrapade. D'autres enfin sont suspendus à un collier orné de pointes en dedans, relié au mur par des cordes. Si la tête fléchit, un coup sec du bâton sur celle-ci les réveille par enfoncement dans le cou des pointes du collier.

— Et eux, comment vont-ils périr ?, dis-je, effaré.
— Décapités, réplique mon voisin, radieux.
— Pour de vrai ?
— Pardi, oui. Couic !
— Et pourquoi ?
— C'est comme ça.

Les voleurs sont pendus. Les criminels subissent la roue. Les hérétiques sont brûlés. Les nobles sont décapités. Qui sait pourquoi les oies vont nu-pieds ? Pourquoi on dit « Belge comme une oie » ? On les décapite en Flandre. Cela fait froid dans le dos. L'exécution a lieu sur la place noire de monde, au cœur de la Belgique Joyeuse, le dimanche 5 juin 1568, année de naissance de Jan Breugel. Ils l'apprennent la veille, ayant rejeté toute accusation d'hérésie et de trahison après un long procès. On les arrête sous d'obscurs prétextes et on les flanque au cachot que tient à l'œil le gardien du musée du Carnaval qui surprend le dialogue suivant. Que devons-nous faire, Egmont ? Rien, mon vieux. Il n'y a plus de raccourcis hormis celui de nos têtes. Voici les derniers vers.

« Dans ce pays
de visée basse
se coupent sans répit
les têtes qui dépassent. »

Cela me rappelle la recommandation de Jacques Brel, à la Monnaie, à sa sortie de scène : « Méfie-toi de ce pays. On y coupe les têtes. Les gens sont très petits. »

— Je ne l'ai pas vu depuis des siècles, regrette l'un.
— Il s'est taillé à temps, observe l'autre.

On ne peut les taxer de « mœurs italiennes », autre appellation de l'uranisme, et les deux amis qui voient la dernière heure arrivée décident de finir en beauté.

— La vie est brève.
— Prenons-la du bon côté.
— Ne nous cassons pas la tête.
— Tant qu'elle est sur les épaules.
— Ne nous montons pas le cou.
— Il raccourcit bien assez vite.

— Ce qui est en haut est comme ce qui est en bas.

— Cela va plus vite qu'on ne croit.

— Sauvons la face, cher ami.

— Ce sera toujours ça !

— Que veux-tu qu'il arrive ?

— L'amitié nous unit.

— Quel honneur de mourir en beauté !

— Cela n'arrive qu'une fois.

— Riche expérience !

— On nous traite comme les rois de France.

— Ils perdent la face sur l'échafaud.

— Gardons la tête froide.

— Le destin nous raccourcit.

— La mort nous rajeunit.

— À quoi ressemble un type sans tête ?

— Je le verrai si je passe après toi.

Un dernier soupir. Cela vaut-il la peine de se lever ? Autant rester couché. Ils disent comme Henri Michaux. « Restons dans ce trou de Belgique. Il y fait chaud et confortable, comme dans tous les trous. »

Et voici le grand jour. Parlant d'une même voix, ils ne font nul adieu à personne, et donc aucun adieu à tout le monde, pas même à leur famille. Vient l'heure funeste. Tout n'est que parade et rigolade. Sortant de la Maison du Roi, ou de la Maison du Pain, les deux hommes marchent d'un même pas à l'échafaud tendu de noir autour duquel s'agite la foule pressée de voir s'abattre la lame d'acier de la hache brandie par le bourreau sur les deux cous rasés de frais, raclés par le barbier. Victor Hugo admire à Ypres l'épée (et non la hache) qui a coupé leurs têtes, le tranche-tête étant assisté sur l'estrade par l'évêque d'Ypres, afin qu'elle ne serve plus, si ce n'est pour des personnes du même rang. Quelle foule. Chacun se pousse du col. Pas de place !, crie-t-on.

Ah, non. Cela ne va pas recommencer. On a déjà fait le coup à Baudelaire. Je joue des coudes et me noie dans le public. Quelle foire belge. L'Histoire est une farce. La cohue est indescriptible. À quoi sert un roman sinon à tout décrire ? Le peuple a l'habitude des « Joyeuses Entrées ». Par ici la sortie ! C'est la fête à gogo. Ah, les imbéciles heureux. On attend le passage du cortège. La place résonne de mille cris. Juchés sur les réverbères, perchés sur les tonneaux, pendus aux gouttières, hissés sur le bord des fenêtres au risque de tomber, les gens se bousculent pour assister à l'exécution. Il y a même là le prince héritier, lui aussi nommé Flupke, diminutif de Philippe en brabançon, assis bras croisés au balcon. J'écoute ce qu'on dit de lui.

C'est un fils à papa, mais il n'a pas eu de parents. Il est lent, têtu et peu sûr de lui. Il n'a pas encore fait ses preuves. Il n'a que cinquante-deux ans. Les Flamands n'en veulent pas. Ce n'est pas une lumière. Ni un prince éclairé. Ou un illuminé. Il va au Quick avec les gosses et Mathilde. Quelle chance ! Elle a un si joli sourire. On dirait Cendrillon. C'est un conte de fées. Sacré veinard ! Il sait à peine lire et bafouille en français. Il est maladroit et ne pense pas droit. C'est un sot. Il soutient qu'il faut un arbre entier pour faire un cure-dent. On n'a jamais vu ça. Triple buse ! On l'aime parce qu'il fait beaucoup de bêtises.

Pauvre Flupke ! Quelles calembredaines ! Fi des méchancetés ! Elles ne servent à rien et se retournent contre ceux qui les profèrent. Son heure viendra.

Traçant un sillon à travers la cohue, les deux héros ont du mal à se frayer un passage. Quelle bousculade ! Les voici dans l'avenue principale. Je les touche du doigt quand ils passent devant moi et un des seigneurs m'adresse un clin d'œil amical. Pourquoi les enfants veulent-ils être grands ? Au bout de la rue Van Slembroekoven les attend le bourreau, à l'embonpoint naissant, debout sur son estrade.

— Enfin, vous avez mis le temps !, s'exclame-t-il.
— On a fait aussi vite que possible.
— Commençons, si vous voulez.
— On est là pour ça.
— Etes-vous bien Philippe de Hornes ?
— Je le jure sur ma tête.
— N'allons pas trop vite en besogne.
— J'ai tout mon temps.
— Et vous Lamoral d'Egmont ?
— Qui d'autre voulez-vous que je sois ?
— Quel prénom tartignolle !

— C’est le mien.
— Il n’est pas commun.
— J’y tiens beaucoup.

Tous deux sont des seigneurs. Ils font mentir l’adage qui veut que les Belges manquent de courage. Le second dont le nom s’écrit à l’origine avec un d n’a que quarante-cinq ans. Il ne verra plus son épouse Sabine et ses onze enfants. Toute une équipe !, soupirent les supporters du Football Club de Zottegem, qui évolue en provinciale, dont il est président. Le premier dont le patronyme s’écrit aussi Hoorne a deux ans de moins. Il pense à Anna, sa moitié, et à son frère Floris exécuté de la même façon. Le bourreau de cinquante-neuf ans les accueille bras ouverts.

— Votre dernière heure est arrivée, annonce-t-il.
— Nous sommes prêts, répond Philippe.
— Attention à la marche, prévient l’autre.
— Suis-moi, Philippe, dit Lamoral.
— Avez-vous quelque chose à déclarer ?
— Pas pour l’instant.
— Une petite goutte ?
— Vous insistez ?
— C’est la tradition.
— Pas de refus.
— Santé !

La foule s’impatiente. Allez, au boulot ! Qu’on en finisse. À mort les nobliaux ! L’exécuteur des hautes œuvres n’entend pas qu’on lui dicte sa conduite et s’adresse poliment à la remuante assemblée.

« Ayez pitié pour le bourreau,
il fait ses heures de bureau ! »

Le peuple, sur des charbons ardents, crie Taratata ! Pas de quartier pour les noblaillons ! Et l'autre, implorant à deux mains un peu d'indulgence. Je suis un bourreau des cœurs, pas des têtes. On frôle l'incident. Bon prince, Hornes s'avance en premier. J'en ai pour une seconde, s'excuse-t-il. C'est plus qu'il n'en faut. Il n'y a qu'un pas à franchir. Les deux compères tombent dans les bras l'un de l'autre et, se regardant dans le blanc des yeux, prennent congé de la vie.

— C'est parti pour la gloire.
— Il n'y a plus d'espoir.
— Salut, Lamoral !
— Elle compte peu en ce bas monde.

Deux pour le prix d'un. Le compte est bon. Sonnez fanfares ! On couvre d'un drap la tête de Hornes. La décapitation est l'inverse de la capitation, impôt par tête. Il s'agenouille, cou tendu, mains derrière le dos. Tout va très vite. Mieux vaut une tête baissée qu'une tête coupée. La hache du bourreau s'abat. Crac ! La tête roule. Ça y est. Vingt centimètres de moins. Ah, le *dikke nek* (gros cou) ! Le voilà raccourci. Un jet de sang gicle. Un lambeau de chair tient le col au corps. On le détache. Couic ! Adieu, prince sans tête !

Au tour d'Egmont dont le bourreau tranche d'un coup les vertèbres et le cou. Aaah ! Comment rapetisser un grand homme ? Adieu, prince sans terre ! Gloire à lui ! Hachée net au ras du thorax, la tête roule comme une boule lancée par un joueur de quilles. Hornes la ramasse. Aussi dépité que décapité, il la tient sous le bras et regarde le tableau que le Tournaisien Louis Gallait réalise en septembre 1851 d'après maintes études et croquis à l'aquarelle.

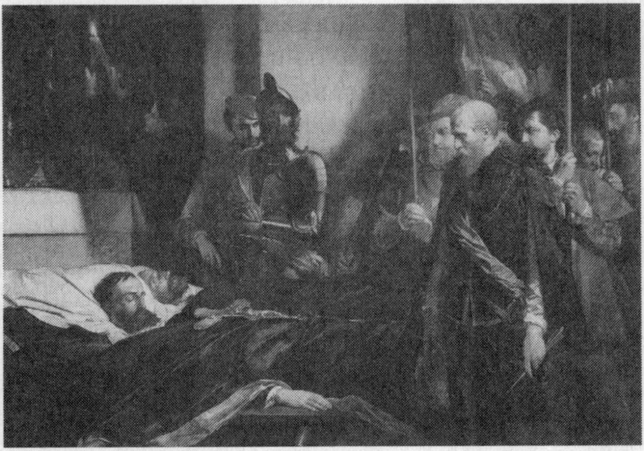

Louis Gallait, *Les Derniers Honneurs rendus aux comtes d'Egmont et de Hornes*, 1851.

D'une facture appliquée, la toile intitulée *Les Derniers Honneurs rendus aux comtes d'Egmont et de Hornes*, célèbre sous le titre *Les Têtes coupées*, qu'il ne faut pas confondre avec les *Derniers moments du comte d'Egmont*, suscite au-delà des frontières une admiration mêlée d'effroi. Peu en accord avec la position des corps, les têtes verdies, aux barbes hérissées, aux paupières qui frémissent encore, exposées deux heures durant dans des bassines de cuivre, ont été réalisées d'après des modèles de cire et non d'après nature. Elles contrastent avec la blancheur des oreillers. Étendus sur un lit de parade, sous une lourde couverture noire, pour estomper les taches de sang, les deux hommes reposent en paix, mais une main blême dépasse à droite, prête à reprendre la lutte.

Hornes, qui lorgne la scène sanglante, murmure :

— Dis donc, Lamoral, est-ce bien toi ?
— Eh oui. On n'en mène pas large.
— On a bonne mine, hein !
— C'est à en perdre la tête.
— Nous l'avions haute, pourtant.
— Les mythes sont des attrape-nigauds.
— Que veux-tu, on s'habitue à tout.
— Dans ce petit pays, c'est ainsi qu'on commence.
— Et comme ça qu'on finit.

J'ouvre les yeux et je reviens à moi. Pieter Breugel me tient la main. Je le croyais disparu. Il a toujours été là, mais je ne le savais pas. Je me réjouis de voir qu'il n'a pas disparu et me tourne vers lui en souriant.

— J'ai fait un mauvais rêve ou un cauchemar.
— Les rêves parlent à ceux qui les font.
— On ne rêve que la nuit.

— Mais les rêves du jour sont les plus beaux.
— Ça paraît bizarre.
— *Het mooie is altijd bizar*, concède-t-il.
— Cela veut dire ?
— Le Beau est toujours bizarre.
— Victor Hugo le croit aussi.
— Chacun le dit à sa façon.
— Le Laid pour lui, c'est le Beau.
— Les poètes ont toujours raison.
— Victor n'aime pas avoir tort.

La vie est une insomnie. Le sommeil est ce qu'il y a de plus parfait dans l'existence. On ne voit vraiment qu'en rêve. Le temps relève de l'imagination. Est-on sûr que ce qu'on vit en rêve existe réellement ? Le rêve est une vision. C'est une seconde vie. Il a sa propre existence. Et se situe de l'autre côté du sommeil. La vie est un rêve aussi bien qu'un souvenir. Il y a autant de définitions du rêve que du sommeil. Expliquer le rêve est aussi vain que vouloir éclairer le jour avec une bougie comme il l'a peint dans *Combat de Carnaval et Carême*. Il n'y a qu'un pas du sommeil au rêve et du réveil à la réalité. Entre les deux se situe le souvenir du rêve et de sa vision. « *La mort n'est qu'un sommeil sans rêves* », prétend Napoléon à qui trois heures de sommeil suffisent. Et Victor Hugo, en exil à Guernesey, se dit « *le somnambule de la mer* ». Il exagère toujours un peu. Le somnambule suit sa voie les yeux fermés. Etre somnambule, c'est réfléchir. Mais réfléchir sur soi-même. Le somnambulisme se transmet de père en fils, mais Pieter n'a pas vérifié si les siens en sont atteints.

Moi, je n'ai pas de père. Le seul repère, c'est mon pays. Mon rêve, c'est la Belgique. Mais c'est un rêve qui reste un rêve. Est-ce un pays de rêve ? Le rêve-t-elle elle-même ? Est-elle un souvenir ou le souvenir d'un souvenir ? Chaque songe a sa réalité. En gardant les yeux ouverts, on vit en rêve sans se réveiller. La Belgique est le pays des songes. Je l'ai parcourue en dormant comme un somnambule. En cette contrée, l'éveil est apparent. Mais il arrive qu'on s'éveille en dormant. Et parfois aussi on croit qu'on rêve et qu'on s'éveille en rêve alors qu'on dort profondément. La vie rend à soi-même invisible. Ne rien montrer, ne rien laisser paraître. C'est le secret de tout. Dans le silence s'évanouit la distance entre le rêve et l'existence. Fons dit que « le Tour des Flandres se gagne en dormant ». C'est au repos que s'accomplit le rêve. Mais le sentiment du sommeil ne dissipe pas l'insomnie. Le somnambule avance les yeux ouverts sur un fil qui surmonte un précipice. S'il les ferme il tombe dans le trou comme Dutroux. Celui qui tombe ne se relève pas de sa chute. Si on s'endort à vélo, on choit dans le fossé. La forme appelle le souvenir. Mais la vie trouve sa forme toute seule.

— Crois-tu que j'ai rêvé tout cela ?, dis-je à Pieter.

— Tu es un doux rêveur, répond-il.

— Mais j'ai vu du pays.

— Rares sont ceux qui voient dans le sommeil.
— Et j'ai beaucoup entendu.
— Tu fais bien d'écouter.
— J'ai aussi un peu réfléchi.
— Je le pense autant que toi.
— Mais je n'ai pas tout compris.
— C'est normal à ton âge.
— On croit que je n'en ai pas.
— Le rêve cessera quand tu seras adulte.
— Alors, je préfère continuer à rêver.
— Je ferais de même à ta place.
— Et si je ne me réveille jamais ?
— Cela veut dire que tu as réalisé ton rêve.
— Comme je serais heureux !
— Qui t'empêche de dormir toute la vie ?
— Le réveil, dis-je après réflexion.

Breugel me prend dans les bras et me serre contre son cœur comme personne ne l'a fait jusque-là.

— Adieu, Pieter, merci d'avoir été là.
— Je suis trop vieux maintenant.
— Tu vivras encore longtemps.
— À quoi bon le poids des ans ?
— Je n'ai jamais vu quelqu'un d'aussi jeune.
— L'art a sa propre éternité.
— Tu y es pour le moment.
— Je croule sous le fagot de la postérité.
— Y a-t-il une autre vie ?
— Non. On ne vit qu'une fois.

Il rajuste son feutre et agrippe son baluchon.

— Amuse-toi. Merci de m'avoir rajeuni. Je vais profiter de mes tourments. Ils sont le fondement de tout art. Le bonheur est la pire forme du cauchemar.

Alors que s'éloigne le grand peintre, j'avise le café *Comme chez soi* où je me précipite car je dois faire pipi. À peine ai-je fait trois pas que résonne, venant du sous-sol, une voix avec un fort accent belge que je reconnais d'entrée. Je frémis d'effroi.

— Qui est là ?
— C'est moi.
— Que cherches-tu ?
— Une maman.
— Entre, tu es chez toi, mon poussin.
— Vous m'attendiez ?
— Je t'ai vu par le trou de la serrure.
— Mais vous êtes à la cave.
— Tu veux une limonade ou un sirop ?
— Non. Je dois faire pipi.
— Eh bien, descends.

La voix augmente à mesure que je dévale les marches qui mènent aux cabinets. Mon besoin devient plus pressant. L'accent s'accroît encore. Et soudain, elle apparaît. Assise près de la porte, et d'une soucoupe où on jette des pièces d'un centime, un noyau de pêche ou trois clous, aux aguets, l'oreille tendue, en minijupe et blouse de nylon, tablier chocolat, veste de jean délavé, le sac à main avec un poireau au pied des baskets orange. C'est Yolande Moreau avec ses hanches rebondies, ses pommettes brillantes, sa tignasse rousse en pétard et ses yeux bleus comme des perles. On se revoit comme si on ne s'était pas quittés. L'ogresse de la maison de poupée qui m'a étranglé en début de journée est devenue dame-pipi.

— Eh, oui, c'est Yoyo ! Me revoilà.
— Je ne m'y attendais pas.
— Comment vas-tu, chenapan ?
— J'ai vu plein de gens.
— Où étais-tu passé ?
— C'est long à raconter.
— Alors ne dis rien.
— Je dois faire pipi.
— Tu n'as qu'à te retenir.
— Et toi, tu as eu une bonne journée ?
— Je me suis démodée.
— Tu as vu des gens ?
— Pas un chat.
— Mais il y a du monde dehors.
— Qu'y a-t-il à voir ?
— L'exécution capitale.
— Qu'as-tu fait tout ce temps ?
— J'ai voyagé, dis-je en sautillant sur une jambe.
— Pourquoi rentres-tu si tard ?
— C'est la faute du vent.

Son œil brille. Son corps m'enlace comme une pieuvre. J'ai peur qu'elle ne me torde le cou à nouveau. Je te tiens, me dit-elle. Assez traîné dehors. Tu ne m'échapperas plus. Tu es à moi. Mademoiselle

Abst n'existe pas. Je hais la Malibran. Je suis ta seule maman. Je te garde. Tu grandiras ici. Tu ne verras personne. Tu ne prendras pas de rues laides. Tu sentiras le savon noir. Tu liras des poèmes. On sera deux. Je ne la crois pas. Je ne peux plus respirer. Elle m'étouffe. Je hurle de toutes mes forces.

— TU N'ES PAS MA MÈRE !!!!!!

Je m'arrache à sa tendresse et m'empresse de faire pipi. Enfin ! Ayant satisfait ce besoin, je me retrouve dans la rue comme on sort d'une toile en trompe-l'œil. Je me frotte les yeux des deux poings. Quel jour est-ce ? J'ai choisi la route la plus longue pour revenir au point de départ. Quel enfant suis-je encore ? La valise la plus lourde à porter est celle qui est vide. Le temps va vite. Tout est trop drôle.

Ah, la belle vie ! M'entoure la sarabande des fêtards affublés de nez rouges, de toupets d'étoupe et d'accoutrements de papier, qui galopent en poussant de hauts cris. Rions ! Rions ! Rions ! C'est de l'histoire ancienne. La vie ne fait que commencer. Tout va le mieux du monde. La terre tourne. Les siècles ne sont qu'un jour. La mémoire est sans fin. L'époque est formidable. Ah, les vertiges du temps ! Belgenland ou Breugellande, ville pour rire au royaume de la gaudriole et de la ribouldingue, de la goinfrerie et de la soûlarderie, des diableries et des calembredaines ! Accréditant le dicton « *De wereld wil bedrogen worden* » (Le monde veut être dupé), la Belgique Joyeuse festoie jusqu'à l'aube et perpétue l'ivresse sans fin du recommencement. Quelle fiesta ! Le passé n'est qu'un décor peint de théâtre où la plèbe godaille et guindaille au son des tambours et des grosses caisses. Après la panse, la danse. Le vide vient du plein. L'euphorie est périssable. Le bonheur est éphémère. La journée s'achève. Je n'ai pas vu le temps passer. Chacun baragouine sa langue. Ô Babel ! Les Belges ne sont les enfants de personne. Il est temps de grandir me dis-je, en leur tournant le dos.

INDEX

Le héros n'ayant pas de nom, il est fasciné par celui des autres. Le livre en contient beaucoup. Voici quelques clés pour distinguer le vrai, du vraisemblable et de l'invraisemblable.

A

ABST ou ABTS, Marie.
Couturière au nom abstrait qui coud le premier drapeau belge, le 26 avril 1830. Née le 10 avril 1767, à Cortenberg.

ADAMO, Salvatore.
Né à Comiso, en Sicile, le 31 octobre 1943. Arrive à l'âge de 3 ans en Belgique et grandit dans la Wallonie des Italiens avant de chanter et de vendre 80 millions de disques.

ALBERT II.
Roi des Belges. Succède à son frère aîné Baudouin, le 9 août 1993. Espère ne pas être le dernier souverain du royaume.

ALECHINSKY, Pierre.
Artiste belge installé à Paris depuis 1951. Il joue effectivement de la flûte traversière, comme on le voit à l'enterrement de la « Belgique de papa », au chapitre 8.

AMBIORIX (et BODUOGNAT).
Anciens Belges aux exploits perpétués dans les années 1950 par les vignettes de chocolats et l'imagerie des livres d'Histoire.

ARNO.
De son vrai nom Arnold Hintjens, rocker né en 1949, à Ostende. Il vit près de la Bourse, mais n'est pas mort sur les marches et n'a pas composé *La Brabançonne*.

ARTAUD, Antonin (1896-1948).
Participe malgré lui aux Matines brugeoises. Présent en Belgique pour les raisons énoncées dans le texte. Ses répliques sont des citations.

ATLAS, le géant.
De son vrai nom Fernand Bachelard. Né en 1922 à Templeuve, mort à Charleroi en 1976. Mesure 2,35 m, chausse du 60 et pèse 240 kg.

Les quatre fils AYMON.
Ou Renaud de Montauban. Unis comme les doigts de la main. Héros d'une haletante et mythique chanson de geste de la fin du XIIe siècle. Voir Folio classique 1501 et Folioplus classiques 208.

B

BAYARD.
Cheval ailé des quatre fils Aymon. Sa sculpture en céramique par Olivier Strebelle trône sur l'esplanade accueillant les visiteurs à l'Expo 58. Elle orne désormais le pont des Ardennes, à Namur.

BAUDELAIRE, Charles (1821-1867).
Réfugié à Bruxelles, le poète génial et sans le sou devient aphasique lors d'une visite à l'église Saint-Loup de Namur, avec Félicien Rops. Ce qui étaye son point de vue : « Tous les Belges, sans exception, ont le crâne vide. » L'épisode où il est empêché de monter à bord du ballon de Nadar est authentique.

BECKER, Léon (1826-1909).
Peintre naturaliste et scientifique quasiment inconnu, auquel on doit l'étonnant tableau qui figure au début du chapitre 7.

BÉJART, Maurice.
Chorégraphe et danseur français, né à Marseille en 1927, établi en 1959 à Bruxelles où il fonde le Ballet du XXe siècle. Mort à Lausanne, en 2007. En dépit de ses ultimes volontés, ses cendres ne sont pas dispersées sur la plage d'Ostende, celle-ci étant un lieu public.

BELGIQUE II.
Ballon dirigeable décrit en 1910 dans ses œuvres par Léon Spilliaert qui l'examine sous toutes ses coutures dans un hangar à Auderghem-Boitsfort. Il s'écrase trois jours après son premier vol.

BELGIQUE DE PAPA.
Equivalent pour le 7e art du « cinéma de papa ». Expression utilisée par un ancien Premier ministre pour qualifier la Belgique unie des années 1960.

BELGOUILLARD, Freddy.
Personnage fictif, non sans rapport avec le bourgmestre actuel de la ville de Bruxelles qui se prénomme Freddy.

BERTRAND, Plastic.
Pseudonyme de Roger Jouret. Tube planétaire en 1978 avec *Ça plane pour moi*.

BILL BALLANTINE et BOB MORANE.
Héros mythiques pour les adolescents des années 1950, créés par Henri Vernes. Vendus à plus de 30 millions d'exemplaires.

CHICK BILL et RIC HOCHET.
Héros de bande dessinée à partir de 1953 par Tibet, l'un dans le genre western, l'autre (au nom en calembour) dans le genre policier.

BLÜCHER (1742-1819).
Feld-maréchal prussien, à grosses moustaches. Son arrivée sur le champ de bataille de Waterloo est décisive dans la victoire des Alliés.

BOB et BOBETTE.
Personnages de Willy Vandersteen, âgés d'une douzaine d'année. Bob (Suske) est orphelin, Bobette (Wiske) est le diminutif de Bernadette.

BOLUS ou BAULUS.
Brioche en spirale, fourrée de crème pâtissière, nappée de sucre glacé. Un délice au petit-déjeuner !

BOONEN, Tom.
Coureur cycliste né en 1980. Idole en Flandre. Champion du monde, vainqueur de trois Tours des Flandres et de quatre Paris-Roubaix.

BOSSEMANS ET COPPENOLLE.
Vaudeville populaire mettant aux prises les supporters de deux équipes de football de la capitale.

BOURGOGNE, Marie de.
Fille de Charles le Téméraire, décédée lors d'une partie de chasse en 1482, après une chute de cheval. Citée au chapitre 6 tout comme Brunehaut pour prévenir le surgissement de la Malibran.

LA BRABANÇONNE.
Hymne national belge composé lors de l'insurrection de 1830 par l'acteur Jenneval et le compositeur Van Campenhout.

BREL, Jacques (1929-1978).
Chanteur belge très connu. Auteur du *Plat Pays*, véritable hymne national belge. Aurait sûrement aimé chanter avec la Malibran.

BROODTHAERS, Marcel.
Artiste conceptuel belge dans la lignée de Duchamp et de Magritte. Décédé le 28 janvier 1976, jour de son anniversaire, à Cologne, à 52 ans. Photo-journaliste sur le chantier de l'Atomium en 1957.

BROUILLARD, Paul.
De son vrai nom Paul Bouillard, patron du Filet de sole, restaurant réputé dans le Bruxelles d'avant guerre.

BREUGEL, Pieter (1525-1569).
Artiste de la Renaissance, génie universel. À l'image du héros qui se cherche un père, tous les Belges véritables sont les fils de Breugel. Les éléments biographiques qui le concernent sont exacts.

C

CAMBRONNE, Pierre-Jacques (1770-1842).
N'aurait jamais prononcé le mot de cinq lettres. Finit par épouser une Écossaise durant sa captivité outre-Manche. Un comble !

CASTAFIORE, Bianca.
Diva d'opéra, cantatrice castratrice, perruche d'opérette, le potelé rossignol milanais aurait aimé célébrer la naissance de la Belgique comme les autres prime donne et chanteuses citées au chapitre 2.

CEULEMANS, Raymond.
Plus grand joueur de billard de tous les temps. Baron en 2002.

CHARLEMAGNE.
Père de l'Europe. Patron des écoliers. Se lance à la poursuite des quatre fils Aymon, tente de noyer Bayard et jubile en le croyant au fond de la Meuse, lesté d'une meule au cou.

CLAUDEL, Paul (1868-1955).
Ambassadeur de France en Belgique de 1933 à 1936, il prie chaque jour à la même place, près de la chaire de vérité, à l'église du Sablon.

CLAUS, Hugo (1929-2008).
Réalise en 1984 un film à partir du *Lion des Flandres* d'Hendrik Conscience que lui-même taxe d'exécrable et une série télévisée en 4 épisodes de 50 minutes. Atteint de la maladie d'Alzheimer, il est euthanasié à sa demande, le 19 mars 2008, à Anvers. Son livre le plus connu est *Le Chagrin des Belges* (1985) dont le titre du présent roman se veut l'écho joyeux.

CLIJSTERS, Kim.
Classée première joueuse de tennis mondiale, en août 2003.

COCTEAU, Jean (1889-1963).
Reçu le 1er octobre 1955 à l'Académie royale de Belgique, le poète polymorphe participe malgré lui aux Matines brugeoises comme Artaud, Mirbeau et Rimbaud. Meurt le même jour qu'Edith Piaf.

CONSCIENCE, Hendrik (1812-1883).
Auteur du *Lion des Flandres*, ouvrage emblématique détourné de son projet par les nationalistes flamands qui en ont fait l'emblème d'une Flandre indépendante comme il l'explique au chapitre 4.

CORDY, Annie.
De son vrai nom Léonie Cooreman. Chanteuse établie à Paris dès les années 1950. Belgicaine à tout crin. Baronnisée en 2004.

LE CRI DE LA MUETTE.
Référence phonétique à *La Muette de Portici*, opéra en 5 actes, représenté au théâtre de la Monnaie, mettant en scène la révolte des Napolitains contre les Espagnols, qui frappe les trois coups des Journées de septembre d'où naît l'Indépendance du pays.

D

OLIVEIRA DA FIGUEIRA.
Bonimenteur portugais, à la verve intarissable, qui apparaît dans les albums de Tintin. N'a jamais visité en réalité l'Expo 58.

DAMIENS, François.
Comédien belge très populaire en Belgique, connu en France pour ses caméras cachées diffusées sur Canal +.

DAMIEN, Père (1840-1889).
De son vrai nom Jozef De Veuster. Missionnaire des lépreux. Béatifié en 1995. Canonisé le 11 octobre 2009. Élu en 2005 « le plus grand Belge de l'Histoire » par les téléspectateurs flamands.

DARDENNE, Jean-Pierre et Luc.
Nés respectivement en 1951 et 1954 à Seraing. Triplement primés au festival de Cannes. Leurs parents les habillaient dans le magasin À la ville de Paris dont le gérant s'appelait monsieur Waterloo (*Libération*, 8 août 2003). La phrase qu'ils prononcent lors de l'épisode des Six Cents Franchimontois s'inspire d'un entretien au journal *Le Soir* à propos du livre *Au dos de nos images*.

DAVID, Jacques-Louis (1748-1825).
L'auteur du *Sacre de Napoléon* s'exile en 1816, à l'âge de 67 ans, à Bruxelles où il décède le 29 décembre 1825. Inhumé au cimetière de Saint-Josse-ten-Noode, il reçoit des funérailles nationales, son cœur ayant toutefois été transféré à Paris où le gouvernement français s'oppose au rapatriement de son corps.

DE BAKKER, Alphonse.
Personnage inventé pour satisfaire l'amour immodéré des confiseries du héros, « *bakker* » voulant dire boulanger-pâtissier, en flamand.

DE COSTER, Charles (1827-1879).
Auteur de *La Légende d'Ulenspiegel au pays de Flandres et ailleurs*, publié en 1867 à Paris, avec 15 eaux-fortes de Félicien Rops.

DE FRANCE, Cécile.
Née à Namur, le 17 juillet 1975. Quitte la Belgique à 17 ans. Mène une belle carrière. *Sœur Sourire* au cinéma, en 2009.

DEGRELLE, Léon (1906-1994).
Né à Bouillon. Fondateur du parti rexiste. Rencontre Hergé en 1929. Prétend être le modèle de Tintin auquel il prête sa houppette et ses culottes de golf. Voir *Tintin mon copain*, Pélican d'or, 1992.

DE KEERSMAEKER, Anne Teresa.
Danseuse et chorégraphe contemporaine. Faite baronne en 1996.

DE KEYSER, Nicaise.
Peint *La Bataille des Éperons d'or*, en 1836. Ce tableau monumental inspire Hendrik Conscience pour la rédaction de son roman. La toile a été détruite le 21 juillet 1944, lors du bombardement de la halle aux draps, à Courtrai.

DELPORTE, Bienvenu Auguste.
Deuxième époux de Mathilde Mauté, première épouse de Paul Verlaine.

DE VLAEMINCK, Fons.
Personnage inventé. Frère de lait d'Éric, sept fois champion du monde de cyclo-cross, et de Roger, grand rival d'Eddy Merckx.

DE WEVER, Bart.
Leader du parti indépendantiste flamand N.V.A. (Nouvelle Alliance). Son prénom Bart n'est guère éloigné du slogan : « *België barst !* » (Que la Belgique crève !) De Wever voulant dire textuellement « tisserand », il est naturel qu'il prenne la tête des communiers flamands, lui-même étant républicain, nationaliste et antimonarchiste.

DOLLO, Louis (1857-1931).
Paléontologiste belge. Réputé pour ses travaux sur les dinosaures.

DOTREMONT, Christian (1922-1979).
Cofondateur du mouvement Cobra. Créateur de logogrammes. Part en Laponie où il croise un Lapon qui jure en flamand. *Godferdoem !*

Drouet, Juliette (1806-1883).
Elle est pendant 50 ans (de 1833 à 1883) la maîtresse de Victor Hugo alors que le mariage de ce dernier avec Adèle dure 49 ans (de 1819 à 1868). Il l'appelle J.J. ou Juju, confondue par le héros avec Justine Henin, familièrement appelée Juju. Entrée à la Comédie-Française, elle n'obtient pas un rôle en deux ans.

Drouet, Minou.
Poétesse « prodige », née à Paris en 1947, découverte en 1955, tancée par Roland Barthes dans ses *Mythologies* (1957), dans le texte : « La littérature selon Minou Drouet ».

Duc d'Albe (1507-1582).
Gouverneur implacable, vêtu de noir, envoyé par Philippe II pour rétablir l'ordre, il fait exécuter les comtes d'Egmont et Hornes.

Dumas, Alexandre (1824-1895).
Fuyant ses créanciers, il séjourne deux ans à Bruxelles, 78 boulevard de Waterloo, dans un bel hôtel de maître, où il écrit vingt romans, autant de drames et rédige ses mémoires.

Dumoulin, Louis.
Panoramiste français. Lire Isabelle Leroy, *Le Panorama de la bataille de Waterloo*, éd. Luc Pire, 2009.

Deux Dupondt.
Souffre-douleur sympathiques et pathétiques. À la fois clones et clowns, ils se distinguent par le d et le t qui terminent leur patronyme et épousent la forme de leur moustache.

DUTROUX, Marc.
L'homme le plus haï de Belgique. Pédophile et psychopathe incurable. Excellent patineur, il drague effectivement ses futures victimes dans les patinoires.

E

EGMONT, comte d' (1522-1568).
Décapité sur la grand-place de Bruxelles pour s'être opposé au duc d'Albe. Il est statufié avec Hornes sur la place du Petit Sablon.

EMPAIN, Édouard-Jean, dit le baron Empain.
Kidnappé à Paris en 1978, il est amputé de la dernière phalange du petit doigt par ses ravisseurs qui le libèrent contre une forte rançon.

ENSOR, James (1860-1949).
Né à Ostende d'un père anglais et d'une mère flamande. Peintre et écrivain sarcastique. Anobli en 1929. Naturalisé belge à 69 ans.

EXPO 58.
Les noms des pavillons sont inventés, à l'exception des pavillons français, américain et russe. La destination de certains d'entre eux décrite au chapitre 9 est exacte. La flèche du Génie Civil a été abattue, l'Atomium a été rénové. Restituant 170 maisons anciennes, la Belgique Joyeuse a vraiment existé et correspond parfaitement à cette ère d'illusion universelle.

F

FABRE, Jan.
Artiste polyvalent. Né en 1958, à Anvers. Son œuvre *À la recherche d'Utopia* figure une énorme tortue de mer qu'il chevauche fièrement sur la digue de Vieuport.

FEYDER, Jacques (1885-1948).
De son vrai nom Jacques Frédérix. Ixellois de naissance. Réalisateur de nombreux films dont *La Kermesse héroïque* (1935).

FILOSELLE, Aristide.
Pickpocket maniaque et consciencieux, voleur de porte-feuilles, échappé de Tintin.

MAÎTRE DE FLÉMALLE (1927-1991).
Surnom d'André Cools, ex-président du parti socialiste, ministre d'État, abattu sur un parking, près de Liège, le 18 juillet 1991.

FLUPKE.
Sobriquet du prince Philippe de Belgique, fils d'Albert II, devenu roi en juillet 2013. Ce qu'on dit de lui est ce qui se dit sur lui.

FOLON, Jean-Michel (1934-2005).
Atteint de leucémie, vit ses derniers mois à Monaco à bord du *Over the Rainbow*, image des bateaux de rêve qu'il a tant dessinés.

FRANCK, César.
Musicien né à Liège en 1822. Naturalisé français en 1873. Mort à Paris en 1890.

FRANÇAIS.
Tous les artistes, penseurs et écrivains français, de Gide à Proust, qui embarquent dans la nacelle du ballon de Nadar au chapitre 7 ont séjourné à des titres divers en Belgique. Idem pour les autres étrangers, de Dürer à Dos Passos.

FRÉDÉRIC, Léon (1856-1940).
Peintre naturaliste et symboliste. Peint *Les Botteresses liégeoises*, *Les Âges du paysan*, *Les Marchands de craie*. Baron en 1929.

FRÈRE, Albert.
Fils d'un marchand de clous. Industriel à la tête d'actifs évalués à près de 20 milliards d'euros (*Le Monde*, 1er mars 2007). Baron en 1995.

FRICADELLES.
Boulettes de viande hachée souvent assorties de sauce tomate.

FRIMOUT, Dirk.
Premier astronaute belge. Promu vicomte.

G

GALLAIT, Louis (1810-1887).
Son portrait d'Egmont et Hornes cause l'effroi. Il réalise de nombreuses études au crayon, à l'aquarelle et à la gouache. On dit que l'aide-bourreau lui apporta une tête coupée dans un panier à couvercle et qu'il fut pris de tremblements nerveux.

Le Géant.
Chef des « Tueurs du Brabant wallon », affublés de masques de carnaval, qui attaquent des commerces et des supermarchés, et font 28 morts au début des années 1980. N'ont jamais été retrouvés.

Gezelle, Guido (1830-1899).
Champion du nationalisme littéraire flamand. Soupçonné de mœurs douteuses, il est déplacé de Roulers à Courtrai. Il endosse dans le roman toutes les accusations de pédophilie qu'encourt depuis des années l'église catholique belge, surtout en Flandre.

Ghelderode, Michel de (1898-1962).
De son vrai nom Adémar Martens. Employé communal à Schaerbeek, raillé par ses collègues francophones, alors qu'il est un dramaturge joué en Flandre, en France et dans le monde entier.

Ghirlandaio, Domenico (1449-1494).
Son portrait touchant de la difformité est visible au musée du Louvre.

Gilbert, Philippe.
Coureur cycliste. Idole en Wallonie. Rival de Boonen. Champion de Belgique 2011. Remporte la même saison le Tour de Belgique, la Flèche Wallonne et Liège-Bastogne-Liège. Champion du monde sur route en 2012. Vit à Monaco.

Godefroi de Bouillon.
Mythe de l'histoire de Belgique, constitué à la naissance du pays pour souder la nation. Statue d'Eugène Simonis (1848), place Royale.

GODEFROOT, Walter.
Coureur cycliste, né en 1943, à Gand. Surnommé le « bouledogue flamand ». Grand rival d'Eddy Merckx et Roger De Vlaeminck.

GOETHALS, Raymond (1921-2004).
Entraîneur de football, dit « Raymond-la-science ». Remporte la coupe d'Europe des clubs champions avec Marseille en 1993. Obsèques nationales dans la basilique de Koekelberg.

GRAMME, Zénobe (1826-1901).
L'invention de la dynamo lui vaut une renommée mondiale.

GREVISSE, Maurice (1895-1980).
Grammairien. Auteur du *Bon Usage* (1936).

GROTTES.
Tous les noms au début du chapitre 7 sont authentiques.

GROUCHY, Emmanuel de (1766-1847).
Maréchal de France, en partie responsable de la défaite à Waterloo.

GUILLAUME Ier (1772-1843).
Roi des Pays-Bas. Despote inflexible, il règne sur la Belgique, subit la révolution de 1830, et finit par épouser une comtesse belge !

H

HADDOCK, capitaine.
Ami de Tintin. A failli s'appeler Patrick. Grande gueule au cœur tendre et au gosier en pente. As de l'apostrophe dans la lignée d'Ensor.

HALLYDAY, Johnny.
Né en 1943, à Paris. N'a pas vécu en Belgique. A failli devenir Belge, en 2007. Mais a changé d'avis. « Je suis français. Je reste français. J'ai eu le temps de réfléchir. Je suis très bien comme je suis. »

HENIN, Justine.
Née à Liège, en 1982. Numéro 1 mondiale en tennis. Gagne à quatre reprises le tournoi de Roland-Garros, dont trois fois d'affilée.

HERGÉ (1907-1983).
Papa de Tintin. Initiales inversées de Georges Remi.

HEYSEL.
La tragédie du Heysel fait 39 morts. Elle a lieu le 29 mai 1985. Le stade a été démoli, reconstruit et baptisé stade Roi Baudouin.

HORNES, comte de (1524-1568).
Décapité avec Egmont sur ordre du duc d'Albe sur la grand-place de Bruxelles. Son frère Floris perd la tête pour les mêmes raisons.

HORTA, Victor (1861-1947).
Grand maître de l'Art nouveau et de l'Art déco. Auteur de la Maison du Peuple, du Palais des beaux-arts, de la

gare Centrale et de l'Innovation qui part en fumée. Baronnisé en 1932.

HUGO, Victor (1802-1885).
« La vie est un exil », dit le poète de l'Immense qui effectue de 1861 à 1870 dix séjours en Belgique (1247 jours en tout). Il se rend en mai-juin 1861 à Waterloo pour achever *Les Misérables*.
Expulsé en 1871 après la publication de *Napoléon le Petit*.

I, J

JACQUES-CHARLIER-JAMBE-DE-BOIS.
Nom valise entre le peintre liégeois, à l'ironie revigorante, Jacques Charlier et le canonnier liégeois Charlier à la jambe de bois.

JOHAN et PIRLOUIT.
Duo inséparable de la bande dessinée historique belge, réalisée par Peyo, publiée dans *Spirou* au début des années 1950.

K

KHNOPFF, Fernand (1858-1921).
Peintre symboliste belge. Dans *Une ville abandonnée* (1904), vision fantomatique et mortifère, la mer se retire de la place Memling, à la statue disparue de son socle, après avoir inondé Bruges.

KRAINS, Hubert (1862-1934).
Romancier rustique, broyé par un train à l'instar de Verhaeren, en gare de Bruxelles le 10 mai 1934.

KRINS, Georges (1889-1912).
Premier violon de l'orchestre du *Titanic* qui sombre avec 26 Belges à bord dont Philomène Van Melckebeke et Alphonse De Pelsmaeker.

L

LAGAFFE, Gaston.
Héros sans emploi, créé par Franquin en 1957 dans le journal *Spirou*. Inventeur du « gaffophone », défenseur des baleines et des pigeons.

LAMBEAUX, Jef (1852-1908).
Sculpteur néo-baroque, auteur de *La Fontaine de Brabo*, rappelant l'épisode qui donne son nom à Anvers (Antwerpen).

LAMBIC et SIDONIE.
Couple dessiné par Willy Vandersteen, encadrant Bob et Bobette. Le premier porte le nom d'une bière, la seconde est une vieille fille, sorte de mère de raccroc qui fait la lessive et la vaisselle.

LARREY, Dominique (1766-1842).
Chirurgien en chef de la garde impériale. Conçoit les ambulances volantes et applique à tour de bras son credo : « Hors de l'amputation, point de salut. »

M

MAETERLINCK, Maurice (1862-1949).
Prix Nobel de littérature en 1911. Quitte la Flandre en 1886, à 24 ans. Publie son œuvre en France. Tenu pour traître à sa langue, il est exterminé à la bataille des Éperons d'or.

MAGRITTE, René (1898-1967).
Peintre surréaliste. Le tuba dont il joue à l'enterrement de la Belgique est une allusion à l'instrument qui figure dans ses tableaux.

La MALIBRAN, Maria Felicia Garcia, dite La Malibran (1808-1836).
Diva flamboyante et romantique. Succombe à une chute de cheval qui inspire le récit du chapitre 6. Repose au cimetière de Laeken.

MALLET-JORIS, Françoise.
Écrivain belge. Fixée à Paris en 1959. Revient vivre à Bruxelles. Démissionne du jury Goncourt dont elle est membre depuis 1970.

MANNEKEN PIS.
L'hypothèse de la mèche éteinte par le « Petit homme qui pisse » est la plus plausible concernant l'œuvre de Du Quesnoy dont le second fils fut par ailleurs exécuté en place publique pour avoir abusé d'un mineur.

MAUPASSANT, etc.
Débutant par Maeterlinck est « notre Maupassant », Ghelderode est « le Shakespeare flamand », Verhaeren est « le Raphaël de la crotte », la ribambelle des analogies au chapitre 9 est authentique.

MELLERY, Xavier (1845-1921).
Peintre intimiste et symboliste. A souvent campé des béguines.

MERCATOR (1512-1594).
Pseudonyme latin de Gerard Kremer, géographe et mathématicien, qui publie en 1569 une carte du monde à l'usage des navigateurs.

MERCKX, Eddy.
Plus grand sportif belge de tous les temps. Baronnisé en 1997.

MERLIN, Joseph.
Né à Huy. Inventeur vers 1760 du patin à roulettes.

MICHAUX, Henri (1899-1984).
Né rue de l'Ange, à Namur. Déteste son nom. Apatride dans l'âme, il est naturalisé français en 1954. Plus grand inventeur de langue belge avec Ensor. Publié en Pléiade. Le drame de son épouse Marie-Louise, brûlée vive en 1948, au chapitre 7, est véridique.

MIRBEAU, Octave (1848-1917).
Parcourt la Belgique au volant de son auto et en tire un pamphlet, *628-E8*. Révèle Maeterlinck par un article dithyrambique sur *La Princesse Maleine* dans *Le Figaro*. Exécuté à ce titre lors des Matines brugeoises en compagnie d'Artaud, Cocteau, Rimbaud.

MOÏSE et NOÉ.
L'affirmation selon laquelle Moïse et Noé sont flamands (chapitre 8) est tirée des *Fous littéraires* d'André Blavier,

tout comme celle selon laquelle Ulysse a débarqué à Blankenberge.

MOREAU, Yolande, dite Yoyo.
Comédienne belge, née en 1953 à Bruxelles. Vit en France. A reçu trois Césars dont deux pour son film *Quand la mer monte*. Les robes décrites dans l'Ouverture sont celles qu'elle porte dans ses rôles. Elle est le personnage d'*Une sale affaire, du sexe et du crime*.

MOT, Odette.
La chef des hôtesses de l'Expo 58 s'appelle en effet Odette Mot.

MOUTON, Georges (1770-1838).
Maréchal de France, général fait prisonnier à Waterloo, justifiant le proverbe breton : « Si vous faites le mouton, on vous tondra. »

MUSEEUW, Johan.
Flahute qui faillit être amputé après une chute dans le Paris-Roubaix qu'il gagne trois fois tout comme le Tour des Flandres.

N

NADAR (1820-1910).
Pseudonyme de Gaspard Félix Tournachon. L'envol du *Géant* n'a pas lieu au parc de Bruxelles, mais au Jardin botanique. Donne son nom aux barrières dites « Nadar », qui sont toujours d'actualité.

NAPOLÉON (1769-1821).
Ce n'est pas son sosie, mais lui qui perd la bataille à Waterloo.

NERVAL, Gérard de (1808-1855).
Amoureux éperdu de la plantureuse cantatrice Jenny Colon qui triomphe à la Monnaie et choisit d'épouser le flûtiste Leplus.

NEY, Michel (1769-1815).
Surnommé « le brave des braves », il se bat comme un beau diable aux Quatre-Bras. Mais est condamné à mort et fusillé.

O, P

PANAMARENKO.
Artiste génial, né en 1940 à Anvers. De son vrai nom Henri Van Herwegen. Invente des machines chimériques dont l'extraordinaire ballon dirigeable *The Aeromodeller* (1969-1971). Arrête sa carrière et son œuvre en 2005. La baleine *Walvis* date de 1967.

PARKER, Tony.
Célèbre basketteur français, né à Bruges le 17 mai 1982, ce qui n'a aucune incidence sur sa carrière sportive aux États-Unis.

PÉPIN LE BREF.
Comme Berthe au Grand Pied ou Philippe le Hardy, patronyme qui amuse un enfant de 11 ans qui n'a pas de nom propre.

PÈRE PIRE (1910-1969).
Dominicain. Œuvre pour le rapprochement des peuples. Prix Nobel de la paix 1958.

PERMEKE, Constant (1886-1952).
Peintre expressionniste flamand. Épouse une dentellière de Bruges, Maria Delaere (de l'art). Partage un atelier avec Spilliaert. La maison de Jabbeke est son musée. Refuse d'être baron.

PETIT, Gabrielle (1893-1916).
Résistante, fusillée le 1er avril 1916, au Tir national.

PHILIPPE, prince de Belgique.
Né en 1960. Époux de Mathilde. Devenu le roi Philippe. Voir Flupke.

PHILIPPE II (1527-1598).
Fils de Charles Quint. Souverain absolutiste. Sous son règne sont exécutés les comtes d'Egmont et Hornes.

PICCARD, Auguste (1884-1962).
Physicien suisse, modèle du professeur Tournesol qu'inspire son bathyscaphe, conçu en 1948, pour sonder les océans.

PIRENNE, Henri (1862-1935).
Auteur de l'*Histoire de la Belgique* en 7 volumes.

POELAERT, Joseph (1817-1879).
Architecte génial et mégalomane, prétendument mort fou, qui érige le palais de justice de Bruxelles et la colonne du Congrès.

POELVOORDE, Benoît.
Comédien belge, né à Namur le 22 septembre 1964. Sa tenue de douanier se réfère au rôle qu'il tient dans le film *Rien à déclarer*.

POIROT, Hercule.
Détective belge imaginé par Agatha Christie. « C'est un nom qui sonne bien », dit-elle.

POPAUL, surnom de Verlaine (1844-1896).
A visité les grottes de Han avec ses parents, Bouillon, et rendu visite à Victor Hugo, place des Barricades. Ses frasques avec Rimbaud lui valent deux ans de prison ferme à la prison de Mons.

Q

QUETELET, Adolphe (1796-1874).
Astronome, mathématicien et statisticien. L'heure s'uniformise par lui dans le pays, d'Ostende à Arlon. Il jette les bases de la notion d'« homme moyen », chère à Simenon et au Belge en général.

QUICK et FLUPKE.
Ketjes (gamins) de Bruxelles, créés par Hergé avant Tintin, évoluant dans un décor dessiné de palissades et de fausses façades.

QUINT, Charles.
Né en 1500, à Gand. Le soleil ne se couche jamais sur son empire. Il est libéré après quinze mois pour bonne conduite.

R

REINHARDT, Django (1910-1953).
Guitariste et compositeur d'origine gitane, né par hasard à Liberchies, près de Charleroi. Ayant perdu deux doigts dans l'incendie de sa roulotte, il s'invente une technique guitaristique originale.

RIMBAUD, Arthur (1854-1891).
Exécuté aux Matines brugeoises pour les mêmes raisons qu'Artaud, Cocteau et Mirbeau.

RODENBACH, Georges (1855-1898).
Auteur de *Bruges-la-Morte*. Établi en France en 1887, à 32 ans. Son portrait par Lévy-Dhurmer (1896) est au musée d'Orsay.

RODIN, Auguste (1840-1917).
Séjourne en Belgique de 1871 à 1877. Amitié avec Rops et Verhaeren. Déguste des tartines de *Platekeis*, sculpte les lions de la Bourse et travaille salle du trône, au Palais Royal, avant Jan Fabre.

ROPS, Félicien (1833-1898).
Ami de Baudelaire. *Enterrement au pays wallon* (1863) s'inspire lointainement d'*Un enterrement à Ornans* de Courbet, vers 1849.

ROSIERS, Roger.
Coureur flamand cité pour son nom comme Patrick Sercu, celui de l'auteur étant proche du prénom de l'un et du patronyme de l'autre.

S

SABENA.
Compagnie aérienne belge, créée en 1923. Slogan : « Par Sabena vous y seriez déjà ». Affiche de Magritte. Mise en faillite en 2001.

SAX, Adolphe (1814-1894).
Dinantais. Inventeur du saxophone. Vit 52 ans en France. Le saxophone contrebasse dont il joue à l'enterrement de la Belgique au chapitre 8 est haut de 2,10 m et ressemble à un bout d'intestin.

SÉPARATISME.
Tous les slogans réunis en un paragraphe au chapitre 9 sont exacts.

SEUTIN, Louis (1793-1862).
Apprentissage dans l'armée française. Invente le bandage amidonné.

SIMENON, Georges (1903-1989).
Auteur de 400 romans. Quitte Liège à 19 ans, mais garde son accent liégeois. Le circuit sur ses traces au chapitre 7 ne diffère guère du parcours officiel, toutes les adresses étant justes.

SŒUR EMMANUELLE (1908-2008).
De son vrai nom Madeleine Cinquin, née à Bruxelles. Française et Belge. Son père se noie sous ses yeux à Ostende quand elle a 6 ans.

SŒUR SOURIRE (1933-1985).
De son vrai nom Jeannine Deckers. Chante *Dominique*. Se suicide à Wavre, le 1er avril 1985, avec sa compagne Annie… Pécher.

SPILLIAERT, Léon (1881-1946).
Peintre symboliste, né à Ostende. Partage un temps l'atelier de Permeke qui jette un certain nombre de marines à la mer.

T

TÉMÉRAIRE, Charles Le (1433-1477).
Père de Marie de Bourgogne. Tyran. Incendie Liège après l'épisode des Six Cents Franchimontois (chapitre 7) et finit dévoré par les loups.

THIELEMANS, Toots (né le 22 avril 1922 à 22 heures).
Meilleur harmoniciste du monde. Interventions dans *Macadam cow-boy* et *Jean de Florette*. Naturalisé américain tout en restant belge. Baron en 2001.

THIRY, Marcel (1897-1977).
Poète et écrivain. Lire son anthologie : *Tous les grands ports ont des jardins zoologiques*, La Table Ronde, 2011.

TINTIN.
Héros impersonnel, universel et neutre. Prénommé Totor, au début. Sans parents comme le héros du livre. Un chic type !

TOUR DES FLANDRES.
Les villes flamandes au chapitre 5 épousent le parcours de la course.

TOURNESOL, Tryphon.
Savant distrait, sourd et myope, inspiré par le professeur Piccard. En flamand : Trifonius Zonnebloem (traduction littérale).

TUYMANS, Luc.
Peintre anversois mondialement connu. Attaché à la Belgique unie. Se déclare « le dernier Belgicain » dans *Le Monde* du 19 juin 2009.

U

ULENSPIEGEL, Thyl.
Son nom est le conjonction de « *uil* « (hibou) et « *spiegel* » (miroir). Héros du livre éponyme de Charles De Coster.

UXBRIDGE, Henry Paget (1768-1854).
Lord anglais. Sa jambe perdue, retrouvée, enterrée dans son jardin, est remplacée au musée Wellington à Waterloo par sa prothèse.

V

VAILLANT, Michel.
Pilote de formule 1 inventé en bédé par Jean Graton en 1957.

VAN ARTEVELDE, Jacob (1290-1345).
Chef des tisserands, figure de l'insurrection gantoise lors de la guerre de Cent Ans. Statue sur la place du Vendredi, à Gand.

VAN DAMME, Jean-Claude.
De son vrai nom Jean-Claude Van Varenberg. Né en 1960 à Berchem-Sainte-Agathe. Acteur hollywoodien. Parle plus vite qu'il ne pense.

VANDENBROUCKE, Frank (1974-2009).
Coureur cycliste à la carrière en dents de scie. Décédé à 34 ans après une véritable descente aux enfers et trois tentatives de suicide.

VANDEN PEEREBOOM.
Personnage fictif. Prénommé Séraphin par référence à Séraphin Lampion, casse-pieds notoire inventé par Hergé.

VANDERSTEEN, Willy (1913-1990).
Maître de la bande dessinée flamande. Père de Bob et Bobette. Surnommé « le Breugel de la bande dessinée » par Hergé.

VAN EYCK, Jan et Hubert.
Le tableau du chapitre 4 se trouve au musée des Beaux-Arts de Bruges. Le chanoine Van der Paele est mort en 1443, après dix ans de maladie. Son visage étudié par un dermatologue porte la trace d'une tumeur sur la lèvre inférieure et d'une petite verrue sous l'œil gauche, à la racine du nez, effacées par le peintre.

VAN LERBERGHE, Charles (1861-1907).
Souffre d'un embarras de la main droite, sorte de congestion de la langue. « C'est mon écriture qui est malade. Ne riez pas. »

VAN STEENBERGEN, Rik (1924-2003).
Champion cycliste, dit Rik I, précède Rik Van Looy, dit Rik II.

VERHAEREN, Émile (1855-1916).
Demeure à Saint-Cloud et au Caillou-qui-bique. Traité de macaque flamboyant. Amputé des deux jambes lors

d'un accident mortel en gare de Rouen. Participe en side-car à la bataille des Éperons d'or.

VERMEERSCH, Émile (1870-1952).
Peintre peu connu. Réalise en 1926 le beau portrait de *Madame Abts cousant le drapeau belge le 26 août 1830.*

VÉSALE, André (1514-1564).
Précurseur de l'anatomie moderne. Statue place des Barricades, face à la maison de Victor Hugo. Mort en exil sur l'île de Zante.

VILAIN FLAMAND.
Seul nom du héros. « Vilain » désigne un paysan ou un être de basse condition. Le mot Flamand, et ses variantes au chapitre 6, dénonce le mythe du Flamand envoyé au front à la guerre 14-18, sans comprendre les ordres des officiers francophones.

W

WAGNER, Igor.
Pianiste de la Castafiore qui tape sur les touches comme un sourd.

WALIBI.
Parc d'attractions populaire et familial des environs de Bruxelles.

WALLON, Henri (1812-1904).
Homme politique français. Surnommé le « père de la République ».

WAPPERS, Gustave (1803-1874).
Peintre romantique. Ami d'Hendrik Conscience. Baronnisé par Léopold I. Le tableau reproduit au chapitre 2 trône dans le hall d'entrée du Musée d'art ancien, à Bruxelles. On peut le mettre en parallèle avec *La Liberté guidant le peuple(28 juillet 1830)* d'Eugène Delacroix.

WATERKLEIN.
Jeu de mots sur *water* (eau) et *klein* (petit). Le génial ingénieur concepteur de l'Atomium est André Waterkeyn (1917-2005).

WEYERGANS, François.
Écrivain belge, né à Bruxelles en 1941. Reçu à l'Académie française le 16 juin 2011. La devise prêtée à Maurice Béjart est une allusion à son film *Je t'aime, tu danses*.

X, Y

YOURCENAR, Marguerite (1903-1987).
Anagramme de Crayencour. Née à Bruxelles où elle n'a pas vécu. Première femme reçue à l'Académie française, en 1980.

Yul BRYNNER (1920-1985).
Acteur américain d'origine suisse, mongole et russe, au crâne nu. Ses patronyme et prénom permettent d'avoir deux y à la lettre y.

Z

ZWEIG, Stefan (1881-1942).
Ami de Verhaeren. Abondante correspondance. Fréquente le Caillou-qui-bique. En ce qui concerne Bruges et Ypres, voir *Pays, villes, paysages, écrits de voyage*, Le Livre de Poche, 2011, 14458.

REMERCIEMENTS

L'auteur tient à remercier Jean-Paul Enthoven pour sa confiance et Fadila Laanan, ministre de la Culture, de l'Audiovisuel, de la Santé et de l'Égalité des chances de la Fédération Wallonie-Bruxelles, pour son soutien.

Table

Illustrations in texte :

Louis Dumoulin, *Panorama de la bataille de Waterloo* (détail)
© Isabelle Leroy [Isabelle Leroy, *Le Panorama de la bataille de Waterloo*, éd. Luc Pire, 2009]
Émile Vermeersch, *Madame Abts cousant le drapeau belge*
© Musée royal de l'Armée et d'Histoire militaire,
N° Inv KLM-MRA : 401098
Gustave Wappers, *Épisode des Journées de septembre 1830, sur la place de l'Hôtel de ville à Bruxelles* © Musées Royaux des Beaux-Arts de Belgique
Domenico Ghirlandaio, *Portrait d'un vieillard et d'un jeune garçon* (détail) © Photo RMN / Hervé Lewandowski
Jan Van Eyck, *La Vierge au chanoine Van der Paele* (détail)
© AKG Images / Erich Lessing
Nicaise De Keyser, *La Bataille des Éperons d'or*
© *Stedelijke Musea Kortrijk*, MSK630
Léon Becker, *Le Montage de l'iguanodon de Bernissart* © Institut royal des Sciences naturelles de Belgique / Institut royal du Patrimoine artistique
Félicien Rops, *Enterrement au pays wallon*
© Musée provincial Félicien Rops
Pieter Breugel, *Le Repas de noces* © AKG Images / Erich Lessing
Pieter Breugel, *Jeux d'enfants* © AKG Images
Louis Gallait, *Les Derniers Honneurs rendus aux comtes d'Egmont et de Hornes* © Musée des Beaux-Arts de Tournai / Institut royal du Patrimoine artistique

Du même auteur :

Romans

BEAU REGARD, Seuil, coll. « Fiction & Cie », 1990, « Points », n° P766.

L'HORLOGE UNIVERSELLE, Seuil, coll. « Fiction & Cie », 1992.

HÉMISPHÈRE NORD, Seuil, coll. « Fiction & Cie », 1995, « Points », n° P1034 (Prix Rossell).

L'ARTISTE, LA SERVANTE ET LE SAVANT, *Deux monologues*, Seuil, coll. « Fiction & Cie », 1997.

LA GÉOMÉTRIE DES SENTIMENTS, Seuil, coll. « Fiction & Cie », 1998, « Points », n° P1413.

L'OCULISTE NOYÉ, récits, Seuil, coll. « Fiction & Cie », 2001.

TRIPP, Seuil, coll. « Fiction & Cie », 2002.

LE COUSIN DE FRAGONARD, Seuil, coll. « Fiction & Cie », 2006, « Points », n° P2049 (Grand prix du roman de la SGDL/Prix Verdickt-Rijbans).

LA NUIT DU MONDE, Seuil, coll. « Fiction & Cie », 2010.

LA TRAVERSÉE DES PLAISIRS, Grasset, 2013.

Sur la Belgique

LE MAL DU PAYS, *Autobiographie de la Belgique*, Seuil, 2003, « Points », n° P1287.

LA BELGIQUE : LE ROMAN D'UN PAYS, Gallimard, coll. « Découvertes », 2005.

LA SPECTACULAIRE HISTOIRE DES ROIS DES BELGES, Perrin, 2007, et Tempus, 2009.

Essais

LE VISAGE REGARDÉ, *ou Lewis Carroll, dessinateur et photographe*, Créatis, 1982, rééd. Complexe, 2003.

DIANE ARBUS *ou le rêve du naufrage*, Chêne, 1985, rééd. Perrin, 2006.

BILL BRANDT, Belfond/ Paris-Audiovisuel, coll. « Les grands photographes », 1990.

TOPOR RIT ENCORE, Maison européenne de la photographie, 1999.

JACQUES-HENRI LARTIGUE, *Les Tourments du funambule*, dessin, peinture et photographie, La Différence, 2003.

MAGRITTE ET LA PHOTOGRAPHIE, Ludion, 2005.

Ouvrages illustrés

LE THÉÂTRE DES RÉALITÉS, Contrejour/ Metz pour la photographie, 1985.

L'ÉCART CONSTANT, Didascalies, 1986.

FRANÇOIS KOLLAR, Philippe Sers, coll. « Avant-garde et art », 1989.

RENÉ-JACQUES, Mission du Patrimoine photographique, La Manufacture, coll. « Donations », 1991.

ROBERT DOISNEAU, *portrait de Saint-Denis*, Calmann-Lévy, 1991.

DENISE COLOMB, Mission du Patrimoine photographique, La Manufacture, coll. « Donations », 1992.

DOUBLE VIE, DOUBLE VUE, Actes Sud/ Fondation Cartier pour l'art contemporain, 1996.

HERB RITTS, Actes Sud/ Fondation Cartier pour l'art contemporain, 1999.

PICASSO ÉROTIQUE, Galerie nationale du Jeu de Paume/ RMN, 2001.

NEW YORK, USA, Photographies de Dolorès Marat, Marval, 2002.

FRANÇOIS-MARIE BANIER, PHOTOGRAPHIES, Gallimard, 2003.

L'ŒIL DE SIMENON, Galerie nationale du Jeu de Paume/ Omnibus, 2004.

JAN FABRE, LE TEMPS EMPRUNTÉ, Actes Sud, 2007.

LES RELATIONS DE MONSIEUR WIERTZ. *Wiertz-Witkin, un tête-à-tête criant*, Somogy éditions d'Art, 2008.

Recueils de textes

L'ŒIL VIVANT, 52 critiques parues dans *Le Monde*, Les Cahiers de la photographie, n° 21, 1988.

L'ŒIL MULTIPLE, 170 entretiens, portraits et critiques photographiques, parus dans *Le Monde*, La Manufacture, 1992.

L'ŒIL COMPLICE, 25 préfaces sur la photographie de 1983 à 1993, Marval, 1994.

L'ŒIL OUVERT, *Un parcours photographique 1983-1998*, Nathan, 1998.

Livres d'entretiens

ÉCOUTEZ VOIR, *Neuf entretiens avec des photographes*, Paris-Audiovisuel, 1989.

FAÇONS DE VOIR, *Douze entretiens sur le regard*, Le Castor Astral, 1992.

Divers

LE JOURNAL D'AURORE, Extraits, La Pierre d'Alun, 1994.

ROLAND TOPOR, UNE VIE DE PAPIER, La Pierre d'Alun, 1998.

LE REGARD CONTINU, La Petite Pierre, 2005.

LE JOURNAL D'AURORE, Récit, Maelström, 2008.

Poèmes (pour rire)

LA BELGIQUE ENVERS ET CONTRE TOUT, Poèmes macaroniques, Luce Wilquin, 2003.

LE CRI DE LA MUETTE, Poème symphonique, Luce Wilquin, 2006.

Théâtre

LA MÉMOIRE COURTE, *Conversation sur le Théâtre Provisoire*, La Lettre Volée, 2003.

MOI, RODIN, Ed. hors commerce, 2003.

LA FEMME DE L'HOMME AU CHAPEAU BOULE, Comédie picturale, Les Cahiers du Poème 2, 2011.

Sur l'auteur

PATRICK ROEGIERS *ou les anamorphoses d'Orphée*, Alain Goldschmidt, Luce Wilquin, 2006.

PAPIER À BASE DE FIBRES CERTIFIÉES

Le Livre de Poche s'engage pour l'environnement en réduisant l'empreinte carbone de ses livres. Celle de cet exemplaire est de :
450 g éq. CO_2
Rendez-vous sur www.livredepoche-durable.fr

Composition réalisée par PCA

Achevé d'imprimer en décembre 2013 en France par
CPI BRODARD ET TAUPIN
La Flèche (Sarthe)
N° d'impression : 3003250
Dépôt légal 1re publication : janvier 2014
LIBRAIRIE GÉNÉRALE FRANÇAISE
31, rue de Fleurus – 75278 Paris Cedex 06

31/7797/9